FUGA DOS ANDES

José Antonio Pedriali

FUGA DOS ANDES

EDITORA RECORD
RIO DE JANEIRO • SÃO PAULO
2009

CIP-BRASIL. CATALOGAÇÃO-NA-FONTE
SINDICATO NACIONAL DOS EDITORES DE LIVROS, RJ

P41f Pedriali, José
Fuga dos Andes / José Pedriali. – Rio de Janeiro:
Record, 2009.

ISBN 978-85-01-08594-8

1. Romance brasileiro. I. Título.

09-3469

CDD: 869.93
CDU: 821.134.3(81)-3

Copyright © José Antonio Pedriali, 2009

Crédito das ilustrações de miolo (mapas): Welington Vainer

Texto revisado segundo o Novo Acordo Ortográfico da Língua Portuguesa

Direitos exclusivos desta edição reservados pela
EDITORA RECORD LTDA
Rua Argentina 171, Rio de Janeiro, RJ – 20921-380 – Tel.: 2585-2000

Impresso no Brasil

ISBN 978-85-01-08594-8

PEDIDOS PELO REEMBOLSO POSTAL
Caixa Postal 23.052 – Rio de Janeiro, RJ – 20922-970

*Em memória de meu pai Humberto e a
minha mãe Dirce, que, apesar de jamais ter sido
guerrilheira, responde desde criança pelo
codinome de Célia.*

*E em memória dos jornalistas Amador García,
Eduardo de la Piniella, Félix Gavilán,
Jorge Luis Mendívil, Jorge Sedano, Octavio Infante,
Pedro Sánchez e Willy Retto
e do guia Juan Argumedo, nove entre milhares
de vítimas de uma guerra estúpida.*

SUMÁRIO

1. O crime que abalou um país — 9
2. A profecia e o indício de uma traição — 35
3. Olhos verdes — 63
4. O desencontro e o caos — 95
5. O "front" e as mãos da camarada — 123
6. Revelações de uma madrugada silenciosa — 149
7. E a morte cativa o menino Davi — 185
8. Os espiões penetram no mistério da casa verde — 211
9. Morte à traidora! — 243

10. Machu Picchu e as 11 badaladas de
    Maria Angola   261

11. O cerco, a fuga, a revelação e...   299

12. A dimensão do genocídio e o milagre   377

Referências   393
Roteiro   395
Mapas   399

1
O crime que abalou um país

E assombrou o mundo por sua ferocidade: o massacre de oito jornalistas na aldeia de Uchuraccay. Um recuo no tempo

"Todos mortos", dizia a manchete de *La República*, o primeiro jornal que Humberto Morabito visualizou no quiosque da rodoviária. Os outros jornais da capital, que chegavam a Huancavelica e demais cidades dos Andes Centrais no início da tarde, repetiam a informação com a mesma ênfase. Aquela notícia ocupava toda a primeira página de todos os jornais.

— Puta merda! — Humberto exclamou em voz alta, chamando a atenção da *chola*[1] que vendia os jornais e do menino descalço que lambia com os olhos as capas de revistas com fotos de mulheres que nem na imaginação ousaria conquistar.

— É terrível, senhor, é terrível — observou a vendedora, encolhida em seu poncho de lã, supondo que o comentário

---
[1] *Chola* e *cholo* são como os homens e mulheres de origem indígena são popularmente tratados nos países andinos.

fosse dirigido a ela, quando não passara de um desabafo inadvertido de seu cliente.

— Dê-me os outros jornais também — pediu Humberto, retirando do bolso um maço de sóis[2] já tão usados que requeriam perícia para não desmanchar quando manipulados. — Fique com o troco.

O sorriso de gratidão da vendedora revelou alguns dentes de ouro na arcada superior; a inferior estava nua como o cimo das montanhas do entorno da cidade, montanhas que abrigam gigantescas reservas de mercúrio e outros minerais que séculos de extração voraz não foram capazes de exaurir.

Humberto deixou a rodoviária para se instalar num banco da praça, mas logo se arrependeria. O vento fazia da leitura dos jornais um suplício. De onde vinha aquele vento se a cidade era cercada por montanhas? As folhas dos jornais se desprendiam enquanto Humberto lutava para mantê-las em condição de legibilidade. De onde vinha aquele vento?

Apesar de a tarde estar apenas iniciando, Huancavelica recebia as primeiras baforadas do frio, que chegava mais cedo — não havia noite em que o frio não se apoderasse dela, inclemente e soberano — porque o sol fora tapado por uma cortina de nuvens que pressagiavam uma tormenta fora de época.

Humberto não sentia o frio se instalando ao seu redor e talvez também não se desse conta do vento se ele não estivesse atrapalhando a leitura dos jornais, que devorava num misto de perplexidade e incredulidade. A notícia da morte, na aldeia de Uchuraccay, de oito jornalistas peruanos, sete residentes em Lima e um em Ayacucho, o abalara, deixando-o momen-

---

[2]Sol: moeda em vigência no Peru.

taneamente alheio ao ambiente, por envolver pessoas que tombaram exercendo o ofício de informar e também pela extrema violência com que foram golpeados. Alguns tiveram os crânios dilacerados a golpes de machado. Era compreensível que até a *chola*, arredia a estranhos como todo andino, externasse seu espanto, pois o Peru acompanhava há dias, pressentindo que o final da história pudesse ser trágico, o desaparecimento desses homens que o dever enviara a um dos mais inóspitos, inacessíveis, ignorados e abandonados locais dos Andes Centrais. E, se não bastassem esses pejorativos, ou talvez devido a eles, a região era conflagrada pela guerra de guerrilhas desencadeada havia três anos pelo Sendero Luminoso.

Vencido pelo vento, que revolvera os jornais e fizera voar algumas páginas, Humberto dobrou as que continham o noticiário do massacre dos jornalistas, guardando-as na bolsa externa da mala, deixando as demais numa lixeira. Faltava ainda meia hora para a saída do ônibus que deveria levá-lo a Ayacucho, seu próximo destino, mas a notícia que acabara de ler aconselhava a adiar a viagem. A passagem, para um estrangeiro como ele, custara pouco, já que o sol estava muito desvalorizado em relação ao dólar; mesmo assim, pensou, por que desperdiçar o dinheiro? No guichê, pediu para que a passagem fosse trocada para o final da tarde ou para o dia seguinte.

— Senhor — perguntou o funcionário, olhando por cima dos óculos de aros grossos —, tem mesmo certeza que ainda quer viajar a Ayacucho?

— Não — respondeu Humberto.

— Ainda bem, senhor, porque as viagens para Ayacucho estão suspensas até ordem em contrário.

— De ônibus também? — reagiu Humberto com indolência, resignado com o fato de ter viajado a noite toda de ônibus até aquele povoado, que jamais imaginara conhecer, porque os voos para Ayacucho, onde deveria iniciar seu trabalho, estavam suspensos. A única companhia que atendia aquele destino, a AeroPeru, não queria correr riscos.

— Qual a previsão de reinício das viagens?

O vendedor se limitou a dar de ombros.

Humberto voltou ao hotel, lançando, ao cruzar a Praça de Armas, um olhar de descaso para a Catedral colonial com suas duas torres com quatro sinos cada e sua fachada branca com pedras vermelhas no centro. Fossem outras as circunstâncias e ele contemplaria a igreja com atenção, talvez até com enlevo. Havia utilizado o hotel durante poucas horas pela manhã, apenas para tomar banho, esticar as pernas e almoçar, por insistência do garçom, um *puchero*, guisado de carne de alpaca e carneiro com frutas e legumes, iguaria típica da região, servida apenas de janeiro a março. A viagem durara 14 horas, apesar de o funcionário da empresa garantir, em Lima, onde embarcou, que não passaria de dez, e lhe rendera um mal-estar generalizado devido aos solavancos do ônibus, que vencera um dos trechos mais íngremes dos Andes — em Ticlio chega-se a mais de 4.800 metros de altitude — e toda a precariedade de conservação da Rodovia Central, principal via de acesso da capital peruana ao coração dos Andes.

Agora estava a três mil metros sobre o nível do mar, e a altitude se manifestava em seu organismo. Sentia-se atordoado e com os músculos entorpecidos e tinha uma secura infindável na garganta, apesar de ter obedecido ao conselho de repousar assim que chegasse ao destino para evitar o *soroche*,[3] o temido mal das alturas — e como não repousar, se o corpo,

---

[3] Efeito da falta de oxigênio das regiões altas. Produz mal-estar generalizado.

de tanto chacoalhar durante a noite, de tanto tiritar de frio, estava um trapo?

Nas poucas dezenas de metros que separavam o hotel da rodoviária ele sentiu a cabeça rodar e o frio — agora sim, sentia frio — penetrar seu corpo como um punhal. A brasa do cigarro não resistia à escassez de oxigênio, obrigando-o a reacendê-lo várias vezes. Sua garganta e narinas ardiam devido ao clima seco e ao ar rarefeito.

"Puta merda" — pensou —, "como vai ser este fim de mundo assim que escurecer?"

A noite anterior proporcionara seu primeiro contato com o clima rigoroso dos Andes — uma secura e um calor de cozinhar o fígado durante o dia e à noite um frio de congelar a alma do mais renitente incréu. Apesar de o ônibus ser aquecido, o sistema de calefação não fora capaz de barrar o frio, que se infiltrara por milhares de frestas e se instalara no corpo de Humberto, mesmo que protegido por uma grossa *chompa*,[4] cachecol, gorro e luvas. Tudo autenticamente de alpaca,[5] garantira a vendedora que o abordou na rodoviária de Lima, mas que não passava de lã de lhama,[6] mais rude e áspera e consequentemente mais barata — detalhes que um estrangeiro como ele, que fazia sua primeira viagem ao Peru, jamais detectaria.

O atendente do hotel era o mesmo da manhã, e continuava gentil como antes, mas agora, diante de seu retorno — acabara de fechar a conta! —, o olhava com curiosidade e ao mesmo tempo com desconfiança.

---

[4] Suéter confeccionado com lã.
[5] Mamífero da família dos camelídeos, comum nos Andes, que produz lã de excelente qualidade.
[6] Também da família dos camelídeos e igualmente comum nos Andes. Produz lã abundante, mas de consistência áspera.

— Um quarto e uma chamada para o Brasil — pediu Humberto.

— O quarto está disponível, mas a linha para o Brasil talvez o senhor tenha que esperar algumas horas — disse o atendente. — Algumas muitas horas — ressalvou, franzindo as sobrancelhas e lançando um olhar irônico sobre o hóspede.

Quando Humberto se dirigia ao quarto, localizado no fundo de um longo e estreito corredor, o recepcionista, que o ajudava a carregar as malas, perguntou:

— O senhor soube dos jornalistas?

— Sim, é muito triste — respondeu Humberto.

— Triste demais, senhor. Estamos chocados. O país inteiro está chocado.

Os jornalistas eram notícia — condição que a profissão desaconselha, a não ser em casos extremos, o que infelizmente se aplicava dramaticamente a eles — desde que deixaram a cidade de Ayacucho para investigar a informação, divulgada pelo Exército, de que guerrilheiros do Sendero Luminoso haviam sido mortos por camponeses dos povoados de Huaychao e Macabamba. A ampliação das ações do Sendero, que concentrava seu poder de fogo no estado de Ayacucho e ampliara para os estados vizinhos as investidas, sempre mais ousadas, de seus destacamentos, e a reação cada vez mais intensa do governo central, que decretara estado de emergência na região conflagrada — isolando-a do restante do país —, faziam antever que os repórteres correriam sério perigo em sua missão.

O desaparecimento dos jornalistas criara um clima coletivo de apreensão, e Humberto, jornalista também, se dirigia ao epicentro do conflito com missão idêntica à deles: descobrir a verdade sobre a morte dos guerrilheiros, já que a versão do Exército, de que foram vítimas de uma represália dos camponeses, gerara a desconfiança, compartilhada por parte da opinião pública e da imprensa, de que seus verdadeiros assassinos fossem os militares.

Cumprida essa missão, Humberto teria que realizar outra, talvez ainda mais difícil, se não impossível: ser o pioneiro entre jornalistas estrangeiros a entrevistar um guerrilheiro senderista. De preferência, alguém que tivesse um cargo de comando, fosse qual fosse.

Até então, nenhum jornalista estrangeiro tivera acesso aos senderistas, que se fechavam até à imprensa peruana, com a qual se relacionavam raramente e, na maioria das vezes, apenas por meio de comunicados, cuja autenticidade poderia ser conferida pela linguagem hermética e próxima do histerismo que embalava suas propostas de subjugar o país às diretrizes redentoras do Partido Comunista Peruano — Sendero Luminoso, e pelas infindáveis saudações a Abimael Guzmán, que se impôs os codinomes de "camarada Gonzalo", numa primeira fase, e quando a subversão conquistou notoriedade, de "presidente Gonzalo". Era o ideólogo da organização e o líder que, garantiam suas mensagens, devotava sua vida — embora à custa da dos outros — à libertação dos peruanos oprimidos por séculos de desmandos e de exploração de sua força de trabalho. Inevitavelmente, esses manifestos concluíam com vivas à luta armada, glórias ao marxismo-leninismo-maoísmo e outras exortações revolucionárias, que não poderiam dispensar proclamações às mortes do "imperialismo" e de seu representante local, "o cachorro Belaúnde", que encabeçava uma longa lista de condenados à pena capital. Fernando Belaúnde Terry, um conservador bonachão cujo passatempo era fazer grandes projetos de engenharia, sua profissão, projetos que os recursos de seu país jamais poderiam financiar, exercia o segundo mandato presidencial, separado do primeiro, abreviado por um golpe de Estado, por 12 anos de regime militar.

Se o objetivo do Sendero era promover a melhoria das condições de vida dos peruanos, sobretudo dos camponeses, já que se inspirava nas teses de Mao Tsé-tung, segundo quem a guerrilha rural é o meio mais eficiente para a conquista do poder pelo povo oprimido, como explicar que seus combatentes, instrumento do esforço de libertação, tivessem sido mortos por agricultores, talvez os mais pobres agricultores da América devido à aridez do solo, clima implacável e geografia cruel, que os isolava entre montanhas infinitas? Não seriam esses camponeses os principais beneficiários da luta sangrenta que o Sendero havia deflagrado inicialmente nos Andes Centrais para, em seguida, ser estendida à selva amazônica e, na etapa final, aos centros urbanos e principalmente a Lima, o coração do adversário? Como explicar, então, aquela rebelião camponesa contra seus salvadores?

"Todos mortos." A manchete de *La República*, que Humberto colocou sobre a pequena mesa do quarto, ainda ressonava em seu cérebro. As notícias complementares repercutiam o discurso da véspera, em rede nacional de rádio e televisão, do presidente Belaúnde Terry, no qual prometera apurar "rigorosamente" o crime, que qualificou de "bárbaro". A morte dos jornalistas, afirmava um comentarista, levava pela primeira vez a todo o Peru, e a expunha ao mundo, a guerra que até então se supunha restrita aos Andes e que, por isso, era tratada com o mesmo desdém com que se tratavam os habitantes dessa região, considerados inferiores pelos do litoral, embora responsáveis pela exploração das maiores riquezas do país — o minério e a agricultura. O Peru é dividido geograficamente em três regiões claramente definidas: litoral, serra e selva. O litoral, de solo árido, é banhado pelo Pacífico; a serra, igualmente árida em sua maior extensão, são os Andes e a selva, a Amazônia.

O massacre dos oito jornalistas em Uchuraccay, observava o comentarista, fora noticiado com alarde pelas agências internacionais de notícias, o que, segundo ele, revelava o assombro do mundo diante daquele crime praticado com crueldade extrema. O teor dos despachos, reproduzidos pela imprensa peruana, dava razão a ele.

Humberto apoiara o jornal num pequeno vaso de flores artificiais para que pudesse visualizar a primeira página da cama, na qual se espichava na esperança de expulsar o entorpecimento. Seu corpo doía, doía muito, e ele não sabia se a tontura que ainda o perseguia era provocada pela altitude ou pelo impacto da notícia.

"Devo a vida a ela", pensou Humberto, que não conseguia afastar o olhar do tabloide, mesmo que embaçado devido à ausência dos óculos, deixados à cabeceira da cama. Abaixo da manchete estavam as fotos das oito vítimas, que ele nunca vira, mas que sentia como se fossem pessoas muito próximas. Amador García, Eduardo de la Piniella, Félix Gavilán, Jorge Luis Mendívil, Jorge Sedano, Octavio Infante, Pedro Sánchez e Willy Retto. "Todos mortos", dizia a manchete, cujas letras pareciam ampliadas cada vez que Humberto as focava.

Colocou os óculos para visualizar melhor as fotos de seus colegas. Eram fotos formais, algumas talvez muito antigas, que lhe deram a impressão de terem sido feitas como presságio do destino que os esperava numa escarpa inclemente dos Andes. Ele jamais os havia visto, mas sua vida esbarrara na deles e, não fosse ela, teria encontrado a morte ao lado deles.

"Ela, onde estaria ela naquele momento?", pensou, fechando os olhos e entrelaçando as mãos sob a cabeça, deixando que a imagem de seu rosto, de seus lábios, de seu sorriso vagasse em sua mente como uma flâmula ao vento, substituindo por alguns instantes a presença daquelas fisionomias que tiveram um destino trágico — o destino que ele próprio teria, não fosse ela!

O corpo de Humberto relaxava, e quanto mais relaxava mais ele sentia o torpor provocado pela altitude, até que, quase entregue ao sono, foi devolvido à realidade pelas pancadas na porta do quarto.

— Senhor, senhor, sua chamada para o Brasil. Apresse-se!

Não havia telefone no quarto, e Humberto correu à portaria, perdendo um pé de tênis no trajeto. A chamada — a cobrar — pedida menos de uma hora antes estava completada.

— É um milagre, senhor — comemorou o atendente.

Apesar dos ruídos e do eco, a voz de Marcos Wilson, o editor de Humberto, era clara a seis mil quilômetros de distância.

— Onde você se meteu? Por que não deu notícia? — cobrou o editor, completando, antes que Humberto iniciasse as explicações: — Agora que você está vivo, vamos ter que refazer a edição! Perdemos a manchete, pois o julgávamos morto, e sua morte era o nosso assunto principal.

Humberto conhecia o temperamento do superior, que se fazia de rude para disfarçar um coração sentimental. Naquele momento, era evidente que burlava dele.

— Estou em Huancavelica, a uns duzentos quilômetros de Ayacucho...

— Saia daí enquanto é tempo — ordenou o editor.

— Mas...

— Esqueça o mas. Saia o quanto antes. Volte para Lima. Quando chegar lá, telefone novamente. A não ser, e não quero ser alarmista — ressalvou —, que ocorra alguma emergência. Nesse caso, e somente nesse caso, ligue antes de chegar a Lima.

— Mas... e Ayacucho? — titubeou Humberto.

— Vá para Lima, imediatamente!

O recepcionista informou-o que o primeiro ônibus para Lima partiria às sete da noite e sugeriu que aguardasse até a manhã seguinte para viajar no "trem macho" a Huancayo e de lá para Lima, de ônibus ou mesmo de trem.

— Por que "trem macho"? — intrigou-se Humberto.

— Porque sai quando quer e chega quando pode — brincou o recepcionista, completando, após uma longa gargalhada: — Apesar dos pesares, que é a situação cada dia mais grave de nosso país, o senhor terá a oportunidade de contemplar uma das mais belas paisagens do mundo, formada por montanhas, lagos, o Mantaro, o mais largo rio peruano, além de passar por 38 túneis e 15 pontes de tirar o fôlego.

— Obrigado, mas não estou aqui a passeio e, além do mais, para ficar sem fôlego nessas alturas não é preciso um trem, seja macho ou fêmea ou mesmo efeminado — ironizou Humberto.

— Mesmo assim, senhor, os Andes valem a pena. O senhor viajou até aqui durante a noite e vai voltar também à noite, sem ver nada?

— Para que ver os Andes se não posso compreendê-los?

A missão secreta do capitão Froilán e do tenente Lucho

A Distribuidora de Livros Atlântica funcionava a qualquer hora do dia e da noite, e o porteiro do sobrado do jirón[7] Lampa, no centro histórico de Lima, um chinês cujo cavanhaque afunilava ainda mais o rosto, não saberia indicar os horários mais apropriados em que os funcionários pudessem ser encontrados — aliás, ele só conhecia um, Froilán; o outro, via raramente. O escritório abria e fechava em horários irregulares, mas isto pouco importava ao porteiro, pois seus usuários possuíam a chave do prédio. O que mais o incomodava eram as demonstrações exageradas de afeto dos homens sem apetite por mulher que frequentavam a sauna do primeiro andar. Homens que chegavam discretamente e na maioria das vezes sozinhos e saíam em pares e esfuziantes, entusiasmo que nem a incômoda vermelhidão nos olhos provocada pelo excesso de exposição ao vapor conseguia arrefecer. O segundo andar era ocupado pela agência de notícias britânica Reuters, cujos funcionários costumavam cruzar rapidamente o *hall* do edifício, e sempre muito sérios, visivelmente contrariados com a possibilidade de serem confundidos, por parentes e amigos que

---

[7]Denominação comum das ruas do centro histórico de Lima.

eventualmente transitassem pelo local, com os frequentadores da sauna dos homens arredios ao sexo oposto.

O terceiro andar era dividido por um escritório de contabilidade, um consultório odontológico e a Atlântica. Não havia elevador e, de tanto tráfego acumulado, o piso cerâmico da escada estava desgastado e alguns ladrilhos haviam descolado, formando um tabuleiro de retângulos nivelados irregularmente.

O advogado Froilán Romero frequentava o escritório todos os dias, o que incluía os finais de semanas. Froilán era solteiro, vivia num apertado apartamento do jirón Camaná, de onde avistava o prédio da revista *Caretas*. Quando saía para o trabalho, costumava passar pelo café ao lado da sede da revista para bisbilhotar a vida de Oscar Medrano, a quem conhecia sem encontrar reciprocidade: se o fotógrafo famoso não estivesse lá, estaria produzindo imagens nos Andes, sua especialidade.

O sócio de Froilán, Luiz Alvarez, o Lucho, advogado também, raramente era encontrado na distribuidora de livros. A empresa não contava com os serviços de uma secretária.

Froilán e Lucho trocaram os tribunais, onde a Justiça tardava sempre e falhava muito, por um instrumento que consideravam mais eficaz na aplicação da lei — a polícia. Eles integravam o primeiro contingente da Divisão de Combate ao Terrorismo — Dicote —, recentemente criada pela Polícia de Investigações para esquadrinhar a estrutura operacional do Sendero Luminoso. Froilán tinha a patente de capitão e Lucho, a de tenente.

A estratégia coordenada de combate ao Sendero fora adotada em dezembro de 1982 com a imposição do estado de emergência em Ayacucho e em algumas províncias dos estados vizinhos de Huancavelica e Apurímac. A intensificação dos combates aconselhara ao governo unir todos os órgãos de segurança numa frente organizada e intercomunicante. A frente militar dava mostras de sobra de sua inclemência e dos desafios que teriam de ser vencidos para que o inimigo do Estado pudesse ser subjugado. A luta no terreno militar seria mais árdua e longa e de resultado ainda mais incerto se não fosse acompanhada de um trabalho eficaz de inteligência. Descobrir quem era quem no organograma da guerrilha constituía o primeiro passo para se chegar aos líderes e a seus subordinados, recursos e logística e à sua intrincada malha de simpatizantes e colaboradores. A organização guerrilheira não poderia ser vencida se combatida apenas na frente militar, pois ela não tinha rosto nem um terreno definido para atuar. Ela teria que ser enfraquecida internamente, infiltrada, sabotada.

O paciente trabalho da Polícia de Investigações permitira que se delineasse a estrutura do Sendero. Era apenas um esboço e, como todo esboço, impreciso, mas fornecia um indicativo da hierarquia da subversão e de sua requintada organização. Teoricamente, a presidência do partido, em mãos de Abimael Guzmán, estava subordinada às deliberações do Congresso Permanente, mas, na prática, Guzmán concentrava toda a autoridade, repassando responsabilidades a subordinados distribuídos numa cadeia contínua de comando, composta por departamentos, grupos e comitês operacionais disseminados por todo o país. Esses departamentos, grupos e comitês operavam por meio de células compartimentadas para que a identidade de seus membros fosse conhecida apenas pelos integrantes de cada grupo específico e ignorada pelos demais.

Somente homens e mulheres próximos de Guzmán, e eles não passavam de meia dúzia, conheciam o organograma da organização e os responsáveis por seus departamentos. Descobrir quais eram esses departamentos ou seções e seus respectivos líderes ou comandantes competia a grupos específicos de agentes da Dicote.

Os universitários eram o principal instrumento de consolidação e expansão do Exército Guerrilheiro Popular, o braço armado do Sendero. A eles cabia recrutar os camponeses que compunham a base desse exército, que não teria razão de ser sem esses últimos, fiscalizá-los e comandar as operações no campo de batalha.

O Sendero floresceu no ambiente universitário. A Universidade San Cristóbal de Huamanga, em Ayacucho, onde surgiu a primeira célula do movimento, havia esgotado sua capacidade de alimentar, com exclusividade, a organização na proporção de suas necessidades, porque ela se expandia, ganhando cada vez mais terreno nos Andes, do qual pretendia descer para estabelecer seu poder sobre as demais regiões do país. Começavam a se consolidar nas cidades as primeiras células do Sendero.

A vigilância policial sobre os alunos da Universidade de Huamanga era intensa desde a eclosão do conflito, inibindo a adesão deles à guerrilha. Além disso, para complicar a capacidade da instituição de fornecer novos guerrilheiros, a morte cotidiana de jovens universitários em confrontos com as forças de segurança — e, se verídica a informação do governo, também com os camponeses que rejeitavam suas teses — desestimulava a adesão em massa às fileiras do Sendero, como havia ocorrido no início das atividades do movimento. A guerrilha precisava, portanto, disseminar a arregimentação de universitários.

A Universidade Nacional de San Marcos, em Lima, a principal entre todas as mantidas pelo governo, tornara-se, pela grande quantidade de estudantes que a frequentavam — eram mais de vinte mil no início de 1980 — e pelas características em comum à maioria deles, interioranos e pobres, a sucessora natural da de Huamanga. Mas era pouco: o Sendero precisava, e urgentemente, arregimentar mais e mais soldados e comandantes de destacamentos para suprir a linha de frente em constante expansão, e toda universidade era potencialmente fornecedora de combatentes.

Descobrir como se desenvolvia esse trabalho de arregimentação e quais eram os encarregados de sua execução tornara-se imprescindível no esforço de contrainsurgência. A esta missão dedicavam-se o capitão Froilán e o tenente Lucho.

O menino-pastor partiu... e nunca chegou ao destino

Alejandro Huamán disse ao menino-pastor Dionísio, que era de Ccarhuapampa e tinha ido a Uchuraccay buscar um lote de lhamas, vá a Tambo, ligue para o número que está anotado neste papel, chame a pessoa cujo nome está aí e diga a ela que avise a outra pessoa, cujo nome também está anotado aí, que nós, de Uchuraccay, sim, estamos dispostos a nos penitenciar pelo que fizemos.

Não que estejamos arrependidos do que fizemos, mas queremos salvar nosso povo. Se ficarmos aqui, vamos morrer. Todos. E não queremos morrer. Se o preço a pagar é abandonar temporariamente Uchuraccay, este é o preço que pagaremos. Diga que quem mandou ligar fui eu, Alejandro Huamán, o presidente de Uchuraccay.

Vá, Dionísio, vá, você é o único com quem posso contar, é ligeiro, conhece todos os caminhos e sabe usar o telefone. Peça à pessoa que atender que peça à outra, se necessário implore, que intervenha em nosso favor, e que tenha pressa, porque o sol cada vez mais opaco que paira sobre o nosso povoado pressagia um desastre iminente. O apocalipse. Vá, menino, vá a Tambo, mas antes, tome, pegue esta moeda e compre uma jarra de limonada no armazém de Ignácio e Saturna.

E o menino-pastor tomou a jarra de limonada, partiu e nunca chegou a Tambo.

Foi interceptado, vinte minutos depois de deixar as lhamas em Ccarhuapampa, por um destacamento do Sendero Luminoso que se deslocava de sua base no nevado Rasuwilca para Iquícha.

O que faz longe do seu povo?, o comandante guerrilheiro perguntou, vou a Tambo, Dionísio respondeu, fazer o quê?, o outro quis saber, não posso dizer, o pastorzinho provocou, não pode?, então vai dizer assim mesmo, o outro ameaçou e apertou o pescoço do menino com suas mãos de aço, só o soltando quando a língua de sua vítima começava a arroxear.

Não nos enfrente nunca mais, disse ao menino, e como punição você não vai voltar mais para o seu povo, vai se incorporar a nossas fileiras, as fileiras da revolução, e combater a velha ordem, a podridão que contamina a todos, inclusive os de Ccarhuapampa, todos da puna[8] como você.

---

[8] Planalto andino entre três mil e cinco mil metros acima do nível do mar.

Você agora é um dos nossos, lutador da liberdade, lutador da igualdade, vai conosco a Iquícha, esta será sua primeira missão, mas antes terá que dizer o que faz aqui, a caminho de Tambo, não nos desafie, moleque, que vamos matá-lo, ah, então é isto, está escondendo um papel em sua mão?, dê-me aqui, dê-me aqui, o que é isto?, o número de um telefone, pelo código é de Lima, e quem são estas pessoas, quem são, não vai dizer não? Vai sim, tome, não disse para não nos desafiar, tome outro, quer mais um soco? Claro que não, eu sabia, vamos, conte quem são essas pessoas, conte o que tem a dizer a elas... o quê?! Não é possível! Não é possível...

A terra insiste em devolver o corpo de dom Alejandro

Antes de ser sepultado pela primeira vez, o corpo dele ficou exposto durante oito dias, quatro horas e 32 minutos. Marquei em meu relógio, que ganhei de meu padrinho quando fiz a primeira comunhão. Marco tudo, senhor, gosto de olhar este relógio, que é mais que um simples marcador do tempo, é uma ponte entre este povoado e o mundo, a ponte que meus conterrâneos jamais quiseram cruzar, temendo o que poderiam encontrar do outro lado, e veja só, senhor, o que aconteceu, o outro lado transpôs a ponte, trouxe a dor que nos acompanha a todos, expulsou a vida e instalou a morte. Os que pensamos que não morremos nos dispersamos, durante mais de uma década, fugindo do próprio medo, fugindo de todos, fugindo de nós mesmos, fugindo, acima de tudo, do remorso, ah, senhor, como dói essa dor, e buscando sem jamais encontrar o que buscávamos. E o que buscávamos todos deste povoado maldito, do qual minha mãezinha, que sua alma descanse em paz, dizia, desde quando eu ainda era criança, que estava mais perto do céu que da terra, o que mais buscávamos, senhor, era o que mais tínhamos aqui antes, e o que mais tínhamos era a paz, esse estado de espírito que jamais reencontraremos, mesmo agora que estamos de volta. E mortos. Voltamos, mas Uchuraccay já não é mais a mesma. Veja, senhor, estas casas onde moramos, todas iguaizinhas umas às outras, penduradas na montanha e de frente para o infinito, e olhe ali, ali embaixo, senhor, naquela planície, a igreja, a escola, o centro comunitário, o cemitério, aquelas casas, ou melhor, o que sobrou da igreja, da escola, do centro comunitário e das casas e do cemitério. Era ali o nosso povoado, o centro do nosso universo, ali nasci, ali cresci, ali nos reuníamos toda semana, quando, então, a praça se enchia de *comuneiros*, camponeses que vivem em comunidade, que vinham de suas chácaras ou de outros povoados para rezar, negociar, conversar e beber, embora a ordem nem sempre fosse essa. Ali havia vida, senhor, era a nossa vida, diferente da sua, com certeza, mas era a nossa vida, e agora respiramos a morte, mesmo que acreditemos estar vivos, e por acreditar que ainda vivemos, voltamos, e voltamos porque queríamos recobrar a vida, mas ela já havia ido para sempre, senhor.

 O senhor está olhando para mim — Telésforo Galvez Gavilán, a seu dispor —, acreditando estar diante de um homem, mas, mesmo que meu corpo ainda se locomova, respire, fale, que meus olhos olhem para os seus, que minhas mãos se movimentem, há muito deixei de viver, porque a vida, senhor, por mais dura que seja, e ela sempre foi dura, duríssima para os que moramos mais perto do céu que da terra, a vida nos proporciona momentos de felicidade e nos concede alguns prazeres. E isto nem eu nem meus vizinhos nem meus parentes, ninguém entre nós jamais teve desde aquele dia em que ele foi executado diante de todos nós e seu corpo ficou exposto na praça durante oito dias, quatro horas e 32 minutos. Ninguém ousou tocá-lo até que seus dois filhos e sua viúva, que haviam chorado todo esse tempo, tanto que seus rostos ficaram sulcados até o fim de seus dias pelas lágrimas que verteram, decidiram, já que suas vidas também estavam arruinadas, enterrá-lo como bom cristão que era. Sim, Alejandro Huamán Leandro foi um bom cristão, apesar de dizer, e disso ele não fazia segredo a ninguém, argumentando que mais importante era acreditar que entender, que a Santíssima Trindade, a transubstanciação, a virgindade de Maria e o pecado original eram coisas complexas demais para sua compreensão limitada, e olhe que ele era um homem sábio, talvez o mais sábio de todos nós, pois era o *varayoc*, o nosso presidente, o presidente de Uchuraccay. Quando foi levado ao cemitério enrolado em um lençol, do corpo dele restavam praticamente só os ossos, e não houve cerimônia fúnebre, missa, cortejo, nada, porque o padre se recusou a vir, e havíamos mandado chamá-lo em Huanta, onde ele mais ficava, mas ele disse que era perigoso demais estar entre nós. Rezaria lá mesmo pela alma do defunto, e isso daria na mesma, disse. O padre nunca mais apareceu, nunca, justamente quando mais precisávamos dele, e ele não foi o único a nos abandonar. Fomos abandonados por todos. Talvez até por Deus, só que isto não ouso garantir, porque, como dizia o finado dom Alejandro, que sua alma descanse em paz, Deus é Deus e ponto final, embora, e isso era também ele quem dizia, muitos conceitos do nosso credo pudessem vir acompanhados de vírgulas e não apenas desse ponto ditatorial.

Ninguém, além da viúva e dos filhos dele, foi ao enterro, e no dia seguinte, quando se completaram 18 horas e 24 minutos que ele havia sido depositado sob a terra, marco tudo, senhor, não falei?, seu quase esqueleto reapareceu diante da escola, no mesmo lugar em que estivera durante os oito dias, quatro horas e 32 minutos após sua execução.

A ressurreição daquele esqueleto, agora mais morto do que nunca, comprovou que nossos medos eram procedentes, que havíamos feito bem em não tirá-lo do local para providenciar o enterro cristão que merecia porque, como temíamos, éramos vigiados por olhos invisíveis que todos e tudo viam, e dessa vigilância não escapavam sequer nossos pensamentos. Quem nos observava o havia desenterrado, e quem mais ousaria tal sacrilégio?, para nos alertar de sua onipresença. Se o enterrássemos, poderíamos ser acusados pelos mesmos que o mataram de ser cúmplices dele, e aí teríamos o mesmo fim que ele, por isso, durante os oito dias, quatro horas e 32 minutos em que o corpo do nosso *varayoc*, e ele era meu padrinho, o que me presenteou com este relógio, foi se decompondo diante da praça, onde fora deixado após sua execução, nenhum de nós olhou diretamente para ele.

O pressentimento de que éramos observados transformou-se em certeza quando constatei, olhando de soslaio, o que fazia com frequência sem jamais revelar isso a alguém porque temia ser denunciado por minha indiscrição, que até os animais tinham medo da punição, porque nem os abutres, nem os cães, nem os porcos ousaram se aproximar dele. A viúva e os filhos decidiram sepultá-lo novamente, e novamente o corpo ressurgiu na praça, e não vou dizer quantas horas e minutos depois para não cansá-lo, mas registrei tudo, tudinho em minha memória, e assim aconteceu muitas e muitas vezes, e cada vez que o corpo reaparecia, e sempre no mesmo lugar, ele estava menor, cada vez menor. A viúva e os filhos de meu padrinho continuavam chorando, e os sulcos em suas faces se transformaram em fendas profundas, chorando e enterrando aqueles ossos todas as tardes para, no dia seguinte, reaparecerem no local em que estiveram desde o tiro que acertou a testa de meu padrinho.

Ainda ouço, todos ouvimos, o som do tiro, que insiste em reverberar nas montanhas que nos envolvem e se torna mais intenso à noite, sobretudo nas noites de lua cheia. É impossível dormir aqui, seja que noite for, sobretudo nas noites de lua cheia, quando o céu é o mais escuro de todas as fases da lua. O estampido daquele tiro ainda ricocheteia no sino da velha igreja, o sino que nossos vizinhos nos devolveram 11 anos depois de tê-lo roubado, e o faz dobrar 135 vezes, que são quantos morremos desde o dia em que meu padrinho tombou em nossa frente até um ano depois, quando os sobreviventes, apesar de mortos, decidimos fugir sem jamais encontrar o que buscávamos, a paz. Morremos 135. Éramos 470, e ninguém sobreviveu.

Meu padrinho Alejandro, que sua alma descanse em paz, foi o primeiro e talvez tenha sido o único a morrer com dignidade, porque, quando lhe apontaram o revólver, ele, ajoelhado por ordem de seus algozes, fez o sinal da cruz e, em vez de repetir o que lhe mandavam dizer, entre outras coisas sou um porco contrarrevolucionário e um agente do imperialismo ianque, um *soplón*, um *yana uma*, que querem dizer alcaguete e cabeça negra, iniciou o Pai-Nosso e continuou a rezar, desafiando seus executores, que tentavam interrompê-lo aos gritos. Só parou a oração após dizer "o pão nosso". O tiro o silenciou. Ele tombou para o lado esquerdo, a boca ainda entreaberta tentando dizer "de cada dia nos dai hoje", as mãos cruzadas, e ficou nessa posição até que sua família providenciasse seu primeiro sepultamento, oito dias, quatro horas e 32 minutos depois.

Eles continuaram enterrando-o todos os dias, sempre na mesma hora. Isso criou entre nós o hábito de agendar compromissos para antes ou depois do enterro do presidente, sem jamais olhar, a não ser de esguelha, para o que ainda restava dele, e quando a viúva e os filhos de meu padrinho deixaram de realizar o sepultamento, deduzimos todos que não havia sobrado nada daquilo que um dia fora seu corpo. Estávamos certos. A viúva e os filhos foram encontrados no dia seguinte ao lado da sepultura de meu padrinho. Estavam em pé, olhando para o jazigo com as mãos postas em oração, e sulcos tão profundos em seus rostos os faziam irreconhecíveis. Só percebemos que estavam mortos quando o vento derrubou seus corpos sobre o túmulo do presidente Alejandro. Secaram de tanto chorar.

Eu também chorei muito, todos choramos, pela morte do padrinho e dos outros, e se ainda não sequei, se ainda não secamos, pode estar certo, senhor, que isto ocorrerá a qualquer momento porque nossas almas murcharam há muito tempo, e sem alma a vida é impossível. Meu padrinho foi executado 13 horas, vou dispensá-lo dos minutos, depois de ser retirado de sua cama às três da madrugada pelos guerrilheiros e levado à escola, em companhia da esposa e dos filhos, que presenciaram tudo sem nada poder fazer, onde um julgamento popular, assim explicaram os que o haviam prendido, o condenou à morte.

Todos os que morávamos ali, no centro do povoado, tivemos de comparecer ao julgamento e todos os que estavam em suas chácaras, que aqui chamamos de *pagos*, foram conduzidos à escola sob a mira de fuzis. Eles, os algozes de nosso *varayoc*, eram mais de 52, que foi tudo o que pude contar, mas havia mais vigiando o povoado, disso tenho certeza. Até as crianças foram obrigadas a assistir ao julgamento. Os captores de meu padrinho fixaram bandeiras vermelhas em todas as paredes da escola e hastearam outra no mastro em que, nos dias de festa, erguíamos a bandeira peruana, cujo significado não compreendíamos, e a erguíamos apenas por costume e por gostar do seu vermelho e do seu branco.

O silêncio que fizemos durante o julgamento expressava com tanta eloquência nossa perplexidade que várias vezes encobriu a voz do juiz. Ele falava e falava, não parava de falar, e falava alto e rápido, gesticulando e apontando para meu padrinho, gesticulando e apontando para nós, e a maioria de nós não o compreendia porque ele falava espanhol e a maioria de nós fala apenas quíchua, e essa maioria sequer tem a noção de que o idioma com o qual se comunica se chama quíchua. Quando ele, o juiz, que não deveria ter mais que vinte anos, disse que a sentença de meu padrinho não poderia ser outra senão a morte, por isso seria a morte, muitos dos que assistiam continuaram não entendendo nada e continuaram sem entender o que acontecia mesmo quando ele foi posto de joelhos e um dos *tuta puriqkuna* apontou a arma para sua cabeça. *Tuta puriqkuna*, senhor, é a alma penada que se locomove sem cessar, e sempre à noite, para espalhar a morte. Muitos de nós passamos a nos referir assim aos guerrilheiros. O senhor saberá por que, embora eles não se limitassem à noite para nos trazer dor e ceifar nossas vidas.

Somente depois que meu padrinho acenou para mim e fui até ele e ele me passou, sem que os guerrilheiros percebessem, um papel que guardava numa das mãos, e fiz o sinal da cruz e não contive as lágrimas, um uivo de desespero se formou ao meu redor, cada vez mais intenso. Meus vizinhos compreenderam, enfim, que o que acontecia não era mais uma aula ministrada por aqueles estranhos surgidos entre nós pouco mais de um ano antes e liderados por Martín, ensinando coisas difíceis de entender, não por causa do idioma, porque havia tradutores entre eles, mas porque o que diziam era muito estranho a nós, a todos nós. Entenderam que era uma reprovação ao comportamento de nosso presidente que culminaria com sua execução ali, na frente de todos. E nada poderíamos fazer para salvá-lo, porque os que nos cercavam estavam armados e nós não tínhamos arma alguma. Nosso *varayoc* tombou às 16 horas e 16 minutos, foi fácil gravar essa hora.

A morte de meu padrinho fora decidida dois meses antes, quando ele liderou a emboscada a Martín e a cinco de seus cupinchas *tuta puriqkuna*. O que o matou foi seu coração piedoso porque todos nós, sim, eu participei da emboscada, havíamos decidido que Martín e os outros deveriam morrer. Dom Alejandro contestou, disse que não era correto, que a morte seria um castigo duro demais para aqueles homens, todos jovenzinhos, exceto Martín, que tinha mais ou menos trinta anos e era o único entre os seis que não pedia clemência, clemência, senhores, por amor de Deus, por amor a seus deuses, e diziam isso quando já estavam rendidos no chão, sangrando, bastante machucados com nossos chutes, socos e pauladas. Além de não clamar por sua vida, Martín ainda nos desafiou, tentou nos enfrentar sacando um revólver de cano curto, talvez de seu coturno, o único lugar que não revistamos, e o apontou para nós, dizendo que nos mandaria para o mais profundo dos infernos, o lugar que merecíamos habitar, disse. Senti, todos sentimos, que ele apertaria o gatilho, mas não pôde completar o gesto porque o machado do meu tio Amadio foi mais rápido e decepou sua mão. O sangue jorrou sobre nós.

A dor fez Martín rodopiar várias vezes, e ele rodopiava e gritava que iríamos para um inferno ainda mais profundo que o almejado antes por ele. Seus cupinchas o olhavam com a mesma expressão de horror que eu só havia visto em algumas caveiras das catacumbas do mosteiro de São Francisco, em Lima. Meu padrinho interveio, disse basta, já demos a lição que eles mereciam, e mandou que um de seus filhos esquentasse um pedaço de ferro para estancar a hemorragia daquele homem que continuava a rodopiar e a gritar e dava a impressão de que o sangue a qualquer momento deixaria de brotar de seu pulso para jorrar de seus olhos, tão vermelhos estavam e mais vermelhos ainda ficaram durante a cauterização. Ele urrou como devem urrar os demônios quando o ferro em brasa foi pressionado em seu ferimento. Liberados, Martín e seus cupinchas desapareceram ladeira abaixo, levando num balde a mão decepada que ainda se debatia, tentando apertar o gatilho da arma confiscada. Guardamos o revólver.

2
A profecia e o indício de uma traição

Os tentáculos do serviço secreto penetram nos labirintos do Sendero. O menino-pastor decide: será guerrilheiro!

A Catedral reluzia naquela manhã de sol, o sol cuja insistência em aparecer pelo menos trezentos dias por ano deixa ainda mais incandescente o deserto do qual Arequipa irrompe como um oásis, a mais de dois mil metros sobre o nível do mar, e ressalta as silhuetas dos vulcões Chachani e Misti e do nevado Pichu Pichu, que a circundam. A igreja domina toda a face norte da Praça de Armas. Sua versão atual remonta ao final no século XIX; a primeira foi destruída por um incêndio. O estilo neorrenascentista destaca as setenta colunas e os três pórticos, e sobre a igreja fundem-se no céu teimosamente azul as duas torres, elegantes e simétricas. Ladeada pelos portais de dois andares que ocupam as outras três faces do quadrilátero, a igreja impera sobre uma das mais belas praças de armas da América hispânica, o que não é pouco, já que não há nesta parte do mundo cidade que não possua a sua Praça de Armas, a principal como referência histórica, geográfica, arquitetônica e também turística e que, séculos depois de sua edificação, ainda se impõe, pela beleza e harmonia de seu traçado e das construções que a circundam, às transformações que o mundo moderno trouxe a essas urbes — para o bem ou para o mal.

Era a primeira manhã do primeiro dia de Humberto naquela cidade *sui generis*, escala inicial de sua viagem de férias ao país andino, tão próximo geograficamente e ao mesmo tempo tão distante culturalmente do seu. A estada em Lima, restrita ao aeroporto, na véspera, durara o suficiente para a troca de avião. Seu roteiro previa como escala seguinte Cusco, o "umbigo do mundo", como a batizaram os incas, seus fundadores, e, na volta, Lima mereceria sua visita de turista — três dias estavam reservados a ela.

Vinte dias eram o que Humberto tinha de férias, que ele prometera cumprir à risca para que pudesse retomar o trabalho em condições melhores em que o havia deixado, pois, ao cruzar novamente a portaria do jornal, o aguardariam uma rotina estafante, plantões noturnos, escalas de final de semana, uma pressão enorme do início ao fim do expediente para apurar a informação, elaborar o texto, refazer o texto, adequá-lo ao espaço disponível, titulá-lo e, em grande parte dos casos, jogá-lo fora quando concluído porque aquela notícia fora suplantada por outra... Era preciso, portanto, estar com a mente e os nervos em ordem para enfrentar tanto o desafio cotidiano do trabalho quanto a estressante, poluída e violenta São Paulo, onde estava a sede do seu jornal, *O Estado de S. Paulo*.

Humberto caminhou até a porta da Catedral e avançou três passos em seu interior, iluminado por réstias poderosas que incidiam sobre o imenso lustre sevilhano, que as devolvia como flechas a todo o templo. Não ousou ir além. "Todas as igrejas são iguais, por mais diferentes que sejam", pensou.

Preferiu contemplar o exterior da igreja. Escolheu um banco na Praça de Armas que se voltava para a Catedral e próximo a um chafariz em forma de menino, obra, como indicava a placa a seus pés, de Gustave Eiffel, construtor da torre parisiense, que jorrava água por uma espécie de corneta, daí o apelido onomatopeico de *turututu*. Mal havia sentado, e um homem de poncho e gorro de lã, indumentária desnecessária numa manhã ensolarada e quente como aquela, se aproximou. Abria caminho com um bastão que denunciava sua cegueira. Sentou-se ao lado do repórter e acomodou no colo um *charango*[9] que tinha como caixa de ressonância uma carcaça de tatu.

— Lindo instrumento — disse Humberto, tentando iniciar uma conversa com o inesperado vizinho.

— Sim, mas linda mesmo é a música que ouço agora.

O único som que Humberto captava era da água que jorrava da corneta do menino do chafariz. Seria aquele o som a que o velho cego se referia como a linda música que ouvia? Humberto arriscou:

— De fato, o som do chafariz produz uma música linda.

— Não é a ele a que me refiro. Refiro-me ao som de sua alma.

O comentário desconcertou o repórter, que buscava o que dizer quando o velho se antecipou:

— Após a décima primeira badalada daqueles sinos — apontou instintivamente a bengala para os campanários da

---

[9]Instrumento de corda, semelhante ao bandolim, típico dos Andes.

igreja — sua vida mudará, e quando eles tocarem quatro vezes sua alma se unirá a outra.

O velho cego levantou-se, fez uma vênia e se afastou em direção a uma das laterais da praça. Humberto considerou a abordagem uma manifestação exótica de cordialidade e abrigou-se na sombra dos portais. Os sinos anunciaram 11 horas e, quando silenciaram, Humberto ouviu, vindo do rádio do bar diante do qual passava, o anúncio de "extra, extra, extra". Era a Rádio Nacional do Peru informando que camponeses dos Andes Centrais se rebelaram contra um destacamento guerrilheiro e mataram sete de seus integrantes.

"Uma grande notícia", pensou Humberto, sentindo a fisgada de curiosidade, acompanhada de desconfiança, que a sua profissão impõe. Verdadeira ou falsa, era uma grande notícia. Se verdadeira, derrubava a crença de que o Sendero estava se impondo devido à sua estratégia militar e por estar arrebatando corações e mentes dos habitantes dos Andes, passo decisivo para a conquista do poder. Se falsa, a informação era uma tentativa do governo de manipular a opinião pública a seu favor e, ao mesmo tempo, o biombo para uma possível chacina, empreendida por militares e não por civis, o que abalaria perigosamente a credibilidade do presidente Belaúnde Terry.

Ir ao local dos acontecimentos, portanto, era absolutamente necessário para investigar a verdade, mas, hesitou Humberto, como chegar a ela? Uma missão como aquela deveria ser cercada de cuidados que, solitário em terra estrangeira e tão cheia de ameaças como aquela, seria incapaz de tomar.

"Esqueça, afinal estou aqui para descansar, não para trabalhar", reagiu, fixando o olhar nas paredes brancas da Catedral e dirigindo-o em seguida aos portais que envolvem a praça — todos igualmente brancos. O *sillar*, a matéria-prima das construções de Arequipa e extraída dos vulcões que a rodeiam, deu-lhe o merecido apelido de "a cidade branca". Por ser porosa, a pedra facilita o trabalho do cinzel — assim, são raras as fachadas e colunas de suas construções históricas, preservadas com esmero, que não deslumbrem por seus relevos.

Os portais ofereciam uma variedade de lojas, mas o que interessava a Humberto naquele momento era sentar-se, refrescar a garganta que o calor e a secura do deserto fustigavam e decidir se mantinha as férias ou se as mandava às favas.

Uma *salteña*, delicioso empanado de frango, azeitonas e passas, e uma Inca-Cola[10] depois, e a decisão estava tomada: as férias ficariam para outra ocasião, já que aquela era oportuna demais para ser desperdiçada.

OS IRMÃOS MARIO E VICTOR ROCHA trabalhavam no fundo da redação apertada e escura de *El Pueblo*, distante poucos metros da tipografia, cuja visão fez Humberto imaginar a balbúrdia que seria o trabalho concomitante dos dois setores, com prejuízo para o primeiro, que requer concentração, estado incompatível com o escândalo de uma linotipo em ação. Faltava pouco para o meio-dia. Os irmãos, sitiados por pilhas de papel e imensas máquinas de escrever Remington, já estavam na redação há pelo menos duas horas e, informou Victor, o mais jovem, só a deixariam por volta das dez da noite, com intervalo para o almoço variável de acordo com as circunstâncias.

---
[10] O refrigerante mais popular do Peru.

Humberto fora ao jornal para se informar sobre as condições da viagem a Ayacucho, de onde pretendia alcançar as aldeias nas quais, dizia o governo, os guerrilheiros haviam sido mortos.

— Sinceramente, não o aconselhamos — disse Mario, recém-retornado de La Paz, onde passara vinte anos trabalhando no conservador *El Diario*, o jornal boliviano de maior circulação. Voltara para cuidar da mãe, doente e quase cega, trabalho que um solteiro como ele estava apto a realizar. Victor era casado e tinha filhos adolescentes. — A situação lá está cada vez mais tensa, o governo colocou toda a região em estado de emergência, o Exército está reforçando sua presença... Não, não vá agora — ponderou Mario.

— Preciso ir — retrucou Humberto, cerrando os lábios para sinalizar sua conformidade com os riscos da empreitada.

— Já que o colega insiste — interrompeu Victor —, sugiro que viaje acompanhado. Alguns colegas limenhos pretendem ir a Ayacucho. Por que não os acompanha?

A ideia era excelente, e Humberto ficou ainda mais animado com a missão que se atribuíra. Os irmãos Rocha pediram que voltasse após o almoço, quando esperavam poder colocá-lo em contato com os jornalistas da capital.

Para Marcos Wilson
Editor de Internacional
URGENTE
   Estou Arequipa. Suspendo férias. Assassinato de guerrilheiros nos Andes merece cobertura. Contato jornalistas de Lima para viajar Ayacucho.
   Abraço. Humberto

Informar ao jornal de sua decisão era uma necessidade, e os irmãos Rocha o autorizaram a utilizar o telex para enviar a mensagem.

— Não querem almoçar comigo? — convidou Humberto, procurando retribuir a gentileza.

Os irmãos recusaram. Victor tinha que estar com a família e Mario, com a mãe.

— Já experimentou nosso *ceviche*? — perguntou Mario quando Humberto se aproximava da porta. E, sem esperar pela resposta, emendou: — Na Praça de Armas há uma *cevichería*, a melhor de todo o Peru e, portanto, do mundo. É a única do lugar; não há como errar.

O *ceviche* é um prato de aparência pueril: um filé de peixe cru — de preferência corvina —, uma espiga de milho verde cozido, uma folha de alface, uma batata doce e muito, muito limão. Há também os picantes, acompanhados de algas, mas esta opção é para quem possua palato de aço.

Após o almoço, em vez da sonolência costumeira que o estômago cheio provocava em Humberto, ele teve uma sensação de bem-estar e leveza, produzida pela iguaria recém-ingerida, que o fez trocar a sesta por uma sessão fotográfica na igreja da Companhia de Jesus. Seu claustro impressiona pela harmonia das colunas cinzeladas com precisão espantosa.

— É preciso que se apresse — aconselhou Mario assim que Humberto voltou a encontrá-lo. — Mas já está tudo acertado. Ao chegar em Lima, ligue para este número e procure Consolata. É a secretária de redação de *La República*, que enviará um jornalista a Ayacucho. Ela está esperando por você e o apresentará aos colegas.

— Está bem, vou providenciar agora mesmo a passagem para Lima.

— Há um voo esta noite, às dez, e já reservei um assento em seu nome.

A solicitude de Mario impressionou Humberto.

— Como posso agradecê-lo?

— Dizendo obrigado, apenas. Isto é, se quiser. E a propósito: os colegas limenhos embarcam para Ayacucho amanhã mesmo, no início da tarde. Posso pedir a Consolata que reserve uma passagem também para você?

— Claro — respondeu Humberto, despedindo-se de Mario com um aperto de mão. — Ah, mais um favor, se não for demais, e sei que é demais: o que você sugere que eu faça para aproveitar as poucas horas que me restam na cidade?

— O que você viu além da Praça de Armas?

— A igreja da Companhia.

— Vá ao Mosteiro de Santa Catalina. É imperdível.

— Não sei como agradecê-lo.

— Já disse: diga apenas obrigado.

— Obrigado.

Humberto deixava a redação quando Mario o alcançou empunhando um papel. Era um telex com a resposta de seu chefe.

— Chegou neste instante — disse.

Para Humberto Morabito
Caro Humberto

Decisão de viajar Ayacucho excelente, mas cuidado. Companhia dos colegas peruanos é imprescindível. É bom ter alguém no Peru neste momento. Invista no assunto, vai render farto material. Além da cobertura

de rotina, recolha elementos para reportagem especial. Destrinche o tema, historie o surgimento da guerrilha, situe-a no tempo e no espaço, entreviste a maior quantidade de pessoas que puder, trace perfis. Sei que é pedir muito, mas chegue a alguém do Sendero. Este contato é fundamental.
Abraço
Marcos

A rede de espiões comandada pelo capitão

O capitão Froilán preferia o telefone público ao instalado na Distribuidora Atlântica, por mais difícil que fosse, como de fato era, encontrar um aparelho disponível e funcionando em Lima. A escassez desse equipamento e a manutenção deficiente deles pela estatal Entel-Peru, que monopolizava o serviço, dera origem a um próspero e vasto comércio de telefonia varejista. Comerciantes e mesmo os ambulantes que atravancavam as apertadas ruas do centro histórico, cujos aparelhos eram conectados clandestinamente à rede telefônica, alugavam seus equipamentos por minuto.

Froilán não confiava no telefone instalado na Atlântica. Não havia indício de que estivesse grampeado, mas como ter certeza do contrário se o rastreamento da linha era feito, assim como nas demais sucursais da Dicote espalhadas por Lima e outras cidades, pelo pessoal especializado da agência, justamente quem mais temia? Traição e espionagem são irmãs siamesas, acreditava Froilán. Se a Dicote estava infiltrando seus agentes no Sendero, era de se temer que a recíproca fosse verdadeira.

Os guerrilheiros agiam por ideologia, pelo menos assim faziam crer, mas na polícia, seja em que parte do mundo for, mesmo nos países que remuneram bem seus policiais, o que definitivamente não era o caso peruano, sempre há os que, e são muitos, estão dispostos a tudo por dinheiro. Era essa a segunda fonte da desconfiança do capitão.

O êxito no trabalho e, acima de tudo, as vidas de Froilán e Lucho dependiam do sigilo que os cercava. Vários de seus colegas tinham ciência da missão da qual estavam encarregados, mas as informações que coletavam eram de conhecimento apenas de seus superiores, que lhes haviam dado carta branca para agir à maneira que julgassem conveniente, não importando os métodos que empregassem. Os recursos de que dispunham para o trabalho, que pressupunha a formação de uma rede de informantes, voluntários ou mercenários, nas instituições de ensino superior eram módicos, porém suficientes.

O capitão Froilán classificava as informações enviadas pelos estudantes, recrutados pacientemente por Lucho, que frequentava as escolas na condição de vendedor de livros, livros que comprava com desconto em uma livraria da avenida Colmena para revender com confortável margem de lucro. A formação acadêmica de Lucho, reforçada por sua aptidão pela leitura — gostava de clássicos, mas também se deleitava com a literatura policial —, facilitava as abordagens e o comércio que exercia ajudava a financiar suas despesas e, acima de tudo, era uma excelente cobertura para sua atividade de espionagem.

Lucho concentrava suas atividades nas escolas do centro e sul do país, onde a presença do Sendero no meio estudantil era intensa e crescente. Por isso, encontrá-lo na Atlântica era imprevisível e raro. Viajava à exaustão para supervisionar a rede de informantes que, apesar de numerosa, era inconstante devido ao grande número de deserções seguidas de adesões, sempre em quantidade maior que as primeiras, e imprecisa, confusa e anárquica no envio de informações.

Os centros universitários, sempre muito ativos politicamente no Peru, estavam em efervescência incomum por causa da guerra de guerrilhas. Pela primeira vez na história, um contingente tão numeroso de estudantes havia passado da teoria à ação, aderindo ao esforço subversivo de enfraquecer o Estado e transformar-se em instrumento que permitiria aos camponeses a conquista do poder. Esse esforço dividia os universitários. A maioria repelia a guerrilha, mesmo os que militavam numa das 38 organizações estudantis de esquerda ou nas 175 dissidências que disputavam o poder nas universidades de Lima e Callao. Essas organizações e dissidências se ramificavam pelo interior, onde se subdividiam até quase o infinito. E a minoria que defendia o Sendero, ligada às organizações de extrema esquerda, como o Movimento Estudantil Revolucionário Antifascista, tinha de ser convencida a empunhar as armas. Essa conversão exigia abordagem e condução eficientes, das quais se encarregava a seção de recrutamento universitário do Sendero.

A rede de arregimentação do Sendero, supunha Froilán, possuía uma coordenação centralizada que se apoiava em recrutadores disseminados pelo país, pois, do contrário, o esforço de cooptação não estaria tendo o efeito que os serviços de informações detectavam — era grande o fluxo de universitários para a linha de frente do Sendero. Eram igualmente numerosos os condicionados a aguardar — e os agentes infiltrados garantiam que isso não tardaria a acontecer — a abertura de uma nova frente de combate, desta vez nas cidades, quando, então, e finalmente, entrariam em ação. Eram guerrilheiros "adormecidos", a maioria filiada aos "organismos gerados", entidades criadas pela guerrilha para alastrar sua influência sobre a classe média, professores, advogados, pequenos comerciantes e, sobretudo, os moradores das *barriadas*, as favelas que cresciam na mesma proporção em que se agravava a crise econômica e social do Peru. Movimento de Intelectuais Populares, Movimento Classista Barrial, Movimento Juvenil e Socorro Popular eram alguns desses "organismos gerados". Enquanto esses "guerrilheiros sem armas" estivessem em estado latente, e mesmo que já tivessem concluído os estudos e, portanto, deixado os recintos universitários, eram de responsabilidade da seção de recrutamento, que precisava atuar junto a eles para manter viva a chama revolucionária, da qual a inanição era inimiga potencialmente poderosa.

Assim, deduzia o policial, penetrar na seção de recrutamento permitiria confundir o adversário numa área crucial; se a neutralizasse, cortaria o abastecimento de quadros, comprometendo a linha de frente, e retardaria e tornaria menos eficazes as ações de terrorismo urbano em gestação.

Os simpatizantes do Sendero em San Marcos eram ostensivos. Manifestavam seu apoio em portas e paredes e até no piso dos pátios, nos quais pintavam *slogans* enaltecendo a luta armada, Mao e o presidente Gonzalo, exigindo a "morte aos repressores" e "lacaios do imperialismo", entre os quais se destacava, pela profusão de vezes em que era mencionado, o presidente Belaúnde Terry, que, para eles, encarnava o estado de coisas a que se propunham sepultar com a luta armada.

A morte dos jornalistas em Uchuraccay dera pretexto para a Federação Universitária de San Marcos decretar greve geral por tempo indeterminado. Os estudantes tomaram a universidade, prometendo liberá-la somente após a deposição do "assassino" Belaúnde Terry, pois atribuíam a ele a responsabilidade pelo massacre, e sua substituição por um "governo popular autêntico". Quinze dias depois, sem alimentos devido ao bloqueio da polícia, sem água e sem luz, cortadas por ordem do governo, os estudantes começaram a desertar. Os líderes da ocupação, isolados e enfraquecidos, encontraram, enfim, a saída "honrosa" para o impasse: atiraram coquetéis molotov nos policiais, forçando-os a invadir o prédio e retirá-los aparentemente à força.

As pichações em San Marcos representavam um instrumento eficiente de propaganda do Sendero, pois superdimensionavam sua real presença entre os estudantes daquela instituição. Havia senderistas lá, sim, mas em quantidade muito menor que a propaganda fazia supor. Quantos seriam? Cem, duzentos, quinhentos? Froilán não conseguia fechar esta informação com o grau de segurança que ela exigia. Seriam algumas dezenas, apesar de muito ruidosos, estimava o capitão.

Os olheiros recrutados por Lucho trabalhavam de forma compartimentada, atuando nos vários centros acadêmicos, e mesmo o que havia se infiltrado numa das células do Sendero em San Marcos se dizia incapaz de quantificar a força de que a organização dispunha ali. A célula da qual participava, e na qual respondia pelo codinome de camarada Manoel, tinha seis membros — isto, somente isto ele podia garantir, uma vez que as células não mantinham contato entre si.

O aliciamento de universitários para a guerrilha não era necessariamente feito através das organizações estudantis, o que dificultava, e muito, o trabalho do capitão Froilán. E o procedimento padrão da guerrilha era esse justamente para confundir a vigilância dos serviços de informações do governo, pois os diretórios e associações estudantis eram extremamente vulneráveis à infiltração de agentes da repressão.

De fato, na maioria deles, de Lima a Arequipa e Puno e Cusco e Ayacucho e Huancayo, entre outras cidades, Lucho havia cooptado informantes, e os que militavam nos partidos de esquerda eram os mais preciosos, seduzindo-os com o argumento de que precisavam colaborar com a harmonia social e a estabilidade das instituições para assegurar o futuro da nação. Esse argumento sensibilizava estudantes de classe média e mesmo os da baixa, que temiam que a eventual vitória da guerrilha maoísta limitasse ainda mais as já limitadas oportunidades de trabalho e ascensão social num país cuja economia retrocedia ano a ano. Esses estudantes colaboravam por idealismo, mesmo que o idealismo fosse em benefício próprio, mas também havia os que se deixavam convencer por argumentos mais imediatos e práticos — o pagamento regular por informações.

O trabalho desses informantes ultrapassava o âmbito da atuação das associações estudantis, pois os recrutadores do Sendero atuavam em todo o recinto universitário. E também fora dele: bares, lanchonetes e casas noturnas de frequência universitária eram utilizados pelos senderistas para arrebanhar novos companheiros de armas. Na Universidade de San Marcos, os senderistas não obtiveram o controle da Residência Universitária, mas dominavam o Comitê de Luta dos

Comensais, passando, assim, a gerenciar o fornecimento de comida para os estudantes. E isto era excelente para a organização, porque permitia o levantamento de recursos — os fornecedores tinham interesse em continuar alimentando uma multidão de estudantes esfaimados e estavam dispostos a pagar o que lhes fosse exigido para isso —, e os quadros do Comitê Metropolitano e de qualquer parte do país sabiam que, quando precisassem, teriam comida de graça no restaurante universitário instalado no jirón Cangallo.

Essa intrincada e confusa rede de informantes era supervisionada por Lucho, que mantinha um fichário de seus agentes e, para não perder o controle sobre ela, havia arregimentado alguns auxiliares de confiança — a maioria estudantes, mas também professores. As informações colhidas pelos olheiros eram repassadas a Lucho e a seus lugares-tenente verbalmente ou por escrito ou diretamente a Lima, por carta. Periodicamente, Lucho fazia relatórios a seu superior. Uma caixa postal no Correio Central de Lima recebia dezenas de correspondências diariamente. Froilán as recolhia pessoalmente, quando, então, aproveitava para se distrair observando os cartões-postais que dezenas de vendedores expunham em suas barracas perfiladas ordenadamente sob as abóbadas de vidro do prédio. Ele lia atentamente as cartas e organizava as informações no gigantesco quebra-cabeça que estava formando, desconhecendo quantas peças seriam necessárias para completá-lo e que figura surgiria em seu centro quando o concluísse.

As informações contidas naquelas cartas referiam-se a reuniões dos grêmios estudantis, suas ordens do dia e deliberações, identidade de seus membros e respectivas tendências ideológicas; a festas, reuniões domésticas, viagens dos estudantes, casais que se formavam e se dissolviam e até às suas preferências sexuais, nem sempre ortodoxas. Prós e cortras ao Sendero manifestados pelos estudantes compunham montanhas de frases, nomes e circunstâncias numa cordilheira de informações que crescia dia após dia, extravasando os arquivos de aço que ocupavam as paredes e se distribuíam em fileiras em duas salas da Distribuidora Atlântica para formar pilhas irregulares e crescentes de papel sobre o piso cada dia mais pegajoso devido à falta de asseio.

Martín leva aos chefes o bilhete da traição

O menino-pastor Dionísio caminhou de Iquícha ao Rasuwilca, onde empunhou um fuzil pela primeira vez, atraindo as ironias de seus companheiros porque a arma era ligeiramente menor que ele, que completara 12 anos havia um mês. Mesmo assim, fora considerado habilitado a integrar a frente de combate nas províncias do sul de Ayacucho.

Reforçaria as fileiras que tinham a missão de controlar os povoados de Victor Fajardo, onde o Sendero estava enraizado e disseminava os comitês populares, formados pelos "novos dirigentes", precursores da República Popular da Nova Democracia que estava sendo moldada nos Andes.

A "velha ordem", que a guerrilha pretendia exterminar em todo o país, estava sendo aniquilada nesses povoados do centro e sul de Ayacucho, onde os "antigos dirigentes", os presidentes, *varayocs* e tenentes-governadores, foram substituídos pelos comitês revolucionários, formados, na maioria, por jovens.

Os "antigos dirigentes", além de perder seus cargos, eram submetidos, a exemplo do que ocorrera durante a Revolução Cultural chinesa, a contínuas humilhações. Em vários povoados, foram encarregados da limpeza pública, entre outras tarefas que feriam seu orgulho.

Dionísio aceitara a incorporação forçada à guerrilha com resignação. Afinal, se se rebelasse, morreria; se fugisse seria caçado até o fim do mundo, que, diziam os livros que ele manuseara na escola, ficava bem mais distante de onde seus conterrâneos de Ccarhuapampa acreditavam que estivesse.

E também a aceitara com esperança, porque, apesar de ter sido recrutado à força, era no Sendero que poderia ter o futuro que Ccarhuapampa lhe recusava, recusava a todos que, meninos como ele ou adultos, tinham apenas um destino — a pobreza eterna.

A melhor perspectiva que seu povoado poderia lhe oferecer era pastorear até o fim de seus dias lhamas e alpacas num ambiente em que o horizonte era infinito, mas o *ichu*[11], a fonte de alimento daqueles animais, cada vez mais ralo.

O Sendero, sim, como havia dito a professora Elomina, que lecionava em Uchuraccay e também em Ccarhuapampa, era a luz em meio às trevas que cobriam os povos da puna, e mais do que isso: o instrumento de dias melhores para ele, Dionísio, para todos os peruanos da montanha, do litoral e da selva.

A selva... a selva que ele tanto amava devido a seus mistérios, aos esconderijos que proporcionava, ao frescor de suas ramagens, aos frutos, aos animais, à água, sempre fresca embora turva, a selva de Ayacucho nos limites com

---

[11]Relva das regiões altas e áridas dos Andes.

Apurímac, aonde fora levado ainda bebê, lhe fora negada quando completou oito anos, com a volta definitiva dos pais a Ccarhuapampa.

O trabalho nos cultivos de coca não proporcionara os lucros que os pais desejavam, e agora restava a ele, Dionísio, o horizonte sem fim e também sem futuro da puna, a planície árida e indômita dos Andes.

O passado de caçadas ao puma, ao veado, a tudo o que se movesse na selva e pudesse proporcionar alimentos para ele e sua família, esse passado estava sepultado. O futuro que a puna lhe reservava era o futuro que ele não queria e não iria abraçar.

O PAPEL QUE O MENINO-PASTOR DIONÍSIO portava foi entregue a Feliciano, comandante do Exército Guerrilheiro Popular nos Andes Centrais e, portanto, o principal chefe militar do Sendero no campo de batalha, que decidiu repassá-lo ao Departamento de Controle de Quadros, estabelecido em Lima, para que se descobrisse quem era o autor daquele ato de traição.

Sim, só poderia ser um ato traiçoeiro porque, se o presidente de Uchuraccay estava aceitando um acordo, esse acordo tinha sido proposto e, se não fora por ele, Feliciano, e não havia sido por ele, tinha sido por outro, sem sua autorização e, pior ainda, sem seu conhecimento.

O Sendero possuía um eficiente sistema de comunicação, mas o portador daquele bilhete, o bilhete da traição, não poderia, decidiu Feliciano, ser outro senão Martín, que perdera a mão direita sob o golpe de um machado desferido por um uchuraccayno reacionário e, por isso, não poderia mais continuar no campo de batalha.

Desde o dia em que abandonou Uchuraccay, levando num balde a mão direita amputada, Martín não sorriu mais, e seu olhar, antes perspicaz e vívido, passou a espargir tristeza em todas as direções.

Por ter se tornado incapaz de empunhar uma arma, pois era destro e perdera justamente a mão habilidosa, Martín seria transferido para Lima, onde o Departamento de Controle de Quadros determinou que coordenasse as ações militares do Comitê Metropolitano, que não apresentava os resultados esperados pela direção da guerrilha, e ao mesmo tempo auxiliasse o recrutamento de universitários da capital.

Tinha sido professor de Ciências Sociais na Universidade Nacional San Cristóbal de Huamanga, e isso era um elemento facilitador junto aos estudantes.

Ele deveria viajar a Lima assim que se restabelecesse da amputação e, como isso jamais aconteceria — teria a sensação, até o fim de seus dias, de que sua mão decepada apertava sem cessar o gatilho do revólver confiscado —, embarcou uma semana depois da emboscada de que fora vítima em Uchuraccay.

Viajou de ônibus, enfrentando os solavancos, a poeira e o frio da Rodovia Central.

A revolução se instala. Surge a cavaleira misteriosa

Poderemos precisar dele, pressagiou meu padrinho, dom Alejandro, entregando o revólver confiscado de Martín a um de seus filhos. Era a mesma arma que seu filho não teria tempo de usar quando o pai fosse surpreendido dormindo e também a mesma que seria usada para desfechar o tiro fatal contra sua testa, concluindo assim o ciclo iniciado pela mão decepada de Martín Martín e seus companheiros tiveram a vida poupada com a condição de que não voltassem jamais, e não voltaram jamais, só que no lugar deles vieram outros, mais de 52 na primeira vez e 64 na segunda, 61 na terceira e 78 na quarta, porque a execução de meu padrinho foi o primeiro ato de uma história de horror que começou com a chegada em Uchuraccay de Martín, pouco mais de um ano antes. Martín nos foi apresentado por Severino e seu sobrinho Pelayo como comerciante disposto a trocar o que produzíamos, e era pouco o que produzíamos e continuamos a produzir porque nessas alturas, o senhor se deu conta de que estamos a quatro mil metros, senhor?, a terra pare com dificuldade, e oferecia por nossos produtos, que eram o *chuño*, batata desidratada, e a *oca*, outra variedade de batata, muito mais do que havíamos recebido até então. Às vezes ele até nos retribuía em dinheiro, o que é muito raro acontecer por aqui, mas o que mais dava em troca de nossos produtos eram rádios de pilha, espelhos, sapatos, aparelhos de barbear, brinquedos para as crianças, colares e brincos e tecidos para as mulheres e até, mas isso ele dizia que não entrava na contabilidade e destinava-se somente aos homens adultos, umas revistinhas de mulheres peladas muito bonitas, que a maioria de nós julgava impossível existir, tal a perfeição de seus corpos, semelhantes apenas vagamente aos de nossas mulheres, e digo isto respeitosamente, senhor. A existência dessas mulheres só foi admitida depois de eu garantir, sob juramento, que havia visto em Lima, se não iguais, pelo menos parecidas com elas. Eu era o único entre todos que conhecia Lima.

Essas revistinhas, ele só trouxe nas primeiras visitas, depois disse que não traria mais porque eram coisas de um tal capitalismo, e entendemos que deveria ser o nome de algum demônio, contra o qual todos deveríamos lutar, ele disse, e não entendemos por que, pois se havia algum mal em contemplar aqueles corpos desnudos, quem eventualmente deveria nos censurar era o padre e não ele, Martín.

Afinal, quem era ele, Martín? Um simples comerciante, nos dizia, que percorria a província de Huanta adquirindo nossos produtos e de nossos vizinhos para revendê-los nas feiras do estado de Huancavelica e que era nascido em Macachacra, mas disso nunca nos certificamos porque nunca nos interessou saber. Comerciante, também nos dizia, que não estava preocupado apenas com o lucro, e sim em fazer justiça social, e era isso, dizia, o que mais faltava em nosso país por causa do egoísmo das elites que historicamente exploravam os mais fracos, e os mais fracos são vocês, ele dizia apontando-nos o indicador direito, o mesmo que meses depois usaria para tentar atirar em nós, e vocês não podem continuar impassíveis como estão, é preciso se rebelar, e a rebelião somente dará certo se vocês forem fortes e organizados e, para isso, precisam se unir a outras comunidades e a nós, o Exército Guerrilheiro Popular, e viva o presidente Gonzalo! Viva a luta armada! Viva Mao Tsé-tung! Morte aos tiranos! Viva o Sendero Luminoso! E era sempre assim, ele sempre interrompia sua fala com vivas a isso e mortes àquilo, e não entendíamos quem era o presidente Gonzalo, pois sempre ouvíamos no rádio que o presidente do Peru se chamava Belaúnde, e sabíamos que o presidente do nosso povo era Alejandro Huamán. E nem tínhamos a menor ideia de quem seria o outro, cujo nome não conseguíamos pronunciar nem em quíchua nem em espanhol, que ele nos explicou era da China, que havia conduzido o povo daquele país ao poder e era o que ele e seus amigos pretendiam fazer conosco, e então ficávamos pensando o que é que iríamos fazer na China se nem sabíamos o que era e onde ficava o Peru, do qual ouvíamos falar tanto e cuja bandeira hasteávamos nos dias de festa apenas porque gostávamos de suas cores.

Martín começou a trazer alguns amigos, que passaram a nos visitar em nossas casas para falar da revolução, dos dias de prosperidade e justiça social que nos aguardavam quando o presidente Gonzalo fosse alçado ao poder pelo Exército Guerrilheiro Popular, o exército que contava conosco, homens, mulheres, crianças e velhos, para sua luta porque sem nós a batalha seria perdida e conosco a vitória era certa, e o que diziam esses amigos de Martín era endossado pela professora Elomina, a única professora de nossa escola, e depois por Severino, que tinha uma chácara e ficou amigo daqueles estrangeiros e os chamou para ajudá-lo a encontrar seu cavalo e as ovelhas que haviam desaparecido. Os estrangeiros vieram, e estavam desta vez sem a companhia de Martín, perguntaram casa por casa quem sabia onde estavam os animais de Severino e, não obtendo resposta, porque ninguém de fato sabia, levaram alguns *comuneiros* à praça e os espancaram na nossa presença, explicando que assim procediam porque o roubo não poderia passar impune e, já que ninguém admitia ter furtado os animais de Severino nem apontava os ladrões, aquelas pessoas seriam punidas no lugar dos verdadeiros responsáveis, e que aquilo nos servisse de lição para que jamais se repetisse. A partir daquele momento as coisas seriam diferentes aqui, disseram os amigos de Martín, porque a revolução não poderia triunfar enquanto vigorasse o velho sistema, que teria que mudar, e radicalmente, em todo o país e aqui também, e começaria a mudar com a destituição do padrinho Alejandro da presidência e sua substituição pelo presidente Gonzalo que, como não poderia estar aqui porque tinha que cuidar da revolução em todo o país, seria representado por um comissário, e esse comissário seria Severino, que assumiria a função naquele exato momento e seria assessorado por eles, soldados do Exército Guerrilheiro Popular e militantes do Partido Comunista Sendero Luminoso. E quem se rebelasse estaria se rebelando contra a revolução, e todo ato contrarrevolucionário seria punido de acordo com as leis da guerra, que eram claras, límpidas como o céu que roçava nossas cabeças. Todo ato contrarrevolucionário, determinavam essas leis, nos explicaram os estrangeiros, deveria ser punido de acordo com sua gravidade, que também era uma só, independentemente do ato cometido, e essa punição era a morte.

Ninguém deu importância à nomeação de Severino, com exceção da professora Elomina, que vivia conosco há pouco tempo e passou a cumprimentá-lo com uma solene reverência e a chamá-lo de senhor, coisa que jamais havia feito antes porque ela era mais velha do que ele. Para nós, nosso líder continuava sendo dom Alejandro, meu padrinho, que dava de ombros toda vez que lhe perguntávamos o que deveríamos fazer com Severino e nos aconselhava a esperar, e não seria por muito tempo porque, acreditava, aqueles estrangeiros logo se esqueceriam de nós, pois jamais tivemos importância e não era agora que teríamos. Severino passou a andar escoltado pelos estrangeiros, sempre armados sem que houvesse nenhum motivo para isso, pois, até então, não tínhamos nenhuma ideia ruim sobre o que fazer com eles, e essa ideia somente começou a brotar quando eles passaram a dizer, apontando o dedo e seus fuzis para nós, e muito sérios, e muito ríspidos, que uma das causas, talvez a principal delas, da injustiça social era o excesso de terras em poder de alguns poucos, e isso deveria acabar, e acabaria assim que a revolução triunfasse. Então deduzimos que eles roubariam nossas terras, que era tudo o que possuíamos e de onde tirávamos nosso sustento e dos nossos filhos, e isto era assim havia muito tempo, desde que nossos ancestrais se estabeleceram nestas montanhas infinitas. E ficamos ainda mais preocupados quando convocaram nossas mulheres para reuniões noturnas na escola, afirmando que elas deveriam ser a ponta de lança, e nem tínhamos ideia do que era isso, da revolução, por isso deveriam ser doutrinadas e treinadas longe de seus maridos, pais e filhos na Escola Popular de Mulheres. Por que à noite, por que longe de nós?, nos perguntamos, e na primeira, segunda e também terceira aula de que participaram ficamos do lado de fora, silenciosos, espreitando pelas frestas o que se passava lá dentro, e na quarta fomos surpreendidos por Severino, que chegava atrasado por causa da lida no campo e nos denunciou aos estrangeiros. Fomos expulsos, e naquela noite mesmo nos reunimos com o presidente Alejandro Huamán e decidimos que não mais aceitaríamos os estrangeiros entre nós.

Teríamos que esperar que voltassem, já que haviam se retirado após o término da aula, e quando voltaram, dois dias depois, eram seis. Martín estava entre eles, e os recepcionamos alegremente, convidando-os a almoçar na casa do meu padrinho. Quando terminaram, os acompanhamos até a escola, onde descansariam um pouco, porque não lhes restava alternativa depois de comer tanto, e a leitoa e as batatas assadas por minha madrinha estavam uma delícia, e beber em excesso a *chicha*[12] e o *llonque*[13]. Tinham que dormir. Comemos pouco, mas, desde muito antes que eles assomassem no topo da encosta, já tomávamos nossos traguinhos, que era para adquirir valor. Estavam tão tontos quando chegaram à escola que foram se espichando no chão antes mesmo que chegassem os colchonetes que guardávamos na despensa. Deixaram seus fuzis encostados nas paredes. O presidente Alejandro sinalizou para que apanhássemos as armas, e deixaríamos os estrangeiros descansar antes de aplicar a eles a lição que mereciam não fosse o grito de alerta dado por um deles ao perceber que os despojávamos de seu arsenal. Então aconteceu o que já contei ao senhor.

AGORA VOU CONTAR O QUE AINDA NÃO CONTEI, e foi que, uma semana depois de Martín sair do povoado acompanhado dos cinco cupinchas e levando a mão decepada, uma deferência de nosso *varayoc* ao antigo comerciante que se revelara membro do Exército Guerrilheiro Popular, ela apareceu. Apareceu montada num cavalo malhado, pequeno e de pelo espesso, usava chapéu de lã ovalado de abas rebaixadas, um lenço vermelho no pescoço, o rosto semicoberto pelo *huajoto*, o gorro de lã, e vestia um poncho de lã de alpaca de várias cores. Sua calça era protegida pela *jahahuatana*, uma cobertura de couro na região das coxas, e calçava botas também de couro, marrons. Estava só, e julgávamos estar diante

---
[12]Bebida alcoólica fermentada à base de milho.
[13]Bebida alcoólica derivada da cana-de-açúcar.

de um *morochuco* extraviado por algum motivo que somente os céus compreendiam, porque um *morochuco*, o mais valente de todos os cavaleiros de que temos notícia, não se perde jamais, e mais admirados ficamos quando constatamos que era uma *morochuca*, tinha a voz suave e as mãos delicadas. Queria falar com nosso *varayoc* e com os anciãos e mais ninguém. E ela falou, em espanhol e quíchua, diante do padrinho dom Alejandro e dos anciãos, senhores, sou uma das comandantes do Exército Guerrilheiro Popular e vim aqui em missão de paz, por isso estou só, e vim porque soube o que fizeram a Martín e a seus companheiros e não posso permitir que eles façam com os senhores o que pretendem, porque eles consideram que os senhores fizeram algo que não poderiam ter feito, em hipótese alguma. Julgam que os senhores contraíram uma dívida de sangue com o Sendero Luminoso e, por isso, serão punidos para que a punição seja exemplar e desestimule seus vizinhos a repetir o que fizeram, porque a notícia do que aconteceu corre entre os povoados de Huanta mais rápido que o vento, e aí outros poderão imitar os senhores e seus vizinhos, e será o fim. A violência não poderá mais ser contida. Senhores, por favor, para o bem de todos, dos senhores e suas famílias, do Peru e da revolução, abandonem o mais rapidamente possível suas casas e suas chácaras durante algum tempo, levem o que puderem e voltem somente quando eu aconselhar, e quando eu disser sim é porque o perigo já passou, e poderão voltar em segurança. Tomem, guardem este papel, ele contém o número de um telefone em Lima onde alguém saberá onde me encontrar quando os senhores me procurarem. E, por favor, me procurem, me procurem o quanto antes.

Entregou o papel ao meu padrinho e recomendou que nunca disséssemos a ninguém, principalmente a Severino, o comissário do Exército Guerrilheiro Popular, que estivera conosco. E partiu, desaparecendo por onde viera, com o poncho esvoaçante.

3
Olhos verdes

A aparição no convento das santas mulheres, o condor e o vulcão. E uma armadilha nos Andes, onde a violência se alastra

Ela surgiu envolta no facho de luz despejado pela claraboia.

Eram quatro da tarde, informaram os sinos da Catedral, audíveis ali.

A claraboia era a principal fonte de iluminação da cozinha do velho convento, cujas paredes estavam recobertas pela fuligem de cozimentos e frituras nada opulentos devido ao estilo de vida abnegado de suas moradoras. Uma robusta porta de madeira comunicava a cozinha ao pátio, onde Humberto se posicionara para fotografar o interior do ambiente, que, iluminado por aquele facho, ressaltava o estoicismo das monjas que o ocuparam durante quase quatro séculos.

Humberto substituíra a lente normal pela grande angular para captar uma área mais ampla do ambiente, protegendo-a com um anel de borracha largo para atenuar o contraste da luz externa com a penumbra do interior. Preparava-se para ajustar a velocidade com a abertura do diafragma quando ela surgiu. Ele regulou o foco e testou vários enquadramentos, decidindo-se finalmente pelo vertical, pois era o que melhor expressava a proporção da volumosa e longa cascata de luz em relação à nudez do ambiente e àquela personagem que surgira do nada para se converter no ponto referencial da foto.

Os clics da Canon F1 motorizada a fizeram virar-se para Humberto. Ao descobrir que fora fotografada, recuou alguns passos.

— Desculpe — disse ela, com o corpo agora parcialmente encoberto pela porta do refeitório. — Não percebi que você estava fotografando.

— Não se preocupe. Aproveitei sua presença para enriquecer a foto, que, sem você, ficaria sem expressão — tranquilizou-a Humberto.

Ela não se moveu. Olhou-o com rispidez.

— Então você me utilizou como personagem?

— Sim, e agora você já faz parte da minha vida — brincou o repórter, sorrindo, enquanto ela enrugava a testa, entre perplexa e decepcionada.

— Talvez essa fosse a última coisa que você gostaria que acontecesse — disse a mulher.

— Que você fizesse parte da minha vida?

— Sim.

— Por quê?

A mulher desviou o olhar de Humberto. Buscava as palavras certas para encerrar aquele encontro imprevisto.

— Porque há vidas que, quando se cruzam, jamais conseguem se livrar umas das outras, asfixiando-se, definhando até se extinguirem mutuamente.

— Mas há também o encontro de vidas que se completam, que se alimentam umas das outras para se fortalecer, crescer, ser felizes — atenuou o jornalista para evitar que a conversa se encerrasse bruscamente. Aquela mulher merecia todo o seu empenho.

— Não espere isso de mim — disse ela, séria, olhando Humberto inquisitorialmente. Esperava, com a rispidez da resposta, sinalizar que a conversa havia indo longe demais.

— Como você pode me rejeitar desta maneira, sem sequer me conhecer? — insistiu Humberto, novamente sorrindo, sorriso que equivalia a uma súplica para que não fosse dispensado. Pelo menos não naquele momento.

— É apenas uma advertência. Você é estrangeiro e nós, peruanas, costumamos ser fatais para os estrangeiros.

O comentário desapontou a mulher. Buscara outro argumento, mas não o encontrara. O que estava acontecendo, cobrou de si mesma, por que não dispensava logo aquele desconhecido em vez de dar trela a uma conversa que ela não iniciara, não desejava e, apesar disso, não conseguia interromper?

— Como notou que sou estrangeiro?

Ela sorriu. Humberto percebeu que a interlocutora baixava a guarda. A expressão de seu rosto, antes tensa, agora relaxada, sinalizava que a rejeição que ela manifestara no início refluía.

— Como não notar, se o seu sotaque é perceptível mesmo quando você está calado?

— E como isso pode ser possível? Ser denunciado pelo sotaque, mesmo em silêncio!

— Você se comporta e se veste como estrangeiro. Veja, por exemplo, seus sapatos: são azuis! Nenhum peruano ousaria calçar sapatos desta cor!

O desconcerto de Humberto levou-a a gargalhar. Seu riso ecoou pela viela estreita em que se encontravam.

O CONVENTO DE SANTA CATALINA, também chamado de mosteiro, é o mais complexo conjunto arquitetônico de Arequipa, fundado em 1579 e que precisou de dois séculos para adquirir sua feição em meio a mudanças de planos e terremotos constantes. Seu estilo é o autêntico *criollo*, simbiose das linhas espanholas e autóctones, e a obra denota ter sido conduzida sem projeto, tendo sua expansão ocorrida conforme permitiam os recursos disponíveis em relação às necessidades das reclusas. Parte de seus edifícios foi erigida em *sillar*, parte em barro. As pedras brancas conservam sua aparência original, enquanto as paredes de barro receberam tonalidades diversas de ocre, vermelho e branco. O mosteiro é uma cidadela que ocupa uma área de mais de dois hectares, protegida por muros espessos e altos e dividida por inúmeras vielas que formam um intrincado labirinto e conduzem a uma praça central, onde um chafariz — qual a praça de origem espanhola que não o possui? — atenua a aridez do clima e oferece, com sua leveza, o contraponto à rigidez arquitetônica do complexo.

Centenas de mulheres, de todas as condições sociais, mas sobretudo da nobreza, dedicaram naquele ambiente suas vidas à contemplação de Deus, exercício que exigiu delas a renúncia a todos os bens e prazeres terrenos. Sua primeira habitante foi Maria de Guzmán, viúva de Diego Hernández de Mendoza, que, ainda jovem e sem filhos, renunciou a todas as delícias que sua riqueza poderia proporcionar. Sor Ana de los Angeles Monteagudo, a mais famosa de suas moradoras — ela chegou ao mosteiro aos três anos de idade para jamais deixá-lo —, morreu em odor de santidade, e a ela é atribuída, desde quando em vida, uma sucessão de milagres. Nem sua santidade nem a sacralidade do local a pouparam, contudo, do ódio, o mais genuíno sentimento humano. Revoltadas com as normas rigorosas que impôs quando priora, suas subordinadas a envenenaram três vezes. Ela venceu todas as conspirações, mas não pôde resistir à mais letal de todas — o tempo.

— QUER DIZER QUE MEUS SAPATOS AZUIS me denunciaram! — ironizou Humberto, após se recuperar da afirmação depreciativa.

Ela dava pretexto a que a conversa continuasse, e isso era um bom sinal, um ótimo sinal, comemorou o repórter.

— Tolo — atenuou ela —, estou brincando. Esse local é visitado praticamente só por estrangeiros ou por colegiais peruanos. É claro que você não se encaixa na segunda categoria.

A voz dela perdera a aspereza inicial. Falava mais pausadamente e tinha o semblante sereno.

— E o que você faz aqui, se não é estrangeira nem tem a idade de uma colegial?

— Vim pensar — respondeu ela, afastando o olhar do repórter e dirigindo-o a um ponto qualquer do convento.

— Pensar o quê?

A fisionomia da mulher voltou a anuviar, mas a distância que projetou a seu olhar sinalizou a Humberto que aquele recuo nada tinha a ver com ele e sim com ela, somente com ela.

— Não importa o que pensamos. Importa é que pensemos. Humberto conteve o impulso de buscar uma resposta imediata àquela observação. Deixou que a interlocutora emergisse naturalmente do estado de ânimo a que sua circunspeção a conduzira.

— E este local, a que pensamentos te induz? — insistiu o repórter quando julgou oportuno arrebatá-la da melancolia que a envolvera repentinamente. Iniciou a caminhada pelas vielas do convento, que, de tão numerosas e intrincadas, recebem nomes para orientar o visitante. A mulher o acompanhou, sem esboçar contrariedade.

— A muitos pensamentos, porém a um único sentimento — ela falava ainda mais lentamente, e o timbre de sua voz era suave —, e esse sentimento é o da serenidade proporcionada pela missão cumprida. Porque as antigas moradoras deste local renunciaram a tudo para se dedicar a Deus. Era o ideal daquela época. O maior ideal daquela época. Estes muros, vielas, capelas, claustros remetem a um outro mundo. Estou no Peru, mas é como se não estivesse aqui. Sinto-me como se estivesse em qualquer lugar e em nenhum lugar ao mesmo tempo.

O silêncio pareceu a Humberto a única reação possível àquele comentário que expressava o respeito da desconhecida ao local que os acolhia.

Chegaram ao chafariz. A mulher umedeceu um lenço e o levou à nuca, massageando-a levemente, e depois à testa. Apontou para o céu:

— Um condor!

A visualização da ave provocou nova alteração no comportamento da mulher. A melancolia foi subitamente substituída pela excitação. Seus olhos refulgiram e Humberto notou o quanto eram belos.

A ave voava a grande altitude e cruzava o céu impulsionada pelas correntes de ar. O condor, cujo corpo pode ultrapassar um metro de comprimento, raramente bate as asas porque os músculos peitorais são insuficientes para proporcionar a força exigida pela envergadura de três metros. Por isso, ele desenvolveu um eficiente sistema de navegação que lhe permite se elevar a seis mil metros de altitude e planar até onde as correntes de ar o conduzirem.

— O condor me impressiona pela elegância e autonomia de voo — observou a mulher —, mas, sobretudo, por sua capacidade visual: esteja a que altura estiver, ele distingue claramente até pequenos objetos no solo que passam despercebidos a nós. Se enxergássemos como ele — e a mulher suspirou, interrompendo sua fala e depois observando que recorria a uma metáfora —, teríamos outra relação com a natureza, com o tempo, com nossos semelhantes e até conosco mesmos.

— É a primeira vez que assisto a um condor voando — disse Humberto, evitando aprofundar-se na divagação filosófica da mulher para se ater ao que via naquele momento, e o que via era belo e inesquecível.

— É raro vê-los. E cada vez mais raro, porque o número deles está diminuindo, assim como o de líderes com capacidade de visão de longo prazo. Nossos antepassados cultuavam essas aves, agora as desprezamos como desprezamos o futuro para nos saciar com o presente — lamentou a mulher.

— Você vem sempre aqui? — esquivou-se o repórter, decidido a fugir de um tema sobre o qual teria prazer em se deter, mas que naquelas circunstâncias, acompanhado da bela mulher que acabara de conhecer e pretendia conquistar, lhe parecia tão árido quanto o solo de Arequipa.

— Menos do que gostaria e mais do que poderia — respondeu a mulher, notando o desinteresse do interlocutor pela condução que instintivamente impusera à conversa.

— Como assim?

Ela apoiou seu olhar no de Humberto e, após um curto sorriso precedido de um longo silêncio, sentenciou:

— Este é um dos meus segredos. Não insista na pergunta porque nós, mulheres, precisamos conviver com muitos segredos.

Humberto acatou a sugestão. A mulher demonstrava uma cultura incomum a jovens como ela, que não deveria ter mais que 25 anos.

— O seu nome também é segredo? — reagiu Humberto, dando-se conta de que ainda não se apresentara a ela.

— Pode ser que sim, pode ser que não.

— Então jamais saberei com quem estou falando?

— Se preferir, pode me chamar de... Beatriz.

— Beatriz... este é o seu nome?

— Pode me chamar de Beatriz.

— Humberto.

— Muito prazer.

— Igualmente.

Beatriz tinha olhos da cor da esmeralda — foi a primeira coisa que Humberto notou, que qualquer um notaria —, os lábios generosos, o nariz afilado e pequeno, e, quando sorria, a alvura dos dentes ressaltava a tez ligeiramente morena. Os cabelos eram negros e lisos, cortados à *chanel*, e o pescoço, longo e delicado. As maçãs do rosto, proeminentes, eram o único indicativo de sua miscigenação. A ascendência espanhola preponderava em seus traços. A blusa colante, de decote discreto, e a calça, também justa, insinuavam formas harmoniosas. Não usava brinco nem colar. Só um relógio, de pulseira de couro.

— Você é muito bonita — Humberto arriscou dizer ao cruzar o portão principal do convento, encerrando a visita àquele local em que a santidade de suas antigas moradoras ainda se manifestava através do leve perfume exalado por suas paredes e muros centenários.

— Obrigada — limitou-se a responder Beatriz. Não manifestava pressa em afastar-se do homem que acabara de conhecer.

Convidá-la para tomar um suco foi uma ação espontânea, quase uma obrigação para Humberto, mas, no silêncio que se seguiu ao convite, ele temeu a recusa.

— Está bem, desde que não demoremos — concordou Beatriz.

Trocaram um olhar de cumplicidade e sorriram. Humberto olhou o relógio: passava pouco das cinco. Quando voltou a consultá-lo, eram nove e quinze. Então, estavam diante do Misti, cuja cúpula nevada, a quase seis mil metros sobre o nível do mar, refletia e esbanjava a luz da lua cheia, panorama deslumbrante proporcionado pelo mirante de Yanahuara, o bairro de arquitetura predominantemente sevilhana.

— Perdi o avião! — exclamou, imaginando a fisionomia de decepção que o prestativo Mario certamente manifestaria ao ser informado do atraso.

— Outros partirão, não tenha pressa — consolou-o Beatriz, que, como Humberto, se sentia inebriada pela luminosidade da lua que perpassava seus corpos e os elevava a uma dimensão imaterial.

OS DOIS HAVIAM CHEGADO CAMINHANDO ao mirante após tomarem um suco — e Humberto repetiu o prato consumido no almoço — na *cevichería* da Praça de Armas, onde falaram de suas vidas. Humberto descrevera Londrina, a cidade em que nasceu, longe do mar, longe das serras, edificada sobre uma planície de grande fertilidade, o desejo de se tornar jornalista manifestado ainda quando criança, as dificuldades para chegar a um jornal de circulação nacional, o que conseguira no ano anterior, ao completar 27 anos. Contara que visitar o Peru era um desejo antigo, alimentado pelas obras de Arguedas, Alegria, Scorza e Vargas Llosa e pela visualização das fotos deslumbrantes de Cusco e Machu Picchu, principalmente, mas de outras regiões também — o Callejón de Huaylas, o monumental encontro das cordilheiras branca e negra, por exemplo. Lamentara que, devido à emergência profissional, a visita a Cusco, agendada para ocorrer logo após a estada em Arequipa, estava adiada. Para quando? Ele não saberia precisar, tudo dependeria do êxito ou fracasso de sua missão em Ayacucho, na qual depositava grandes esperanças e também grandes temores. Era uma missão que envolvia riscos, o que exigia que ele se cercasse de toda cautela possível, a começar pela companhia dos colegas limenhos que, no entanto, com o adiamento de sua viagem, não sabia se seria possível compartilhar.

Beatriz ouvira-o com atenção, interrompendo-o ora para pedir esclarecimentos, ora para fazer comentários jocosos, sem jamais demonstrar fastio. As peculiaridades do Brasil despertavam seu interesse. Ela pedira informações sobre o comportamento de seus habitantes, pontos turísticos e geografia e também sobre suas condições políticas. A longa permanência de um regime militar, iniciado em 1964, a intrigava: como era possível um país tão grande, dinâmico e multifacetado como o Brasil se submeter durante tanto tempo a um governo de força? Fez-se muito séria quando ouviu Humberto falar de seu projeto profissional no Peru. Um laivo de tristeza contaminara seu olhar.

— Tem certeza de que quer ir a Ayacucho? — perguntou.
— As coisas não andam bem por lá e devem piorar.

Beatriz apresentara-se como estudante do último ano de Obstetrícia em Tacna. A Universidade Nacional daquela cidade tinha bom conceito e era gratuita. Sua família continuava em Lima, e em Lima ela havia nascido. A grade curricular do curso determinava que, no último ano, os alunos acompanhassem a evolução da gravidez das mulheres carentes em diversas regiões do centro e sul do país. As aldeias dos Andes e a periferia das grandes cidades eram os locais preferenciais da atuação desses estudantes, mesmo durante as férias, como naquele momento. Por isso, ela estava em Arequipa. Depois seguiria para outras cidades, num roteiro que pretendia continuar percorrendo após concluir o curso e até que suas pernas não aguentassem mais, porque os pobres se reproduziam em progressão geométrica e na proporção inversa das oportunidades oferecidas pelo país. Seu trabalho ao menos permitia melhores condições de desenvolvimento físico e emocional às crianças. O Peru, lamentou, estava próximo de completar cinco séculos desde que os espanhóis, comandados por Francisco Pizarro, se sobrepuseram aos incas, a mais avançada de todas as civilizações avançadas que brotaram daquele território, e deram início a um novo ciclo histórico, e até então não havia encontrado o caminho do desenvolvimento.

— Somente recuamos — sentenciou Beatriz, com ar grave.

IMERSO NA LUMINOSIDADE, Humberto ouviu ao longe o trinado solitário de uma *quena*[14] — "é o som dos Andes", explicou Beatriz —, que, conduzido pela brisa, dissipava-se e fortalecia, fortalecia e dissipava-se, num movimento contínuo de aproximação e recuo. O idílio foi bruscamente interrompido por Beatriz.

— É tarde, devemos voltar — pediu.

— Está bem — concordou o repórter. — Mas preciso aproveitar este momento, este local, esta brisa, esta paisagem, esta luz — Humberto estava resoluto — para confessar: estou apaixonado!

A revelação fez com que Beatriz, cuja proximidade de Humberto sob as arcadas do mirante permitia que suas pernas se roçassem, se afastasse bruscamente e disparasse, gargalhando:

— Não disse que nós, peruanas, somos fatais para os estrangeiros?

— Não estou brincando.

---

[14]Flauta de madeira, típica dos Andes.

— Bobo, você está influenciado pelas circunstâncias. Amanhã, quando acordar, terá dificuldade de se lembrar de meu rosto.

— Isto não vai acontecer, e se acontecer, tenho suas fotos: é só olhar para elas!

— Venha — disse Beatriz, puxando Humberto pelas mãos em direção à rua. Embarcaram num táxi com destino à Praça de Armas, o local indicado por ela para se despedirem. No caminho, ela tirou do bolso um lenço e do lenço uma semente:

— Por favor, gostaria que guardasse esta semente. É de uma linda árvore, o cedro. Quando puder, plante-a.

O rádio do carro tocava José Antonio, na voz polifônica de Chabuca Granda, uma valsa ao ritmo do trote do cavalo, que ora apressa, ora reduz a marcha.

Por una vereda viene
cabalgando José Antonio
Se viene desde Barranco
a ver la flor de Amancae

Beatriz manteve sua mão entrelaçada na de Humberto até o fim da viagem.

— Não posso chegar onde estou hospedada acompanhada de um estranho, ainda mais estrangeiro — justificou, ao se despedir dele próximo ao *turututu* sempre fiel ao seu destino, que era jorrar água, água e água, por todos os séculos dos séculos, amém. — Aqui no Peru isso pega mal.

José Antonio, José Antonio
por qué me dejaste aquí?

— Onde poderemos nos encontrar amanhã? — perguntou Humberto.

cuando te vuelva a encontrar
me acurrucaré a tu espalda
bajo tu poncho de lino

— Deixo o recado em seu hotel.
Ela permitiu apenas um leve beijo em seu rosto.
Humberto seguiu a silhueta de Beatriz até ela desaparecer numa rua lateral, mantendo o olhar fixo em sua direção na esperança de vê-la voltando.
Ela não voltou. A lua ainda estava alta, dominadora. Os sinos da Catedral dobraram 11 vezes.
Alguém, que assistira à cena protegido pelos portais, acendeu um cigarro e desapareceu na noite.

A guerrilha abre as portas aos "heróis" de Huancayo

Parar na lanchonete do jirón de la Unión quando voltava dos Correios era considerado pelo capitão Froilán uma necessidade. Fazia isso com frequência, pois o confinamento solitário numa sala de persianas sempre abaixadas às vezes o cansava — se as mantivesse abertas não veria muita coisa além dos telhados encardidos e oleosos de construções centenárias. Embora gostasse da solidão, e seus hábitos quase monásticos, exceto o referente ao sexto mandamento, que violava com moderação, confirmavam essa preferência, ele se comprazia em se misturar à multidão e observar as pessoas no eterno e apressado vai e vem daquela rua central, a principal do centro histórico de Lima. Essas paradas na lanchonete e sua visita semanal a um cabaré da Praça San Martín, do qual nem sempre levava companhia para seu apartamento, eram suas principais concessões ao convívio social.

Sentado a uma mesa no fundo da lanchonete, Froilán observava o movimento de pedestres e, ao mesmo tempo, apalpava as cartas que guardava numa pasta de couro preto, numa ação instintiva de curiosidade pelas revelações que continham. O café estava mais frio que o habitual, protestou, e a garçonete, que se equilibrava com dificuldade sobre saltos excessivamente altos, o que fazia com que rebolasse desengonçadamente, lhe trouxe outra xícara. "Agora sim", agradeceu, olhando para a coluna de fumaça que emergia do líquido, mas se arrependeu do comentário assim que, fervente, o café lhe sapecou a língua.

No caminho para a Atlântica, deteve-se para acompanhar, postando-se ao lado do chafariz da Praça Maior, a troca da guarda do palácio presidencial, espetáculo diário proporcionado por soldados de uniformes azul e vermelho. O escritório utilizado pelo capitão ficava a duzentos metros da Casa de Pizarro, sede do governo, e nos fundos do palácio episcopal. Os sinos da Catedral, localizada ao lado do palácio, que há séculos indicavam o passar do tempo aos moradores de Lima, eram o relógio de Froilán.

O capitão contou as cartas recolhidas naquela manhã: 32. Retirou-as dos envelopes, espalhou-as sobre a escrivaninha. Por qual começaria? A seleção, como na maioria das vezes, seria feita aleatoriamente. A terceira carta, em caligrafia caprichosa, chamou a atenção pelo título — uma carta com título!, surpreendeu-se o agente —, que informava: "Greve armada". Aquela carta merecia ser lida antes que as demais, e com toda a atenção. Sim, merecia. Havia sido despachada de Huancayo e informava que os universitários locais estavam sendo convocados para uma paralisação, que se estenderia também ao comércio e ao serviço público. O Sendero, autor da convocação, pretendia paralisar a cidade numa "greve armada" — isto é, quem a desacatasse poderia ser punido a bala.

Não era a primeira vez que tal modalidade de greve seria deflagrada, mas a intenção do Sendero inspirou Froilán. Ele aguardou o telefonema de Lucho, que recebia quase todo final de tarde, durante o qual falavam apenas trivialidades para se proteger de eventuais interceptações. Os telefonemas serviam para Lucho informar Froilán sobre seu paradeiro, e ele trocava, por segurança, o nome das cidades por nomes femininos, substituindo-os periodicamente, em comum acordo com o companheiro. As cartas que enviava e que continham seus relatórios de trabalho muitas vezes chegavam a Lima dias e até semanas depois de seu retorno àquela cidade.

Lucho atendeu ao pedido de Froilán e apresentou-se no dia seguinte. Estivera em Puno e Arequipa trabalhando na formação de uma rede universitária preventiva, já que a infiltração dos subversivos no ambiente acadêmico dessas cidades era ínfima até aquele momento. Sim, concordava com Froilán que deveria viajar a Huancayo e acompanhar *in loco* o trabalho de seus informantes que, seguramente, obteriam informações valiosas sobre os integrantes da guerrilha, pois seus quadros seriam previsivelmente reforçados naquela cidade durante a paralisação. Lucho não viajaria só: arregimentaria tantos olheiros quanto fosse possível e os levaria consigo. Eles viajariam a Huancayo a pretexto de engrossar a "greve armada" — um álibi perfeito para serem abordados pelos guerrilheiros. Para facilitar esse encontro, o camarada Manoel, o agente infiltrado numa célula senderista em San Marcos, pediria autorização ao líder do grupo para também viajar a Huancayo — "a causa revolucionária me convoca para esta missão", argumentaria —, onde, acidentalmente, conheceria os idealistas e abnegados estudantes que haviam viajado até lá para reforçar a paralisação convocada pela guerrilha e proporia a seus companheiros de armas que os convocassem a aderir à luta armada.

Os guerrilheiros morderam a isca mais rápida e facilmente do que Froilán esperava. A proposta do camarada Manoel foi feita a um de seus companheiros de célula subversiva ainda em Huancayo no quarto dia da "greve armada", após uma escaramuça entre um grupo de estudantes e a polícia. Sete estudantes — seis homens e uma mulher — da Universidade Nacional Federico Villarreal, de Lima, foram conduzidos à delegacia depois de agredir uma patrulha da Guarda Civil, de onde fugiram durante a madrugada levando os fuzis dos plantonistas, disparando-os a esmo pelas ruas e entrincheirando-se, finalmente, num dos prédios da Universidade Nacional do Centro del Peru, jurando, a quem quisesse ou não ouvir, principalmente a estes últimos, que somente sairiam dali mortos.

Manoel viajou com dois companheiros de célula, mas em horários diferentes — ele foi de trem e durante o dia, realizando um antigo desejo de conhecer aquele trecho sinuoso dos Andes —, e se hospedou em local separado do deles, uma pensão medíocre no fim de um beco sem saída numa encosta de montanha. Combinaram encontrar-se uma vez por dia, no final da tarde, revezando-se, numa lanchonete próxima à Catedral. Se um deles faltasse ao encontro, que deveria ser conferido a distância pelo companheiro destacado naquele dia para se ausentar, os outros dois tinham que deixar a cidade imediatamente. A ausência do companheiro escalado era o sinal de que as forças da repressão o haviam detido.

O agente infiltrado relatou ao companheiro escalado para o encontro daquele dia o episódio envolvendo os sete estudantes vindos de Lima, disse que conhecia um deles — era, como ele, de Tumbes — e que julgava oportuno explorar a rebeldia deles em favor da causa revolucionária. No encontro posterior, dois dias depois, uma vez que no dia seguinte ao primeiro encontro não era sua vez de comparecer à lanchonete, Manoel relatou que a abordagem tinha sido bem-sucedida, que os estudantes, filiados recentemente à Esquerda Unida, mostraram-se cautelosos, mas simpáticos à possibilidade de engrossar as fileiras da guerrilha. Estavam assustados e perplexos com o que haviam feito, pois nunca passara pela cabeça deles que, uma vez presos, empreenderiam fuga levando as armas dos carcereiros. E muito menos que em seguida desafiariam a polícia, entrincheirando-se num prédio público. Achavam que a sorte havia coroado a imprudência, já que não foram expulsos a bala nem sucumbiram a um eventual confronto ou porque o desafio não chegara ao conhecimento das forças de segurança ou elas simplesmente o desdenharam. Fosse como fosse, tinham gostado da experiência. Viajaram a Huancayo para reforçar o movimento grevista porque acreditavam que o Sendero representava uma alternativa de poder — e estavam fartos da mentira, inépcia e corrupção que caracterizavam os políticos tradicionais —, mas nunca haviam pensado na possibilidade de aderir ao movimento. Aliás, já haviam, sim, e a ideia lhes era simpática, mas não passara disso, de uma simples ideia. Bem, colocados agora diante da possibilidade real de engrossar o movimento guerrilheiro, pensariam com mais seriedade no assunto. Precisavam de tempo para decidir.

"Não podemos deixar que o entusiasmo deles arrefeça", aconselhou o interlocutor de Manoel, "mas também temos que tomar todo o cuidado possível. Não podemos ir devagar nem depressa, mas temos que ir". Disse que comunicaria ao líder da célula, que ficara em Lima para coordenar, nos centros universitários da capital, a mobilização de solidariedade à "greve armada" de Huancayo, a possibilidade de recrutamento de todo o grupo, em bloco.

Quando a greve em Huancayo entrou na terceira semana de duração, o líder da célula de Manoel o informou de que a organização tinha manifestado interesse nos rebelados e que alguém seria enviado para conferir se tinham aptidão para a causa revolucionária. O capitão Froilán, profundamente agradecido a seus colegas da Guarda Civil pela montagem do disfarce em Huancayo, recomendou que os sete estudassem alguns documentos públicos do Sendero, entre eles o mais famoso até então, "Desenvolvamos a Guerra de Guerrilhas", assinado pelo próprio presidente Gonzalo, mas que não demonstrassem muita convicção na defesa de suas teses, pois o excesso de entusiasmo poderia despertar a suspeita sobre suas reais intenções. A vacilação, observou, deixaria o aliciador inseguro e ao mesmo tempo esperançoso de direcionar a chama da rebeldia daqueles jovens para os alvos determinados pela organização.

O PRIMEIRO CONTATO ocorreu numa tarde cinzenta e fria de um domingo na Praça Manco Cápac, no distrito de La Victoria, em Lima. Manoel acompanhava dois dos rebelados de Huancayo — os outros seriam abordados posteriormente, por recomendação do líder da célula —, e esperou meia hora além do combinado para que se aproximasse quem deveria abordá-los perguntando se a Praça Sol e Sombra estava próxima. "Longe, desça duas, dobre à esquerda e ande sete quadras", respondeu Manoel, completando a senha. Manoel foi identificado porque vestia o boné de lã verde que propusera usar. Acertara sem querer na escolha do acessório, apropriado ao clima daquele dia.

O outro era um homem delgado, na faixa dos trinta anos, de olhos penetrantes e tristes como aquela tarde. Falava baixo e pausadamente, comportando-se como deveria se comportar um professor. Sua voz era suave, porém firme, e sua mão esquerda, esguia, movia-se com elegância. A direita ele não possuía e deveria tê-la perdido havia pouco tempo, deduziu Manoel, porque uma grande atadura cobria a ponta de seu antebraço. Apresentou-se como Martín.

Agradeceu Manoel por estar dando aos dois rapazes a oportunidade de conhecer o Sendero e a honra de manter contato com aqueles jovens que mostravam abnegação e amor ao Peru e cujo denodo durante a "greve armada" os tornara conhecidos como "heróis de Huancayo". Disse que aquele era seguramente o momento mais decisivo da vida deles, que o futuro viera buscá-los, que o povo peruano estava ansioso para que aderissem à revolução, pois a revolução era o único caminho para a consolidação de um país autenticamente peruano, que esse caminho — "quanto mais guerreiros tivermos, mais curto será o caminho" — era e continuaria doloroso, que muito sangue corria e correria, mas era um caminho de luz, por isso a organização havia decidido incorporar ao Partido Comunista Peruano o complemento Sendero — isto é, caminho — Luminoso. Aquele nome, disse, continha mais que uma promessa, era a profecia de que, após tantos séculos imersos nas trevas da dominação espanhola seguida da dominação burguês-imperialista, estavam, finalmente, no limiar de um novo tempo, o tempo em que os peruanos autênticos, isto é, os camponeses e a classe operária urbana, teriam a oportunidade histórica de controlar os destinos do país. E eles eram convocados não apenas pelo Sendero, mas, sobretudo, por suas consciências, para participar desse esforço gigantesco, da maior de todas as epopeias da história peruana e sul-americana, sim, sul-americana!, porque era maior ainda que a conduzida por Simón Bolívar, José de Sucre e San Martín, porque não se tratava apenas de sepultar uma potência colonizadora e escravocrata e sim de expulsar todo o legado econômico, político, cultural e social dessa potência e seus sucessores e construir uma autêntica nação com o novo homem que estava sendo forjado, a partir dos Andes, pela disseminação das ideias do presidente Gonzalo.

    Se eles quisessem recuar, tinham todo o direito, mas a História, mesmo que permanecessem anônimos diante dela, não os perdoaria jamais. Se quisessem abraçar a causa revolucionária, a causa da justiça e da esperança, teriam de estar dispostos a se transformar nesses novos homens. As portas do Sendero estavam abertas para receber os revolucionários do presente que construiriam o futuro. Para transpô-las, no entanto, teriam que seguir alguns procedimentos de rotina, dos quais seriam informados em breve. O mais importante, naquele primeiro encontro, é que respondessem se estavam realmente convencidos da decisão de aderir à guerrilha.

"Estavam? Ótimo. Eu confiava que esta seria a resposta. Parabéns, senhores, pela decisão, que é a única que se poderia esperar de homens honrados como os senhores. Os senhores acabaram de dar o primeiro passo em direção ao glorioso Exército Guerrilheiro Popular. Outros passos serão necessários, e os senhores serão comunicados oportunamente sobre eles. Obrigado, camarada Manoel, por acompanhá-los até aqui. Obrigado, senhores, por se apresentarem ao Sendero e ao presidente Gonzalo. Obrigado por se apresentarem ao Peru."

Martín despediu-se e foi tragado pela bruma que o Pacífico despejava sobre Lima.

O mistério da casa verde de janelas brancas

O primeiro encontro de Martín com a camarada Paulina, responsável pelo Departamento de Controle de Quadros, aconteceu numa *cevichería* da avenida Arequipa com Palma, em Lima, cujo nome a placa enferrujada e mal iluminada, era noite, mas fosse dia daria no mesmo, não permitia ver.

O ambiente recendia a óleo comestível que, de tão reutilizado, tinha odor semelhante ao do diesel, a iluminação era deficiente e o mobiliário há anos exigia a aposentadoria. Era um local frequentado por estudantes e professores, e eram muitos os que o frequentavam. Situava-se estrategicamente entre diversas escolas técnicas e uma faculdade particular.

O comandante Feliciano ordenou que entregasse este bilhete à camarada, Martín disse a Paulina, explicando as circunstâncias em que a mensagem fora apreendida e informando-a das instruções que o menino-pastor Dionísio havia recebido para dizer ao destinatário do telefonema.

É muito grave, Paulina reagiu; sem dúvida, Martín observou; e vamos ter que descobrir quem é o traidor, porque isso é uma questão de vida ou morte, a camarada acrescentou. Devemos ligar para este número?, Martín perguntou, e do que adiantará?, foi a reação de Paulina, se não podemos recorrer à cilada dizendo que é para procurar Alejandro Huamán, pois Alejandro Huamán está morto — aquele filho da puta, Martín interrompeu, e seus olhos expeliam rancor.

E morreu justiçado pela vingança revolucionária, Paulina observou, e quem atender ao telefone é o intermediário, e o intermediário não nos interessa, quem nos interessa é o destinatário da mensagem. Precisamos descobrir a quem pertence o telefone. É o primeiro passo.

Como fazer isso?, Martín perguntou.

Paulina sorriu; era a primeira vez que sorria: Temos quem pode nos ajudar na Entel. É um militante do Movimento Classista Barrial de Lurigancho,[15] técnico da empresa. Ele terá a oportunidade de provar que compartilha de nossas ideias.

O TELEFONE ESTAVA REGISTRADO em nome de Maria del Carmen Rivera Figueroa, rua Horácio Urteaga, Jesus Maria, e no local havia uma casa verde de janelas brancas.
    Era uma casa de classe média num bairro de classe média. Era térrea, contrastando com as demais, assobradadas, e possuía um pequeno e bem cuidado jardim e ficava próxima à praça Diez Canseco, que permitia, devido a seus canteiros de vegetação alta, porém bem cuidada, que a movimentação da casa fosse acompanhada comodamente por quem não quisesse ser visto.
    E os que vieram a frequentar a praça não queriam ser vistos. A movimentação da casa verde de janelas brancas passou a ser acompanhada todos os dias, em horários os mais imprevisíveis — o ideal, a camarada Paulina lamentou, seria observá-la 24 horas todos os dias, mas não havia gente em quantidade suficiente para isso.
    Talvez a vigilância ininterrupta fosse dispensável. Todos os relatórios enviados a Paulina pelos espiões do Exército Guerrilheiro Popular, a "milícia desarmada" de Lima, como eles se referiam a si mesmos, coincidiam: a única movimentação notada naquela casa era protagonizada por uma sessentona que a visitava diariamente durante duas horas, das dez ao meio-dia.

---
[15] Distrito de Lima.

A observação visual estava sendo infrutífera, duas semanas depois de ter sido iniciada, e Paulina e Martín esperavam que o outro instrumento do qual haviam lançado mão funcionasse.

E logo, porque tinham pressa. A revolução não poderia esperar muito tempo. A revolução não podia esperar tempo algum.

Graças ao militante do Movimento Classista Barrial de Lurigancho, um grampo fora instalado no telefone registrado em nome de Maria del Carmen Rivera Figueroa. Se um método falhar, o outro dará certo, Paulina dizia a Martín.

Eles passaram a se encontrar com frequência e sempre no mesmo lugar, a *cevichería* de letreiro desgastado que não permitia visualizar seu nome.

A repetição do local violava uma regra básica da clandestinidade, mas ambos estavam seguros de que aparentavam ser o que realmente eram ou haviam sido até pouco tempo antes — professores —, e assim acreditavam se integrar perfeitamente ao ambiente, sem despertar suspeita. Paulina havia lecionado Letras na Universidade del Centro do Peru, em Huancayo, e depois em La Cantuta, Lima.

Além disso, a *cevichería* tinha uma vantagem adicional. Estava próxima da casa sem jardim e sem quintal onde Martín alugava um quarto desde sua chegada a Lima, e como a proprietária saía pela manhã para trabalhar e só voltava tarde da noite, porque também estudava, ele tinha tempo de sobra para amar Paulina.

Eram soldados da revolução, sim, mas em parte alguma do "pensamento Gonzalo", o conjunto de doutrinas e regras elaboradas por seu líder a partir do ideário de José Carlos

Mariátegui, precursor do socialismo peruano e inspirador da expressão "Sendero Luminoso", que ele fundira ao maoísmo e adaptara às ideias de Marx, Lênin e Stálin e incorporara às suas, em parte alguma se bania o sexo entre pessoas atraídas uma pela outra. Ou mesmo sem atração nenhuma.

Os dois revolucionários tinham atração um pelo outro, apesar da vantagem de 15 anos de Paulina sobre Martín, atração que se extinguia somente quando se satisfaziam para voltar à carga alguns dias depois, obrigando-os a novamente se satisfazer após o encontro na *cevichería*, porque, e nisso estavam de pleno acordo, primeiro o dever, depois o prazer.

O que havia acontecido era nada diante do que estava por vir

Meu padrinho disse que nossos antepassados lutaram contra muitos inimigos e os venceram. Mas um deles era mais forte que nossos antepassados e os venceu, e nossos antepassados se dispersaram. Nossos inimigos de hoje são mais fortes do que nós e também devem nos vencer e, vencidos, os que sobrevivermos teremos que nos dispersar para não morrer. Podemos evitar isso. Podemos vencer o inimigo, o Sendero Luminoso, saindo daqui para voltar depois, quando nosso inimigo já estiver cansado de lutar. Sairemos e ao mesmo tempo ficaremos. As mulheres, as crianças e os idosos partirão, vão se alojar em casas de amigos ou parentes em outros povoados, longe daqui, o mais longe possível. Nós, os adultos, também iremos, mas não todos. Uns vão, outros ficam escondidos na puna, escondidos nos morros para atacar o inimigo. De surpresa. Os que entre nós ficarem, depois irão, e os que forem, depois virão, até que nosso inimigo canse. Se assim fizermos, nossos vizinhos farão o mesmo, e o inimigo irá embora, para sempre. Daremos o exemplo, ganharemos a guerra.

Ele falou e todos concordamos com ele, e foi quando o menino-pastor Dionísio, de Ccarhuapampa, surgiu escoltando um lote de lhamas. Dom Alejandro mandou que ele fosse a Tambo telefonar para a comandante do Sendero para pedir que ela interviesse por nós. No dia seguinte, era festa da Virgem do Rosário, uma bandeira vermelha do Sendero surgiu tremulando na encosta de uma montanha, provocando a todos de Uchuraccay. Dom Alejandro convocou alguns de nós para acompanhá-lo à encosta e arrancar a bandeira, perguntando, sem que soubéssemos responder, por que haviam hasteado a bandeira justamente ali, e a bandeira foi arrancada, e no caminho passamos pela casa de nosso vizinho Feliciano, a mais próxima do morro, e ele nos informou que os *tuta puriqkuna* haviam exigido dele na véspera uma lista dos uchuraccaynos que falavam mal do Sendero, ao que ele respondeu, e isto consta do processo,[16] senhor, eu não vou falar a favor de nada a ninguém nem contra nada a ninguém porque não podem acusar-me de nada, foi isso o que ele disse que disse. Meu padrinho guardou a bandeira no centro comunitário, e nosso gesto ficou logo conhecido em Huaychao, Macabamba e Cuya, entre outros povoados vizinhos, e soubemos que em Huaychao haviam feito o mesmo, retirado a bandeira dos guerrilheiros.

---

[16]Relatório da Comissão da Verdade e Reconciliação, nomeada pelo presidente Alejandro Toledo para investigar a violência provocada pelo Sendero Luminoso.

E logo depois veio a tragédia, a primeira de todas, com a morte de meu padrinho Alejandro, e, dois dias depois, tiveram o mesmo fim Eusébio Ccente e Pedro Rimache, presidente e tenente-governador de Huaychao, mortos a pauladas após um julgamento popular. A matança estava apenas começando, ah, se soubéssemos o que iria nos acontecer teríamos esperado um pouco mais a resposta da comandante, aquela que confundimos com um morochuco e era morochuca, mesmo não sabendo que o menino-pastor Dionísio jamais chegaria a Tambo, pois se tivesse chegado telefonaria, e se não telefonou é porque não chegou. Nunca mais soubemos dele. Enviaríamos outro emissário e outro e outro mais, até que obtivéssemos uma resposta dela. E o que nos havia acontecido até aquele momento era nada diante do que estava por vir.

A morte de meu padrinho e dos dirigentes de Huaychao alertou os povoados da puna, porque éramos, os da puna, os que mais convivíamos com o Sendero, que se movimentava livremente entre nós a partir de sua base, diziam que era a principal, no nevado Rasuwilca, de onde tinham uma visão privilegiada e a partir do qual podiam controlar todas as rotas de acesso aos povoados do norte de Ayacucho e da parte leste do vizinho estado de Huancavelica. Sabíamos que eles não permitiriam nos perder, porque nos perdendo estariam perdendo a si próprios, e já não mais os queríamos ao nosso lado, pois, se antes desconfiávamos deles por não entender o que diziam e o que pretendiam, talvez porque a maioria de nós seja ignorante, senhor, agora os odiávamos por causa da dor que instalaram entre nós matando nosso presidente, que era meu padrinho, e que sua alma descanse em paz.

Havíamos chegado a uma encruzilhada, que somente poderia ser transposta ou por nós ou por eles, os dois juntos jamais, os *tuta puriqkuna* de um lado e nós, uchuraccaynos e demais habitantes da província de Huanta, de outro. Foi isso o que decidimos logo após a execução do meu padrinho e do presidente e do tenente-governador de Huaychao, e não decidimos somente nós, de Uchuraccay, mas os moradores de Huaychao, Macabamba e Cuya, entre outros povos da puna, em várias assembleias que realizamos todos os domingos do mês de dezembro em Uchuraccay. Decidimos que o Exército Guerrilheiro Popular não mais frequentaria nossos povoados, nem tomaria a água, nem comeria o pão e as batatas e as carnes que antes dávamos a seus membros, porque nos tratavam como inimigos, e como inimigos seriam tratados. Sabíamos que estávamos sós, que não teríamos a ajuda de ninguém, muito menos da polícia, que desde que os *tuta puriqkuna* atacaram seus postos nos havia abandonado à própria sorte e recuara para Huamanga ou Tambo ou Manta. Neste último povoado nos informaram da chegada de soldados vindos de Lima e que se diziam fuzileiros navais, e não entendemos, talvez porque sejamos ignorantes, senhor, o que os homens do mar fariam nessas montanhas inóspitas e áridas, mas eles chegaram, e pronto, estavam lá, era melhor pouco do que nada, mas estivessem ou não estivessem daria na mesma, porque nossa decisão estava tomada. Iríamos enfrentar e expulsar e causar dor aos estrangeiros que mataram nossos líderes de Uchuraccay e Huaychao. Por precaução, mandamos uma comissão a Huanta[17] informar à Guarda Civil sobre

---

[17] A província ayacuchana de Huanta tem como capital a cidade homônima.

nossa decisão e pedir proteção, e os soldados nos disseram isso mesmo, façam isso, contem conosco no que for preciso, e nada mais fizeram, e então voltamos à solidão, como sempre estivemos e assim continuamos.

Nossa rebelião, a rebelião dos povoados da puna da província de Huanta, começou a ser posta em prática em Huaychao e Macabamba, era 21 de janeiro, não disse que registrava tudo, senhor? Nossos vizinhos repetiram a tática que havíamos aplicado ao destacamento comandado por Martín, mas sem poupá-los como havíamos feito com Martín e seus cupinchas. Suas vítimas foram recebidas com festa e vivas à revolução e ao presidente Gonzalo, comeram, beberam e morreram a pauladas sem que tivessem tempo de entender o que lhes estava acontecendo. Quatro em Huaychao e três em Macabamba e, no dia seguinte, foi a nossa vez. Avistamos os guerrilheiros e os interceptamos em Chancahuayco, que um dia foi o centro do nosso povoado. Empunhávamos a bandeira vermelha que meu padrinho havia confiscado, e eles tombaram ali mesmo depois de nos ameaçar matar com a ajuda de seus cupinchas de São José de Secce, que é de onde disseram estar vindo, e de Pacchanca, e os matamos com nossas fundas, paus, pedras, socos e pontapés, e morreram lentamente, sofrendo muito e nos ameaçando, sempre nos ameaçando, de represália por parte de seus companheiros, que viriam, sim, disseram eles, viriam logo e os vingariam, vingariam cada um deles com a morte de dez dos nossos. Eram cinco. A última coisa que disseram foi que seus companheiros viriam, nos matariam e depois se embebedariam de tanta *chicha* que tomariam nos crânios de nossas caveiras. *Uma calavercykichichpim traguta, yawarta tomasaqhu,* foi o que disseram.

Enterramos os estrangeiros longe para que seus corpos não nos denunciassem. Mas sabíamos que os inimigos saberiam, como já deveriam estar sabendo dos acontecimentos em Huaychao e Macabamba, e ficariam sabendo dos demais que aconteceram entre aquele dia e o seguinte em outros povoados. Em dois dias, 41 *tuta puriqkuna* foram retirados de combate para sempre. Soubemos pelo rádio que o que fizemos, mas não tudo, porque só uma parte do que fizemos ficou conhecida, chegou ao conhecimento até do presidente Belaúnde, que nos elogiou dizendo que estávamos expulsando por conta própria o lixo ideológico do Sendero, e isto e o que mais ele disse não entendemos porque, já disse, senhor, somos ignorantes. E um general, e nos disseram que era quem mandava em todo o Ayacucho e também em Huancavelica desde o final de dezembro, falou que havíamos, homens e mulheres, demonstrado coragem e virilidade, isso entendemos apesar de discordar da masculinidade atribuída a nossas mulheres, e foi fácil deduzir que, se era assim, que todo o Peru sabia o que havíamos feito, os *tuta puriqkuna* mais ainda, eles iriam vingar seus companheiros, e logo. Então, nos organizamos. Cada povoado escalou sentinelas para vigiar os caminhos. Ficariam nas encostas dos morros, onde foram abertas covas para que se protegessem do frio e se ocultassem dos olhares dos nossos inimigos, que diziam que tudo e todos viam, mas isso não ia acontecer mais. Vigiariam os caminhos, todos os caminhos, e avisariam a todos, soando cornetas, quando os cupinchas do presidente Gonzalo se aproximassem. A vigilância seria feita 24 horas, dia e noite e noite e dia, até que nos julgássemos livres deles; durasse o tempo que durasse. Em nossas aldeias já não conseguíamos dormir mais porque sabíamos que eles viriam, e viriam para nos matar, e não queríamos morrer, por isso teríamos que matá-los, e para matá-los teríamos que surpreendê-los antes que chegassem a nossos povoados, porque eles tinham armas mais poderosas que as nossas, que eram apenas nossos instrumentos de trabalho. Instrumentos que se prestariam a outra finalidade, causar a morte daqueles que ousaram invadir nossas vidas e consciências para transformá-las em algo que nunca quisemos, nunca entendemos, talvez porque sejamos ignorantes, senhor, e, se tivéssemos entendido, aí é que não quereríamos.

Então chegaram os soldados. Eram 15.

4

O desencontro e o caos

Os soldados aconselham os camponeses a matar os terroristas. E eles chegaram, dizendo: "Somos jornalistas"

Caças *Sukhoi* e *Tupolev* perfilavam-se ao fundo de uma pista secundária do aeroporto Jorge Chávez, no distrito de Callao, em Lima. Eram a herança mais visível da aproximação que o governo do general Juan Velasco Alvarado tivera com a União Soviética na década anterior. Como foi possível que um militar da América Latina, continente historicamente dominado por ditadores de todos os matizes, mas sempre submissos aos interesses norte-americanos, simpatizasse com os russos? A aproximação aos soviéticos foi a resposta de Velasco ao governo de Washington, que bloqueara a venda de armas e peças de reposição às Forças Armadas peruanas em represália à nacionalização, imposta pelo general, das empresas de capital norte-americano, entre as quais se destacavam as petrolíferas.

Velasco Alvarado conduziu um governo de orientação nacionalista. Por meio de reformas estruturais profundas, entre elas a agrária, e intervenções em setores estratégicos da economia, como o petrolífero e bancário, pretendeu resgatar a soberania dos peruanos sobre as riquezas nacionais. Para levar adiante seu projeto de governo, compartilhado por uma significativa parcela de militares de origem mestiça, ele depôs o presidente Fernando Belaúnde Terry, da tradicional Ação Popular. O presidente foi escoltado de pijama listrado, numa madrugada úmida de outubro de 1968, do palácio de governo ao avião que o conduziria ao exílio.

O governo de Velasco Alvarado era a resposta de um setor da sociedade peruana, liderado pelos militares, a décadas de frustrações e de perda de perspectivas proporcionadas por uma sucessão de governos ineficientes e corruptos. Apesar de suas boas intenções, Velasco Alvarado somente agravou os indicadores econômicos e sociais do Peru. A reforma agrária foi a mais profunda das que empreendeu — e a mais ampla de toda a história peruana —, porque alterou radicalmente o ordenamento produtivo e a vida de milhões de pessoas, que, da noite para o dia, passaram de empregados a proprietários das terras em que trabalhavam — sem que tivessem o preparo e as condições técnicas para isso. No outro extremo, milhares de produtores rurais foram despojados de suas terras e dos meios de subsistência. O governo de Velasco Alvarado jamais mostrou uma identidade própria, pois buscou — e talvez tenha sido o seu maior erro — conciliar o capitalismo ao socialismo.

O general Francisco Morales Bermúdez, líder do motim que pôs fim ao governo de Velasco, em 1975, adotou uma linha moderada, resgatou paulatinamente os investimentos estrangeiros, reativou, embora precariamente, a economia e recompôs lentamente a ordem institucional, convocando novas eleições. Doze anos depois do golpe encabeçado por Velasco Alvarado, os peruanos voltaram a ter um presidente civil. Belaúnde Terry foi o ungido e retornou à Casa de Pizarro, onde foi recebido pomposamente pelo regimento de cavalaria "Glorioso Húsares de Junín N° 1 Libertador del Perú, Escolta del Presidente de la República". Vestia paletó e gravata.

Um grande desafio, entre tantos que herdara, o esperava: a guerra de guerrilhas do Sendero Luminoso, que fez sua estreia justamente na véspera da eleição que consagraria Belaúnde Terry — 17 de maio de 1980. Foi uma ação singela diante do que o Sendero preparava para os peruanos, sobretudo dos Andes, onde concentraria seu poder de fogo: roubou as urnas eleitorais do povoado ayacuchano de Chuschi, impedindo, assim, seus moradores de votar. O incidente mereceu pouca atenção da imprensa peruana.

O AEROPORTO FERVILHAVA. Uma das paredes do saguão principal ostentava no alto o dístico *temos orgulho de ser peruanos* — frase que contrariava o contingente de emigrantes que todo dia, mês a mês, ano a ano, num fluxo crescente, partia em busca de melhores oportunidades em outras partes do mundo. À saída da sala de desembarque, Humberto defrontou-se com uma multidão de taxistas que se atirava sobre os passageiros para arrastá-los a seus carros, por bem ou por mal, principalmente por este último método. Humberto venceu a horda, mas não saiu ileso: teve uma das malas cortada a canivete e precisou recompor a camisa dentro da calça após a desafiadora travessia. No balcão de uma agência de turismo, comprou passagem de micro-ônibus para o centro de Lima, onde, por indicação de Mario, que já havia feito a reserva, se hospedaria num hotel limpo e confortável — e acima de tudo barato —, próximo à Praça 2 de Maio.

Os voos para Ayacucho, escala obrigatória para os povoados onde o governo informara ter ocorrido a emboscada dos camponeses aos senderistas, estavam temporariamente suspensos devido ao agravamento da tensão nos Andes provocado pela perda de contato com a comitiva de jornalistas que se propusera a investigar a autoria do massacre. Então, Humberto decidiu viajar de ônibus, com escala em Huancavelica — e lá soube da tragédia envolvendo os colegas. A ordem do editor Marcos Wilson o fez recuar. De volta à capital peruana, esperaria nova oportunidade para viajar ao epicentro do conflito.

CHAMADA NO PASSADO de "a mui nobre, mui digna e mui leal cidade dos reis", Lima, uma das mais belas e harmoniosas cidades da América, há muito tempo havia perdido seu encanto devido à avalanche crescente de desfavorecidos que a ela acorriam na esperança, vã na maioria dos casos, de encontrar uma vida mais digna do que a que tinham nos vilarejos e aldeias da montanha e da selva. Várias avenidas convergem para a Praça 2 de Maio, cujo anel central é dominado pelo monumento aos heróis da batalha marítima de Callao, ocorrida em 2 de maio de 1866 e que resultou na derrota da esquadra espanhola pelos navios peruanos, sepultando definitivamente a pretensão de Madri de reconquistar sua mais rica colônia da América. A praça expõe um casario imponente, mas, quando Humberto a visitou, o encontrou em acentuado processo de deterioração provocada pela miséria de seus moradores e locatários. Os ricos que o habitavam em seu período de esplendor foram expulsos do local, assim como de todo o centro de Lima, instalando-se em bairros mais distantes, como Miraflores, San Isidro e Barranco, todos na orla do Pacífico. O centro de Lima, dominado por palácios e casarões, dos quais sobressaem os balcões em madeira ao estilo espanhol — há mais de quinhentos deles —, era ao mesmo tempo um culto ao passado e uma advertência sobre o futuro, pois o presente estava sendo implacável com o legado histórico e seus habitantes.

*Miséria, confusão. É Lima
depois da reforma agrária*

Humberto Morabito

LIMA, Peru — *"Como evitar a falência das cooperativas, se a maioria delas não tem dinheiro sequer para comprar combustível para seu maquinário e muito menos para pagar os salários de seus sócios?" O comentário é do secretário-geral da Confederação Camponesa do Peru (CCP), Saturnino Corimayhua Momani.*
A CCP, fundada em 1947, reúne 125 confederações e 2,5 milhões de camponeses. É a maior entidade representativa dessa classe, e sua sede serve de vitrine da situação do camponês peruano: instalada no primeiro andar de um velho edifício da Praça 2 de Maio, centro de Lima, suas salas estão empoeiradas, a iluminação é insuficiente, as paredes estão com o reboque descolando, algumas mesas se apoiam sobre tijolos. Seus funcionários conversam entre si em quíchua, o mesmo idioma que predomina entre os incontáveis ambulantes que se aglomeram nas calçadas de todo o perímetro da praça.

Ali se vende de tudo, de empanadas e frutas a parafusos e ferramentas, de roupas e bijuterias a rádios e televisores em cores. Os gritos dos vendedores — cada um disputando com nervosismo a atenção do pedestre — confundem-se com o intenso ruído de carros e ônibus — velhos, amassados, sem para-lamas ou para-choques.

A Praça 2 de Maio não é um caso isolado de desorganização e confusão: ela é apenas uma entre tantas praças, avenidas e jiróns *(ruas) de Lima atravancados de ambulantes, onde o lixo, por falta de recipientes apropriados, é amontoado em qualquer lugar. Os ambulantes proliferam por toda parte. Muitos dormem sob os carrinhos de mão onde expõem seus produtos.*

Lima é caótica e, se essa situação não é nova, lhe fez merecer mais recentemente apelido pouco elogioso: a "Calcutá da América Latina". Calçadas abarrotadas, ruas estreitas entupidas pela frota de veículos mais deteriorada da América Latina, poluição, lixo, mendigos, assaltantes. O centro colonial, que tem como núcleo a Praça de Armas, está se dissolvendo. Para tentar sua recuperação, o governo abriu uma licitação internacional que inclui, além da exigência de restauração de alguns edifícios mais representativos do período colonial, também a limpeza da fachada da maioria dos prédios e casarões dessa região.

Se a Praça 2 de Maio ilustra a situação de Lima, Lima é um espelho da situação do país. "O Peru sofre uma crise profunda e permanente de desintegração nacional", analisa com severidade o professor e economista José Salaverry Llosa, do Centro de Investigação da Universidade do Pacífico. Essa crise afetou todos os setores, mas, segundo ele, "nenhum foi mais fortemente atingido pela crise permanente de desintegração nacional que os das atividades produtivas agrárias e os das comunidades rurais que se sustentam nelas".

"*O êxodo da população camponesa para as capitais (estaduais e provinciais)*", acrescenta, "*é um fenômeno cada vez mais persistente, que afeta a organização de toda a sociedade*". *A reforma agrária criou grandes expectativas de poder conter a maciça migração para os centros urbanos, principalmente Lima. Segundo Salaverry Llosa, "isso não se conseguiu, embora — no máximo — tenha ocorrido desvio de alguns fluxos, dirigindo a migração para novos centros urbanos".*

Em Lima e em todas as capitais estaduais multiplicam-se as barriadas *e* pueblos jóvenes, *duas denominações diferentes para as conhecidas favelas, que acolhem a maior parte da população migrante. Em 1957, as autoridades de Lima já se preocupavam com o grande número de* barriadas, *que eram 56, habitadas por 120 mil pessoas que constituíam 10% da população. Dezoito anos depois — 1975 —, quando a reforma agrária estava para se consolidar, a quantidade de* barriadas *era quase sete vezes maior, isto é, 355. Nelas moravam 1,2 milhão de pessoas, 27,4% da população. Hoje, estima-se que nessas favelas vivam aproximadamente 35% da população limenha. Em consequência desse fluxo ininterrupto de camponeses que se dirigem a Lima em busca de emprego, a cidade, que em 1950 tinha 1,091 milhão de habitantes (incluindo o porto de Callao), passou para 4,682 milhões em 1980. Um estudo feito pela Organização dos Estados Americanos prevê que no ano 2000 Lima será habitada por nove milhões de pessoas.*

Na humilde sede da Confederação Camponesa do Peru, Saturnino Corimayhua Momani queixa-se de que a maioria dos camponeses, principalmente os da serra (os Andes), res-

tringem-se, quando muito, a produzir para consumo próprio, já que "o mercado está prejudicial", entre outras razões porque oferece por seus produtos preço inferior ao de custo. Ele julga que a reforma agrária dos militares foi "histórica para nós, camponeses, porque foi a mais completa que tivemos", mas admite: "Nossa situação agora é pior, muito pior".

HUMBERTO DEIXOU A SEDE da Confederação Camponesa do Peru impressionado com a decrepitude de suas instalações e com a sinceridade de seu presidente, que, estranhou o jornalista, jamais admitiria, não fosse a impossibilidade de contestar os fatos, que um programa de reforma agrária tão abrangente como o de Velasco Alvarado, concebido e aplicado com o apoio entusiasmado das organizações camponesas, pudesse ter conduzido os agricultores a uma situação ainda mais dramática que antes de sua adoção. A falência dos agricultores, a estagnação, se não o retrocesso, em todos os aspectos, das condições de vida dos habitantes dos Andes, o êxodo para Lima e outras cidades, a deterioração das condições de vida de seus concidadãos nas últimas décadas inspiraram o dominicano peruano Gustavo Gutierrez, que atendia a um contingente infinito de necessitados numa humilde casa entre a Praça 2 de Maio e o rio Rímac, a formular a Teologia da Libertação, também conhecida como a "teologia dos pobres" — a original e controversa simbiose de cristianismo e marxismo.

Aproximava-se o meio-dia e, destacando-se na confusão de cheiros da praça, o odor de carne assada atiçou o olfato do jornalista. Pequenas churrasqueiras, dispostas ao longo da calçada, expunham espetos de madeira com uma carne que Humberto não conseguiu identificar. Tinha textura rija e coloração escura.

— É *anticucho*, senhor — disse um dos vendedores. — Coração de boi!

A iguaria, que havia recebido uma variedade de temperos, era saborosa, constatou o repórter ao provar o primeiro naco de carne, pago antecipadamente. O excesso de cominho, porém, a deixava levemente ácida.

Humberto comia o *anticucho* segurando o espeto ao lado da churrasqueira quando sentiu uma umidade súbita na orelha direita. Era uma cusparada, comprovou ao observar o lenço que usara para se enxugar. Ainda se limpava quando várias pessoas o cercaram, falando e gesticulando ao mesmo tempo. Algumas o puxavam pela camisa, outras o apalpavam, e todas apontavam para várias direções simultaneamente.

Essas pessoas denunciavam o responsável pela cusparada, que ele não conseguia identificar. Estavam sendo solidárias a ele, sim, obrigado, mas por que tanta insistência e confusão para indicar o autor daquela grosseria?

— Senhor, senhor, foi ele, está lá — apontava um.

— Ele correu para lá — apontava outro, em sentido oposto.

Humberto jogou numa caixa de papelão o resto do *anticucho* assim que se desvencilhou daquelas pessoas. Não tinha mais disposição para mordiscar a carne que ficara entre ele e aqueles rostos excitados e suados. Sentia-se agradecido e confuso ao mesmo tempo. Dirigiu-se à agência de notícias Reuters, de onde despachou a reportagem sobre a falência da reforma agrária para seu jornal. Anunciou, ao terminar o serviço, que faria uma sessão de sauna — havia uma instalada no primeiro andar do sobrado, mas seus colegas o desestimularam.

— Só há maricas lá — disse o operador de equipamentos da agência.

Voltou para o hotel e telefonou para a mulher a quem deveria recorrer quando quisesse se comunicar com Beatriz, que viajava sempre e sempre sem endereço fixo. O procedimento constava do bilhete de despedida que Beatriz deixara no hotel de Humberto em Arequipa, no dia seguinte ao encontro no Convento de Santa Catalina: "*Sinto muito. Não poderei vê-lo. Preciso antecipar viagem. Por favor, mantenha-me informada de você e de seu trabalho no Peru.*" E indicava quem deveria procurar em Lima e seu telefone.

No bar do hotel, Humberto pediu uma garrafa de água mineral e, quando ia pagá-la, só então percebeu: onde estavam os sóis trocados por dólares pouco antes de sair para a entrevista com o líder camponês e que guardara num dos bolsos da parte posterior da calça? Haviam sumido. Ele havia sido vítima, assim deduziu, pois não fora tocado por mais ninguém além das pessoas que o assediaram na Praça 2 de Maio, de um golpe coletivo, o mais criativo dos golpes de que tinha notícia: o da cusparada na orelha!

O hóspede solitário chega ao encontro em Magdalena del Mar

Os outros dois encontros dos rebelados de Huancayo com o camarada Martín — na Praça Bolognesi e em seguida no Campo de Marte, sob o nariz dos soldados que protegiam o Ministério da Aeronáutica — foram similares ao primeiro. Martín fez a apologia da revolução, saudou a coragem e a determinação dos jovens, colheu deles o "sim" à adesão ao

Sendero e partiu anunciando que novos encontros ocorreriam no tempo certo. "É dispensável o conselho, mas insisto", concluiu, "que nosso encontro e a decisão tomada por vocês sejam mantidos no mais absoluto sigilo."
Enquanto aqueles jovens eram abordados, a seção de inteligência interna do Sendero investigava suas vidas. Em Jauja, Chiclayo, Tumbes e Lima, cidades onde os estudantes residiram ou residiam, o pessoal especializado da organização recolhia o maior número possível de informação sobre eles. Os endereços que indicaram como local de residência — eram pensões estudantis ou casas de seus pais — tiveram os movimentos dos moradores acompanhados durante dias e as fichas nos órgãos públicos dos responsáveis pelos imóveis foram vasculhadas. Os locais de trabalho de cinco deles — os outros dois eram mantidos pelos pais — passaram a ser monitorados, vigilância somente suspensa quando o comando do departamento de recrutamento se deu por satisfeito em relação às boas intenções do grupo. A Polícia de Investigações, assegurou um colaborador da guerrilha infiltrado naquele órgão, não possuía registro deles, exceto em relação aos fatos que protagonizaram em Huancayo, e só não os havia caçado porque tinha coisa mais importante a fazer. O inquérito policial deles dormitava na delegacia de Huancayo, informou o guarda civil irmão de um guerrilheiro e que fora demovido de sua intenção de desertar para aderir à luta armada com o argumento de que seria mais útil à causa permanecendo onde estava.
O capitão Froilán acompanhava com entusiasmo os relatórios do camarada Manoel. Se a estratégia desse certo, ele disporia de oito agentes infiltrados. Era um bom começo, um ótimo começo. Comemoraria com Lucho quando se encontrassem.

Uma carta de Manoel, recebida quando Lucho estava em viagem, encorajou Froilán a abrir uma garrafa de pisco e sorver solitariamente aquele líquido dos deuses. Não, não iria esperar pela companhia de Lucho. A informação não poderia esperar pela comemoração, que tinha que ser imediata. Sua mente se turvou já no segundo cálice porque ele havia almoçado pouco, apenas uma salada de alface e uma *suprema de frango*[18] sem molho e acompanhamento, e o calor intenso e úmido — a oscilação da temperatura é uma das características da capital peruana — acelerou o efeito do álcool em seu organismo. A turbulência mental provocada pela bebida foi seguida de uma sonolência que Froilán pensou desfrutar em seu apartamento, mas por que caminhar por aquela estufa em que se convertera o centro de Lima se ele poderia se refestelar ali mesmo, usando como colchão as cartas que se avolumavam no chão a cada dia?

"Compadre, gostaram do meu trabalho", dizia a carta de Manoel, sintética e objetiva como as demais. "Fui designado para a frente de recrutamento, em Lima e outras regiões."

FROILÁN DESPERTOU — tinha a boca seca e pastosa — com a campainha do telefone. Era Lucho, de Jauja. "Venha o quanto antes", mandou Froilán. "Amanhã à tarde", concordou Lucho.

Anoitecera. O asfalto e as paredes dos prédios do centro histórico ainda reverberavam o calor quando Froilán deixou a Atlântica. O movimento de carros e pedestres diminuíra radicalmente em relação ao que fora durante o dia — e então aquelas ruas estreitas e praças amplas voltavam a apre-

---

[18] Filé de frango empanado geralmente acompanhado de purê.

sentar, embora em menor intensidade, o encanto que as notabilizara num passado não tão distante.

Froilán sentiu uma fisgada de desejo de comparecer ao cabaré da Praça San Martín, onde bailarinas se despiam completamente no palco e desfilavam em seguida entre as mesas, acariciando os clientes em troca de alguns sóis, mas decidiu banhar-se antes em seu apartamento — de onde não saiu mais, até a manhã seguinte.

OS AGENTES CONCORDARAM que precisavam facilitar o novo trabalho de Manoel, colocando em seu caminho os futuros quadros da guerrilha — tinham algumas dezenas de nomes, era só escolher —, mas o esforço teria que ser feito aos poucos para que a rede de informantes fosse preservada e Manoel não expusesse sua condição de alcaguete ou *soplón* que, uma vez revelada, seria punida com a morte.

Cautela, cautela, era preciso toda cautela para que vidas fossem preservadas e não se perdessem meses de trabalho. Enquanto os sete de Huancayo forneciam detalhes de seu progresso na organização — recebiam doutrinação teórica, orientações vagas sobre técnicas de sabotagem e instruções para manter viva a agitação estudantil em seu centro de estudo —, informações que vinham acompanhadas da descrição e dos codinomes de seus instrutores, o camarada Manoel relatava os contatos que mantinha com os candidatos a guerrilheiro nas cidades da costa e da serra designadas pelo Sendero para que ele desenvolvesse seu trabalho.

Essas informações divertiam Froilán porque Manoel fazia praticamente os mesmos relatos que Lucho, que, além de ter fornecido a lista de guerrilheiros em potencial que estavam sendo trabalhados pelo camarada Manoel, mantinha contato periódico com eles, para que fosse informado de sua evolução no Sendero. Esse jogo duplo divertia e servia de parâmetro para Froilán se assegurar da autenticidade das informações que recebia tanto de um quanto de outro coadjuvante. A rede de *soplones* organizada por ele transformara-se numa serpente de várias cabeças, cujos olhos passariam em breve a perscrutar os labirintos mais secretos do inimigo.

Froilán compartilhava as informações enviadas pelos rebelados de Huancayo com seus superiores da Dicote para que contribuíssem para a elaboração do perfil dos subversivos, fundamental para se chegar a suas verdadeiras identidades e, numa etapa seguinte, permitir a captura deles.

A primeira vez que pressentiu estar se aproximando o momento de dar o bote certeiro foi quando Manoel o informou de que seu superior na seção de recrutamento, o homem de olhos tristes que recepcionara os rebeldes de Huancayo, o havia convocado para um encontro em Lima. Seria uma reunião de avaliação, esclarecera o camarada Martín, e todos os que tinham a missão de recrutar novos guerrilheiros deveriam comparecer, impreterivelmente. Seria no distrito de Magdalena del Mar, no Residencial Apu. "Um lugar confortável e discreto", observou o camarada. Faltava uma semana. "Que se preparasse."

A carta de Manoel contendo esta informação — "maldito correio!", protestou Froilán — chegou somente na véspera do dia do encontro em Magdalena del Mar. Mesmo que tivesse chegado antes, ponderou o agente, ele nada poderia fazer. Cercar o local e prender os participantes? Não, seria prematuro demais. Ele não tinha a garantia de que, apesar da instrução de Martín, todos os recrutadores estariam lá. Muito menos da presença do líder, cuja existência o encontro comprovaria ou desmentiria. E não poderia se certificar disso enquanto o encontro estivesse sendo realizado porque, nesse período, Manoel não deveria ser procurado nem procurá-lo ou a Lucho.

O MAR ESTAVA CINZENTO quando começaram a chegar os primeiros hóspedes. Vinham em maioria em táxis coletivos, eufemismo limenho para designar veículos velhos e superlotados que percorrem itinerários fixos. A compenetração dos jovens e a simplicidade de seus trajes confirmaram à proprietária que, de fato, eles participariam de um encontro da Pastoral Carismática, como indicou o rapaz que fizera a reserva e se apresentara como diácono. Reservara por três dias todo o hotel, que dispunha de apenas dez quartos e apartamentos, mas contava com uma conveniente sala de reuniões num dos cantos do jardim e isolada do prédio principal. O diácono exigiu que camas de casal fossem substituídas por de solteiro e que cada quarto tivesse três camas, exceto um, que seria destinado a uma só pessoa. O pagamento foi feito antecipadamente.

O hóspede solitário chegou no final do segundo dia. Até então, os jovens carismáticos prepararam, por determinação do camarada Martín, cuja tristeza nos olhos era sua companheira fiel, um relatório geral de seu trabalho e anotaram, em fichas individuais, as características gerais dos universitários que estavam sendo abordados e o grau de aproximação que mantinham com a organização. As fichas não traziam os nomes dos neófitos, apenas referências que os identificassem para seus recrutadores.

Manoel contou suas fichas assim que terminou de preencher a última: 25. Seus companheiros manipulavam quantidade similar, mas um deles pediu, quando o tempo determinado por Martín para a execução desse trabalho esgotou, autorização para continuar na sala de reuniões porque ainda tinha muito o que fazer. E a quantidade de fichas que preencheu, estimou Manoel, era pelo menos o dobro da sua.

Todas as camas, menos a do hóspede solitário, haviam sido ocupadas. Mas à sala de reuniões compareciam apenas 22 camaradas. Os outros cinco cuidavam da segurança do local e, quando se revezavam no refeitório ou no pátio, vestiam jaqueta. O volume sob elas denunciava suas armas. O capitão Froilán avistou um deles na janela de um dos quartos quando passou diante do Residencial Apu. Não resistira à curiosidade de conhecer o local, que, apesar de ter uma das faces voltada para o mar, tinha a outra assentada ao lado de uma avenida de grande movimento. Pediu ao taxista para diminuir a velocidade quando se aproximou, alegando que precisava conferir a numeração de uma casa que um amigo lhe recomendara comprar — "que bom se assim fosse", suspirou, o que jamais aconteceria enquanto dependesse de seu salário miserável —, e não se atreveu a passar de novo pelo local.

Sua indiscrição não foi notada pelo motorista do caminhão estacionado a pouca distância do hotel, nem por seu ajudante, que há horas demonstravam esperar, com o capô do veículo levantado, a chegada de um mecânico. Quando, finalmente, o caminhão foi "consertado" e pôde partir, a vigilância externa do Sendero recorreu a outro estratagema — uma Kombi, adaptada como lanchonete, foi estacionada na vaga do caminhão e lá ficou até que os jovens carismáticos encerrassem seu retiro nada espiritual.

Quando o hóspede solitário chegou, a maioria dos camaradas já estava em seus quartos, alguns assistiam à tevê, que ficava numa sala envidraçada que, de tantas flores, tinha a aparência de uma estufa, e outros liam ou caminhavam pelo jardim.

"Como está o trabalho?", perguntou o hóspede solitário a Martín, que o recepcionou, e após o "bem, muito bem" a que se limitara a resposta, disse que iria se recolher, que a viagem tinha sido extenuante e que, no dia seguinte, teriam todo o tempo para conversar.

Era uma mulher.

Davi revela uma grande perícia: matar soldados

O menino-pastor Dionísio, agora camarada Davi, assim o haviam batizado seus companheiros de armas inspirados no herói bíblico, mostrou, desde o início, um arrojo tão grande nas missões militares que em poucas semanas foi promovido a comandante de destacamento.

Sua especialidade era se aproximar das patrulhas militares sem chamar a atenção, e para isso seu porte franzino era um grande aliado, e atacá-las e fugir como o puma, deslizando pelas encostas das montanhas. Em três semanas ele matou 12 soldados.

A arma que utilizava nessas emboscadas era um punhal de lâmina enferrujada, que cravava com força logo abaixo da costela de suas vítimas para atingir o fígado.

A morte era quase instantânea, e era uma morte dolorosa e que divertia seus comandados, que, enquanto Davi fugia, aproveitavam-se da confusão instalada entre os inimigos para disparar contra eles de seus esconderijos.

"Quem não teme morrer em mil pedaços se atreve a desmontar o imperador."

Davi repetia com frequência essa frase, atribuída a Mao Tsé-tung, que escutou nos primeiros dias de militância no Exército Guerrilheiro Popular.

Comandante, comandante, repetiam seus agora subordinados, meninos e meninas com idade semelhante à dele, mas havia alguns com 14 e um com 16 anos — mas esse era molenga, o menos eficiente de todos.

Comandante, comandante... sim, era bom ser tratado assim, e a professora Elomina tinha razão, somente o Sendero pôde dar a ele o respeito que ele merecia e não obteria jamais nem em Ccarhuapampa nem em Uchuraccay, onde só se lembravam dele para mandá-lo levar e buscar lhamas e levar e buscar recados.

O destacamento comandado por Davi tinha 12 membros. Sua missão era averiguar o estado de ânimo da Força de Base do Exército Guerrilheiro Popular e enviar relatórios ao comando, radicado em Huancapi, a capital provincial.

O EXÉRCITO GUERRILHEIRO POPULAR compunha-se de três forças: a Principal, em que atuavam os quadros do Sendero que receberam treinamento militar e dispunham de armas de guerra, fuzis e metralhadoras; a Local, formada por camponeses armados com pistolas e carabinas e que haviam recebido algum treinamento de táticas de guerrilha; e a de Base, da qual participavam, ou deveriam participar, porque entre a teoria e a prática havia uma distância infinita, os camponeses de todos os povoados em que o Sendero se estabelecera.

Os supostos membros da Força de Base tinham recebido algumas aulas sobre o "pensamento Gonzalo" e nada mais, e a maioria de seus integrantes fingia ter aderido à revolução apenas para preservar suas vidas.

Os camponeses da província de Victor Fajardo, assim como os demais do centro e sul do estado de Ayacucho, eram submetidos à campanha "bater o campo", executada como estratégia da Segunda Onda do Segundo Plano Militar. Essa estratégia previa, em sua fase inicial, que o Sendero se armasse — e os ataques aos postos policiais tiveram a finalidade de confiscar as armas dos militares, além do efeito psicológico que causaram às forças de segurança e à população. Na etapa seguinte deveriam ser criados "vazios de poder", e isto estava sendo obtido com o deslocamento dos policiais para os grandes centros, e estabelecidas barreiras de proteção aos guerrilheiros. Essas barreiras eram as comunidades camponesas.

Quando o menino-pastor foi promovido a comandante, a Segunda Onda estava entrando na segunda fase de execução, e consistia na ocupação dos espaços deixados pelas forças de segurança, na transferência do poder dos antigos líderes locais para os comitês populares e no estabelecimento da sociedade comunitária.

Esta sociedade comunitária previa o fim da propriedade privada no campo, o que já existia por decreto desde o governo de Velasco Alvarado. Mas as cooperativas idealizadas por ele tinham fracassado e se fragmentaram em milhares de pequenos lotes. Cada lote, e os tamanhos eram variáveis, possuía um dono.

O Sendero não poderia permitir o retorno à exploração particular da terra, movimento diametralmente oposto aos objetivos da revolução.

Os proprietários de terras, e eram raros os camponeses que não possuíam seu próprio lote, por menor que fosse, acabaram desapropriados pelos guerrilheiros.

Suas terras passaram, a partir do segundo semestre de 1982, a ser exploradas em comunidade, e sua produção, dividida igualitariamente.

E quem ditava quando e o que plantar e quando colher e como plantar e colher eram os membros da Força Principal do Exército Guerrilheiro Popular, que entendiam tanto de agricultura, rodízio de cultivos e profundidade dos sulcos quanto os camponeses de dialética, mais-valia, ditadura do proletariado e centralismo democrático.

A queda da produção seria, como foi, inevitável. A tomada de posse do Sendero dos territórios "liberados" trouxe, além da mudança radical da estrutura econômica, social e política das comunidades da Serra Central, a violência e o desabastecimento. A fome tornou-se inevitável.

Os camponeses fingiam se subjugar porque não tinham a quem recorrer. As forças de segurança os abandonaram e não havia nada além delas, pois Deus estava ocupado com outros assuntos mais sérios, que pudesse protegê-los. Estavam sós e, para sobreviver, tinham que se metamorfosear naquilo que os inimigos queriam que fossem, até que um dia — poderia demorar, mas chegaria — se insurgiriam contra eles e os venceriam.

O comandante Davi e seus subordinados chegavam a lugares incertos em horas idem para conferir se o trabalho no campo era desenvolvido da forma como o Exército Guerrilheiro Popular havia estabelecido. Não poderia haver cultivo particular, por menor que fosse — e eram comuns as hortas individuais junto às casas dos camponeses para abastecê-los de verduras e leguminosas, prática que, na interpretação do Sendero, expunha o egoísmo de seus moradores.

Todo cultivo considerado ilegal era erradicado e o responsável, punido diante de sua família e seus vizinhos.

O COMANDANTE DAVI, que até poucos meses antes tinha como única responsabilidade seguir os passos de lhamas e alpacas, se sentia outra pessoa. Sentia-se alguém. Sentia-se autoridade.

Os dias sem fim e as noites eternas de Ccarhuapampa pertenciam a um passado que lhe parecia longínquo, por mais próximo que estivesse esse passado. O Sendero lhe abrira as portas do futuro e, para corresponder a esta dádiva, ele dava o melhor de si no presente.

E o presente lhe recomendava ser duro com seus comandados e mais duro ainda com os reacionários, palavra cujo significado tinha dificuldade em assimilar, mas que para ele era personificada pelos camponeses de Victor Fajardo. Recomendava também que fosse implacável na utilização do fuzil, pouco menor que ele, e do punhal enferrujado.

A primeira vez que exerceu seu poder de vida e morte sobre um camponês reacionário foi no distrito de Apongo.

O camponês tentou evitar que sua horta fosse destruída — por favor, por favor, tenho que alimentar meus filhos, suplicava.

Foi conduzido amarrado ao centro do distrito e, diante de todos os que puderam ser convocados àquela hora do dia, que era a hora em que quase todos estavam no campo, teve seu crânio esfacelado a pauladas.

O primeiro golpe foi desferido pelo comandante Davi. O corpo do camponês ficou quatro dias exposto na Praça de Armas, até que alguém, numa noite sem lua, se apiedou e sepultou em lugar incerto e jamais sabido o que sobrara do banquete dos porcos e cachorros.

"Vocês vão morrer, terroristas de merda!"

Os 15 soldados desceram de dois helicópteros que, ao pousar pela primeira vez em Uchuraccay, arrancaram as telhas de zinco de algumas de nossas casas, o que não se repetiu nas outras vezes, e foram muitas as vezes que nos visitaram, porque aprenderam a lição e pousaram um pouco mais afastado. Chegaram, apresentaram-se como *sinchis*[19], e isto entendemos porque nossos velhos sempre evocavam os *sinchis* de quem já falavam seus ancestrais, e os *sinchis* eram os guerreiros do soberano inca Viracocha, contra o qual nosso povo lutou. Lutou e perdeu. Disseram que queriam nos agradecer em nome do governo do Peru, que a maioria de nós não sabia o que era nem onde ficava, que o que fizéramos foi um ato heroico, e também custamos a entender o que isso queria dizer porque, repito, senhor, somos ignorantes, perguntaram se precisávamos de algo, e precisávamos de tudo, e recebemos comida de boa qualidade e em quantidade generosa, mas armas, de que tanto precisávamos, eles não deram, não, senhor. Disseram que, se pudessem, ficariam sempre conosco, mas não podiam ficar porque tinham que atender a muitos, e eram poucos. Passariam

---

[19]Designação dada aos guerreiros incas e aplicada às tropas de elite da Guarda Civil, especializada no combate à guerrilha.

pelo menos aquela noite conosco, e dormiram na escola sobre os colchonetes que os cupinchas de Martín não tiveram tempo de usar, mas antes de dormir eles nos disseram para ficarmos atentos a qualquer pessoa que chegasse por terra porque, depois que o Exército isolara várias partes de Ayacucho e Huancavelica, e estávamos entre elas, ninguém mais circulava por nossas estradas, inacessíveis aos veículos, além dos *comuneiros*, e estes conhecíamos, e dos terroristas ou *terrucos*, dos quais nunca havíamos ouvido falar, e demorou algum tempo para que compreendêssemos que eles se referiam aos *tuta puriqkuna*, nossos inimigos. Sim, eram eles mesmos, os *tuta puriqkuna* eram os terroristas ou *terrucos* do Sendero Luminoso aos quais se referiam os *sinchis*, que se despediram no dia seguinte após se servirem de um *mondongo* preparado durante toda a noite por nossas mulheres e que eles elogiaram muito dizendo que era o melhor guisado de carne que já haviam experimentado em suas vidas e ao qual retribuíram distribuindo caixas de bolachas e chocolates para as mulheres e crianças e para os homens deram quatro litros de pisco, que é uma boa bebida mas não se compara às nossas, *chicha* e *llonque*, muito mais encorpadas e de efeito imediato e de maior duração sobre nossos cérebros.

O que devemos fazer com eles, os terroristas?, perguntamos aos *sinchis* enquanto eles comiam o *mondongo*, e eles nos responderam matem os *chay suwa terrorista*, esses terroristas ladrões, que eles não merecem piedade, matem tantos quantos puderem e os façam sofrer o máximo que puderem e depois sumam com seus corpos, joguem montanha abaixo para que fiquem bem longe de seus povoados, e então terão o reconhecimento do governo do Peru, que lhes dará tudo de que precisarem. Mas o que era o governo do qual eles falavam?, perguntaram muitos depois que eles se foram, e tive que explicar o que era o governo, mas não me fiz entender. Se não agirem assim, disseram os *sinchis*, e isto nos encheu de preocupação e angústia, agirão como cupinchas dos *terrucos* e aí terão que prestar contas a nós, e olhem que não somos nada bonzinhos, aprendemos a matar e não a amar, a aplicar a dor e não o prazer. Quando eles partiram e as montanhas haviam engolido o ruído infernal dos helicópteros, já não sabíamos mais se devíamos estar felizes ou tristes com a visita daqueles *sinchis* modernos e uniformizados. Decidimos que somente sobreviveríamos se os tivéssemos como aliados e, para isso, era preciso expurgar de nosso convívio todos os que se diziam ou um dia se disseram simpáticos ao Sendero. A professora Elomina estava em Huamanga, e nada podíamos fazer até que voltasse, e então a expulsaríamos. Severino havia partido logo cedo para pastorear seu gado, e teríamos que esperar seu retorno ou buscá-lo, mas seu paradeiro era sempre incerto.

Teríamos, portanto, que esperar, e eis que surge Pelayo, sobrinho de Severino, com as roupas e tecidos que trazia todo mês para vender em Uchuraccay, e o cercamos, acusando-o de cupincha dos *terrucos*, pois ele, assim como o tio, foi quem facilitou o acesso dos *tuta puriqkuna* ao nosso povoado, apresentando-os como seus amigos e, portanto, merecedores de nossa confiança, e o espancamos, espancamos tanto que minha mão ficou dormente várias horas depois, quer saber quantas? Não? E também usei os pés, mas para sorte dele ninguém usou pau ou machado, senão o fim dele seria outro e não haveria tempo para que seu avô se ajoelhasse entre ele e nós e implorasse pela vida dele, que completara vinte anos havia menos de uma semana, era jovem, jovenzinho demais para ser levado pela morte, que ele, o avô, Teófilo Féliz, faria o que quiséssemos em troca da vida do neto. Implorou e chorou tanto que nos apiedamos do velho e, em vez de trocar a vida dele pela do jovem Pelayo, como ele propôs, exigimos dele e do neto que pagassem pela clemência, e o pagamento seria em *chicha* e *llonque*, e isto havia em abundância no armazém de Ignácio e Saturna, que vendiam um pouco de tudo, o que incluía nossas bebidas prediletas, e eles nos deram todo o dinheiro que tinham. O velho foi até sua casa buscar mais e quando voltou disse que era tudo de que dispunha e, se fosse preciso mais, daria um jeito, venderia o que tinha, porque a vida de seu neto valia tudo o que quiséssemos por ela e mais um pouco. Estávamos satisfeitos com o que nos deram, era o suficiente para comprar muita *chicha* e *llonque*, e começamos a beber, e ainda não eram dez da manhã, quer saber a hora exata, senhor?, eram nove horas e 52 minutos, disso tenho certeza, porque anoto tudo, senhor, e bebemos e bebemos e bebíamos quando o tenente-governador[20] nos convidou para almoçar, éramos nove, e o convite foi recebido com muita alegria porque nossos estômagos estavam em fogo. O almoço seria na casa dele, onde já estavam os anciãos e autoridades de Uchuraccay.

TODOS ESTÁVAMOS PREOCUPADOS com a vingança que o Sendero tramava, não sabíamos como ela seria nem quando, mas que seria severa e logo, tínhamos certeza disso, e discutimos o que fazer quando eles chegassem, e decidimos que deveríamos, além de ficar ainda mais atentos à aproximação de

---

[20]Autoridade local encarregada da segurança.

estranhos, aumentar a vigilância sobre nós mesmos, isto é, sobre nossa gente, porque poderia haver entre nós mais cupinchas dos *chay suwa terrorista* além da professora Elomina e Severino e seu sobrinho Pelayo, que havíamos acabado de espancar e que teria que ir embora, se é que ainda não tinha ido, porque entre nós não poderia ficar nem que fosse para vender seus tecidos, que muitos de nós comprávamos, e calças e camisas, que somente poucos adquiriam. O tenente-governador, que assumira todo o poder com a morte do *varayoc* Alejandro Huamán, meu padrinho, e que sua alma descanse em paz, mandou três de nós encontrar Severino e trazê-lo, e eles foram e eu fiquei, e nós continuamos a organizar nossa estratégia de defesa e a beber. A *chincha* e o *llonque* que trouxemos acabou rapidamente, e recebi a tarefa de adquirir mais, o que fiz de bom grado, demorando um pouco além do que deveria para ir e voltar porque minhas pernas estavam vacilantes e a cabeça confusa, e continuamos a beber e a discutir o que fazer para enfrentar os *tuta puriqkuna*, e eram três horas e 42 minutos, era a *tojra*, hora de mascar a coca, quando ouvimos o toque do *wakrapunko*, a corneta de chifre de boi, e mulheres e crianças gritando os terroristas estão chegando, os terroristas estão chegando.

Eram oito. Haviam chegado por Wachwaqasa. Vinham a pé. Um deles, o mais gordo, estava a cavalo, e um burro trazia o equipamento deles. As sentinelas nos avisaram, quando já corríamos na direção deles, que havia mais um, e ele havia voltado, tomando a direção de Cachabamba. Eram nove, portanto. O tenente-governador mandou que um grupo fosse atrás do fugitivo e os demais, e eram todos os que puderam ouvir a tempo a convocação aflita do *wakrapunko*, o acompanhássemos na direção do destacamento guerrilheiro. Nos aproximamos devagar dos visitantes, observando o comportamento deles, que demonstravam cansaço e vinham em nossa direção confiantes, porém sérios. O único que sorria era o gordo a cavalo. Olhamos para o burro de carga e não vimos nenhuma arma transportada por ele nem pelos *tuta puriqkuna*, mas pensamos que as armas eles as escondiam, para nos pegar desprevenidos, sob seus ponchos e *chompas*, e fomos nos aproximando, nos aproximando, nós descíamos a encosta, eles a subiam, e empunhávamos com naturalidade nossos instrumentos de trabalho como se estivéssemos partindo em expedição para nossos cultivos, e quando chegamos a eles, os cercamos, um de nós segurou o arreio do burro e dois o do cavalo, mandamos que o gordo descesse, e eles nos perguntaram o que estava acontecendo e respondemos, o tenente-governador primeiro, nós depois, num coro desafinado, que eles sabiam muito bem o que estava acontecendo e nós também, que eles estavam chegando para nos matar e que isso não permitiríamos, e enquanto falávamos brandíamos nossas armas, e nossas armas eram nossos equipamentos de trabalho, e os cutucávamos com nossas armas, os empurrávamos com nossas armas, e eles não, não, e nós sim, sim, vocês vão morrer, terroristas de merda, calma, deixem-nos explicar, eles gritavam, e nós que nada, já está tudo explicado, terroristas filhos de uma cachorra, e eles por favor ouçam o que temos a dizer, e nós já ouvimos muito mais do que deveríamos ter ouvido de vocês, e eles vocês estão cometendo um engano, e nós engano quem cometeu foram vocês, *chay suwa terrorista*, e eles terroristas, não somos terroristas, são, sim, replicávamos, terroristas filhos da puta, não somos terroristas, gritavam e mostravam documentos com suas fotos. Então alguém acertou a cabeça de um deles com um pau, e aí vários de nós os golpeamos, e carregávamos também pedras, machados, fundas e laços, golpeamos inclusive o gordo que suava tanto, apesar do frio e do vento, que parecia que começaria a derreter a qualquer momento. Não somos terroristas, não somos terroristas, gritou com toda a força dos pulmões o mais alto deles, que disparava sua máquina fotográfica enquanto falava, e talvez somente eu soubesse que aquilo que fazia clic clic era uma máquina fotográfica. Não somos terroristas, não somos terroristas, repetiu, e repetiu mais alto ainda, pronunciando em seguida a palavra que a maioria de nós interpretou, porque somos ignorantes, senhor, como a confirmação de que, apesar de negarem, eram sim terroristas, porque o que ele falou tem em espanhol quase o mesmo som que terrorista. Somos *periodistas*, disse. Jornalistas.

5
O "front" e as mãos da camarada

*Desembarque no "rincão dos mortos".
Em Lima, escuta telefônica intriga
os líderes da guerrilha*

As montanhas são tão altas que ameaçam roçar a fuselagem do avião, que, ao iniciar o procedimento de pouso, deu a Humberto a sensação de encolher as asas para se infiltrar no vale que abriga Ayacucho. O aeroporto Alfredo Mendívil assemelhava-se mais a um complexo militar em plena atividade bélica que a uma instalação destinada a abrigar civis em trânsito. A pista estava protegida por sacos de areia, amontoados em quase toda a sua extensão, atrás dos quais soldados com metralhadoras mantinham-se de prontidão. Soldados também se postavam no teto do saguão do aeroporto. Veículos de combate perfilavam-se ao longo da pista, na entrada da sala de desembarque, no pátio dianteiro do aeroporto. Por toda parte.

Os passageiros do voo da AeroPeru que finalmente decolou de Lima transportando Humberto e quase uma centena de habitantes dos Andes em seus trajes típicos tiveram, para alcançar a sala de desembarque, que transpor um corredor polonês formado por militares sisudos, alguns acompanhados de cães que rosnavam enquanto exibiam a dentição ameaçadora. A presença dos militares circulando entre os passageiros era ostensiva na sala de desembarque e no saguão. Havia pelo menos um soldado para cada passageiro, calculou o repórter. Os cães se lançaram com ímpeto sobre as malas, assim que elas foram despejadas com desleixo pelos funcionários da empresa, em busca de algum artefato explosivo que seu faro treinado pudesse detectar.

Trincheiras, tanques e
aviões na cidade sitiada

AYACUCHO, Peru — *O visitante, ao desembarcar no modesto aeroporto de Ayacucho, capital do estado homônimo e da província de Huamanga, surpreende-se com o forte esquema militar ali instalado: tanques de guerra, helicópteros e aviões de combate, trincheiras e soldados de diversas armas dispostos em grupos ou isolados nos flancos mais vulneráveis do local.*

Quando ainda está no meio da escada do avião, o visitante se depara com um ou mais soldados que lhe apontam um fuzil e lhe indicam, com gestos bruscos, o caminho para o saguão.

Antes de entrar e aguardar a entrega de sua bagagem, o visitante tem de suportar a longa fila de passageiros que com ele desembarcaram para, assim como eles, ser minuciosamente revistado e liberado somente depois que seus documentos receberem a aprovação de um oficial. Os passageiros cuja documentação despertar alguma desconfiança vão aos poucos engrossando uma segunda fila, paralela à primeira, ao lado do escritório da Polícia de Investigações do Peru (PIP). Olhar para os lados, permanecer com a cabeça baixa por longo tempo ou simplesmente dar mostras de nervosismo ou impaciência durante a espera são atitudes por demais perigosas: um dos muitos soldados que escoltam os passageiros pode notá-las e imediatamente transferi-lo para a fila à espera da liberação da PIP.

No caminho para o centro da cidade — e o visitante tem de se submeter à vontade do motorista que, para obter mais lucro, superlota seu carro com outros passageiros — desfilam as sucessivas inscrições exaltando a luta armada e o Partido Comunista Sendero Luminoso, que emporcalham muros, postes e pontes e fachadas das casas. Se o visitante imagina que durante o trajeto vai se defrontar com rostos acabrunhados e fisionomias taciturnas dos moradores, ele irá aos poucos se frustrando ao constatar o contrário: mulheres conversando descontraídas ao longo das calçadas ou nos umbrais das janelas, crianças brincando pelas ruas, trabalhadores executando reparos em obras públicas, muita gente — comprando pouco — no eclético mercado municipal.

A tranquilidade, porém, é apenas aparente, a demonstração de um estado de ânimo artificial, o disfarce de temores e angústias que estão a ponto de não poder mais ser contidos.

A iminência de um ataque maciço do Sendero Luminoso paira sobre a cidade, e a presença das Forças Armadas, em vez de proporcionar segurança e tranquilidade, faz com que aumente ainda mais o clima de apreensão. A qualquer instante os guerrilheiros podem tentar o domínio da cidade, como já fizeram algumas vezes, ou efetuar ações isoladas.

Não é apenas a possibilidade de um ataque em grande escala que atemoriza Ayacucho: a violência ronda, ultrapas-

sa as montanhas, percorre as ruas e penetra nos lares. Durante o dia, tiros esparsos quebram a monotonia, à noite os disparos dos soldados incorporam-se à rotina. A essa rotina noturna acrescenta-se a detonação frequente de dinamite e escaramuças entre soldados e guerrilheiros na periferia ou mesmo no centro da cidade. O rumor dos blindados e o som forte dos passos cadenciados das patrulhas são os sons mais perceptíveis nos intervalos de calmaria.

A Praça de Armas, construída em autêntico estilo espanhol, foi dinamitada diversas vezes e se transformou em palco de sangrentos confrontos; a Catedral e outras igrejas de menor importância foram danificadas ou saqueadas pelos guerrilheiros na ânsia de obter recursos para financiar sua luta; o Hotel dos Turistas, o principal da cidade, teve uma de suas paredes projetadas ao ar pela explosão de uma bomba; muitas casas conservam as perfurações de balas. Toda a cidade é um retrato da violência que nela se instalou — e reluta em ser extirpada.

Por isto, Ayacucho — "rincão dos mortos", em quíchua — foi riscada dos roteiros turísticos, perdendo sua principal fonte de renda, depois do comércio varejista. Os turistas, antes tão frequentes e em grande número, foram aos poucos desaparecendo. Integrados ao ambiente social da cidade até há pouco tempo, os turistas podem atualmente ser contados a dedo nas raras ocasiões em que aparecem em Ayacucho. Eles são escassos até na Semana Santa, famosa em todo o mundo porque os fiéis dilaceram suas carnes, num suplício coletivo, durante a procissão do Santo Sepulcro.

HUMBERTO ATRAVESSOU O ARCO DO TRIUNFO, onde uma dezena de mulheres vendia pães perfumados, recém-saídos dos fornos, e teve de se espremer junto a um muro carcomido pelo tempo para abrir passagem a um blindado em alta velocidade. Um soldado, com parte do corpo projetada para fora da escotilha superior, apontava a metralhadora para os pedestres, movendo-a constantemente de um lado para outro, ora de frente para a rua, ora vigiando a retaguarda.

Os sinos da igreja indicaram quatro da tarde.

— O senhor será atendido pelo coronel Miguel Paredes — disse a Humberto a ordenança que o havia conduzido do portão aos escritórios do Comando Político-Militar. O jornalista estava no quartel-general da luta antissubversiva.

— O general[21] não poderá atendê-lo. Está em visita de inspeção a algumas comunidades dos Andes — disse o coronel, meia hora depois de Humberto ter sido instalado na antessala, cujo mobiliário se limitava a duas cadeiras de madeira. — O senhor terá que voltar outro dia.

— Quando o senhor sugere que eu volte?

— Dentro de dez, talvez 15 dias.

— É muito tempo para mim, senhor. Não posso esperar tanto.

— Nada posso fazer. Obrigado pela atenção.

Mal o coronel terminou de despachar o jornalista, e a ordenança, acompanhada de outro soldado, irrompeu na sala.

— Venha comigo, senhor — ordenou o militar.

— Posso tirar algumas fotos? — pediu Humberto a meio caminho do grosso e praticamente inexpugnável portão de aço do quartel-general, antevendo que a resposta não poderia ser outra além daquela:

— É terminantemente proibido fazer fotos de nossas instalações — informou o soldado.

---
[21]General Clemente Noel y Moral, chefe do Comando Político-Militar de Ayacucho.

Não eram as instalações que despertavam o interesse de Humberto, porque elas eram, aos olhos de um leigo em assuntos militares como ele, inexpressivas como toda guarnição policial. O que o interessava eram os blindados leves, de transporte e ataque, estacionados em seus pátios. Dariam uma excelente foto. E eram de procedência brasileira. Havia seguramente uns cinquenta, calculou o jornalista, que somados aos que patrulhavam as ruas e vigiavam instalações estratégicas, como o aeroporto, alcançariam pelo menos cem. Cem blindados para uma cidade com menos de quarenta mil habitantes!

As mulheres, agora em número maior, continuavam vendendo seus pães sob o Arco do Triunfo, quando os sinos da igreja mais próxima saudaram a nova hora — e deram a Humberto uma ideia. Ele entrou na igreja, persignou-se com água benta, ajoelhou-se num genuflexório ao fundo do templo e visualizou, ao lado da pia batismal, uma porta que, pensou, conduziria ao campanário. E de fato conduzia. Humberto a transpôs e avançou pela escada que se abria em espiral logo atrás dela. Contou setenta e sete degraus até alcançar a primeira abertura, onde um grande sino repousava à espera de ser solicitado a emitir seu som de bronze.

A abertura permitia que admirasse os telhados amarelados do casario colonial de Ayacucho, que o sol, já oblíquo, ressaltava; as torres e abóbadas das demais 37 igrejas e conventos, as montanhas indolentes que envolvem a cidade, onde, entre algumas delas e a poucos quilômetros dali, em Quinua, 159 anos antes, o general José de Sucre impusera a derradeira derrota às tropas da Coroa, selando o fim da dominação espanhola no Novo Mundo. O estado de Ayacucho contribuiria ainda para o mais sagrado símbolo peruano: o libertador San Martín se inspiraria nas elegantes *parihuanas*, aves pernaltas que habitam a lagoa de Parinacocha, de asas vermelhas e peito branco, para dar suas cores à bandeira nacional.

A escada prosseguia, mas aquele estágio era suficiente para que Humberto atingisse o objetivo, que era fotografar — melhor ainda do alto, que permitia visualizar todo o quartel e as dezenas de blindados ali acantonados. Ele fez tantas fotos quanto quis. Sua presença na torre não foi notada pela diligente guarda do quartel.

"Tome, pegue com cuidado.
As digitais dela devem estar aí"

"Ela passou toda a manhã no quarto, onde almoçou, analisando os relatórios e as fichas que os camaradas da seção de recrutamento haviam preparado", contou Manoel no encontro com Froilán, que o agente infiltrado solicitara, assim que concluiu seu confinamento em Magdalena del Mar, sob a justificativa de que tinha "algo muito importante para entregar". A conversa ocorreu num veículo caracterizado como táxi, providenciado pela Dicote e dirigido por Froilán.

Manoel relatou: "Ela desceu somente à tarde, dirigindo-se à sala de reuniões, onde recebeu cada um de nós, separadamente. Fui o décimo ou décimo primeiro a comparecer diante dela. Ela estava no canto da sala, que tinha as persianas semicerradas. A penumbra e a contraluz dissimulavam seu rosto, mas não impediram que eu notasse a delicadeza de seus traços. Tinha os lábios suculentos, e os cabelos curtos e bem cuidados ressaltavam o pescoço longo. Suas mãos eram delicadas e seus gestos, contidos e elegantes. Aquelas mãos, senhor, não foram feitas para apertar o gatilho ou arremessar bombas. Muito menos para apunhalar alguém. Eram mãos... bem, ela falou comigo somente depois de repassar cuidadosamente o relatório e as fichas que eu havia elaborado. Disse estar impressionada com a rapidez do meu trabalho de recrutamento. A conquista dos sete de Huancayo, observou, era um fato raro, tanto pela quantidade de pessoas recrutadas ao mesmo tempo quanto pelo grau de preparo do grupo que, ironicamente, estudava numa universidade controlada pelos apristas.[22] Disse que os novos contatos que eu mantinha evoluíam satisfatoriamente, que eu estava dando muito trabalho à equipe de investigação — e quando ela falou isso percebi que sorria — e, no entanto, para o bem de todos, meu, do grupo e da organização, nada de anormal fora constatado em relação aos meus recrutados. Perguntou se eu estava satisfeito com o trabalho para o qual a organização me havia designado — respondi que sim —; perguntou se eu não me sentiria melhor se estivesse desenvolvendo ações militares em vez de cuidar do recrutamento, e respondi que estaria feliz fazendo o que me fosse mandado; questionou se eu estava realmente convicto das razões de nossa luta, de nossa causa, portanto, e assenti, e, por fim — e isso me surpreendeu, senhor —, quis saber se continuaria no Sendero mesmo que eventualmente descobrisse que a organização matava deliberadamente a população civil e não apenas os representantes do Estado

---

[22]Militantes da Apra, partido de orientação social-democrata fundado por Victor Haya de la Torre, em 1924, cuja denominação inicial era Aliança Popular Revolucionária Americana. É o partido mais antigo do Peru.

corrupto, fossem militares ou civis. Respondi que, em princípio, faria o que a revolução, personificada no presidente Gonzalo, determinasse, seguiria a revolução até o fim, mas a questão levantada por ela merecia uma análise mais aprofundada, e ela ponderou que aquele era, de fato, um dilema sobre o qual eu e todos os camaradas deveríamos meditar, porque da minha decisão e da decisão dos demais dependeria o futuro da causa e da organização.

Estranhei que a líder da nossa seção — ah, sim, o nome dela é comandante Rosa — apresentasse..."

— Comandante Rosa?!

— Sim, senhor, comandante Rosa.

Manoel continuou: "E como dizia, capitão, estranhei que nossa líder apresentasse uma questão tão densa como aquela a um subalterno que mal conhecia, mas deduzi que ela poderia estar apenas testando minha reação. Mais tarde, quando todos nos reunimos com ela — já era noite e a pedido dela a sala foi iluminada com velas dispostas sobre as mesas, e como ela ficou em pé e nós sentados a luz mal alcançava seu rosto —, a comandante Rosa falou com entusiasmo da revolução, o mais eficiente instrumento de libertação do nosso país, disse, e disse que éramos, parodiando as Escrituras, os apóstolos da redenção popular, os poucos escolhidos entre os muitos chamados, e disse — e o ritmo de sua fala, antes fluente e ansioso, tornou-se pausado — que o Sendero estava na iminência de intensificar as ações armadas nas cidades — era uma questão de dias ou no máximo de algumas poucas semanas. Esta decisão, contou, havia enfrentado forte oposição de alguns dirigentes, que julgavam que a tática era inoportuna sob o ponto de vista estratégico e político e poderia provocar muitas baixas entre os civis, mas esses dirigentes haviam sido vencidos pela maioria. Disse ainda que ela estava entre os vencidos e, como os demais vencidos, se submetia à decisão, pelo bem da revolução.

O camarada Martín a repreendeu pela confissão, argumentando que aquele não era o foro adequado para a abordagem da questão, e ela retrucou, cordialmente, afirmando que quisera apenas dar transparência a uma deliberação cujos detalhes logo chegariam ao conhecimento de todos e que, como toda deliberação, havia os que a defenderam e os que a criticaram. Martín não se deu por satisfeito, afirmando, com ênfase, que o nível hierárquico em que nos encontrávamos pressupunha a submissão plena às decisões superiores, o que nos dispensava de saber se essas decisões tinham sido unânimes ou não, e ela encerrou o debate afirmando que 'a revolução tem de começar pela verdade'.

A comandante Rosa se despediu de cada um de nós com um aperto de mão — que mão, senhor, que mão! — e foi acompanhada à porta por Martín, que estava visivelmente contrariado e falou coisas para ela que meus ouvidos não captaram. Quando ele voltou, acendeu as luzes da sala e, então, percebi que seus olhos haviam sido pela primeira vez abandonados pela tristeza — agora emitiam um brilho estranho, o brilho da ira. Ele disse que, se quiséssemos, poderíamos sair aquela noite, pois o encontro estava encerrado, e que havia um restaurante dançante ali perto, na avenida Costeira, de frente para o mar, de comida boa e barata. Aceitamos, menos dois seguranças e o próprio Martín, que foi embora ainda naquela noite, sem se despedir. Quem poderia imaginar, senhor, aquele restaurante lotado, com dezenas de casais dançando ao ritmo da salsa, e entre eles 25 senderistas! Ah, sim, não disse, senhor, que tinha algo para lhe entregar pessoalmente? Tome, pegue com cuidado, embrulhado neste guardanapo está o copo usado pela comandante Rosa quando ela discursou para nós. As digitais dela devem estar aí."

A chave do enigma que, decifrado, levaria ao traidor

As gravações colhidas durante um mês pela equipe de espiões do Departamento de Controle de Quadros na casa verde de janelas brancas eram frustrantes.
Intrigantes também.
Revelavam, na maioria dos telefonemas, uma voz feminina que a equipe atribuía à mulher que visitava a casa todos os dias, porque o horário em que ocorria o maior número de ligações coincidia com sua presença no local.
Revelavam também uma voz, igualmente feminina, que se expressava com dificuldade, e muito baixa, raramente solicitada ao telefone e mais raramente ainda tomando a iniciativa de utilizar o telefone.
As ligações atendidas por essa voz ou feitas por essa voz ocorriam geralmente à noite.
Não havia dúvida de que a casa era habitada e quem a habitava se chamava ou se dizia chamar Maria del Carmen. Porque era assim que se apresentava, era como era solicitada.
Maria del Carmen, Maria del Carmen... o nome coincidia com o anotado no bilhete interceptado em poder do ca-

marada Davi quando ele ainda não era camarada Davi e, sim, o modesto menino-pastor Dionísio.

De todos os que ligavam, e eram poucos, havia duas vozes que surgiam com mais frequência.

A primeira era de uma suposta irmã da suposta Maria del Carmen, porque se tratavam por "irmãzinha".

Ligava para saber da saúde de Maria del Carmen, como estão as coisas, irmãzinha, ela dizia, não desanime, não desista, aconselhava; perguntava se estava sendo bem tratada e sempre queria saber se ele havia telefonado.

Ele deveria ser um estrangeiro, como denunciava o sotaque, ou alguém que forçava sotaque estrangeiro para ocultar sua verdadeira identidade. O estrangeiro ou quem se fazia passar por tal ligava com frequência e sempre falava em código, porque o que dizia se limitava ao nome de um hotel, o número de um quarto, uma cidade e um telefone para contato — informações que quem se passava por Maria del Carmen transmitia à voz feminina que se dizia sua "irmãzinha".

Sim, aquele telefone era a chave do enigma que, uma vez decifrado, levaria ao traidor da revolução, Paulina garantiu a Martín, e ele assentiu, sim, era a chave, e era uma questão de vida ou morte, Paulina enfatizou, descobrir quem era o traidor.

Vida para o Sendero, morte ao traidor!

Quero ouvir as fitas, Martín pediu, não há nenhum problema, Paulina concordou, vamos trabalhar nisso juntos, vou trazer algumas fitas no próximo encontro, ela disse, ótimo, ele disse, vamos ouvir enquanto nos amamos, ela completou, hum, não sei não, assim podemos nos distrair e perder informações valiosas, ele ironizou, isso não vai acontecer, ela garantiu, porque, se julgarmos que devemos ouvir tudo de novo, voltamos a ouvir tudo de novo e voltamos a nos amar de novo, o que você acha?

Excelente!, foi o que Martín disse.

Então, vamos nos preparar para esta overdose de audição e sexo, foi o que Paulina disse.

E os dois deixaram a *cevichería* e desapareceram na casa em que Martín alugava um quarto, a casa sem jardim e sem quintal.

**Era lua cheia, mas ela não apareceu.
Não havia nuvens**

O tenente-governador ordenou que todos os que estivéssemos no povoado fôssemos ao encontro dos terroristas que diziam ser jornalistas, o que para meus conterrâneos dava no mesmo, e ameaçou punir quem não lhe obedecesse. Contei 32 dos nossos no momento em que os encurralamos. Outros foram chegando, e, quando os terroristas que se diziam *periodistas*, jornalistas, já estavam bastante feridos, chegaram os três que tinham ido buscar Severino mais Severino, que estava assustado com o que via, talvez pressentindo que as coisas ficariam ruins para o lado dele. O grupo completou-se quando contei 42 e mais nenhum, e nesse ponto eu já havia desistido de insistir com meus conterrâneos que parassem de bater, que aqueles homens não eram o que eles pensavam que fossem, o que me custou uma áspera repreensão de meu tenente-governador, que mandou que me calasse senão teria o mesmo fim que eles.

Três dos forasteiros tentaram se comunicar em quíchua, tudo em vão. Não era o idioma a causa de nossa incompreensão, e sim o infinito que os separava do meu povo, e os forasteiros estavam muito mal, alguns caíam para se levantar em seguida, cada vez com mais dificuldade. Então, suas palavras já não eram firmes, eram imprecisas e incompletas. Nosso tenente-governador ordenou a Severino que também golpeasse os *terrucos* filhos de uma puta, a mesma puta que também era a mãe dele, Severino, *soplón* de seu próprio povo, que os golpeasse com força, tome este pedaço de pau, disse o tenente-governador a Severino, dizendo também que se ele não batesse, e com força, naqueles bostas de merda apanharia tanto ou mais que eles e morreria ainda com mais dor que eles. Alguns dos jornalistas já não conseguiam levantar mais, e o fotógrafo continuava apanhando e fazendo as fotos, caindo e levantando e levantando e fazendo fotos e fazendo fotos quando caía, e foi o fotógrafo que disse por Deus, não somos terroristas, mas, se acreditam que somos, por que não nos entregam à polícia em Tambo? Vejam, estamos desarmados. E o nosso tenente-governador mandou que parássemos, e paramos, sim, poderia ser, iríamos entregá-los à polícia, ele concordou e nós também, mas nosso secretário disse não, não podemos permitir isso, é uma cilada, se eles dizem isso é porque estão esperando seus cupinchas ou seus cupinchas estão à nossa espreita em algum lugar da puna ou nas montanhas. Eles não podem sair daqui, aqui vieram para nos matar, daqui não sairão vivos nem mortos, aqui seus corpos ficarão para toda a eternidade para pagar pela dor que impuseram ao nosso povo e aos nossos vizinhos com a morte de nossos líderes. E nosso tenente-governador, pressionado por muitos de nós, que gritávamos morte, morte aos *terrucos*, deu a paulada fatal na cabeça do fotógrafo, a paulada que abriu seu cérebro e fez jorrar uma torrente de sangue. Os outros, que tentavam se reerguer ou se contorciam no chão, morreram em seguida, sob uma chuva de pedras e uma avalanche de pauladas e uma enxurrada de pontapés. Eram 16h46 quando desfechamos o último golpe.

Fez-se silêncio.

Olhamos para aqueles corpos desfigurados e nos entreolhamos e abaixamos os olhos, sem coragem de fixá-los novamente em nossas vítimas, e nos entreolhamos de novo. Tive vontade de rezar em voz alta o Pai-Nosso-que-estais-no-céu, mas temi por mim, e o tenente-governador disse vamos acabar de uma vez com isso, enterremos logo os corpos desses *terrucos* de merda que nunca mais vão nos incomodar. Ah, se ele soubesse o quanto aqueles homens que já não existiam mais iriam nos incomodar, ele se mataria ali mesmo, naquele momento, e teria um fim menos doloroso que o reservado a ele alguns meses depois. Vamos enterrar logo esses corpos, repetiu, antes que a noite chegue, e a noite viria às 17h45, portanto faltava pouco tempo, não daria para enterrá-los numa sepultura decente, mesmo que fosse em outro lugar que não o nosso cemitério, que lá eles não ficariam mesmo, não permitiríamos que nossos mortos convivessem com aqueles forasteiros que tanta dor nos haviam trazido.

Não teríamos tempo para cavar sepulturas profundas e empedrar suas bases, que é o que fazíamos com nossos mortos, mas poderíamos depositar os corpos com a boca para cima e colocar ao lado de cada um deles um jarro d'água, para que não sentissem sede enquanto dormissem o sono eterno, e fixar uma cruz em cada vala. O tempo era curto, não podíamos enterrar aqueles *terrucos* durante a noite porque a isso não nos permitíamos, e se fôssemos dar a eles um enterro decente era o que aconteceria, teríamos que avançar o funeral noite adentro, e assim cavamos apenas quatro covas não muito profundas e depositamos dois deles em cada uma, do jeito que caíram, sem nos preocupar se suas bocas estavam ou não voltadas para cima, e estavam voltadas para baixo. O homem que tirava fotos e era o mais bravo de todos teve seu cérebro arrancado por nosso tenente-governador, que o levou para casa e, dizem, e isto não garanto, que ele e sua família e alguns anciãos e dirigentes do nosso povoado o comeram naquela noite porque acreditavam que herdariam sua bravura.

Quando enterrávamos os corpos e depois que os enterramos continuamos a beber, e agora a bebida era patrocinada por meu vizinho Polinario, que não participou da emboscada aos jornalistas porque estava acamado e assim mesmo seria punido e só não morreu porque, por condescendência de nosso tenente-governador, trocou sua morte pela bebida. Foi o segundo que a bebida salvou naquele dia.

A NOITE CHEGOU E, apesar de ser lua cheia, ela não apareceu, e no céu não havia nenhuma nuvem. O vento cessou. Nossos animais se recusaram a dormir, iniciando naquela noite uma vigília que não terminaria enquanto o último de nós, vivo ou morto, permanecesse em Uchuraccay. As vacas não deram mais leite, as galinhas não puseram mais ovos, a lã das ovelhas e alpacas e lhamas secou, quebrou-se e caiu, deixando aqueles animais com uma aparência ridícula e ao mesmo tempo melancólica, e a carne de nossos animais se tornou mais dura que a pedra. Não pudemos nos livrar naquela noite do sangue que cobria nossas mãos, braços e rostos, o sangue daqueles que meus conterrâneos consideravam terroristas, porque a água se congela na puna antes de o sol se esconder, e não conseguimos, felizmente somente aquela noite, acender nossos fogões para derreter o gelo porque os fósforos ou isqueiros não produziam chamas e os fogões a lenha, que estavam acesos, apagaram todos, ao mesmo tempo. Curioso, porque, quando era para acender as lamparinas a gás ou a querosene, os fósforos e os isqueiros correspondiam a suas funções.

Maldição, maldição, sussurrava o *curaca*, aquele que mantinha contato com os espíritos de nossos ancestrais e que conservávamos entre nós, apesar de aceitarmos os ensinamentos da Santa Madre Igreja ou das igrejas evangélicas que tinham alguns adeptos em nosso povoado. Não vou dizer o nome dele para não denunciá-lo, apesar de isso não fazer diferença, porque ele teve o mesmo fim que todos — a morte.

Permaneci com mais alguns no armazém do casal Ignácio e Saturna, outros haviam voltado a seus lares, o tenente-governador se reunia com a família e o conselho comunitário em sua casa, talvez estivessem se deliciando com a iguaria retirada do fotógrafo, quando os que haviam ido ao encalço do nono terrorista, o que dera meia-volta em direção a Chacabamba, voltaram e voltaram acompanhados dele, que dizia se chamar Juan Argumedo. Disse também que morava em Chacabamba e que tinha ido até as proximidades do Wachwaqasa para guiar os jornalistas a Huaychao, que era onde queriam ir e não a Uchuraccay, e vocês sabem disso melhor do que eu, disse, a partir do Wachwaqasa não há mais encostas e o caminho é um só até o destino que eles queriam alcançar. Ele disse isso no armazém de Ignácio e Saturna, que foi onde nosso tenente-governador realizou nova reunião, só que nem todos puderam comparecer porque haviam sucumbido ao álcool.

Eu tinha cada vez mais dificuldade para ficar de pé, já nem falava mais porque meus lábios pareciam de pedra, e nosso tenente-governador também oscilava e também oscilavam os anciãos, os poucos entre eles que resistiram até aquele momento, e todos os que estávamos reunidos no armazém também oscilávamos, o que incluía Ignácio e Saturna, que bebiam desde que, pela manhã, compramos os primeiros garrafões de *chicha* e *llonque*.

O homem que se dizia chamar Juan Argumedo morreu rapidamente sem sequer perceber que morreu porque, enquanto falava e nós o escutávamos sem o ouvir, a senhora Teófila Rufina, que produzia a melhor *oca* entre todos nós, surgiu por trás dele com o machado levantado e o desceu com força sobre a cabeça dele. Ele tombou sem dizer ai nem ui. Caiu de frente para o chão e, quando o viramos, seus olhos tinham saltado e o sangue vazava por seus ouvidos e pelo nariz e pela testa.

SEVERINO TEVE UMA MORTE mais lenta e dolorosa. Se havíamos matado os *terrucos*, aqueles *terrucos* de merda, dizia o tenente-governador, então tínhamos que aproveitar que estávamos mobilizados e munidos de nossas armas e acabar o serviço de uma vez, e acabaríamos o serviço assim que mandássemos para o inferno também Severino, que, afinal, era quem havia nos metido naquela confusão toda. Não era justo que matássemos os *terrucos* e poupássemos Severino, cupincha dos *terrucos* que era. Nosso tenente-governador nos conclamou a segui-lo à casa de Severino, que tinha 31 anos e era harpista e possuía uma chácara em Huantaqasa e se dedicava ao comércio de animais, para matá-lo ali, na frente da esposa e filhos, que era o que ele merecia, *soplón* de merda, e fomos para lá, gritando, brandindo nossas armas de extermínio, que eram paus, fundas e machados e laços, e levamos também a mula que os terrucos haviam trazido e que o homem que havíamos acabado de matar dizia ser dele e a havia emprestado aos jornalistas para transportar a bagagem deles.

Severino nos esperava. Sabia que não adiantaria fugir, que o alcançaríamos onde quer que fosse e, até que o encontrássemos, já teríamos matado a família dele, e era isso talvez o que quisesse evitar nos esperando. Batemos muito nele, na frente da mulher e de seus dois filhinhos, um deles ainda de colo, e depois que batemos o amarramos à mula e a fizemos trotar em volta da casa, para arrastá-lo, e ele gritava e pedia clemência e sua roupa se desfazia a cada volta que a mula completava. Seu corpo sangrava e seus olhos já se projetavam das órbitas, por verem a morte tão de perto, quando alguém interpelou o tenente-governador, dizendo que, se quiséssemos matar Severino, e era o que queríamos, que o matássemos de vez em vez de fazê-lo sofrer tanto, afinal, por mais criminoso que fosse, era um dos nossos. O homem que disse isso apresentou um revólver ao nosso tenente-governador, era um velho, não o revólver, mas o homem, disso me lembro, e o tenente-governador lhe perguntou onde havia arranjado aquela arma e o que ele respondeu não me lembro, mas, disso me lembro, disse que a havia reservado para uma ocasião oportuna e a ocasião oportuna era aquela. O tenente-governador me perguntou se eu sabia atirar, eu disse, nem sei como consegui dizer porque meus lábios estavam rígidos, que nunca havia atirado e por isso somente saberia responder depois que atirasse, e ele me deu o revólver e falou acaba logo com isso e disparei, disparei três vezes sem acertar o alvo, que era Severino, e o tenente-governador me reprovou, não me lembro o que ele disse, tirou o revólver de minha mão e o entregou a outra pessoa, não me lembro quem era, acho que era o dono do revólver, que disparou. Bastou um tiro, disso me lembro, para que Severino parasse de se revolver no chão e acho que ele assim fazia porque as feridas deviam doer muito, acho.

Quando constatamos que Severino não se mexia mais, e se não se mexia era porque estava morto, achamos, nos dirigimos à mulher dele, que era cupincha dele, que havia sido cupincha dos *terrucos* e, portanto, merecia morrer como os *terrucos* e Severino porque a morte era o que eles mereceriam e nada mais do que isso e nada menos, e ela, que estava em prantos desde que chegáramos a sua casa, começou a gritar primeiro não me matem, depois que me matem com meus filhos porque sem mim vão morrer mesmo, e ela segurava os filhos entre ela e nós e os filhos choravam também, e já nos aproximávamos dela para realizar o desejo dela, que era morrer com os filhos, quando dona Teodora Soto se postou na frente da mulher e de seus filhos com os braços em cruz dizendo que homens são vocês que vão matar esta mulher indefesa e seus dois filhos, um ainda de colo?, as crianças não fizeram nada, são inocentes, e nós uchuraccaynos nunca matamos inocentes, somente culpados, e a mãe deles não pode ser penalizada com a morte apenas porque era casada com um *soplón* de merda e *terruco* de bosta. Saiam daqui, fora, deixem-na em paz com sua dor porque ela já está sofrendo com a morte do marido e irá sofrer ainda muito mais porque terá que fazer o que o marido fazia, terá que trabalhar para sustentar a si e aos filhos, saiam, homens covardes, porque somente os covardes matam mulheres inocentes com crianças de colo, saiam, saiam, e se não quiserem me obedecer é porque querem matá-la e se quiserem matá-la terão que me matar também, escutaram?, terão que me matar também, porque para mim, se a matarem, a vida também terá acabado, então, se forem matá-la, que me matem primeiro porque morrerei também, de qualquer jeito.

NÃO MATAMOS DONA TEODORA, nem a viúva, nem os filhos de Severino, mas exigimos da viúva que, para continuar viva, que é o que ela queria, que nunca contasse a ninguém o que havia acontecido e nunca se deixasse ver por ninguém que não fosse do nosso povoado. E fizemos isso para que os *sinchis* não pensassem que estávamos protegendo terroristas, porque eles tinham dito que os terroristas não mereciam viver e sim morrer, e morrer com muita dor, sim, foi isso o que nos disseram, e se descobrissem que mantínhamos uma terrorista entre nós, eles poderiam fazer conosco o que disseram que tínhamos que fazer com os terroristas, que era matá-los e com muita dor. A partir daquele momento, a viúva de Severino deixou de existir para o mundo, existia somente para nós, *comuneiros* de Uchuraccay, porque, toda vez que avistávamos um forasteiro, alguém a avisava e ela se punha a correr, puxando um filho e carregando o outro nos braços, até a cova, de onde poderia sair somente depois que o visitante partisse.

Foi assim para a viúva de Severino até que o nosso povoado acabou.

Os corpos de Severino e do homem que se dizia guia e se chamava Juan passaram a noite ao relento porque nossos costumes não permitiam sepultamento à noite, e mesmo que permitissem não teríamos a mínima condição de efetuá-lo. Tombei ali mesmo, na sala de Severino, e comigo dormiram seis *comuneiros*. Não sei onde os demais passaram a noite, mas ao relento não foi porque seus corpos teriam amanhecido iguaizinhos aos de Severino e do que se dizia chamar Juan. Amanheceriam congelados. Acordei, e consegui dormir porque todo o meu corpo estava encharcado de *chicha* e *llonque*, sem saber ao certo se havia acordado ou continuava imerso no pesadelo que me assombrou enquanto eu dormia, e foi um pesadelo só, do início ao fim eu me via e ao meu povoado sendo atingidos por um *huayco*, que é uma avalanche de pedra e gelo, só que o *huayco* do meu pesadelo era de sangue e de partes de corpos humanos que caíam sem cessar sobre nós e nos soterravam. Acordei porque me fizeram acordar ao toque do *wakrapunko*, que deveria ser acionado toda vez que se aproximasse um grupo de terroristas, mas não eram terroristas que chegavam. O *wakrapunko* nos chamava para abrir as covas para os corpos de Severino e do homem que se dizia chamar Juan, e obedeci ao chamado para não contrariar nosso tenente-governador. Meu corpo todo doía, minha cabeça parecia ter sido atingida por todos os paus e pedras e machados que usamos para golpear a cabeça dos dez homens que havíamos matado na véspera e minha boca tinha o gosto da morte.

Eles não seriam enterrados em nosso cemitério. O homem que se dizia chamar Juan não o merecia, porque em nosso cemitério enterrávamos somente os nossos, e ele não era dos nossos. Severino era dos nossos, mas igualmente não poderia ser enterrado em nosso campo-santo porque a cova recente poderia chamar a atenção dos *sinchis*, que nos perguntariam quem havíamos enterrado ali e teríamos que dizer que era um *tuta puriqkuna* que havia vivido entre nós, e eles poderiam pensar que outros *tuta puriqkuna* viviam entre nós e nos causar muita dor, e isto não queríamos. Por isso enterramos Severino nos fundos de sua casa e o corpo do que se dizia chamar Juan ao lado de um riacho, numa cova rasa que cobrimos com pedra para que os cães e os porcos não o desenterrassem. Somente depois do sepultamento me banhei, livrando-me do sangue de nossas vítimas que estava grudado em minha pele e na roupa. Queimei a roupa, o banho fez o sangue desaparecer do meu corpo, mas o que penetrou em minha alma não sairá jamais.

ASSIM COMEÇOU O DIA que se seguiu à morte dos oito jornalistas que meus conterrâneos acreditavam ser terroristas e continuaram acreditando naquele dia e nos próximos, talvez acreditem até hoje os que sobreviveram ou pensam que sobreviveram, e tanto acreditavam que mandaram dois emissários a Tambo. Estes emissários foram Constantino Soto e Mariano Ccunto, e isto consta do processo, senhor, e sua missão era avisar aos soldados da Guarda Civil que havíamos dado fim a um comando dos *chay suwa terrorista* formado por oito pessoas convertidas em oito cadáveres que àquela hora começavam a apodrecer, e apodrecer lentamente, porque nessa altura em que estamos, com o frio que faz e com o ar seco que respiramos, a carne demora a deteriorar.

A notícia da morte dos oito terroristas correu os povoados da puna com a velocidade do raio, e aqueles oito se somavam aos outros 41 que foram mortos dias antes por nós e nossos vizinhos. A vingança do Sendero era agora mais certa que nunca e aconteceria mais cedo do que gostaríamos, e foi isto que pensei e pensaram meus conterrâneos e vizinhos, e sem que houvesse nenhum aviso, eles, os nossos vizinhos, foram chegando, chegando de Ccarhuahurán, Cunya, Huaychao, Pampalca, Paria e outros, muitos outros lugares, e chegaram mais de dois mil, eram tantos que não pude contá-los todos, e eram tantos que mal podíamos nos locomover no centro de Uchuraccay. Vieram saber o que fazer para enfrentar os *terrucos*. O que fazer? O que fazer?, nos perguntávamos uns aos outros, ficando decidido, no final da manhã e após uma assembleia comunitária como nosso povo e os vizinhos jamais havíamos visto, tantos eram os participantes, e a assembleia fora coordenada com muita dificuldade por nosso tenente-governador, que reforçaríamos nossa vigilância e formaríamos grupos de defesa, dos quais participariam todos, homens, mulheres, crianças e velhos, sãos e enfermos. E pediríamos aos *sinchis* que também reforçassem a vigilância e permanecessem mais tempo entre nós, se possível o tempo todo em vez de somente nos visitar de vez em quando e voltar para suas bases seguras, e que nos armassem porque as armas que tínhamos, além de poucas eram velhas, não eram nada se comparadas às armas dos *terrucos*, que agora viriam ainda mais armados, e nossos machados, fundas e paus não dariam conta de enfrentar a horda que se lançaria sobre nós com o ódio de mil legiões do inferno. Se os *sinchis* não fornecessem as armas, as compraríamos nós mesmos, não sabíamos onde e como, mas as compraríamos, e as que fôssemos retirando do nosso inimigo não mais as entregaríamos aos militares e aos *sinchis* como havíamos feito com as armas que havíamos apreendido até então dos *terrucos* que matamos. E os que matamos eram 49 no cálculo de nossos vizinhos, que somavam os oito da véspera aos 41. E 51 para nós, porque somente nós sabíamos que, além dos oito, havia Severino e o que se dizia chamar Juan Argumedo.

Iríamos redobrar a vigilância sobre nossos inimigos e também sobre aqueles que entre nós colaboravam com os inimigos, e estes deveriam morrer como os *chay suwa terrorista*, foi o que também decidimos na assembleia. Ainda discutíamos quando um grupo foi enviado em missão punitiva a Iquícha, cujos moradores sempre se julgaram melhor do que nós não sabíamos por quê, porque lá havia muitos simpatizantes dos *tuta puriqkuna*, disso tínhamos certeza, porque ali eles permaneciam mais tempo, a bandeira vermelha deles ficava hasteada dia e noite, suas casas, escola e igreja tinham inscrições do Sendero Luminoso, e também porque vários de seus jovens e até crianças se ofereceram para integrar seus comandos militares e participar das ações que diziam de combate, mas eram atos de covardia porque tinham deixado de atacar os militares, desde que os militares transferiram suas guarnições para longe, para nos atacar, a nós, moradores da puna, civis desarmados e pacíficos.

Pacíficos até que eles mataram o primeiro dos nossos, meu padrinho Alejandro Huamán, que sua alma descanse em paz. Estávamos em guerra, e somos valentes como nossos ancestrais, os huarpas, huaris e, por fim, os chancas, que jamais se curvaram aos incas, cruzaram o Apurímac conduzidos por Anccu Huálloc, e encurralaram o soberano Vicarocha, na capital de seu império, Cusco, e tendo sido derrotados por aqueles, se dispersaram, porque a submissão é pior do que a dispersão. A submissão só seria admissível, nos ensinara meu padrinho, se fosse uma tática de combate, a de enganar o adversário para atacá-lo quando menos esperasse. Os homens e mulheres do Sendero emboscados por nós em Chancahuayco haviam dito, antes de morrer, que seus cupinchas matariam dez dos nossos a cada um deles que matássemos. Nós e nossos vizinhos matamos 49 ou 51 *terrucos*, conforme o cálculo, que para mim indicava que os terrucos mortos eram 42 e nenhum mais porque minha conta excluía os jornalistas e incluía Severino, o que se dizia chamar Juan, não. Portanto, mais de quatrocentos de nós estávamos marcados para morrer. Se os *terrucos* cumprissem a ameaça, morreríamos todos. E como disse, senhor, morremos todos.

6

Revelações de uma madrugada silenciosa

*As indiscrições de um coronel e o destino trágico
dos valentes de Huancayo e de Lucho.
E, enfim, surge a primeira pista!*

—*Mondongo ayacuchano* ou *human caldo*? — inquiriu o garçom, que, apesar do esmero em explicar em que consistiam aqueles pratos, os únicos que o modesto restaurante estava apto a oferecer aquela noite, talvez pela ignorância do interlocutor em relação a tantos vegetais e especiarias nomeados em espanhol, talvez pela velocidade de sua fala, mais confundiu que esclareceu Humberto.

— Traga o caldo — decidiu o repórter, pressupondo que uma sopa, em vez daquele *mondongo*, cuja sonoridade em seu idioma remetia a um roedor mal-afamado, seria mais adequada ao horário e ao seu estado físico. Seu organismo, que deixara o nível do mar em que se encontra Lima para ser depositado, sem adaptação, aos 2.700 metros de altitude de Ayacucho, exigia uma alimentação leve.

Somente ele e um senhor de jaqueta e chapéu pretos, sentado no outro extremo, se serviam no restaurante. Humberto sentia-se cansado.

E confuso. Chegara, finalmente, ao centro do conflito. A cidade, que vivia sob intensa e constante pressão, era, apesar disso, o local mais seguro de todo o estado de Ayacucho — um estado sulcado por rios profundos, caudalosos e turbulentos e equilibrado em montanhas inclementes que, excepcionalmente, distanciavam-se umas das outras para permitir a formação de vales, alguns férteis, outros não; a fertilidade diminui na medida em que esses vales ganham altitude. Aquelas montanhas e vales eram o cenário de uma intensa guerra de guerrilhas que convulsionava e ceifava a vida dos ayacuchanos, que, em sua maioria, viviam como seus ancestrais, habitantes daquela região antes do surgimento do império incaico. O acesso a muitos povoados, principalmente os localizados nas partes altas das montanhas, acima dos quatro mil metros sobre o nível do mar, desafia a imaginação e os recursos do homem moderno. Desfiladeiros vertiginosos, encostas íngremes, trilhas que permitem somente o trânsito de homens indômitos e mulas — eis as vias de acesso a estes povoados, nos quais as manifestações da modernidade, como luz elétrica, água encanada e televisão terão de esperar, numa previsão otimista, décadas para se instalar. Em muitos deles, são inconcebíveis.

O que era aquilo?, espantou-se Humberto: a cabeça de um animal rodeada de batatas, cenouras e ervilhas que boiavam em um caldo escuro!

— É o prato que o senhor pediu — explicou o garçom, surpreso e ao mesmo tempo frustrado com a reação do cliente.

— O *human caldo* — acrescentou.

O aspecto poderia causar estranheza a quem não estivesse acostumado à culinária regional — e, por extensão, peruana, de variedade e criatividade infinitas, aprimoradas durante cinco milênios —, mas aquele era um dos pratos mais atrativos e requintados de Ayacucho, explicou o garçom. A cabeça (*human*, em quíchua) de um cordeiro, depois de ter o couro arrancado, é cozida durante horas juntamente com cebola, alho e salsa e a ela se acrescentam os legumes, quando o caldo estiver formado. O conjunto pode ser enriquecido com pimenta e outras especiarias.

— Obrigado, mas me enganei ao fazer o pedido. Traga a conta, por favor.

Humberto relutara em tomar a decisão, mas a julgou a mais prudente. Qual seria a reação de seu organismo àquele prato exótico e ao mesmo tempo ameaçador?

Era cedo para voltar ao hotel, e Humberto decidiu ir a uma lanchonete na Praça de Armas — sempre havia uma praça de armas em seu caminho, e como poderia ser de outra forma se toda cidade de origem espanhola se desenvolve a partir de uma Praça de Armas ou de uma Praça Maior?

Um sanduíche de presunto e queijo e um refrigerante saciaram sua fome. A temperatura amena e as luminárias dispostas com elegância ao redor e nas passarelas da praça eram um convite ao seu desfrute. Holofotes ressaltavam as fachadas da Catedral e da reitoria da Universidade de Huamanga. Como contraste, os portais que circundam a praça estavam iluminados deficientemente. Em algumas áreas, os pedestres desapareciam para ressurgir logo adiante e desaparecer novamente.

Os sinos da Catedral alertaram para o início do quarto final das nove horas. A vigência do toque de recolher se aproximava, e a cidade, que parecia ter se recolhido ao pôr do sol, recobrou repentinamente a vitalidade. Pela praça e ruas adjacentes, a profusão de pedestres e o trânsito de veículos, todos apressados, despertaram a atenção de Humberto. Ele estava hospedado a cinquenta metros do local e, portanto, 15 minutos eram tempo de sobra para chegar ao hotel. Dois homens, um que apoiava o outro ou se apoiava nele, pois era impossível distinguir qual deles era o bêbado ou o mais bêbado, desapareceram com dificuldade no final da praça. O carrinho de quinquilharias puxado por um garoto cruzou o caminho de Humberto quando ele atravessava a rua.

— Cigarros, senhor? — ofereceu o menino, e Humberto decidiu levar alguns maços, para se precaver. Quando contava os sóis para pagar, ouviu veículos freando bruscamente.

— Quanto você está cobrando dele? — perguntou ao menino o passageiro do banco dianteiro do primeiro veículo, um jipe Toyota.

O menino respondeu, indicando um preço três vezes menor que o pedido ao jornalista.

— Entre, vamos conversar — convidou o passageiro, assim que Humberto pagou o garoto, que saiu às pressas do local, visivelmente contrariado com a redução de seu lucro, sem lançar um único olhar para trás.

O jipe era escoltado por outros veículos, cujos ocupantes apontavam para várias direções suas armas de grosso calibre, e dois blindados leves, com soldados a postos em suas torres de observação.

Como recusar o convite do coronel Paredes?

Os sinos repicaram dez vezes. O toque de recolher estava em vigor.

— Vamos dar um passeio pela cidade, assim podemos conversar — disse o coronel, ordenando ao motorista e aos dois soldados que ocupavam o banco traseiro do jipe que se acomodassem nos veículos da escolta. O coronel assumiu o comando do veículo. — Então, o senhor veio fazer uma reportagem sobre a guerrilha...

— De fato.

— É perigoso, o senhor sabe.

— Estou ciente.

— Alguns colegas seus não tiveram um final feliz.

— Estou ciente disso também.

— O senhor pretende ir a Uchuraccay?

— Sim. E se possível a outras aldeias.

— Impossível. Ayacucho está bloqueada. Só entra e sai quem reside em seu entorno e apresente o salvo-conduto. O senhor chegou aqui de avião e sairá daqui somente de avião.

— Por que todo esse rigor, senhor coronel?

— Estamos em guerra, e talvez este seja o momento mais delicado desta guerra. Ayacucho e os estados vizinhos estão em situação de emergência. Governadores e prefeitos foram destituídos. Quem manda agora é o Exército. Nós, o Exército.

— Seria muito importante para meu trabalho ouvir os moradores de Uchuraccay para saber o que aconteceu com os jornalistas. E também moradores de outras aldeias para saber o que pensam dos guerrilheiros.

O coronel deu uma longa gargalhada.

— O senhor é ingênuo ao pensar que obteria deles qualquer informação consistente. Eles desconfiam deles próprios, imagine o que pensarão de um estrangeiro como o senhor!

— Penso em viajar acompanhado de um guia.

— E por acaso a companhia de um guia ajudou seus colegas? O guia foi morto com eles!

— Quem sabe o senhor autoriza uma escolta militar?

O coronel gargalhou novamente.

— Esqueça.

Depois do sobressalto nos minutos finais que antecederam o toque de recolher, a cidade mergulhou no silêncio. Não havia ninguém nas ruas. Quem se atreveria a ser flagrado durante o toque de recolher por uma patrulha militar, que atirava primeiro para perguntar depois? A patrulha comandada pelo coronel Paredes avançava lentamente pelas ruas estreitas. Um revólver estava sobre o painel do veículo, ao alcance da mão do coronel; outro repousava no coldre, amarrado à perna direita.

— Taurus? — perguntou Humberto, apontando para a arma sobre o painel.

— Sim, como o senhor sabe?

— Dedução. Se os blindados leves em serviço aqui têm procedência brasileira, por que não os revólveres e pistolas?

— Acertou. A propósito, sabemos que cascavel é uma cobra, mas urutu, o que significa?

O coronel se referia aos nomes dos dois blindados mais comercializados pela indústria bélica brasileira, *Cascavel* e *Urutu*.

— Outra cobra. Dizem que ainda mais feroz que a cascavel.

— Permita-me uma observação, que me ocorre talvez inspirado pela evocação das cobras...

— Como não?

— O senhor não sairá daqui ileso. Mesmo que volte para casa fisicamente intacto, o seu interior ficará ferido. Talvez mortalmente ferido.

— O senhor não está sendo dramático demais, coronel?

O militar sorriu com ironia e, depois de um breve silêncio, pediu a Humberto, que fumava sem cessar, que lhe emprestasse o isqueiro para também acender um cigarro.

— Vamos conversar — disse o militar. — O que o senhor quer saber?

Militar admite: camponeses foram treinados para combater o Sendero

AYACUCHO — Os guerrilheiros do Sendero Luminoso cometeram um erro estratégico crucial em relação às comunidades camponesas dos Andes centrais peruanos, região que concentra suas atividades, informa um militar de alta patente em serviço na zona de combate: eles violaram tradições seculares, expropriando, em nome da revolução, terras e animais, depuseram as autoridades locais e instituíram "comitês revolucionários", atribuindo a eles poder de vida e morte sobre os moradores dessas aldeias. A simpatia inicial que os camponeses, também chamados comuneiros, *por viverem em comunidades, nutriam pelos guerrilheiros, que se apresentaram como instrumento de redenção dessas comunidades pobres, secularmente abandonadas pelo Estado, foi aos poucos se transformando em hostilidade, porque os senderistas, à medida que ampliavam sua área de atuação entre as comunidades agrícolas dos estados de Ayacucho, inicialmente, e Huancavelica e Apurímac, na fase posterior, passaram a exigir cada vez mais a entrega de tudo o que julgavam supérfluo. Quem se recusasse a atendê-los corria o risco de ser executado.*

Os camponeses, então, resolveram se rebelar, decisão que tomaram em assembleia realizada nas comunidades de Carhuaran e Uchuraccay. A decisão foi posta em prática simultaneamente em várias comunidades a partir de janeiro. Milícias do Sendero Luminoso e seus reais ou supostos colaboradores foram emboscados, maltratados ou linchados. A revolta dos camponeses, embora justificada pelo choque de cultura e pela brusca mudança de hábitos imposta pelos senderistas, vinha sendo preparada de longa data pelas forças de segurança. Oficialmente o Exército e as demais corporações envolvidas na luta antissubversiva não confessam o emprego desta estratégia, mas o oficial a que tivemos acesso não só admitiu esta manipulação como revelou detalhes sobre como é executada.

Segundo ele, a partir da constatação de que as forças policiais não seriam capazes de vencer por si sós a ofensiva subversiva, o Exército orquestrou um plano de sabotagem sub-reptícia aos esforços de doutrinação e infiltração guerrilheiras. E a estratégia foi bastante simples: atacar os pontos de resistência dos camponeses aos novos métodos pretendidos pelo Sendero Luminoso — o domínio sobre suas terras, suas plantações e suas casas, enfim, mostrando os perigos que a sociedade planejada pelos guerrilheiros poderia trazer para sua subsistência.

Como fruto de um trabalho persistente, prolongado e árduo — a maior parte dos povoados da Sierra é inacessível a pé, sendo necessário o uso de helicópteros para alcançá-los —, os militares, tendo à frente os sinchis *(tropa de elite da Guarda Civil), conseguiram, paulatinamente, atrair os camponeses para a sua causa.*

As forças de segurança, admitiu o oficial após ser questionado várias vezes, não limitam seu trabalho junto aos camponeses apenas no terreno ideológico, mas o estendem ao militar, treinando jovens e adultos das aldeias para enfrentar os guerrilheiros em eventuais confrontos armados ou para simplesmente atraí-los para emboscadas. As forças de segurança, contudo, esbarraram e ainda se defrontam com a arraigada desconfiança e até hostilidade dos habitantes das montanhas, explicando este fato a contínua penetração e permanência dos guerrilheiros entre elas. Por quê? Porque, admite o oficial, não fosse o estado de abandono absoluto em que vivem esses povos, jamais o Sendero Luminoso teria alcançado o êxito que tem; jamais obteria o poder de infiltração e de arregimentação junto aos camponeses; jamais os guerrilheiros teriam se expandido tanto.

HU ̄ ̄ERAR cerca de dez minutos para
o˙ ;ua entrada. Passava das duas da
ɪ , pois nem os bêbados ousariam
.ecer na rua àquela hora. Foi pre-
:es seu nome para que o porteiro
ɾo notou a fisionomia de espanto
,tatou que o jornalista chegara es-
/eso.
1 o coronel Paredes, conversa que
. mais obter após sua dispensa do
ᴊe renderia tantas informações para
sde as ações das forças de segurança
ɪa área de contrainsurgência e estrita-
ɔdos de aliciamento dos guerrilheiros

e nas divisões entre as várias corporações policiais e militares envolvidas no conflito, que dificultavam uma ação conjunta eficaz.

A conversa não havia sido gravada — o coronel jamais aceitaria que assim fosse — e, portanto, Humberto teria que anotar o quanto antes seus pontos principais para não ser traído pela memória. Não havia mesa em seu quarto, mas a velha penteadeira se prestaria a que ele a utilizasse para as anotações, sob uma luz fraca e oscilante. Algum tempo depois, ele ouviu.

Ouviu um barulho seco, no fundo do hotel, que, erguido durante o período colonial, conservava seu pátio interno retangular com o onipresente chafariz no centro. Três de suas faces eram ocupadas pelos dois andares da construção; a quarta terminava no muro de uma igreja. Foi de lá que viera o baque. Eram quase cinco horas, constatou Humberto. Alguém escalara o muro e saltara no pátio do hotel. No lado oposto, o ruído de motores se aproximava do hotel, vindo através da porta principal. O invasor estava assustado, pois corria desordenadamente, forçava portas e ofegava ruidosamente, percebeu o jornalista quando passou por seu quarto, que ficava no térreo, acionando também a maçaneta de sua porta na esperança de abri-la. Humberto apagara as luzes para não denunciar que era provavelmente o único ainda acordado naquele local, o que fatalmente atrairia o intruso. O invasor, cada vez mais ruidoso, o que demonstrava seu desespero crescente por não conseguir abrir nenhuma porta — ele não pôde avançar para o segundo andar, pois o acesso era protegido por uma grade de ferro —, de repente parou. Após um breve silêncio, Humberto ouviu o postigo, que não possuía chave, apenas uma tranca, bater ruidosamente. O ruído foi abafado por uma curta e definitiva rajada de metralhadora, cujo som ricocheteou nas paredes das casas e foi engolido pelas montanhas.

Os veículos se afastaram. O hotel recobrou o silêncio.

Humberto recostou-se na cabeceira da cama à espera de que algum movimento apontasse que um hóspede ou um serviçal do hotel estivesse em pé, mas foi em vão. O silêncio persistia. Ele tentou dormir, mas estava assustado demais. Tomou uma ducha quente, voltou a recostar-se na cama e — amanhecia — ouviu o telefone da portaria tocar. Alguém atendeu. Humberto levantou-se e dirigiu-se à portaria, que ficava próxima a seu quarto.

— Bom dia — disse o jornalista ao rapaz da recepção, que acabara de fechar o postigo e segurava um balde e uma vassoura. — Tudo bem?

— Tudo bem, senhor, como passou a noite?

— Bem, muito bem, não fosse essa confusão agora há pouco no...

— Que confusão, senhor? — interrompeu o jovem.

— A provocada pelo homem ou pela mulher, não sei, que invadiu o hotel e forçou a porta dos quartos.

— Não sei do que está falando, senhor.

— Como não, alguém invadiu o hotel, e não faz muito tempo, e deve ter se ferido ao sair, porque ouvi uma sequência de tiros!

— Invasor, tiros... do que o senhor está falando, senhor?

— Alguém invadiu o hotel e foi surpreendido ao sair, bem aqui em frente — disse Humberto, sinalizando em direção à rua.

— Não há e não houve nada aí fora — retrucou o jovem.
Humberto foi à calçada. Uma nódoa de sangue resistira à lavagem feita pelo porteiro.
— Fique tranquilo, senhor — aconselhou o porteiro. — Não aconteceu nada aqui, entendeu?

**Lucho se ajoelha.
Um fuzil aponta para ele**

A Criminalística informou a Froilán que havia identificado quatro digitais diferentes no copo. Duas em bom estado e duas, fragmentadas. As em bom estado estavam sendo analisadas e as fragmentadas seriam submetidas a um trabalho de recomposição de resultado imprevisível.

Froilán estava ansioso para descobrir a identidade da comandante Rosa, cuja descrição, fornecida pelo camarada Manoel, excluía definitivamente que pudesse ser de origem serrana. Era, seguramente, uma litorânea, que, pela delicadeza dos gestos, fala articulada e comportamento elegante, denotava uma origem social de média a superior, deduziu o capitão. Se se encaixasse nesta última categoria, seria um caso raro nas fileiras da subversão. E Froilán não tinha conhecimento de outro similar.

A descoberta da identidade da comandante Rosa permitiria satisfazer essa curiosidade, mas isto era apenas um detalhe. Chegando-se a ela, abrir-se-iam as portas de um nível superior dos quadros do Sendero até então inexpugnáveis ao serviço de informações. A descoberta da identidade dela possibilitaria que se rastreassem os seus vínculos sociais, da família aos amigos e eventuais namorados, dos colegas aos professores universitários, e desse emaranhado surgiria o fio que fatalmente conduziria a outros comandantes da organização. Quando capturada — e o capitão Froilán já não admitia perdê-la —, ela também poderia facilitar o serviço, denunciando seus companheiros. Mas esta, na avaliação do capitão, era uma possibilidade remota, remotíssima, que exigiria habilidade dos interrogadores e, no fracasso deste recurso, a força. E ele não possuía aptidão nem técnica para executar nenhum desses procedimentos.

A direção da Dicote decidiu que Froilán se concentraria no trabalho de elucidação da identidade da comandante, para o qual teria ao seu lado o eficiente Manoel, enquanto Lucho continuaria se dedicando ao monitoramento dos informantes e à abertura de novas frentes de colaboradores nos recintos universitários. Um novo agente foi destacado para acompanhar as atividades dos sete de Huancayo, dispersados em três células senderistas na capital, todas dedicadas a atividades de agitação e propaganda. Antes que ele iniciasse o trabalho, a divisão de inteligência foi colocada diante do dilema: autorizar ou não que três deles fossem para o campo de batalha, como ordenara o Sendero?

Froilán, Lucho e seus superiores sabiam que mais cedo ou mais tarde essa questão seria posta à mesa, mas até então a tratavam como uma hipótese remota. Agora, no entanto, o serviço de informações havia penetrado na estrutura do inimigo e seus infiltrados eram convocados a pegar em armas. Iriam, portanto, caso se submetessem à ordem, reforçar o inimigo em sua campanha contra o Estado, contrariando a essência da missão que abraçaram, que era a defesa do Estado e suas instituições; da sociedade organizada, enfim.

Opor-se à ida deles seria a ruína de todo o trabalho realizado até então, porque teriam que ser retirados de cena, para que suas vidas fossem preservadas, todos os que foram ou estavam sendo infiltrados — e se aproximavam de trinta — no Sendero. E ainda havia o risco de que, mesmo que esses infiltrados fossem preservados, sob outras identidades e em outras cidades, a um custo enorme para o Estado, suas famílias sofressem as represálias do Sendero no lugar deles. E o Estado era incapaz de proteger tanta gente ao mesmo tempo.

Após a convocação dos três, mais dois dos rebelados de Huancayo informaram que também deveriam ir para a frente de combate nos Andes. Quando essa informação chegou à Dicote, a decisão sobre o primeiro grupo estava tomada e seria extensiva ao segundo. Não havia alternativa, eles deveriam seguir em frente, acatar o que o Sendero pretendia deles e se comportar no *front* como autênticos membros do Exército Guerrilheiro Popular até serem resgatados, e isto aconteceria brevemente, pelas forças de segurança. Só havia uma maneira de proceder ao resgate: eles seriam capturados e enviados a uma das prisões que alojavam guerrilheiros, de onde "desapareceriam", levando seus companheiros a acreditar que encontraram o mesmo destino que os outros que não voltavam jamais dos interrogatórios.

Os cinco de Huancayo partiram com essa esperança e uma dúvida que a Dicote não soube esclarecer. Quando eles seriam capturados: quando estivessem em patrulha, quando estivessem desmobilizados, em repouso, ou em combate? Confiem em nós, foi a resposta que obtiveram.

A direção da Dicote ainda planejava como efetuar o resgate quando os cinco tombaram em confronto com as forças de segurança antes que se completasse a segunda semana de sua partida de Lima, que ocorrera numa noite enevoada sob a escolta do camarada Martín.

O mais velho deles tinha 21 anos. O mais novo, 19. Entre eles estava a única mulher dos valentes de Huancayo. Era Julia, a camarada Isabel, estudante de Direito.

A morte dos cinco atordoou Froilán, que, em sua primeira reação, entregou o cargo a seu superior, responsável por dar-lhe a notícia e que se recusou a aceitar a oferta e recomendou ao subordinado que descansasse alguns dias. Quantos dias quisesse. "Barranco!", ordenou Froilán ao taxista ao deixar a Dicote, acrescentando apenas que queria ser deixado o mais próximo do mar. Foi atendido. E o mar correspondeu ao que dele esperava o agente, que fora ao seu encontro em busca de reciprocidade. Estava cinzento — era o mar de Lima! — como sua alma.

MANOEL ENCONTROU-SE COM FROILÁN assim que soube do destino dos jovens que havia iniciado na guerrilha. A operação foi semelhante à anterior, quando Manoel entregou o copo com as possíveis digitais da comandante Rosa — ambos utilizaram um "táxi", novamente dirigido por Froilán, para conversar. Tão amarga foi a conversa que decidiram mandar às favas os procedimentos de segurança e ordenaram uma garrafa de pisco num bar em Rímac. Saíram somente quando o proprietário os expulsou, e era madrugada e já haviam esvaziado aquela e outra meia garrafa de pisco e 12 de cerveja. Estavam tão bêbados que cada um tomou um táxi, esquecendo-se que chegaram ao bar num carro dirigido pelo capitão. O "táxi" de Froilán só foi retirado do local dois dias depois, por iniciativa do dono do bar, que comunicou à polícia a presença daquele veículo abandonado, possivelmente roubado. A Dicote o resgatou no pátio da delegacia de trânsito.

Manoel ameaçou desertar. Sumiria. Tinha um amigo no norte do Chile que lhe daria cobertura até que pudesse viajar, assim que reunisse o dinheiro necessário, para os Estados Unidos ou a Europa. A Dicote estaria disposta a ajudá-lo? Se não, ele encontraria outra maneira, e só havia uma, que era pedir ajuda aos pais, em Tumbes. Ele se sentia responsável pela morte dos cinco e não podia permitir que os outros recrutados por ele tivessem o mesmo fim. Portanto, antes de viajar ele dissolveria a rede de *soplones* que estava infiltrando nas fileiras do Sendero. Recomendaria que fugissem o quanto antes e para bem longe, que não esperassem a proteção da Dicote, pois essa proteção não ocorreria mesmo, que salvassem suas vidas enquanto fosse tempo. Que a contrarrevolução, a pátria, a sociedade fossem todas à merda, que as vidas deles eram mais importantes que tudo, principalmente o Estado, e o que era o Estado, o que era? Uma entidade sem alma, apenas um corpo multifacetado e insensível que retirava deles o bem mais precioso que possuíam — suas vidas! suas vidas! — e isso não era justo, caralho, porque eles eram jovens demais para renunciar a esse dom único e intransferível. Que os velhos fossem convocados no lugar deles! Afinal, eles já haviam vivido o suficiente e poderiam retribuir a vida com a morte, que já estava para chegar mesmo, a qualquer momento, no final das contas.

Froilán procurou consolar Manoel, embora ele próprio estivesse inconsolável, desconsiderando as frases cada vez mais ásperas que seu interlocutor formulava sob o efeito da mistura explosiva de pisco e cerveja. O encontro não foi conclusivo, pois os ébrios não terminam nada, e nova reunião foi marcada para três dias depois, e dela surgiu a determinação de que a luta não poderia ser abandonada, custasse o que custasse.

CUSTOU, ANTES QUE O AGENTE FROILÁN e o camarada Manoel se recuperassem da ressaca que contraíram após o novo encontro, a vida de Lucho.

O ônibus em que o tenente viajava entre Abancay e Cusco foi interceptado em plena luz do dia por um destacamento guerrilheiro. Todos os passageiros, a maioria camponeses, foram submetidos a interrogatório. Os guerrilheiros, cerca de dez, entre eles alguns com menos de 16 anos, queriam saber de onde vinham, para onde iam, o que faziam, o que pensavam do governo reacionário do Peru e se estavam ou não de acordo com a guerra de guerrilhas redentora desenvolvida pelo Sendero Luminoso. Separaram seis pessoas — o motorista, dois comerciantes, um pastor evangélico, um camponês de maneiras delicadas e Lucho, que viajava acompanhado de seus livros adquiridos na Colmena, livros que, para o destacamento guerrilheiro, expressavam o ideário burguês que o Sendero jurara exterminar. O grupo foi obrigado a se ajoelhar na frente dos demais passageiros, que, instigados pelos guerrilheiros, proclamaram vivas à revolução e ao presidente Gonzalo e morte a tudo o que os guerrilheiros enumeraram.

Foram mortos um após outro, lentamente, os tiros atingindo os pés, as pernas, os braços, arrancando parte das orelhas e das mãos e abrindo sulcos nas ancas. O último a tombar foi Lucho. Assistiu à execução dos demais, consolando-os no lugar do pastor que, uma vez posto de joelhos, calou-se para sempre. A invocação dos prazeres e gozos da vida eterna que Lucho fez a cada um de seus companheiros de fatalidade serviu para que ele acreditasse no que dissera assim que foi posto diante do cano do fuzil que disparou o primeiro — outros fuzis o imitaram — dos 32 tiros que estraçalharam seu corpo.

CUSTARIA, TAMBÉM, "a mais delicada de todas as missões que o camarada realizou até agora", comunicou Martín a Manoel. "A missão que, definitivamente, selará seu compromisso de entrega total ao Sendero." Enquanto não recebesse a ordem de agir, e a ação, a grande ação de sua existência no Sendero, lhe seria comunicada no tempo devido, deveria se preparar. "Preparar para enfrentar a avalanche de sangue que descerá dos Andes para inundar as ruas de Lima e das principais cidades do país."

Deveria se adestrar em técnicas de guerrilha e sabotagem e começaria no dia seguinte. Seu batismo de fogo seria roubar a arma de um policial, qualquer que fosse, não importava se isso custaria a vida do lacaio do regime burguês-imperialista ou a dele. Aquela ação, explicou Martín, cuja tristeza nos olhos cedera lugar definitivamente a lampejos cada vez mais incandescentes de ira, reforçaria o arsenal do Sendero e despertaria em Manoel o apetite para o sangue, apetite que, Martín observou, era a força motriz de toda revolução. "Sem sangue não há revolução", sentenciou, entregando a Manoel um revólver, o primeiro que seu subalterno empunhava na vida, e lhe perguntando se sabia atirar. "Não", respondeu Manoel.

"Então, agora você terá a oportunidade de aprender", disse seu superior, acrescentando: "Você irá acompanhado. Pode precisar de ajuda."

Ela capitulou e receberá a mais drástica das punições

Paulina cumpriu a promessa e trouxe, uma semana depois, algumas fitas contendo as gravações dos telefonemas interceptados na casa verde de janelas brancas. Nunca ela e Martín tardavam tanto para se encontrar, mas desta vez o companheiro precisara se ausentar para participar de um encontro da equipe de recrutamento.

A reunião obrigara seus participantes a três dias de reclusão num pequeno hotel de Magdalena del Mar com vista para o Pacífico, que Martín não usufruiu porque o mar não o atraía, ainda mais o mar de Lima, irremediavelmente triste como a alma que não admitia possuir. A única coisa que o atraía era a revolução. E quando ele e Paulina trocavam a mesa da *cevichería* pela sua cama, estavam, assim ambos interpretavam, recarregando as energias para desempenhar bem suas missões.

Tenho algo a lhe dizer, e é muito sério, Martín começou assim a conversa com Paulina quando voltaram a se encontrar.

A coordenadora do encontro em Magdalena del Mar, a camarada Rosa, Martín contou, teve um comportamento potencialmente perigoso para a solidez programática do Sendero, afirmando que se opusera à abertura de uma nova frente de combate nas cidades e, embora ressalvasse que, uma vez derrotada, se submetia ao comando, ela semeara a dúvida entre os participantes.

Alguns participantes me disseram, Martín continuou, que ela perguntou, quando se encontraram a sós, um depois do outro para informá-la do andamento de seus trabalhos, se continuariam no Sendero caso lhes fosse ordenado que atacassem alvos não militares e causassem baixas, muitas baixas entre os civis.

Então, se ela disse o que disse era porque tinha um plano, assim nos orienta nosso presidente Gonzalo, porque, ele ensina, toda manifestação programática obedece a uma estratégia, e essa estratégia deve ser espalhar entre nós a dúvida para que, uma vez instalada a dúvida, a rocha de nossas convicções comece a ruir.

É muito sério, Paulina concordou, e a companheira a quem você se refere é a mesma que se declarou publicamente contrária ao aumento das ações de sabotagem seguidas de execuções seletivas nas cidades, em Lima sobretudo, como quer Gonzalo. Declarou também discordar da punição aos camponeses que resistem ao modelo que estamos instalando nos Andes.

Como foi isso?, quis saber Martín.

O RESTAURANTE CHINÊS, o *chifa*, localizado na avenida Brasil a trezentos metros do Hospital Militar, atraía toda classe de clientes. Tinha fama de servir bem e barato e estas duas qualidades faziam com que seus clientes dessem pouca importância às frequentes intervenções da Saúde Pública.

Moças com traços orientais, não necessariamente chineses, mas isso eram detalhes que os ocidentais não costumam identificar, e trajes, sim, os trajes eram chineses, serviam as mesas, espalhadas por um salão principal, o maior de todos, e por outros três, secundários, dois deles separados do principal por biombos decorados com figuras mitológicas.

O maior dos salões secundários isolava-se dos demais por um corredor que conduzia num extremo à cozinha e no outro, a um pátio nos fundos com acesso a uma transversal da avenida. O local era estratégico para a realização de encontros que não chamassem a atenção. Era isolado por uma grande porta corrediça de vidro jateado com motivos florais. Comportava até trinta pessoas.

Era um dos locais utilizados eventualmente pelo Sendero Luminoso em Lima para reunir seus dirigentes de segundo escalão, da capital ou dos comitês regionais. Por ser público, o local era considerado adequado para despistar a vigilância dos órgãos de informações.

Os do primeiro escalão, que se limitavam a Guzmán e a uns poucos, não poderiam se expor tanto. Entre os poucos estavam Elena Iparraguirre, a camarada Miriam, segunda esposa do líder. A primeira, Augusta La Torre, a camarada Nora, morrera em combate nas montanhas de Ayacucho no início da campanha deflagrada pelo Sendero, quando a guerrilha contava com a simpatia generalizada da população local. Seus funerais, presididos pelo bispo de Huamanga, causaram comoção. Ela tinha 19 anos.

O encontro de dirigentes e quadros realizado no final de 1982, como os demais protegido por seguranças que se postavam na rua, no pátio interno e se misturavam aos comensais dos outros salões, terminou tenso.

Mais tenso que o habitual, porque as decisões da cúpula do Sendero, apresentadas por meio de documentos ou memorandos, eram assimiladas pelos militantes frequentemente depois de muita discussão, e palavras ofensivas entre eles durante seus encontros eram consideradas um procedimento normal.

As divergências eram comuns, mas quem discordasse da orientação da cúpula era instigado a fazer uma autocrítica, penitenciar-se pela dificuldade em interpretar o que havia sido determinado e, finalmente, proclamar vivas à revolução e ao presidente Gonzalo e mortes aos contrarrevolucionários e bastardos traidores.

Naquela noite, três dirigentes, entre eles uma mulher, discordaram das orientações de Abimael Guzmán. A mulher, a camarada Rosa, foi a porta-voz dos dissidentes.

Ela citou a primeira divergência, que era a ordem de deflagrar ações de terrorismo de grande efeito em Lima, ações que causassem muitas baixas, e disso discordavam, do grande número de baixas, porque, argumentou a mulher, a população deveria ser poupada o máximo possível.

A segunda divergência apontada por ela: punindo os camponeses estariam ameaçando, e talvez perdendo para sempre, o apoio que recebiam deles. Este apoio, argumentou, era imprescindível à causa. Se perdessem o apoio deles, perderiam tudo o que haviam conquistado, porque o que haviam conquistado até então, em termos militares, eram os Andes Centrais. E era lá que o governo, advertiu, preparava uma grande ofensiva contra a guerrilha. Sem eles, os camponeses, o Sendero sucumbiria a esta ofensiva.

"O centro é o campo, a cidade o complemento." A dirigente encerrou sua preleção com esta frase.

Seu argumento era devastador, porque a frase era de autoria do presidente Gonzalo.

Mas seu argumento, coroado com a citação do líder, foi rejeitado.

Os senderistas se serviram de sopa *fuchifú*, arroz *chaufa*, camarão agridoce e *chop suey* de carne bovina. Acompanharam a comida com cerveja, ingerida com moderação.

A COMPANHEIRA, PAULINA CONTOU, foi convidada a se autocriticar e disse que não o faria. Lembrei-lhe que o partido decide tudo, tudo, sem exceção, e que o partido era o presidente Gonzalo, nós éramos apenas instrumentos para a implantação de seu pensamento e a ele nos subordinávamos incondicionalmente, e ela reafirmou sua oposição.

Rebati que a fase de discussões sobre a viabilidade ou não da luta armada tinha ficado para trás, terminara após o ciclo de expurgos do partido, e isso já fazia muito tempo. Ela continuou irredutível, dizendo que se feríssemos ou matássemos a população civil perderíamos apoio, e sem apoio perderíamos a guerra.

E eu: o presidente assim decidiu e assim está decidido, e se ele decidiu é o melhor para a revolução porque, quanto mais estrago causarmos ao inimigo, quanto mais dor inflingirmos à população, mais o inimigo, o Estado burguês-imperialista, agirá com violência, e quanto mais violência empregar, mais fraco ficará e ruirá, mais cedo ou mais tarde, mais cedo do que mais tarde.

Os dois homens cederam, fizeram a autocrítica e leram para que todos pudéssemos ouvir o que disse o presidente.

Tenho isto em minha memória, que é uma das frases mais lindas que um marxista pôde conceber, por isso Gonzalo merece o título que tem, "a quarta espada do socialismo":

"Somos uma torrente crescente contra a qual se lança o fogo, pedras e lodo; mas nosso poder é grande, tudo converteremos em nosso fogo, o fogo negro o converteremos em vermelho, e o vermelho é a luz."

E os dois homens concluíram, citando outra linda frase, uma das preferidas do nosso presidente: "Salvo o poder, todo o resto é ilusão."

Isolada, a camarada Rosa relutou, por fim cedeu.

Mas, após ler o texto do nosso presidente, observou que podíamos ser vítimas de nosso próprio fogo. Ela não quis admitir, por isso fingiu que se curvava às leis do partido, às leis do presidente Gonzalo, mas sua posição expôs todos os elementos que caracterizam uma capitulação, agora reforçada, como relata o camarada Martín, com a estratégia de sabotagem psicológica.

E a capitulação, nos ensina o presidente Gonzalo, merece a mais drástica das punições.

Desde então, a camarada Rosa está sob vigilância.

A avalanche de sangue engole Uchuraccay todas as noites

Julio Huayta estava muito machucado e com a bandeira vermelha do Sendero Luminoso enrolada ao pescoço quando chegou. Ele era tenente-governador e um dos 14 *soplones* e cupinchas dos *tuta puriqkuna* de Iquícha. Ele e os demais chegaram no início da tarde, posso dispensá-lo da hora, não?, escoltados por 43 dos nossos e dos vizinhos enviados a Iquícha. Foram levados à praça, não sei se já disse que a praça estava ao lado do centro comunitário, e se disse, digo de novo, e se não disse, acabo de dizer, e foram interpelados pelos tenentes-governadores e secretários e anciãos de todos os povoados que estavam em assembleia desde cedo, mas agora já não éramos mais de dois mil, porque a maioria havia voltado a seus povoados, éramos 357, e disso tenho certeza porque os contei todos, duas vezes para não ficar em dúvida e nas duas vezes a contagem foi a mesma, 357, sem considerar os 14 de Iquícha, que estes não valem. Os iquichanos eram os réus, nós os juízes.

Traidores de seu povo, covardes, assassinos de seus próprios irmãos, *chay suwa terrorista*, eram algumas das acusações que nossos juízes fizeram a eles, que estavam tão assustados que tremiam, tinham nos olhos a expressão do pavor e alguns, homens e mulheres, foram quatro, se me permite ser exato, defecaram em suas roupas, e como não ventava, nunca mais ventou desde as 16h46 de 26 de janeiro de 1983, que foi quando matamos os jornalistas pensando que eram terroristas, a praça se encheu daquele cheiro de merda que lá permaneceu até o último dia em que estive no povoado, e deve continuar ainda, porque nunca mais ventou.

O quê, o que fizemos para merecer tanto ódio de nossos vizinhos?, perguntava Julio Huayta, que falava com dificuldade por causa dos ferimentos e da bandeira vermelha que apertava o seu pescoço, e a bandeira era a que estava na praça principal de Iquícha e fora amarrada nele pelos nossos. Por favor, ouçam-nos, ouçam-nos, imploravam uns, somos inocentes, diziam outros, não nos matem, nada temos com os *terrucos* de merda, diziam todos, e assim os iquichanos negavam ser *soplones* do Sendero e afirmavam que apenas tinham dado pouso e comida e água aos guerrilheiros e assistido às suas assembleias e aulas porque tinham medo deles, eles eram estranhos e todo estranho era perigoso, ainda mais quando o estranho estava armado, que é o que acontecia com os *terrucos*, e que a bandeira deles ficava hasteada dia e noite na praça por ordem dos terroristas, terroristas de merda, *qana kuna*, desgraçados, isso sim era o que eram, terroristas de merda e desgraçados, e que seus jovens e crianças se incorporaram aos destacamentos da guerrilha e empunharam armas para salvar suas famílias e a eles mesmos, porque, se não fossem por bem, iriam por mal, assim disseram os terrucos, aqueles terrucos de merda, morte aos terrucos, e era melhor ir por bem que por mal. Disseram também que as crianças e os jovens acompanhavam as patrulhas do Sendero, e morte ao presidente Gonzalo, para conhecer onde se escondiam, aonde iam, quantos eram e o que faziam os *chay suwa terrorista* para que pudessem saber o que pretendiam fazer e onde fariam o que pretendiam fazer e surpreendê-los e matá-los, porque a morte era o que eles mereciam, aqueles *terrucos* filhos de uma puta, filhos de muitas putas.

    Não foi porque choraram e cagaram e juraram inocência que libertamos 11 deles, os libertamos porque não conseguimos comprovar que eram do Sendero ou colaboradores dele. Os três iquichanos que todos sabiam que eram *terrucos* como os *terrucos* foram presos e se chamavam Claudia, Epifania e Dionisio e não digo o sobrenome em respeito à memória deles, e não sei se estão vivos ou mortos, e isto para mim pouco importa porque todos estamos mortos, mesmo que acreditemos estar vivos. Eles foram entregues no dia seguinte aos militares, que vieram em duas patrulhas e chegaram em horas diferentes e em uniformes diferentes, mas eram militares porque somente os militares usavam e usam uniforme, os *chay suwa terrorista* não, e não sei se passaram a usar ou não, mas isto já não faz diferença porque, como nós, estão todos mortos, embora ainda estejam vivos, em liberdade ou apodrecendo nas prisões. A primeira patrulha tinha 28 homens e eram 18 da Marinha e dez da Guarda Civil e chegaram a pé, porque em Uchuraccay somente se chegava a pé ou de helicóptero, hoje, não, hoje se chega de carro porque se construiu a estrada, mas melhor seria se não houvesse a estrada, porque ela nos conduz ao passado e, mesmo que estejamos mortos, o passado ainda continua a nos matar, minuto a minuto, hora a hora, dia após dia. A patrulha chegou à noite e só encontrou Uchuraccay na escuridão, apesar de ser lua cheia e não haver nenhuma nuvem entre nós e o infinito, porque Constantino Soto e Mariano Ccunto, enviados a Tambo, que fica a quatro horas de caminhada, para dar notícia da morte dos oito *terrucos* que não eram *terrucos* e sim jornalistas, encontraram os soldados nas proximidades de Challumayo, onde deixaram seus veículos porque dali para a frente não mais se anda, se escala a montanha, com o perdão do exagero que não é tão exagerado assim, e os guiaram à puna, nosso lar.

Os soldados partiram pela manhã e levaram o que havíamos confiscado dos oito terroristas que não eram terroristas e a bandeira vermelha que envolvia o pescoço do tenente-governador de Iquícha quando ele chegou aqui, no dia anterior.

Foram embora logo cedo e pareciam muito preocupados. Conversaram pouco, perguntaram onde havíamos emboscado os *terrucos* e onde estavam sepultados seus corpos e, quando partiram, e estavam muito apressados, esqueceram um cantil e um pente de metralhadora no centro comunitário, onde haviam dormido. Perguntaram, ao se despedir, e isto deixou nosso tenente-governador confuso, e confusos também ficaram os anciãos, se tínhamos realmente certeza de que os mortos eram terroristas e não jornalistas, e foram embora sem esperar resposta, e a resposta seria, assim disse o tenente-governador aos que estavam ao seu lado, que diferença fazia se eram terroristas ou jornalistas se as duas coisas eram uma só. Não contamos a eles que havia mais dois mortos, um deles do nosso próprio povoado e outro que se dizia guia, para não despertar a desconfiança sobre a presença de *terrucos* entre nós. Repetimos o silêncio quando conversamos com a outra patrulha, que chegou em seguida vindo de Huaychao e era da Guarda Civil e tinha base em Huanta, me contaram.

Me contaram por que eu estava ausente naquele momento, estava em minha casa para saber de minha mãezinha se ela estava bem apesar de estar mal, muito mal. Não sei se disse ao senhor, e se disse, digo novamente, mas acho que ainda não disse, que voltei de Lima, onde vendia *anticuchos* na Praça 2 de Maio, para cuidar da saúde de minha mãezinha Eulogia, que Deus tenha sua alma, que não estava nada boa e não tinha mais ninguém no mundo que pudesse ampará-la a não ser eu, eu e mais ninguém. Me contaram também que essa patrulha foi embora assim que chegou porque ficou sabendo que os fuzileiros navais e guardas civis da outra patrulha haviam partido pouco antes levando tudo o que pertencia aos que matamos. Não tinham o que fazer entre nós e se foram. E naquele mesmo dia, e já escurecia, chegou um helicóptero e dele desceu um homem que trajava um uniforme diferente de todos os que havíamos visto, e eram muitos os uniformes que conhecíamos, e ele nos disse que era da Força Aérea, muito prazer, dissemos, e não ousamos perguntar o que era força aérea porque ele disse ter pressa, queria saber onde estavam os corpos dos que matamos. Levamos o homem até lá, vinte metros acima do cemitério, onde estavam os corpos, e ele voltou para o helicóptero, que nem desligou o motor enquanto o homem de uniforme diferente ficou entre nós, e foi embora. Assim como os outros militares que estiveram em Uchuraccay naquele dia, o dia em que Uchuraccay foi visitada pelo maior número de militares em toda a sua história, garantiu nosso tenente-governador, e essa façanha logo seria superada, o homem da Força Aérea foi embora aparentando muita preocupação, que é o que aparentam os que não sorriem, falam entredentes e não olham em nossos olhos.

NÃO DORMI, PORQUE QUANDO FECHAVA OS OLHOS o *huayco* de sangue e corpos esfacelados surgia e ressurgia diante de mim, e foi isso o que aconteceu a noite inteira aquela noite e em muitas outras, todas as outras, até que uma noite cessou porque nessa noite morri. Não fui o único a não dormir, e isso constatei quando me dirigi à praça desafiando o frio, mas não o vento, porque nunca mais ventou, e encontrei homens, mulheres, crianças e velhos andando, e isso se repetiria na noite seguinte e na seguinte e em todas as demais. Andavam em todas as direções, abrindo caminho na escuridão com suas lanternas e lamparinas, porque sem elas não se enxergava nada, apesar de ser lua cheia, a última noite de lua cheia daquele mês. Nossas consciências começavam a se inquietar sobre o que quis dizer o militar que nos perguntara se estávamos certos de ter matado terroristas e não jornalistas. No armazém de Ignácio e Saturna, que nunca mais fechou as portas até fechá-las para sempre, porque eles também partiram, como partiram todos, e olhe lá, está vendo?, na direção do campanário e um pouco mais à esquerda, cinquenta metros adiante, ali era o armazém de Ignácio e Saturna. Ali interrompíamos, durante aquela noite e nas seguintes, porque, como eu, ninguém mais conseguiu dormir em Uchuraccay, interrompíamos a nossa caminhada sem rumo para tomar uns traguinhos para resistir ao frio, o frio congelante da puna, que só não era mais intenso porque não ventava, nunca mais ventaria e não está ventando agora. Perguntei ao primeiro, ao segundo, a todos que encontrei por que não dormiam, e eles responderam, o primeiro, o segundo, todos, que não dormiam porque temiam ser tragados pelo *huayco* de sangue e corpos desfigurados, por isso não dormiam, disseram.

Todos estávamos tendo o mesmo pesadelo!

As noites seguintes demonstraram que não adiantou e não adiantaria ficarmos insones para evitar o *huayco* porque a avalanche de sangue e corpos dilacerados, o pesadelo coletivo de Uchuraccay, era o que a realidade nos tinha reservado, e iria nos tragar, já estava nos tragando, começou a nos tragar quando, pouco mais de um ano antes, não sei o tempo exato porque ainda estava em Lima vendendo meus *anticuchos*, chegou pela primeira vez a Uchuraccay Martín, que se dizia comerciante e era um *tuta puriqkuna* como seus cupinchas que chegaram depois, e queriam abusar de nossas mulheres, por isso as reuniam à noite, longe de nós, queriam tomar nossas terras dizendo que todo *terrateniente*,[23] e todos éramos proprietários da terra que cultivávamos, a terra que herdamos de nossos ancestrais, era um agente de um demônio chamado capitalismo, destituíram nosso presidente dom Alejandro e transferiram seu poder a Severino, o mesmo Severino de quem roubaram o gado para alimentar seus *terrucos* de merda e jogar a culpa em nós, queriam levar à morte nossos jovens e crianças, e isto era o que queriam quando disseram que nossas crianças e jovens tinham que se juntar a eles para matar os militares, os *soplones* e *yana uma*, todos os que se opusessem à revolução, e isso não permitimos porque nos lançamos contra eles antes que levassem nossos jovens e crianças.

Ah, se a cavaleira tivesse intervindo em nosso favor... mas então já era tarde demais, já havíamos matado 42 *terrucos*, e sobre esse número ninguém mais teve dúvida a partir daquele domingo, era 30 de janeiro, porque o número incluía os 41 que nós e nossos vizinhos matamos mais Severino, mas não os jornalistas e o guia, quando o céu de Uchuraccay escureceu, tomado por tantos helicópteros quantos cabiam nele. Eram militares e civis, políticos e jornalistas, e todos tinham a mesma expressão dos que nos visitaram na véspera, a expressão de quem avista o inferno, e chegaram, chegaram o dia todo e partiram e outros vieram e partiram, e foi assim até escurecer, e eram na maioria homens mas também havia mulheres, e perguntaram e fotografaram e percorreram o

---

[23] Proprietário de terra. Termo normalmente empregado para designar o latifundiário.

povoado e entraram na igreja, na escola, no centro comunitário e no cemitério, só não entraram em nossas casas porque não quiseram, se quisessem não nos oporíamos porque não havia por que se opor. Eles disseram que somente queriam saber onde estavam, e souberam, desenterrar, e desenterraram, e fotografar e filmar, e fotografaram e filmaram, os corpos dos oito que matamos, que eles garantiam ser jornalistas e não terroristas, diferença que apenas eu compreendia e alguns poucos começavam a compreender.

Eles levaram embora os oito corpos, embalados em sacos de plástico preto. A noite chegou. Meu corpo doía a dor que se apossou de mim depois da morte de Severino, que foi a décima de que participei num único dia, e continua doendo até hoje apesar de eu estar morto e ter também uma dor imensa na alma. A dor era tão intensa que pensei esta noite vou dormir, vou dormir, mas não dormi. O *huayco* não me deixou novamente dormir e tive que sair de casa porque, mesmo de olhos abertos, a avalanche me encobria, e minha mãezinha filhinho, filhinho, o que está acontecendo, por que não dorme? Ela não sabia de nada porque a encontrei na cama quando voltei de Lima e na cama ela continuava e continua, deve continuar até hoje porque a deixei em seu leito quando abandonei Uchuraccay para não morrer, e morri assim mesmo, e ela ainda estava viva, não podia levá-la comigo, ela não resistiria à viagem e era melhor, pensei, que, sendo assim, morresse em sua cama, e como fui o último a deixar o povoado e não havia mais ninguém que cuidasse dela, ela morreu, só pode ter morrido porque todos de Uchuraccay morremos, até os que pensamos que continuamos vivos, e só pode estar em sua cama, disso não sei porque nunca mais voltei lá, ali, senhor, depois do armazém de Ignácio e Saturna, a segunda casa, ali era a minha casa que agora é o túmulo da minha mãezinha, que sua alma descanse em paz, amém. Passei a noite em companhia de meus vizinhos, caminhando, indo e voltando e permanecendo no mesmo lugar, e até os que moravam nas chácaras mais distantes, em Tikllaqocha, Huantaqasa e Wachubamba, a quarenta minutos do centro do povoado, também caminhavam entre nós, a esmo, iluminando o caminho com lanternas e lampiões e tochas. Ninguém conversava, nem durante a permanência no armazém de Ignácio e Saturna, onde, como já disse, tomávamos nossos traguinhos para não nos transformar em estátuas de gelo, que é o que aconteceria se não aquecêssemos nosso sangue, e nada melhor para isso do que a *chicha* e o *llonque*. A nossa *chicha* e o nosso *llonque*.

QUANDO AMANHECEU, APANHEI MINHA PÁ e fui até as sepulturas, eram quatro covas, lembra-se?, dos jornalistas que matamos julgando ser terroristas de merda. Queria fechá-las, os homens que levaram os corpos as tinham deixado abertas, para apagar o vestígio da chacina e apaziguar a minha e a consciência de todos nós e, assim, pensei, poderíamos voltar a dormir e as galinhas a pôr ovos e as vacas a dar leite e o vento a ventar. Cheguei atrasado. Contei 78 homens e mulheres e crianças, velhos não, empunhando enxadas e pás Estavam lá para fazer o mesmo que eu pretendia fazer, e olhavam atônitos para as covas. Não conversavam. Perguntei a Constantino, Francisco, Gregorio e Celestino e a Rufina, Juliana e Paulina e ao menino Ezequiel por que estavam daquele jeito, mudos, estáticos diante das covas e com pás e enxadas sem usá-las, e eles, todos eles, me responderam vá, veja você mesmo, veja o que acontece quando se joga terra nessas sepulturas, e fui. Joguei uma, duas, oito pás de terra, e tudo o que joguei sumiu, por isso não joguei mais, era inútil. As covas engoliam toda a terra que jogávamos e me disseram que haviam jogado também pedra, e a pedra igualmente desaparecera. Aquelas sepulturas não podiam ser fechadas e devem estar abertas até hoje, senhor, porque quando abandonei Uchuraccay elas ainda estavam como as deixamos, escancaradas, e nunca mais ninguém voltou lá. Não era possível tapar aquelas sepulturas, assim como seria impossível, por mais que tentássemos, e nem força para isso tínhamos, encobrir em nossas consciências o crime que havíamos praticado. Matamos oito homens que não eram terroristas, eram jornalistas, portanto eram inocentes, pois os terroristas podiam ser tudo, menos inocentes, e os jornalistas podiam ser tudo, menos culpados de tramar a nossa morte.

E não eram oito os inocentes que matamos, eram nove, mas não podíamos admitir isso à mãe, à mulher e à irmã do homem que se dizia chamar Juan Argumedo. Elas chegaram no dia seguinte ao dia em que o céu de Uchuraccay escureceu por causa dos helicópteros, e chegaram perguntando o que havia acontecido com ele, sim, ele se chamava Juan Argumedo, não, não era possível que também estivesse morto. Sim, ele estava morto e fomos nós que o matamos, mas isto não podíamos dizer porque elas não entenderiam que o matamos porque pensamos que também fosse um *terruco* assassino e não um *comuneiro* como nós, só que de Chacabamba, lá embaixo. Dissemos que nada sabíamos sobre ele, que nunca o havíamos visto, que a mula e o cavalo que diziam ser dele estavam com os jornalistas, que eram oito, e que se quem diziam chamar Juan Argumedo estivesse com eles seriam nove, e não oito. Dissemos isso depois que duas de nossas mulheres e um vizinho garantiram que as conheciam, que eram de paz, que não eram terroristas como acreditamos ser quando chegaram, por isso as havíamos amarrado e também as mataríamos não fosse a intervenção de nossos conterrâneos. Soltamos as mulheres e as deixamos voltar para suas casas depois que juraram diante do crucifixo do centro comunitário, onde as prendemos, que não contariam a ninguém sobre o acontecido. Se violassem o juramento, Deus, diante de quem haviam jurado, poderia poupá-las, nós não.

7
E a morte cativa o menino Davi

As lições do professor, a missão bem-sucedida de Manoel. E a recepção dos soldados ao repórter, em Ayacucho

A sede da Universidade Nacional San Cristóbal de Huamanga está ao lado da Praça de Armas. Humberto decidiu visitá-la após o café da manhã, que se limitou a um ovo frito, pão, café e leite. Ele sentia muito sono, devido à noite tumultuada pela inesperada entrevista com o coronel Paredes e pelo misterioso invasor do hotel. Uma caminhada naquela manhã fresca iria ajudá-lo a se descontrair. A universidade, uma das mais antigas da América, fundada em 1677 e reaberta em 1957 depois de oitenta anos inativa, era um ponto de visitação obrigatório para qualquer jornalista que escrevesse sobre o Sendero Luminoso.

No caminho, Humberto reconheceu o menino que na véspera perdera o lucro fácil da venda de cigarros por causa da intervenção do coronel. Humberto acenou. O menino o ignorou.

*Universidade, onde
nasce a guerrilha*

AYACUCHO, Peru — *A Universidade Nacional de San Cristóbal de Huamanga, em Ayacucho, foi o berço do Sendero Luminoso, surgido da dissidência que abalou a organização monolítica do comunismo internacional na década de 1960, com a divisão entre os pró-soviéticos e os pró-chineses. O corpo estudantil desta universidade foi sobejamente manipulado por um advogado recém-formado, Abimael Guzmán Reynoso, trazido de Arequipa pelo ex-reitor Efrain Morote Best.*

Guzmán, um homem profundamente compenetrado da ideologia marxista, partidário convicto da sociedade pretendida por Mao Tsé-tung, teve toda a liberdade de ação junto ao meio estudantil: foi nomeado gerente de pessoal, enquanto seu braço-direito, o engenheiro agrônomo Antonio Diaz Martinez, era o diretor financeiro da universidade. Ambos, fundadores do Sendero Luminoso, transformaram a instituição em quartel-general do partido, colocando em postos-chave somente seus correligionários — um tinha o poder de contratar e afastar professores, o outro manipulava as verbas de acordo com os interesses do partido.

Carismático e inteligente, Abimael Guzmán transformou-se rapidamente no líder absoluto do Sendero Luminoso, repassando atribuições secundárias a seus auxiliares, sempre prontos a cumprir suas ordens sem questioná-las. O partido soube explorar as inquietações e frustrações dos universitários, os membros mais ardorosos que recrutava — e que constituem sua coluna dorsal.

A universidade era e ainda é frequentada por uma maioria absoluta de estudantes de classe baixa — muitos deles são de outras cidades, incluindo a capital peruana, e estudam aqui por falta de recursos —, cujas perspectivas de ascensão social esmoreciam, sem que este obstáculo tenha sido vencido, diante da crise crônica de desemprego no país. Somente os melhores entre os melhores de seus alunos conseguiriam — e conseguem — um bom posto de trabalho. Essa falta de perspectiva era e é a munição que o líder do Sendero tanto precisava e precisa para incendiar as consciências e conquistar os corações desses jovens para a sua causa revolucionária.

Estruturado e com militantes em número suficiente, o Sendero Luminoso extravasou os limites da universidade, passando a agir em meio à população de Ayacucho, numa primeira etapa — e nessa etapa obtendo grande aceitação —, e em seguida penetrando nas comunidades camponesas disseminadas nas montanhas da Sierra Central.

A ESTÁTUA DO GENERAL Antonio José de Sucre a cavalo e empunhando a espada que lhe deu a vitória decisiva sobre as tropas espanholas, com apenas seis mil homens e uma peça de artilharia sobre os 9.300 homens e 11 peças de artilharia do vice-rei José de La Serna y Hinojosa, domina a Praça de Armas. Visto de perto, o monumento dá a impressão de que o cavalo aguarda, inquieto, a ordem de iniciar a marcha que o general, com os olhos fixos no horizonte, retém à espera do momento certo; de longe, ele se sobrepõe em perspectiva ao casario e se projeta nas montanhas num encontro simbólico do presente com o passado e numa manifestação de inconformidade com que cavalgadura e montaria foram condenadas para a eternidade.

Uma *chola* varria o piso da galeria da face norte da praça onde foram assentadas durante a colônia as casas Chacon e do marquês de Mozobamba. Ao passar por ela, um homem de jaqueta de couro preto e chapéu também preto trocou palavras amáveis, perguntou sobre a saúde de alguém, deu-lhe dinheiro e se despediu com um meneio do chapéu. Humberto o reconheceu. Era o outro cliente do restaurante em que lhe fora servida uma cabeça de carneiro.

— Entre — disse ao repórter, que o aguardava apoiado numa das colunas do portal, indicando-lhe a porta de seu escritório, instalado ali, no coração da cidade. Ficava no térreo e era apenas um entre tantos escritórios e lojas da galeria. Não havia placa que o identificasse.

Era uma sala simples, comprida e estreita, com uma pequena janela na parede posterior. Um sofá, uma poltrona e um banco de madeira compunham a primeira parte do ambiente, cujas paredes eram adornadas com fotos de homens e mulheres em trajes típicos de várias regiões peruanas. Estantes abarrotadas de livros tapavam as paredes no fundo da sala, onde estava a escrivaninha e, diante dela, duas cadeiras cujos assentos de madeira sugeriam aos eventuais ocupantes que fossem breves. Um aroma adocicado percorria o ambiente.

Ex-reitor defende a
"violência revolucionária"

AYACUCHO, *Peru — Seu nome é admirado entre as colunas guerrilheiras e respeitado pela comunidade intelectual peruana e sua figura atrai a simpatia dos pacatos moradores de Ayacucho e, principalmente, a vigilância dos órgãos de informações. Efrain Morote Best, ex-reitor da Universidade de San Cristóbal de Huamanga, é considerado por setores da direita o pai intelectual do Sendero Luminoso. Quando era a autori-*

dade máxima da instituição, permitiu a ascensão e o fortalecimento deste grupo guerrilheiro e contribuiu para a formulação de sua cartilha política.

Aposentado, beirando os 65 anos, advogado, antropólogo — um dos mais brilhantes antropólogos do Peru — e educador, Efrain Morote, ou professor Morote, como é mais conhecido pela população, passeia tranquilamente com sua perua branca pelas estreitas ruas de Ayacucho e é comum encontrá-lo caminhando calmamente pela Praça de Armas, onde mantém seu escritório, ou pelos portais que a circundam, abraçando seus amigos, cumprimentando cholos e cholas (moradores de origem indígena) que fazem daquele local um ponto estratégico para o comércio de seus acanhados produtos. Efrain Morote é inflexível e intransigente: abomina a presença das forças de segurança no estado de Ayacucho e nos dois outros declarados em emergência, denuncia a truculência empregada no combate aos guerrilheiros ou no trato à população civil pelos efetivos militares e admite com entusiasmo sua simpatia aos objetivos do Sendero.

Mais que um simpatizante da guerrilha, Morote é um ardente defensor de sua causa. Ele se irrita quando alguém o interpela julgando-o um dos membros do Sendero, mas estufa o peito quando é reconhecido como pai de dois guerrilheiros, Osmán e Osluff. O primeiro é membro do Comitê Central do Partido Comunista Peruano — Sendero Luminoso.

O professor gesticula com dureza, fixa profundamente os olhos nos do repórter e aproxima seu corpo do dele como que para invadi-lo com seus pensamentos e sentimentos. De repente, diminui o tom da voz e o ritmo de sua fala, numa oratória em contínua oscilação.

"Há vários tipos de respostas à secular opressão do povo da Sierra Central peruana, mas uma delas, somente essa, é a que pode trazer efeitos imediatos: é a violência, a violência com o nome de luta armada" — diz Morote, exclamando: "Não me importa se esta luta é oportuna ou não; se é racional ou não; se vai ter êxito ou fracasso. Mas é um tipo de resposta política que não pode ser desprezada. A violência revolucionária é para mim um tipo de resposta à violência estrutural, que se manifesta através da fome, da miséria e exploração. E ela tem suas expressões: explosão de torres de transmissão de energia, às vezes morte de pessoas, perseguição às autoridades e o roubo de armas das forças policiais."

— A guerrilha se abastece somente com esses roubos?

"A polícia e o Exército são grandes fornecedores de armas para os subversivos, que não contam com apoio externo para sua luta."

— Como o senhor interpreta a reação do governo à ação guerrilheira?

"O que deveria fazer o Estado perante a violência subversiva? O que fazer para saldar seus débitos e salvar a situação? O Estado tinha dois caminhos: o primeiro, optar pelas reformas profundas, aplicando leis comuns aos revolucionários violentos em vez de submetê-los ao código militar, e executando a justiça por meio da distribuição de recursos para a população carente, mesmo os mais elementares para sua subsistência; enfim, buscando o bem-estar social. O outro caminho é não tocar na miséria, na injustiça — e utilizar apenas a violência repressiva, não dentro da lei, mas acima dela: violando a Constituição, violando os direitos humanos e dizendo que assim defende a pátria e a democracia; que assim defende a ordem social e a tranquilidade pública."

Ele tinha a face vincada, os olhos grandes, negros e ágeis, nariz proeminente e lábios finos. Falava com convicção. Seu raciocínio era retilíneo e objetivo. Falava como se estivesse escrevendo, pelo que o repórter intimamente agradecia.

"Qual o caminho escolhido pelo Estado? Não o primeiro, mas o segundo. O caminho que escolheu está errado e, se o Estado não mudar sua política, vai levar a nação definitivamente ao desastre."

Salienta o professor Morote que "estes homens e jovens que estão lutando na guerrilha creem que o Estado e as leis do Estado são péssimos — isto é, permitem a violência estrutural. A saída, então, é desestabilizar as bases deste Estado e destas leis, tendo como princípio de ação a filosofia marxista-leninista do pensamento Mao Tsé-tung. E por que iniciar esse processo aqui? Porque temos as condições seguramente mais críticas para a expansão dessa filosofia, não só nesta região mas em outras partes de nosso país e de outros povos, igualmente explorados há séculos. Aceite-se ou não, queira-se ou não, a realidade está mostrando que este movimento vem crescendo e se ramificando".

— O senhor realmente acredita no apoio dos camponeses ao Sendero?

"Por que o Sendero continua vivo, com boa saúde e atuante, se neste momento há tantas forças repressivas que procuram cortar-lhe os passos? Simplesmente porque eles (os guerrilhei-

ros) têm algum tipo de respaldo; do contrário, já teriam desaparecido há muito tempo. E por que eles têm esse apoio? Porque a violência estrutural ainda não desapareceu e o Sendero representa a esperança de que essa violência seja subjugada."

— Mas as ações guerrilheiras estão vitimando também os camponeses que, ao contrário do que o senhor afirma, não demonstram estar inteiramente ao lado da guerrilha... (O professor Morote não nos permite a conclusão da pergunta e avança, enfático, sobre nosso raciocínio.)

"No Peru há a garantia constitucional do direito de informação, de um jornalista informar com imparcialidade e objetividade a população, de o povo estar informado de acontecimentos os mais diversos. Mas este direito não funciona na prática: você não pode sair da cidade e ir até os povoados onde aconteceram supostos massacres para ouvir de testemunhas diretas a versão correta dos fatos. Quem são os autores reais? Se o jornalista não tem hoje o direito de informar sobre quem mata quem, como posso eu informá-lo, se não sou jornalista? A única maneira de saber a verdade é com a plena vigência do direito de informação. E quem tem a informação no Peru? São os do Sendero Luminoso? Não, eles só dispõem de acanhados panfletos, que são distribuídos por aí. Estariam esses canais de tevê e de rádio e os jornais e revistas interessados em dizer que são as forças de segurança as responsáveis por esses crimes? Creio que não. Estão, sim, interessados em dizer que o assassino é o Sendero. Desta regra escapam poucos."

— Professor, sei que é pedir demais, sobretudo num momento como este, de tensão crescente — disse Humberto ao dar a entrevista por concluída. — Mas eu gostaria, não só gostaria como preciso disto para equilibrar meu trabalho, de falar com alguém do Sendero Luminoso. O senhor fez a defesa ideológica do movimento e agora preciso de alguém que faça a defesa operacional. Alguém que esteja no terreno de combate, com as armas em punho. O senhor tem afinidade com a guerrilha, conhece seus dirigentes e, além do mais, tem dois filhos na organização. Não posso conceber pessoa mais certa do que o senhor a quem fazer este pedido.

— Não conte com isso — respondeu secamente o professor, levantando-se.

— Não contarei, mas só tenho o senhor e mais ninguém para chegar a alguém do Sendero.

— Quantos dias o senhor pretende ficar aqui?

— Não muitos. Se for preciso esperar, esperarei, mas não posso ficar aqui muito tempo.

— Tenha sucesso. E cuidado.

Ao se despedir do professor, Humberto lhe entregou uma reportagem de página inteira do *Miami Herald*, comprado no aeroporto de Lima enquanto esperava a ordem de embarque para Ayacucho, sobre a história, estrutura e métodos dos movimentos guerrilheiros atuantes na América Latina. O professor agradeceu. Parecia sincero.

HUMBERTO AVISTOU A PATRULHA assim que cruzou a soleira da pesada porta de madeira do escritório do professor Efrain Morote. Os soldados trajavam apenas calça e coturnos e tinham o torso pintado. Alguns cobriam os rostos com máscaras de feições diabólicas — acessórios comuns do folclore andino —, outros com gorros passa-montanhas, que deixam de fora apenas olhos e nariz. Eram altos, musculosos e, em vez de marchar, corriam, levantando os joelhos até que a coxa ficasse paralela ao chão. Carregavam fuzis, e seus coturnos ressoavam com força ao se encontrar com as pedras da rua. Eram os *sinchis*, os temidos *sinchis*, a tropa de elite no combate à guerrilha, que fazia uma rara exibição pública à luz do dia.

Ele não poderia deixar de registrar a cena. Os soldados vinham em sua direção. Humberto deixou as arcadas da galeria e avançou dois passos sobre a rua. Ajustou o equipamento e começou a fotografar. Primeiro a patrulha em panorâmica, depois, à medida que os soldados se aproximavam, em enquadramentos menores e, quando pressentiu que poderia fechar em seus rostos, um golpe no estômago o jogou de costas no chão. A bolsa que levava a tiracolo voou, esparramando rolos de filmes, lentes e filtros. Um dos soldados, com máscara de demônio, ajoelhou-se sobre o seu peito, forçando-o contra o piso e arrancando a máquina fotográfica de sua mão. O jornalista ia perguntar o que estava acontecendo, mas a falta de ar bloqueou sua voz. O militar abriu a máquina com violência e arrancou o filme, jogando o equipamento no chão, com desprezo. Antes de se levantar, o soldado cuspiu em seu rosto. Outros, que haviam cercado Humberto, o chutaram. Então, a patrulha reiniciou a corrida.

— O senhor está bem? — ouviu Humberto, ainda estirado no chão, sentindo o corpo em brasa, a cabeça rodando. Forçava a respiração para normalizá-la. Abriu os olhos com dificuldade, ouviu novamente "o senhor está bem?", e mais uma vez "o senhor está bem?", até que distinguiu, formando-se aos poucos em meio à névoa que penetrara em sua visão, a fisionomia áspera do professor Morote.

O professor convocou outras pessoas para ajudá-lo a conduzir o jornalista ao pequeno bar sob os portais, sentou-o à mesa e pediu uma água mineral e uma xícara de chá de coca.

— Tome, o senhor se sentirá melhor — recomendou.

— Já estou melhor, obrigado — Humberto falava com dificuldade. O estômago ainda doía e os maxilares se moviam lentamente, pesados. Humberto sentia dificuldade para fixar o olhar nos objetos e pessoas.

— O senhor foi imprudente — censurou o professor, despedindo-se sob a justificativa de que tinha que atender a um compromisso.

O perito informa: "Só mais alguns dias, e chegaremos a ela"

Das quatro impressões digitais contidas no copo levado por Manoel ao capitão Froilán, a primeira identificada correspondia a Nélia Arrabal, proprietária de um pequeno hotel em Magdalena del Mar. A segunda era de um estudante da Universidade de San Marcos, Francisco Negroponte. "Era o camarada Manoel", suspirou Froilán, ainda sob o impacto, que o perseguiria por semanas, da morte de Lucho e dos cinco de Huancayo — e quantas mortes mais haveria entre os agentes que infiltrara no Sendero?

Um dos fragmentos foi descartado por estar demasiadamente comprometido pelas outras digitais que se sobrepuseram a ele e o outro estava sendo confrontado com algumas amostras. Tratava-se da digital de uma mulher, disso havia certeza. Os cristais capilares, o conjunto das papilas dérmicas, formavam apenas um delta, à direita do dactilograma. A amostra, portanto, era do tipo presilha externa, predominante nas mulheres peruanas.

"Só mais alguns dias", pediu o perito, "e chegaremos a ela".

MANOEL TINHA 24 HORAS para cumprir a missão, imposta por Martín, de se apossar da arma de um policial e, assim, contribuir para o arsenal do Sendero. Ele telefonou para a Distribuidora de Livros Atlântica — era o procedimento em situação de emergência — e consultou, recorrendo à senha que o identificava, sobre a disponibilidade de entrega de dois exemplares de *Peru pré-incaico*, de José Antonio del Busto. "Sim", disse o atendente, que era o capitão Froilán, saindo ao encontro de Manoel com o falso táxi, somente autorizado a deixar o pátio da Dicote sob o juramento de que seria devolvido imediatamente após o término da missão. "Se quiser tomar um porre, tome, mas devolva o carro antes", ordenara o superior de Froilán, coronel Abrahan Santibañez.

O capitão combinou com Manoel, enquanto percorriam as ruas de Lima sem destino, que voltasse a telefonar em duas horas. Era o prazo de que precisava para arquitetar com seus superiores o plano que permitiria a Manoel executar a missão imposta pelo Sendero. Três horas depois Manoel voltava a embarcar no táxi dirigido por Froilán. Encontraram-se no Parque de Lima. Escurecia.

"Você estará acompanhado não para ser auxiliado caso necessite de ajuda", orientou Froilán, "mas para que sua ação possa ser comprovada". Manoel concordou. "Não deixe que seu companheiro ou companheira tome a iniciativa", acrescentou Froilán. "A iniciativa é e será sua, tem de ser, ouviu bem?, porque disso depende o êxito da operação. Argumente que, como a missão é sua, sua deve ser a iniciativa, iniciativa que será exigida de você em situações de combate, e você tem de começar a tomá-la desde já. Você agirá em frente ao Teatro Colón, não é mesmo uma encenação que estamos fazendo? Então, nenhum local é mais apropriado do que esse. Será a partir do meio-dia. Não vá antes, mesmo que insistam, e se insistirem muito diga que não quer se precipitar, que está se sentindo um pouco inseguro, que o deixem livre para agir quando e onde quiser. Eles se deixarão convencer, acredite. Haverá um guarda civil em frente ao Colón e ele estará com colete à prova de balas. Mas não terá nada na cabeça, nem quepe, nem capacete — e isso é para que você o identifique. Não se preocupe com seu companheiro senderista, dele nos ocuparemos nós, da Dicote, que estaremos por perto: se ele empunhar uma arma, será neutralizado."

Manoel foi abordado aquela noite na Universidade de San Marcos por um companheiro de célula. "Então é você que irá me acompanhar?", perguntou ao colega. O outro assentiu. "Será amanhã na hora do almoço", disse Manoel. "Prefiro que seja antes", disse o companheiro. "Não dá, tenho compromisso pela manhã", esquivou-se Manoel. "Compromisso? O seu compromisso é com a revolução", cobrou o outro. "Sem dúvida, mas meu compromisso com a revolução exige que execute bem, se possível à perfeição, as tarefas que a revolução me impuser." "E o que isso tem a ver com seu compromisso?" "Meu compromisso é planejar bem a missão."

Os dois se encontraram na rua Ocoña, passaram pelos milhares de cambistas que abarrotam suas calçadas, "dólar, dólar, senhor? Câmbio, câmbio, *mister*?", caminharam resolutos até o jirón Camaná, dobraram à esquerda na avenida Colmena e avistaram um bar. Manoel entrou. "Água", pediu. "Está nervoso?", provocou o companheiro. "Sim, estou nervoso", concordou Manoel. "Onde será?", quis saber o outro. "Na San Martin sempre há muitos policiais", respondeu Manoel. O companheiro: "Já traçou a rota de fuga?" Manoel: "Já. Será pelo jirón de la Unión em direção à Praça França. É contramão e, portanto, se formos flagrados, terão de ir atrás de nós somente a pé." "É um bom plano", concordou o outro, "mas se falhar, estou preparado: meu 38 nos protegerá". "Não falhará", garantiu Manoel, apalpando a cintura, onde ocultava, sob o jaleco, o revólver entregue por Martín.

Foi uma ação rápida. O policial não teve chance de se defender. Manoel o surpreendeu pelas costas com uma gravata, desfechada enquanto o policial tentava, sem sucesso, retirar a arma do coldre. A presença dos dois jovens no *hall* do teatro, conferindo a programação, não chamara a atenção do guarda, pois o local era frequentando diariamente por uma multidão de curiosos. Se não estivesse orientado a não resistir ao ataque, o policial teria ficado sem ação da mesma forma. O fator surpresa e a eficácia do golpe aplicado por Manoel aniquilaram sua chance de defesa. O policial foi espoliado de sua arma. Não houve perseguição. Os dois desapareceram pelo jirón de la Unión em direção à Praça França.

A instrução do presidente Gonzalo era: morram, canalhas

A morte do camponês de Apongo[24] pelo destacamento comandado por Davi foi a primeira de uma série que alarmou a população de Victor Fajardo e Cangallo, províncias ao sul do estado de Ayacucho. Os números eram imprecisos. Falava-se em 12, 13 e até em 22 camponeses assassinados pelos guerrilheiros nessas províncias, número que jamais se saberia ao certo devido à distância e à dificuldade de comunicação.

A região era controlada pelo Sendero, e todo deslocamento dependia da autorização dos guerrilheiros. Por isso, os camponeses de Victor Fajardo e Cangallo não tinham como saber quantos entre os seus tinham sido "julgados" e executados.

Havia imprecisão nos números, mas a certeza: os membros do Exército Popular que lhes propuseram a salvação haviam se transformado em agentes da perdição coletiva.

O primeiro degrau rumo à perdição fora a substituição dos dirigentes comunitários pelos membros do Sendero e seus colaboradores; depois, a intervenção em suas terras e a imposição de cultivos e do modo de trabalhar a terra; em seguida, o cancelamento das feiras e das festas comunitárias e também o controle do trânsito entre as comunidades e da movimentação de seus moradores.

---

[24]Ver capítulo 4, subtítulo "Davi revela uma grande perícia: matar soldados".

E agora, a partir de Apongo, a morte.

Era demais!

Então, muitas comunidades das duas províncias passaram a ter uma movimentação incomum durante a noite, quando a vigilância dos senderistas era arrefecida pelo cansaço e pelo álcool: os moradores promoviam encontros de casa em casa para tramar a morte de seus algozes.

A primeira vítima da rebelião foi Olegario Curitomay, de Lucanamarca, que, como seus dois irmãos, Nicanor e Gilber, era comissário do Sendero na comunidade.

Ele foi surpreendido enquanto dormia, arrastado até a praça, onde apanhou de paus e pedras e teve a sorte de receber o tiro de misericórdia quando seu corpo começou a arder em chamas.

O destino de Lucanamarca estava decidido.

O CAMARADA DAVI apresentou-se ao camarada Salomão alguns dias após a morte de Olegario.

Estou te convocando por causa de sua bravura, Salomão disse, porque a missão que nos foi confiada é para os autênticos revolucionários, porque somente os revolucionários que nada temem, e esses são os autênticos, têm a bravura que ela exige.

Salomão ressaltou que a missão da qual se encarregariam era a mais importante desde que aderira ao Sendero Luminoso.

Se era a mais importante para ele, Salomão, certamente seria a mais importante também para Davi e os outros convocados.

Aquela missão, explicou, havia sido determinada pelo próprio presidente Gonzalo. Repetiu: pelo próprio presidente Gonzalo!

Os camponeses reacionários, Salomão esbravejou, atingiram a honra do Sendero Luminoso, mataram um dos nossos, e isso, numa guerra, é imperdoável.

Na província de Huanta, onde se localiza o maldito povoado de Uchuraccay, também perdemos vários dos nossos e também os perdemos para os reacionários, que estão nos traindo porque se aliaram ao Estado burguês-imperialista.

As baixas que tivemos em Huanta ainda não puderam ser vingadas na forma e na intensidade que a gravidade da situação impõe por causa da dificuldade do terreno e da dispersão das comunidades. Mas serão. A quarta espada do socialismo cairá sobre eles, estejam certos disso.

Aqui é diferente. Aqui os povoados são mais próximos uns dos outros, mais habitados que os de Huanta, mais acessíveis também.

A contrarrevolução, se não for extirpada agora, se alastrará como um rastilho de pólvora.

E isso não podemos permitir. Isso não será permitido.

Por ordem do presidente Gonzalo, os habitantes de Lucanamarca terão uma punição exemplar.

Punição exemplar: a expressão é do próprio presidente Gonzalo.

Não o decepcionaremos. Se esta fatalidade acontecer, estaremos decepcionando a própria revolução, e isto é inconcebível, imperdoável.

Lucanamarca tem de ser punida, e punida será.

ERAM CINCO DESTACAMENTOS, totalizando sessenta combatentes, quando, na madrugada de 3 de abril de 1983, a coluna punitiva do Sendero Luminoso iniciou a marcha em direção a Lucanamarca.

Em Yanaccollpa, primeiro local alcançado pelo pelotão da morte, 29 pessoas foram conduzidas à residência do agricultor Antonio Quincho, tiveram suas mãos amarradas e apanharam até morrer. Antes de deixar a casa, os guerrilheiros atiraram água fervente sobre os corpos de suas vítimas.

As crianças tiveram as vísceras arrancadas e algumas foram pisoteadas na cabeça para que seus cérebros explodissem.

A morte seguiu seu destino, e Ataccara, Llacchua e Muylacruz estavam em seu caminho. Muitas das vítimas morreram a machadadas. À tarde, ela chegou a Lucanamarca.

O comando senderista conseguiu despistar a vigilância dos lucanamarquinos, que estavam prevenidos contra os guerrilheiros desde a morte de Olegario, e convocou todos para que comparecessem à Praça de Armas.

Queremos apenas repassar algumas instruções do nosso presidente Gonzalo, o comandante Salomão informou.

Os homens do povoado foram separados das mulheres e crianças e obrigados a se ajoelhar antes de começar a receber as instruções do presidente Gonzalo, que eram: morram, canalhas, traidores da causa revolucionária, e morram com muita dor, porque é assim que devem morrer os traidores.

Quem dizia isso enquanto desfechava golpes de machado na cabeça dos lucanamarquinos era o comandante Salomão. Outros senderistas participaram do massacre, enquanto outros vigiavam os acessos do povoado e controlavam os moradores reunidos na praça, apontando para eles seus fuzis e revólveres.

O camarada Davi fora um dos mais ativos nas punições anteriores. Seus braços doíam, tantos foram os golpes de machado que desfechou. Por isso, em Lucanamarca pediu para ser poupado.

Disse que entraria em ação somente na fase final, quando os infelizes sobreviventes das machadadas teriam, assim como Olegario, seus corpos queimados e depois alvejados por tiros em suas extremidades, nunca em locais vitais, porque os disparos não eram para matá-los. Eram para aumentar a dor.

Mas, em Lucanamarca, Davi não teve tempo de treinar a pontaria em corpos em chamas. Porque, enquanto o primeiro lote de vítimas estrebuchava no chão, com crânios e membros esfacelados e vísceras dispersas, e apesar disso muitos ainda estavam vivos, e um segundo lote era formado para receber a mesma punição, a punição exemplar ditada pelo presidente Gonzalo, um menino empoleirado na torre da Matriz gritou os *sinchis* estão chegando! Os *sinchis* estão chegando!

Os senderistas saíram em debandada.

Davi fugiu com eles, mas algo lhe disse, assim que ouviu os gritos de alerta, que aquilo poderia ser um estratagema para que a sessão de punição exemplar fosse interrompida.

Antes de abandonar sua posição, ele disparou três vezes na direção do campanário. Epifanio Quispe Tacas, o menino que dera o alerta, viu um cano de fuzil apontando em sua direção e teve tempo de se abaixar antes que os tiros se incrustassem nas paredes sagradas do templo.

Não havia nenhum *sinchi* se aproximando.

Não fosse a ação salvadora do menino Epifanio, quantas teriam sido as vítimas da punição exemplar decretada pelo presidente Gonzalo?

Sessenta e nove pessoas morreram impiedosamente naquele 3 de abril de 1983.

Entre os mortos, vinte eram crianças, algumas recém-nascidas.

O grupo de extermínio comemorou a aplicação da "punição exemplar" determinada pelo presidente Gonzalo com uma bebedeira. Davi não tinha idade para essas coisas, mas, argumentou o menino-guerrilheiro, se podia matar, por que não se encharcar com álcool? E se embebedou como os demais.

O comandante Salomão dormiu sem saber que fora reconhecido pelos sobreviventes do ataque comandado por ele, apesar de vestir um gorro passa-montanhas. A voz, o jeito de andar, as características de seu corpo o comprometeram. Era muito conhecido na região.

Era de Vilcanchos, lecionou em vários colégios. Chamava-se Hildebrando Pérez Huarancca, autor do livro de contos *Os ilegítimos*. Um desses contos, *Oração da tarde*, narra a história de um grupo de camponeses que queima a pastagem para matar o puma que atacava seus animais, e o fogo extermina todos os animais — o puma e os que os camponeses queriam proteger; todos, sem exceção.

Cada dia era maior a nossa solidão, maior o nosso medo

Os soldados se foram, os jornalistas se foram, havia políticos também, e se foram, todos se foram. Nós ficamos. E fomos restituídos à solidão, a companheira mais fiel de Uchuraccay, e isto mesmo antes de Uchuraccay ser Uchuraccay porque a solidão já habitava estas punas quando, há mais de vinte mil anos, aqui chegou o homem de Paccaicasa, que, dizem, é o mais antigo habitante do Peru. E o senhor ainda não me perguntou o significado do nome do nosso povoado.

Talvez porque saiba, e se sabe, sabe, e se não sabe, ficará sabendo, que é "casa em ruínas". Se não bastasse a semelhança desta imagem com a realidade, há quem interprete de outra forma, já que *uchu* quer dizer pimenta e *raccay*, vagina. Portanto, Uchuraccay significa também "vagina apimentada", ou "mulheres ardentes". E não me pergunte por quê, porque a intimidade de nossas fêmeas somente a nós interessa.

Eu falava da solidão.

Mais sós do que nunca, éramos somente nós e mais ninguém, ninguém, contra o inimigo que até pouco antes eram apenas os *tuta puriqkuna* do Sendero Luminoso e, depois da morte dos oitos jornalistas mais o guia Juan Argumedo, passou a ser tudo e todos que não fossem de Uchuraccay. Nossos vizinhos, que antes frequentavam nossas feiras e compravam nossos produtos, deixaram de nos visitar aos poucos e aos poucos também deixaram de comprar o que produzíamos. Sentíamos, quando os encontrávamos, que eles queriam nos perguntar, e não conseguiam, por que havíamos cometido aquela barbaridade que foi o massacre dos jornalistas e do guia, queriam nos acusar de assassinos, isso era o que pensavam de nós, mas se calavam porque tinham medo que fizéssemos com eles o mesmo que fizéramos aos jornalistas, considerados por uma emissora de rádio, ouvida por um dos nossos quando fazia compras em Tambo, "mártires de Uchuraccay". Nosso povoado, um entre tantos povoados ignorados desde que o Peru é o Peru, desculpe, antes de o Peru ser o que é, transformou-se, subitamente, a partir daquele 26 de janeiro, numa celebridade nacional e mundial, foi o que nos disseram nossos vizinhos, cada vez mais desconfiados de nós, e a distinção entre nacional e mundial não fazia sentido para muitos de nós, porque para muitos de nós nação e mundo eram tudo o que existia dentro dos limites de Uchuraccay e dos povoados vizinhos. Aquele era o universo da maioria de nós de Uchuraccay, e para muitos saber que existia algo além dos nossos limites e dos vizinhos foi uma revelação perturbadora.

Mas o que mais perturbava, e nos perturbaria cada vez mais, a ponto de nos matar, matar todos nós, mesmo os que pensam que estão vivos, e nos perturbaria depois de mortos para todo o sempre, era a revelação de que éramos assassinos. Assassinos. Éramos assassinos, sim, éramos e começamos a sentir o que sentem os assassinos que mataram quem não deviam ter matado quando nossos vizinhos, e entre eles muitos eram nossos parentes, passaram a nos abandonar e a rejeitar nossos produtos e a nos olhar com desconfiança crescente e a recusar admitir os nossos nos Comitês de Autodefesa, como diziam os militares, ou Rondas Camponesas, como dizíamos nós e os nossos vizinhos, que foram criadas para nos proteger das investidas do Sendero e expulsar da puna aqueles terroristas de merda. Eles nos rejeitaram, e havíamos sido os iniciadores da rebelião contra *os tuta puriqkuna*. Perdemos nosso presidente Alejandro Huamán, que sua alma descanse em paz, por termos expulsado os cupinchas de Martín, cedemos nosso povoado para as assembleias comunitárias em que se decidiu o patrulhamento conjunto das estradas e povoados e a vigilância sem trégua da movimentação do Sendero, abatemos um destacamento de cinco *terrucos* filhos da puta, os primeiros a morrer sob a justa ira dos camponeses da puna. Nós, justamente nós, fomos abandonados no momento em que mais precisávamos deles, os nossos vizinhos, para nos proteger do Sendero, fomos abandonados quando o Sendero preparava a vingança, e nós de Uchuraccay, os primeiros a se rebelar contra ele, seríamos os primeiros a receber a punição. Que era a morte, a morte com muita dor, assim prometeram os *chay suwa terrorista* que matamos.

E estávamos sendo abandonados porque confundimos jornalistas, *periodistas*, com terroristas, o que para muitos de nós continuaria a ser para sempre a mesma coisa, e os terroristas tinham que morrer, os jornalistas não, e assim matamos inocentes sem saber que eram inocentes, por isso estávamos sendo abandonados. A primeira, a segunda, a terceira semana passaram, e a cada dia era maior a nossa solidão, maior o nosso medo, *achac haw*, ai que medo, dizíamos, maior a nossa ansiedade, e angústia, de que poderia ser hoje, já que não tinha sido ontem, que o Sendero iria cobrar nossa dívida de sangue. Eles não chegavam, mas iriam chegar, disso estávamos certos, e quando recebemos os homens de Lima, todos elegantes, entre eles um que nos disseram escrevia para o mundo todo e o mundo todo o lia, e o nome dele é Mario Vargas Llosa, muito culto ele, e muito gentil, e muito solidário, pedimos a ele que intercedesse junto ao presidente da República, que nos disseram era o homem mais poderoso do Peru, que somente pouco antes havíamos descoberto se tratar do nosso país, o país ao qual pertencia Uchuraccay. Que o presidente nos protegesse, que mandasse os soldados, que, se os soldados não pudessem ficar sempre entre nós, que viessem toda semana, pelo menos, e que nos armasse, porque com armas poderíamos nos defender dos terroristas quando os soldados não estivessem entre nós. *Munanikutaqmi, siñur, mitrallata, huk iskay kinsallatapas difindikunaykupaq*, também queremos, senhor, duas ou três metralhadoras, *manachu siñur prisidinti faburta ruwaykamanmanku...* o senhor presidente não nos podia fazer este favor, perguntamos, *chay llaqtaykupi difindikunaykupaq, siñur* para que aqui neste povo possamos nos defender, senhor. Isto está no processo, senhor, pode conferir, porque não minto.

O escritor e os que o acompanhavam nos escutaram, foram duas horas e 15 minutos nos escutando, marquei, sobre a emboscada aos jornalistas, contamos tudo o que sabíamos menos que havíamos matado Severino e Juan Argumedo, mas isso todos ficariam sabendo alguns dias depois, alguém nos denunciaria, e conversamos com ele e os outros na praça, onde também jogávamos bola e que era demarcada por um muro de pedra que o tempo se encarregou de engolir parcialmente. O escritor escrevia enquanto falávamos e havia também um aparelho, movido a bateria, que nem eu conhecia, eu que já havia visto quase de tudo em Lima, e nos disseram que gravava as nossas vozes e gravou, disso nos certificamos, porque ouvimos as nossas vozes quando um deles disse testando, testando e pediu para que Amadio falasse alguma coisa e ele falou, e falou enquanto dizíamos fala Amadio, fala Amadio, e o que falou e o que falamos ouvimos de novo e de novo porque o homem apertou um botão daquele aparelho e voltou a apertá-lo, e todos olhávamos para Amadio pensando que ele estivesse falando de novo e olhávamos um para o outro e o outro para o um pensando que estivéssemos repetindo o que havíamos falado e não era ele que falava nem nós que repetíamos, era o aparelho que havia capturado a sua voz e a nossa, talvez para sempre.

Eles se foram e levaram nossos pedidos. Nem os militares vieram nos ver com mais frequência, pelo contrário, suas visitas ficaram cada vez mais distantes umas das outras, e foi melhor assim, porque também eles passaram a nos atacar e a nos acusar de terroristas. Nem o governo nos mandou as metralhadoras nem nada do que havíamos pedido para enfrentar os terroristas, que eram nossos inimigos e do governo também, ficamos sabendo. Voltamos, mais ainda que antes, a estar sós e mais do que nunca estávamos abandonados a um inimigo que sabia onde estávamos, quem e quantos éramos, o que tínhamos para nos defender, e era pouco, quase nada, enquanto eles, os inimigos, não sabíamos quando viriam, como viriam, quantos seriam. Sabíamos apenas que a qualquer momento viriam, e viriam muito bem armados, e despejariam sobre nós a vingança pelas mortes que lhes causamos, diretamente ou pelas mãos e paus e chutes de nossos vizinhos, que se inspiraram em nosso exemplo. Viriam. *Uchuraqaytaqa wañuchisaqmi*, mataremos os de Uchuraccay, diziam os do Sendero, assim disseram nossos vizinhos. E a primeira vez que vieram, e estávamos sós, mais sós do que nunca, foi em *Corpus Christi*. Foi assim.

8
Os espiões penetram no mistério da casa verde

A águia desaparece e surge o helicóptero dos
sinchis. O que vão fazer conosco?
O que der na cabeça deles!

*Guerrilha treina até
meninos de oito anos*

AYACUCHO, Peru — *As ações cada vez mais violentas dos guerrilheiros exigiam uma intervenção drástica, contundente do governo. Não bastava apenas às forças de segurança, que até então se restringiam às várias corporações policiais, enfrentá-los esporadicamente e em frentes esparsas. O governo, então, resolveu agir: decretou estado de emergência em cinco das províncias do estado de Ayacucho, três em Huancavelica e uma em Apurímac, estados vizinhos, nos quais o Exército, agora, finalmente autorizado a agir, imporia suas próprias leis.*
 As autoridades civis foram depostas. A administração das cidades compreendidas pela zona de emergência passou para a jurisdição do Exército, que, na área militar, responsabiliza-

se pela condução estratégica e logística da represália aos guerrilheiros, compartilhando as ações em campo com três corporações policiais — Polícia Civil e de Investigações e Guarda Republicana. De acordo com informações oficiais, cerca de dois mil militares foram mobilizados (estima-se que os guerrilheiros sejam mais de cinco mil). Um número reduzido de fuzileiros navais foi destacado para Huanta, capital da província homônima. Apesar de estar provocando um maior número de baixas entre os guerrilheiros, estes efetivos esbarram em enormes dificuldades, começando pela rudeza do terreno, melhor conhecido e percorrido com mais facilidade pelos combatentes do Sendero.

Raramente os guerrilheiros combatem durante o dia. Identificá-los é um desafio constante às forças de segurança. "Eles têm a aparência comum aos habitantes dos Andes, possuem idade variada — há muitas crianças entre eles — e executam tarefas aparentemente insuspeitas, misturando-se entre os habitantes das capitais provinciais ou entre a população dos pequenos povoados das montanhas", afirma um militar de alta patente do Exército, que pediu para não ter sua identidade revelada.

"Os guerrilheiros mais perigosos são aqueles que se identificam com a população", observa a fonte, "porque não chamam a atenção sobre suas ações subversivas". E acrescenta: "Quando executamos algum trabalho de inspeção e investigação junto às comunidades agrícolas, dificilmente conseguimos identificar um guerrilheiro infiltrado. Suas características físicas são as mesmas dos habitantes desses locais e, quando nos avistam, demonstram a mesma frieza e distância que as demais pessoas. Durante o dia, eles — como os autênticos

camponeses — trabalham em suas terras, portam seus machados e arados em seu trabalho. Mas à noite trocam esses instrumentos por fuzis e metralhadoras, tiram de suas mochilas a marmita onde durante o dia guardaram sua comida e a substituem por bastões de dinamite ou explosivos de fabricação caseira."

O oficial observa que as Forças Armadas não tiveram até o momento o êxito esperado por causa da dificuldade de vigiar o imenso território no qual se defrontam com um inimigo invisível, que ataca e se dissolve em meio a uma população rural que mal fala o espanhol. "Em tese, todas as pessoas são suspeitas", observou o militar, explicando que vários soldados foram mortos quando transitavam pelas ruas de Ayacucho e de outras cidades da região. Os assassinos, disse, muitas vezes têm menos de 14 anos. Uma dessas crianças, acrescentou, matou recentemente um soldado, disparando à queima-roupa cinco tiros de revólver, para ficar com seu fuzil. Capturado, ele confessou o assassinato de outras cinco pessoas.

A professora de uma escola de Ayacucho, que também pediu que sua identidade fosse preservada, relata que, nas proximidades do cemitério local, seus alunos, de oito a 12 anos de idade, recebem frequentemente treinamento de técnicas de guerrilha após as aulas. E seus instrutores, "que demonstram apurado conhecimento das táticas subversivas", segundo a professora, têm 14 anos de idade em média.

Para evitar delações desse tipo, o Sendero Luminoso concentrou seus esforços na arregimentação de professores, pois, além disso, na condição de líderes e com poder de pressão ou simplesmente de influência junto a seus alunos e, por extensão, a toda a comunidade em que trabalham, eles são precio-

síssimos para a organização guerrilheira. Conquistar um professor para a causa senderista pode trazer mais vantagens que um duro, espinhoso e às vezes infrutífero trabalho de aliciamento entre os camponeses.

Se resistem à cooptação senderista, os professores muitas vezes pagam com a vida sua rebeldia. E eles também têm sido vítimas da repressão militar por ficarem entre as duas forças que combatem pela posse de corações e mentes na Sierra Central *peruana. "Estamos na linha de tiro. Mais cedo ou mais tarde, seremos atingidos", prevê a professora.*

— VENHO DA PARTE DO PROFESSOR MOROTE — esclareceu o homem, que se identificou como Arturo e motorista de táxi. — Ele me encarregou de levá-lo a um amigo dele, que vive próximo daqui.

— Como o senhor me achou aqui, neste hotel? — estranhou o jornalista.

— Esta é uma cidade pequena, senhor. Todos sabem tudo, principalmente nesta época, em que estrangeiro é tão raro quanto dinheiro e paz.

Humberto recebeu o homem com desconfiança. Fazia pouco mais de 24 horas que havia se despedido do professor Morote, cuja fisionomia impassível o desesperançara de que estivesse disposto a intermediar o contato com alguém da linha de frente da guerrilha.

— Passarei amanhã, assim que o toque de recolher estiver encerrado. Leve três mudas de roupa e muito agasalho, porque terá de enfrentar um frio rigoroso. Biscoitos, sanduíches e água também serão necessários. Sua viagem deverá durar três dias.

— Aonde vamos?

— Posso passar aqui amanhã pela manhã? — despistou o motorista, estendendo a Humberto um bilhete que dizia: "Obrigado pelo jornal. A reportagem é objetiva e esclarecedora."

Não estava assinado, mas o conteúdo do bilhete dispensava esta formalidade. Era o que Humberto precisava para certificar-se de que o convite vinha do professor Morote, que agradecia a edição do *Miami Herald*.

— Está bem — assentiu Humberto, titubeante e já ansioso diante da perspectiva de obter a tão desejada entrevista.

Arturo havia transposto a porta do hotel quando retrocedeu bruscamente, lembrando-se de algo:

— Não deixe de levar sóis, porque não será possível trocar dinheiro em lugar algum, e cem dólares em notas de dez. Isto é muito importante, senhor — enfatizou o homem. — Cem dólares em notas de dez!

Arturo embarcou num Oldsmobile azul, modelo dos anos quarenta. Com um carro daquele, pensou Humberto, não iriam muito longe...

O REPICAR DAS SEIS HORAS, que marcava o fim do toque de recolher, ainda reboava quando Humberto ouviu o som rouco de uma buzina. O porteiro o avisou de que o esperavam na rua. Era Arturo.

— Bom dia, senhor — disse o taxista. — Espero que tenha providenciado tudo o que pedi.

O dia começava a clarear, lançando dardos de fogo sobre o cume das montanhas. A cidade ainda dormia, embalada pelo silêncio e o frio, que era intenso. Somente alguns camponeses, em seus trajes típicos, caminhavam apressados, transportando sobre a cabeça ou nas costas a mercadoria que tentariam vender na rua Vinte e Oito de Julho, o centro de comércio popular. Os únicos veículos que cruzaram com o Oldsmobile transportavam militares. A poeira sobre o capô e no para-brisa fazia supor que voltavam de missões na zona rural.

O casario foi rareando à medida que a estrada, já não mais pavimentada, se tornava íngreme. Humberto olhou para trás e viu a cidade se distanciando. Suas ruas e vielas estavam imersas na penumbra, enquanto seus telhados centenários começavam a fulgir sob as primeiras luzes da manhã.

— Para todos os efeitos, o senhor é turista e pretende comprar peças de artesanato — orientou Arturo.

— E vou comprar o quê, tábuas de Sarhua, retábulos ou vasos de Quínua? — provocou o repórter, esperando que a resposta fornecesse a indicação sobre o seu destino, pois cada uma dessas manifestações artísticas tinha uma procedência específica. Ele lera sobre elas na véspera, num guia turístico abandonado no hotel.

— Tudo o que for possível — resmungou Arturo, lançando sobre o repórter um olhar irônico.

A isca lançada por Humberto não fora engolida.

No alto da colina, Arturo deteve o carro. Estavam diante de uma guarnição da Guarda Republicana, força cuja missão era proteger estradas, fronteiras e instalações públicas. O posto policial estava protegido por cavaletes de madeira envoltos em arame farpado e por sacos de areia, que se erguiam quase até o teto, deixando apenas alguns orifícios para que os soldados, em caso de necessidade, visualizassem os agressores e pudessem disparar. Diante da porta principal, os sacos formavam um pequeno labirinto. Dois blindados postavam-se em cada lado da pista. Terminava ali a liberdade de ir e vir. A partir daquele ponto, somente entrava e saía da cidade quem fosse autorizado — e raramente alguém era, exceto os moradores do estado de Ayacucho, que somente podiam se movimentar entre os pequenos povoados e a capital de acordo com o cronograma estabelecido pelas tropas de ocupação. Essa autorização limitava o movimento a uma vez por semana, em dias alternados conforme o povoado, quando, então, os camponeses poderiam comprar, vender ou trocar mercadorias nas feiras, o ponto alto do comércio andino.

Arturo pediu a Humberto que lhe passasse discretamente as notas de dez, totalizando cem dólares, caminhou lentamente até um dos policiais, falou algo perto de seu ouvido e foi conduzido por ele ao interior da casamata. Alguns minutos depois, saiu acompanhado de um oficial, que foi até o carro, olhou demoradamente para o jornalista, pediu que o porta-malas fosse aberto e, após examiná-lo, ordenou a um dos guardas que vistoriasse o assoalho externo do automóvel com um grande espelho fixado na ponta de um bastão de ferro.

Terminada a inspeção, o oficial voltou para o abrigo sem olhar para trás. Arturo dobrou cuidadosamente o papel que o oficial lhe entregara e o guardou no bolso da camisa, acionou o motor do Oldsmobile, que rateou um pouco e, após uma explosão que sacolejou o veículo e lançou uma nuvem de fumaça negra, saiu saltitando.

— Aonde vamos, afinal? — insistiu Humberto.

— Já que insiste, vou lhe dizer. E serei o mais sucinto possível para não confundi-lo muito. Preste atenção, portanto, porque não vou repetir — disse Arturo. — Vamos subir e subir até o pico Tocto, onde encontraremos uma bifurcação para Cusco. Quer ir para Cusco? Creio que não, pelo menos agora, então não pegaremos esse caminho, seguiremos pelo outro, que não tem indicação nenhuma, e aí vamos descer e continuar descendo até Condorccocha — lembre-se: Condorccocha! — e então uma cruz — há muitas cruzes pelo caminho, mas esta é fundamental para nos orientar — indicará que temos que dobrar à esquerda para alcançar Vilcashuamán se quisermos chegar a Pampa Cangallo, que vamos ter de cruzar para alcançar a ribanceira que nos levará a Huahuapuquio — quer tomar um banho termal lá? É delicioso — e em seguida a Cangallo. Está cansado, irmão? Aguarde um pouco mais porque estamos apenas no início da viagem. Podemos nos deter em Cangallo para o senhor tomar um refrigerante gelado, porque vai estar fazendo muito calor, e o calor vai aumentar ainda mais, e então prosseguimos, cruzamos o rio Pampas — o senhor já ouviu falar no rio Pampas? Não? Eu tinha certeza disso —, mas voltando ao nosso itinerário, depois de cruzarmos o rio Pampas estaremos na província de Fajardo e, dois quilômetros depois, pegaremos o desvio à direita para Alcamenca, depois para Putica, depois para Colca, e quando o senhor perceber que estamos subindo em caracol, quase na vertical, e então vai estar fazendo um frio de congelar os ossos, é porque estaremos indo para Huancaraylla, isto é, se pegarmos, assim que chegarmos ao topo da montanha, a estrada da direita — direita, de novo, sempre direita —, e depois de Huancaraylla chegaremos a Huamanquiquia e depois a Huancasancos. Já ouviu falar em Huancasancos, não, senhor?

— É lá que vamos ficar? — perguntou o repórter.

— Não, é lá que vamos pernoitar. Mais precisamente em Sancos, capital da província de Huancasancos. Entregarei o senhor amanhã de manhã, pouco adiante, em local que ain-

da confirmarei em Sancos. Deixo o senhor e volto no dia seguinte para apanhá-lo.
— É seguro?
— Seguro, irmãozinho, aqui nada é seguro!

O CARRO AVANÇAVA com esforço, tossindo mais à medida que a estrada ganhava altura. Era cada vez mais difícil acender e manter o cigarro aceso, e Humberto protestava toda vez que a brasa apagava. Um grupo de camponeses, com chapéus e ponchos multicoloridos, conduzia um plantel de lhamas cangalhadas. O Oldsmobile parou, com os motores desligados, para que os animais, pouco acostumados àquela engenhoca urbana, não se assustassem. Os camponeses passaram pelo veículo sem olhar para seus passageiros, e somente quando haviam ganhado uma distância que Arturo considerou apropriada o motor foi religado.

Casas de barro cobertas com zinco ou palha ornavam as encostas das montanhas, nas quais plataformas que desafiavam a lei da gravidade haviam sido esculpidas para possibilitar o plantio de legumes e cereais. Portas e janelas fechadas indicavam que seus moradores estavam no campo ou se protegiam do frio e do vento da manhã, mais intensos à medida que o carro avançava em direção ao céu transparente. Muitas casas tinham paredes e portas pintadas com a foice e o martelo.

— Estamos na região que os guerrilheiros dizem ter liberado e os militares, conquistado — explicou Arturo, acrescentando: — É uma terra de ninguém, muito menos dos camponeses, que não sabem de que lado ficar. Se aderirem ao Sendero, podem ser mortos pelos soldados; se aderirem ao Exército, os guerrilheiros podem matá-los. E se ficarem neutros, podem ser mortos tanto por uns como pelos outros.

Arturo observou, ao ser inquirido sobre sua idade, que não responderia à pergunta "porque dá má sorte, senhor", mas, calculou o jornalista, não deveria ter mais que trinta anos. O taxista contou que conhecia o professor Morote desde criança, quando sua mãe passou a trabalhar para a família dele e lá ficou até morrer.

— Fizeram de tudo para salvá-la, até médico de Lima trouxeram, mas nada deu certo, ela foi murchando lentamente até que, numa tarde em que chovia granizo, parou de respirar. Ela estava destinada a morrer cedo, que é o destino das almas puras.

Arturo tinha nove anos quando a mãe morreu. O professor cuidou dele, embora ainda continuasse a morar com o pai, um plantador de milho e batata-doce, esforçando-se para que ele estudasse, fosse um "doutor como ele", mas "minha cabeça, senhor, sabe como é, não é lá essas coisas".

— O senhor conhece Osman e Ostaff, filhos do professor, que pertencem ao Sendero?

— Conheço, e muito, senhor; são homens íntegros e inteligentes, assim como o pai. Mas, por favor — Arturo baixou o tom de voz e falou pausadamente —, não me pergunte sobre o Sendero. Sou apenas um motorista. Seu motorista, senhor, e nada mais.

Uma águia, que fazia círculos sobre o velho carro, passou a segui-lo a curta distância, às vezes ultrapassando-o para, empoleirada em algum arbusto à beira da estrada, observá-lo mais atentamente quando passasse por ela, trocando olhares com seus passageiros e retomando o voo, sempre perto do veículo, assim que o carro a deixava para trás.

Humberto elogiou a beleza e elegância da ave e perguntou a Arturo se não havia condores por aquelas montanhas

— "Condores, onde estão os condores?" —, e Arturo respondeu que havia, sim, que poderiam vê-los a qualquer momento e que ficasse atento.

— Terei torcicolo — observou o jornalista, queixando-se de que, em toda a sua estada em Ayacucho, por mais que olhasse o céu, não vira condor algum. O último condor que vira, e também o primeiro em sua vida, lembrou, fora em Arequipa, ao lado de Beatriz. "Beatriz, onde ela estaria naquele momento?"

A estrada estava cada vez mais íngreme e, quanto mais íngreme, mais estreita e sinuosa ficava. Um vale profundo se abria ao seu lado e um rio serpenteava o sopé da montanha. Transcorrera menos de uma hora desde a saída do posto da Guarda Republicana, e a estrada começava a inclinar-se para o vale quando a águia desapareceu lançando um grasnido estridente e, segundos depois, num estrépito que ecoou pelas encostas, surgiu um helicóptero, que planou a uma pequena distância do chão, iniciando em seguida uma série de rodopios sobre o veículo, voltando a planar, novamente a poucos metros do solo.

— Fique calmo, qualquer movimento poderá ser fatal — aconselhou Arturo.

— Estou calmo. Quem são eles? — reagiu Humberto.

— É uma patrulha de *sinchis*. Fomos descobertos.

— E o que vão fazer?

— O que der na cabeça deles!

A PORTA DO HELICÓPTERO estava aberta e um soldado gesticulava nervosamente, indicando que o veículo se detivesse.

Arturo parou o carro e desligou o motor.

O helicóptero se posicionou ameaçadoramente em frente ao Oldsmobile. Além dos soldados que apontavam suas metralhadoras para os ocupantes do velho carro, dois canhões sob as aletas da aeronave desencorajavam qualquer reação. O aparelho se aproximou do solo e um, outro e outro soldado saltaram, correndo em direção ao veículo.

Inútil pretender conversar. O som das hélices era intenso e o vento que elas produziam formava um turbilhão de areia e cascalho que se chocava ruidosamente com o veículo. Os soldados se posicionaram a uma distância prudente e, quando o helicóptero se distanciou, sempre mantendo o veículo na mira de seus canhões, acenaram para que Arturo e Humberto saíssem.

— Devagar e com as mãos para cima — ordenou um dos soldados. Como os demais, escondia o rosto sob um gorro passa-montanhas. — Ajoelhem-se — ordenou. — E coloquem as mãos na nuca!

Um soldado se aproximou. Humberto sentiu o cano da metralhadora roçar sua têmpora direita.

O primeiro a ser autorizado a ficar em pé foi Arturo. Pela primeira vez, Humberto o percebeu titubeante. Disse rapidamente seu nome ao soldado, mas relutou em responder à pergunta seguinte, elementar, sobre o motivo que o trazia àquele local.

— Faço meu trabalho, senhor, e estou levando este homem para comprar artesanato — respondeu, enfim.

Humberto ficou em pé, obedecendo ao movimento que o soldado impôs ao cano da metralhadora que, da têmpora, se fixou sob seu queixo, pressionando-o para cima.

— Venho do Brasil. Quero comprar artesanato — explicou Humberto, assim que o soldado, o que tinha ficado mais distante e que, tudo indicava, era o comandante da patrulha, perguntou — isto é, gritou — o que fazia ali.

Depois de revistar e examinar os documentos dos dois, os soldados despejaram sobre a estrada o que havia no interior do carro, de água a biscoitos, de roupas a cobertores. A maleta do equipamento fotográfico de Humberto emitiu um ruído seco quando caiu sobre o solo pedregoso.

— Não é preciso dizer que os senhores violaram o estado de emergência — repreendeu o que parecia chefiar a patrulha. — Viajar nesta região é permitido somente a pessoas autorizadas.

— Tenho autorização, senhor — apressou-se Arturo, levando a mão ao bolso da camisa. — Aqui está — acrescentou, estendendo cuidadosamente o papel para o soldado postado ao seu lado, o papel com o timbre da Guarda Civil que custara os cem dólares em notas de dez de Humberto.

O soldado entregou o papel ao comandante, que o repeliu, com desdém.

— Os senhores estão zombando de nós — disse, asperamente. — Somente o Comando Político-Militar pode autorizar o trânsito nesta região.

Humberto e Arturo se entreolharam, movimento que foi detectado pelo comandante.

— Os senhores vão voltar imediatamente — ordenou. — Um dos meus homens irá escoltá-los ao posto da Guarda Republicana. E o senhor — continuou, olhando com rudeza para Humberto — vai tirar agora toda a roupa. Agora, já, imediatamente! — bradou o militar, gesticulando para o soldado ao lado de Humberto, que correspondeu a seu aceno encostando o cano da metralhadora na testa do jornalista.

Humberto se despiu. Sua roupa, a maleta com o equipamento fotográfico e a carteira com dinheiro e documentos foram recolhidos por um dos soldados e arremessados para o helicóptero, que, a um sinal do comandante, havia se reaproximado, revolvendo novamente o solo pedregoso da montanha. Humberto sentiu o cascalho ferindo seu corpo. Baixou a cabeça, fechou os olhos e protegeu com as mãos sua virilidade.

Voltaram ao posto policial que haviam transposto ao deixar a cidade. Um guarda republicano vigiava enquanto outros três vasculhavam o caminhão que transportava camponeses, mais de trinta, estimou o jornalista, que voltavam das compras na capital estadual. Eram adultos, jovens e crianças, amontoados em meio a sacos, trouxas e caixas e porcos, carneiros, galinhas e um cachorro, que só parou de latir quando recebeu um peteleco de uma das crianças — sorte da criatura, porque o policial que examinava o conteúdo da carroceria já estava com a coronha do fuzil posicionada para acertar sua cabeça. Um policial examinava os documentos do motorista, outro deslizava o espelho fixado à haste de ferro sob o assoalho do caminhão.

— Desçam e nos acompanhem — mandou o soldado que escoltara o taxista e o repórter. Era a primeira vez que falava. Permanecera mudo durante o trajeto, ao longo do qual o helicóptero surgiu várias vezes na linha do horizonte. O helicóptero estava agora pousado ao lado da guarnição policial. O piloto mantinha o motor ligado.

— Vamos — repetiu o soldado, que estava a meio caminho entre o automóvel e a casamata quando percebeu que, ao contrário de Arturo, que seguia outro militar, Humberto permanecia ao lado do veículo, ocultando sua nudez atrás da porta entreaberta.

— Senhor, estou nu — lembrou o repórter.

O soldado deu de ombros.

— O comandante o quer agora, vamos. Vamos! — desdenhou o soldado.

A pele de Humberto estava arroxeada devido ao frio. Ele tremia, tremera durante todo o trajeto de volta, pois o Oldsmobile não possuía aquecimento, e quando saiu do carro teve a sensação de que o frio iria congelar sua alma, enrijecida há muito tempo pela omissão religiosa.

O frio, os cascalhos penetrando as solas dos pés como pregos, o vento... aquilo não era nada comparado à vergonha que sentiu quando, ao dar os primeiros passos, observou a legião de índios olhando para ele, estupefata e ao mesmo tempo incrédula, como se estivesse diante de um ser do outro mundo.

— Rápido — ordenou rispidamente o soldado, e então os camponeses perceberam que o homem de andar hesitante, que protegia o sexo com as mãos, era um simples mortal que as circunstâncias, que fugiam à compreensão deles, haviam desnudado naquela hora e naquele local para que se deleitassem ou se indignassem.

Da perplexidade à gargalhada coletiva bastou uma fração de segundo. Humberto sentiu ainda mais intensamente a vergonha e humilhação quando todos os militares deixaram a casamata para presenciar a cena, associando-se ao deboche dos índios.

— Suas roupas — gritou o líder da patrulha quando Humberto estava a menos de três metros da guarnição militar, jogando no chão o que ele vestia quando fora interceptado. — Vista-as se quiser, gringo de merda!

A trouxa caiu a alguns passos de Humberto que, para alcançá-la, teve que se abaixar, movimento que fez cautelosamente enquanto olhava, arredio, para a frente e para trás e para os lados para se certificar de que não seria surpreendido quando estivesse na mais frágil de todas as posições em que um homem pode permanecer.

Os militares haviam devolvido a roupa do repórter, mas não pretendiam que as vestisse rapidamente, assim faziam crer as dezenas de nós que atavam camisa a calça, cueca a meias, ceroula — sim, o frio andino exigia essa proteção extra — a cachecol, calça a ceroula.

Humberto foi autorizado a entrar no posto policial assim que os homens e as mulheres e as crianças do caminhão, na terceira fase da reação ao pelado de pele branca — que cor irreconhecível era aquela para os habitantes dos Andes, que têm a pele tingida de bronze pelo sol e pelo frio! —, começaram a atirar na direção dele o que tinham ao alcance das mãos — ovos e legumes, paus e pedras.

Arturo ajudou Humberto a desatar pacientemente os nós de suas roupas enquanto o comandante da patrulha os recriminava por terem violado os limites da cidade sem autorização do comando militar. Ao final da arenga, o comandante, que, assim como os demais *sinchis*, mantinha o rosto sempre protegido pelo gorro passa-montanha, perguntou a Humberto quanto dera aos guardas para que autorizassem a passagem.

— Nada — respondeu o jornalista, caindo imediatamente ao chão com o impacto de um direito no estômago.

— É para o senhor começar a aprender que conosco, os *sinchis*, não se brinca. E só não vou acertá-lo mais — continuou o comandante, tirando do bolso do jaleco os dólares que Humberto entregara aos policiais — porque o coronel Paredes, informado pelo rádio do comportamento de vocês, mandou liberá-los. Não quero que ele perceba os hematomas em seu corpinho descascado, seu merda, por isso parei. Mas quero que você — e apontou o dedo para Humberto —, jornalista de bosta, guarde bem o meu nome. Meu nome é tenente Chacal e é a segunda vez que nos encontramos, e você nem percebeu isso. Lembra-se da nossa apresentação na Praça de Armas, quando o cumprimentei com um chute no estômago?

Os *sinchis* riam. Os guardas republicanos acompanhavam a cena inquietos e calados, incomodados por terem sido flagrados em posse da propina do jornalista, extorquida pelos que haviam acabado de chegar, que eles jamais ousariam desafiar porque tinham apreço por suas vidas.

— Agora, saiam — determinou o tenente Chacal. — E agradeçam ao coronel por ainda estarem inteiros. Ah, sim — acrescentou —, seus filmes, senhor jornalista, estão confiscados. Para reavê-los, terá que se apresentar ao comando. E outra coisa — Arturo e Humberto já cruzavam a porta: — Saudações ao professor Morote!

Era ela. Sim, só podia ser ela

Era ela. Martín tinha certeza. Ou quase. Era ela. Só podia ser ela.

Paulina também identificou semelhanças na voz da gravação com a que sua memória registrava dela — e sua memória era boa, e ambas haviam se encontrado pela última vez havia poucas semanas, em Lima.

A gravação continha chiados, ruídos, vazios, mas a entonação da voz, timbre, ritmo e sotaque inegavelmente eram dela, apontou Martín, que conhecia as nuances linguísticas de seus conterrâneos de Ayacucho, e aquela voz pertencia a alguém de lá, da província de Cangallo, e os de Cangallo falavam como ela, com aquela entonação, com aquele ritmo trotante, seguro, contínuo.

Sim, era ela. Só podia ser ela quem ligava com frequência para aquele telefone registrado em nome de Maria del Carmen Rivera Figueroa, rua Horacio Urteaga, Jesus Maria, onde havia uma casa verde de janelas brancas.

O mesmo telefone a que recorria o estrangeiro que se comunicava em código.

A camarada está sob vigilância desde a noite em que expôs suas divergências programáticas e estratégicas e, por fim, acabou cedendo sem de fato ceder às leis da revolução, Paulina lembrou.

E acrescentou: O comportamento dela caracteriza uma capitulação irreversível, um revisionismo sem volta. Ela incorreu numa contradição antagônica, como define nosso presidente, contradição que expôs no restaurante chinês, tentando depois recuar, talvez por pressentir que havia transposto a linha a partir da qual não há retorno. A tentativa foi em vão porque naquele dia, desculpe, naquela noite ela se condenou.

Martín perguntou: E por que não a submetemos logo à justiça revolucionária?

Um grupo de estudantes conversava efusivamente ao lado dos dois, obrigando Martín e Paulina a se aproximar para que suas palavras não se misturassem às dos vizinhos de mesa, e suas pernas se entrelaçaram antevendo o encontro que teriam em breve na casa ao lado.

A fumaça dos cigarros dos estudantes, combinada com o odor exalado pelo óleo comestível reutilizado a exaustão na fritura dos pastéis e empanados fazia do ato de respirar uma temeridade.

Julgamos ser mais prudente esperar, Paulina respondeu. Isso nos permitirá descobrir outros envolvidos, caso haja outros envolvidos.

Devemos começar nos certificando de que a voz captada nas gravações é mesmo da camarada Rosa, Martín disse.

Sim, isto já está decidido. Já estamos tomando as providências. Você irá à casa da rua Urteaga. Nosso colaborador na Entel irá acompanhá-lo. Como técnico da empresa telefônica, ele tem o álibi perfeito para entrar na casa.

MARTÍN E SEU ACOMPANHANTE esperaram na Praça Diez Canseco a saída da mulher que todos os dias visitava a casa. Era gorda, vestia-se com descaso e se locomovia num Fusca despido dos para-lamas dianteiros e há muito tempo sedento por um banho.

Ela saiu. Cinco minutos depois, tocaram a campainha.
Nenhuma resposta.
Tocaram novamente a campainha.
Novamente, nenhuma resposta.
Terceira, quarta, quinta tentativas, e então do interior da casa alguém gritou, demonstrando esforço, quem está aí, o que quer, somos da Entel, viemos verificar seu telefone, não precisa, está tudo bem, obrigada, mas temos que olhar assim

mesmo, mas está funcionando bem, já disse, mas é norma da empresa, senhora, temos que olhar assim mesmo, está bem, então aguardem.

A porta se abriu.

Uma jovem de cabelos longos e negros surgiu numa cadeira de rodas. O corpo era delgado e levemente curvado para a frente. As mãos tremiam ligeiramente. A pele tinha a cor do leite. Óculos escuros cobriam sua cegueira. Falava baixo, com dificuldade.

Maria del Carmen Rivera Figueroa?

Apenas Maria del Carmen. Maria del Carmen Rivera Figueroa é quem cuida de mim. Minha tia.

Martín e o companheiro trocaram um olhar de surpresa. Martín se recompôs:

Mas o telefone está em nome dela.

Sim, é o telefone que uso. Algum problema, o pagamento não é feito sempre pontualmente? Entrem, por favor.

Licença.

Tenho vários aparelhos, quatro, para ser exata. Aqui na sala, em meu quarto, na cozinha e no banheiro. Vão verificar todos, não?

Martín pensou: ele se aproveitaria da cegueira da moradora para vasculhar com os olhos a casa enquanto seu companheiro fingiria que desparafusava e aparafusava os telefones.

Havia um obstáculo: as janelas estavam fechadas e as luzes, apagadas.

Posso acender as luzes?, Martín perguntou.

Claro, desculpem-me, esqueci-me desse detalhe, que para mim não faz a menor diferença.

Ela sorriu.

O mobiliário era exíguo, mas havia muitos quadros. Por que, se ela não os via?, Martín interessou-se.

A cama de solteiro ladeada por corrimãos que auxiliavam a moradora a trocá-la pela cadeira de rodas e o pequeno armário de roupas expunham sua solidão.

Martín intrigou-se: Uma televisão?

Não vejo, mas ouço.

Os quadros continham cenas campestres com pessoas sentadas sob árvores e montadas a cavalo, um homem e uma mulher adultos, duas crianças, ambas meninas; e cenas domésticas, aquele homem e aquela mulher novamente e novamente as duas meninas. Outros personagens surgiam com menos frequência, havia algumas crianças e também adultos, um deles velho, de barba e bigode fartos. Os trajes não deixavam dúvida a Martín. Eram trajes de *morochucos*, os famosos ginetes dos Andes, habitantes da província ayacuchana de Cangallo.

Fotos de família, não?

Sim, a grande maioria. Meus pais, minha irmã, meu avô, tios e primos. Minha irmã está sempre de chapéu escuro. É fácil distingui-la.

Sim, a estou vendo. Você deve ser a de chapéu claro. Vocês se parecem muito.

Exato. Os chapéus é que nos diferenciavam.

Como se chama a sua irmã?

Maria del Carmen silenciou.

Linda família, Martín falou, quebrando o mal-estar.

Sim... era uma linda família.

Era?

Meus pais morreram. Minha mãe nos deixou no dia em que completei 11 anos, e nesse dia fiquei paralítica e cega, o que para mim é pior que ter morrido.

Como foi isso?

Senhor, desculpe. Permiti que o senhor e seu companheiro entrassem para verificar o funcionamento de meus telefones e não para falar de mim e de minha família.

Desculpe-me, não pude conter a curiosidade.

Compreendo. Se já terminaram, poderiam se retirar?

Naturalmente. Mas satisfaça minha curiosidade: e sua irmã, o que aconteceu com ela?

Vive à maneira dela. Obrigado, senhores. Tenham um bom dia.

Só mais uma coisinha... Prometo, é a última pergunta, minha curiosidade é muito grande, não consigo dominá-la: a senhorita estudou Obstetrícia em Ayacucho?

Como poderia, se sou cega?

Maria del Carmen não revelara o nome da irmã, mas um diploma de extensão universitária em Obstetrícia Social, expedido no final do primeiro semestre de 1980 pela Universidade San Cristóbal de Huamanga, emoldurado e misturado aos quadros de sua casa, e a anotação à mão num dos quadros, dedicando a foto de um rapaz montado num cavalo de porte baixo e pelo grosso à mui distinta família Peña Figueroa deixaram Martín convencido de que tinha acertado em cheio.

O diploma estava em nome de Maria Alejandra Peña Figueroa, que, ele sabia e referendou a camarada Paulina, estudara Obstetrícia na Universidade de Huamanga até aderir ao Sendero Luminoso, onde era tratada pelo codinome de Rosa. Camarada Rosa.

Como preservar a identidade se
mostrar aqueles olhos, como?

"O nome da camarada Rosa é Maria Alejandra Peña Figueroa."
O capitão Froilán despediu-se emocionado do perito da Criminalística e dirigiu-se ao quartel-general da Dicote. Estava excitado e ansioso. Entregaria o laudo datiloscópico diretamente a seu superior. Se Lucho estivesse vivo, os dois comemorariam com muito pisco aquela informação, pensou Froilán, e a lembrança do companheiro desaparecido turvou sua alegria.

"Parabéns", cumprimentou-o o superior, coronel Santibañez. "Agora que temos a identidade dela, como é mesmo o nome? Sim... sim... Maria Alejandra Peña Figueroa! Vamos a ela: nascida em Cangallo, 25 anos, estudante de Obstetrícia em Ayacucho até 1980, e desde então nada mais se sabe sobre ela. É um bom começo, mas como faremos para chegar ao fim, à prisão dela?"

"Nosso instrumento é Manoel, senhor, dependemos dele para nos aproximar dela", respondeu Froilán, que reconheceu: ainda não tivera tempo de pensar nos próximos passos. Estava sob o impacto da revelação que acabara de ter da identidade do seu alvo, o alvo que buscava há meses e cuja identificação custara a vida de seu companheiro e amigo Lucho e de cinco jovens infiltrados nas fileiras da subversão. Apesar disso, estava feliz, embora a origem de Maria Alejandra, a camarada Rosa, contrariasse sua previsão de que era litorânea e não serrana. Mas, consolou-se, isto era apenas um detalhe insignificante diante da descoberta de sua identidade.

A foto dela, que a Polícia de Investigações obtivera nos arquivos da Universidade de Huamanga, estava gasta, mas permitia constatar que era uma mulher bonita, de olhar resoluto, nariz harmonioso e traços delicados. O Registro Nacional de Identificação informava a cor de seus olhos: verdes. "Verdes?" O capitão Froilán lembrou-se do encontro de Manoel com ela, no hotelzinho de Magdalena del Mar — "a penumbra e a contraluz dissimulavam seu rosto", relatara Manoel —, e depois da preleção dela aos demais participantes do encontro, à noite, com a sala iluminada a vela. "Era para ocultar seus olhos, caralho!", deduziu Froilán. "Como ela pode preservar sua identidade se mostrar aqueles olhos verdes, como?"

Todos queriam o nosso extermínio.
E morremos

A primeira vez que os terroristas vieram, e como disse estávamos sós, mais sós do que nunca, foi em *Corpus Christi*. Foi assim, eles chegaram quando estávamos perambulando pelo centro do povoado, eram quatro da manhã, nem tive tempo de conferir os minutos, e vieram por Huantaqasa e nos surpreenderam. *Soplones* e assassinos de jornalistas, foi o que nos disseram assim que estávamos dominados n₍ praça, cercados por eles, com suas armas apontadas para nós. Estávamos acordados quando eles chegaram porque, já disse, e se não disse, repito, nunca mais dormimos desde aquele 26 de janeiro de 1983, e muitos de nós ainda continuávamos a beber o que havíamos começado a beber na véspera, e a nossa *chicha*, senhor, com respeito a todas as *chichas* do Peru, é a melhor de todas. Tínhamos começado a beber na véspera da festa da Eucaristia para nos preparar para o dia seguinte, o dia da festa, e dia de festa é para beber. Não sabemos como chegaram para aquele nem para os outros dois ataques, mas há somente duas possibilidades, ou nossas sentinelas não os viram, porque dormir, não dormiram, ninguém mais dormiu, ou eles chegaram junto com os vizinhos e parentes que vieram nos visitar.

As visitas de nossos vizinhos e parentes estavam se tornando cada vez mais escassas, e ficariam ainda mais até acabar para sempre, mas era dia de festa, e nos dias de festa nós, *comuneiros* da puna, nos visitamos, e visitamos até os que não gostamos, que é o que penso que eles faziam em relação a nós. O fato é que os inimigos estavam entre nós e diziam assassinos de jornalistas, *soplones*, e mandaram vir à praça 21 pessoas, cujos nomes estavam anotados numa folha de papel que o líder deles carregava, o líder que não disse qual era o nome dele, mas isto é o que menos nos interessava, porque, depois de Martín, não queríamos mais saber o nome de nenhum daqueles *tuta puriqkuna* filhos de uma cachorra que só vieram ao mundo, era isso o que todos pensávamos, para nos causar dor e trazer a morte. Um a um foram chegando os 21 que estavam naquela lista, escoltados por aqueles que se diziam soldados do Exército Guerrilheiro Popular e que, na realidade, eram assassinos, assassinos, e um a um foram sendo abatidos, um após outro tombando em nossa frente sem que pudéssemos fazer nada para ajudá-los, da mesma forma que nada poderíamos fazer para ajudar os demais, que viriam a morrer depois deles, mas depois, não naquele momento, porque o Sendero Luminoso, os militares e nossos vizinhos, porque já disse, se não disse, digo agora, todo mundo se revelaria inimigo de Uchuraccay. Até aquele 26 de janeiro de 1983 Uchuraccay tinha vivido na solidão desde que o primeiro homem e a primeira mulher se estabeleceram ali, e a partir daquela data, a data da nossa morte, continuaria a viver só, com a diferença de que todos queriam o nosso extermínio, e conseguiram.

Morremos.

Os 21 que o Sendero Luminoso matou naquela madrugada não tombaram com a mesma dignidade que meu padrinho Alejandro, que sua alma descanse em paz, que morreu com um tiro, um único tiro, na cabeça, enquanto recitava o Pai Nosso. Eles morreram a pauladas e pedradas e muitos foram os chutes que receberam, e quatro deles, depois de mortos, ainda foram enforcados. O que parecia o líder dos terroristas assassinos decepou a cabeça de Sacarias e disse, e isto está no processo, vamos matar todos vocês de Uchuraccay e *uma calaveraykichichpim traguta, yawarta tomasaqku*, vamos beber sangue e *chicha* em suas caveiras, foi isso o que disse, e ria enquanto dizia e seus cupinchas riam ainda mais e foram embora rindo, repetindo, enquanto disparavam para o céu e também em nossa direção, mas sem acertar ninguém porque estava escuro, tínhamos apagado nossas lanternas e lamparinas para nos esconder dos tiros, *uma calaveraykichichpim traguta, yawarta tomasaqku*, uma *calaveraykichichpim traguta, yawarta tomasaqku*, e isto que disseram ficou ecoando até o dia amanhecer, quando os assassinos do meu povo já estavam muito longe e nós enterramos nossas vítimas, as primeiras desde a morte de meu padrinho Alejandro, que sua alma descanse em paz, mas não as últimas, porque depois deles muitos morreríamos, todos morreríamos, embora alguns ainda acreditem estar vivos, mas não estão, estão mortos como os demais, como todos os que morremos.

Quando terminamos de enterrar os 21 que os terroristas mataram em nossa praça, nos deparamos, em pé ao lado da sepultura de sua família, aberta sem que ninguém soubesse como e quem a abrira, com nosso secretário, o que nos lançou contra os jornalistas quando o tenente-governador e todos os que os emboscamos havíamos concordado em entregá-los aos militares em Tambo. Ele estava estranho, seus olhos não se moviam, sua boca tremia. Fez o sinal da cruz, sacou um revólver, que ninguém imaginava que possuísse, e atirou, atirou em si mesmo e tombou sobre a cova que, então entendemos, havia sido aberta por ele e para ele. O enterramos em seguida, sem velar o seu corpo, porque entendemos que era o desejo dele, que demonstrou, ao abrir a sepultura e se matar ao seu lado, ter pressa em ser sepultado.

Os *terrucos* assassinos se foram e, depois que se foram, chegaram os vizinhos de Iquícha, que se diziam membros das Rondas Populares e estavam armados, bastante armados, tinham as armas que nós queríamos ter e havíamos pedido ao governo, que não nos atendeu, não nos atenderia nunca, e nos perguntaram lembram-se de Julio Huayta e dos outros 13 que trouxeram amarrados, que agrediram e humilharam diante de todos os que estavam aqui, e eram muitos os que estavam aqui, lembram-se? Pois, em nome deles, e não importa se tenham ou não nos autorizado, viemos vingá-los. E os vingaram, porque eram mais numerosos que os nossos que estavam no centro do povoado, os demais, como sempre, estavam em suas chácaras, e disseram também uchuraccaynos assassinos de jornalistas e bateram em nossos velhos, mulheres e crianças, que eram os que estavam no centro do povoado, e levaram o que quiseram ou puderam levar, incluindo Paulina e Demesia, as duas jovens mais lindas que habitavam entre nós. Demesia era noiva de Leandro, que partiu aquela noite para Iquícha para resgatá-la e nunca voltou.

Depois deles vieram os de Carhuahurán, que nos agrediram, queimaram nossas casas e levaram o sino da igreja e as carteiras da escola, e depois vieram outros, muitos outros de nossos vizinhos e parentes que viviam com nossos vizinhos, que nos diziam uchuraccaynos de merda, aqui não podem ficar, aqui assassinos não, e quando eles não vinham nos atacar, vinham os *sinchis* e os da Marinha.

Os *sinchis* e os da Marinha queimaram muitas de nossas casas, no centro e nos *pagos*, que é assim que também chamamos as chácaras, e isso já disse, se disse, repito, levaram nossos animais e nossos produtos, estupraram nossas mulheres, agrediram nossas crianças, mataram nossos velhos. Quando não eram os *sinchis* e os da Marinha e os nossos vizinhos das Rondas, eram os *chay suwa terrorista* do Sendero Luminoso que, como disse, nos atacaram três vezes depois da execução de nosso presidente Alejandro Huamán, que sua alma descanse em paz, já que a nossa jamais a encontrará. Na segunda e terceira vez que os *terrucos* assassinos vieram, além de nos matar, eles, como os *sinchis* e os da Marinha e os das Rondas, os *rondeiros*, estupraram nossas mulheres, e as estupraram enquanto nos matavam e fizeram questão que todos presenciássemos os estupros, todos, até os que haviam acabado de matar, e mataram aos poucos, com muita dor, empalando-os para que pudessem acompanhar eretos a orgia da morte e do terror.

O segundo ataque do Sendero, guardo tudo, senhor, foi no final da festa da Virgem do Carmo, em 16 de julho. Havia muitos de nós ainda no centro do povoado, e bebíamos porque era festa, e quando era festa sempre bebíamos, embora não fosse necessária festa alguma para que bebêssemos. Estava escuro, era noite. Mataram 22 dos nossos, e alguns tiveram as vísceras arrancadas e jogadas aos porcos e cães, que as comeram, e as comeram porque eram de adultos e não de crianças, que de crianças nossos animais não comiam os restos.

No terceiro ataque, na véspera de Natal, os assassinos do Sendero mataram oito dos nossos, desta vez apenas oito, porque, como era véspera de festa, temíamos que eles pudessem vir, como haviam feito nas duas anteriores, e nos escondemos, mas novamente não os vimos chegar e nem sair. Entre os mortos estava a jovem Bonifacia, que tinha 27 anos e enviuvara durante o massacre de *Corpus Christi*. Ela descobrira que estava grávida após o trigésimo quinto coito e nunca pôde saber quem seria o pai da criança, se era um militar, um *terruco* ou um *rondeiro*, porque morreu no quinto mês de gravidez, enforcada pelos *terrucos*. Ela ainda estava pendurada quando chegaram os militares, e chegaram assim que os *terrucos* nos deixaram, por isso nem tivemos tempo de descer o corpo de Bonifacia do cadafalso. E os militares, em vez de ir atrás dos *terrucos*, abriram o ventre de Bonifacia e retiraram o bebê e o esquartejaram e atiraram as partes de seu corpinho para que nossos cachorros e porcos saciassem a fome e, como eles se recusaram a comer, mataram todos os porcos e cachorros que puderam matar.

Nosso tenente-governador não presenciou o terceiro ataque do Sendero porque fugira de Uchuraccay. Tinha medo de morrer e sabia que o matariam, só não sabia quando nem quem seriam os seus algozes, e foi encontrado morto, em agosto, à beira da estrada nas proximidades de Tacctaca e, se era autêntico o cartaz que colocaram sobre seu corpo, seus assassinos foram os do Sendero. "Cabeça negra de Uchuraccay, assassino de guerrilheiros, camponeses e oito jornalistas. Assim morrem os traidores do povo, capachos de Belaúnde", dizia o cartaz, assim está no processo. Se verdadeiro, o cartaz comprovava o que diziam os *terrucos*, que o Sendero a todos e tudo via, estivessem onde estivessem, fizessem o que fizessem.

EM TRÊS ATAQUES mais as execuções de meu padrinho e presidente Alejandro Huamán, que sua alma descanse em paz, e do nosso tenente-governador, os do Sendero mataram 53 dos nossos. Os outros 82 que morremos a partir da morte de meu padrinho fomos mortos aos poucos pelos militares e pelos nossos vizinhos de Acco, Balcón, Tambo, Ccarhuahurán e Challhuamayo e Ccaccas, Ccanis e Patasucro e Iquícha e outros, pois Uchuraccay tinha que ser cruzada por todos os que vinham ou iam pela puna. Éramos, assim, perseguidos por todos. *Viday carajo valennachu, quknin qamun wañuchin, quknin qamun payakun.* Minha vida não vale nada, caralho. Vem um e te mata, vem outro e te pega. Assim nos sentíamos porque éramos perseguidos por todos.

Para nos defender, cavamos covas nas quais nos escondíamos durante o dia para só deixá-las à noite, quando, então, conversávamos sussurrando porque temíamos que nossos inimigos, e eram todos os que não eram de Uchuraccay, estivessem à espreita para nos emboscar e nos matar e nos fazer sofrer antes de nos matar. Vivemos assim meses e meses, escondendo-nos durante o dia em covas, que se transformaram em nossas sepulturas, e trabalhando à noite em nossos cultivos, que definhavam e definhavam, e, mesmo assim, nossos inimigos, que eram todos, continuaram nos surpreendendo, nos atacando, nos fazendo sofrer e nos matando. Aos poucos, fomos abandonando Uchuraccay, viajando durante a noite para não sermos surpreendidos pelos *terrucos* ou pelos militares ou pelos *rondeiros*. Fugíamos sem nada, só com a roupa do corpo, porque nada mais tínhamos e nem nos despedíamos uns dos outros, apenas nos olhávamos, e os que ainda conseguiam, choravam.

Fui o último a deixar Uchuraccay porque não queria abandonar minha mãezinha. Vivi um mês assim, eu e minha mãezinha, minha mãezinha e eu e mais ninguém, e ela já não falava mais nem mexia os olhos, só comia uma colherinha de papinha por dia e ainda assim continuava a respirar, mas respirava fraquinho, fraquinho, cada vez mais fraquinho. Perambulei pelos campos e *pagos*, entrei no que havia restado das casas abandonadas, habitei as covas que meus conterrâneos cavaram para se esconder do inimigo, assisti à passagem do inimigo por Uchuraccay, e eles, por não encontrar ninguém para matar, mataram nossos animais, melhor assim, porque os animais já não tinham o que comer.

Fiquei só, absolutamente só, eu e minha mãezinha, que era quase um defunto, por isso a deixei quando parti, porque ela morreria no caminho, e nossos caminhos matavam e ainda matam até os vivos. Parti, sem olhar para trás, com a esperança de que, assim, estaria abandonando definitivamente o passado de dor e morte, suspeitas e traições, ameaças e incompreensões, promessas e abandonos. Mas o passado não me abandonaria jamais, como não abandonou os outros de Uchuraccay que partiram para escapar da morte, mas partiram, partimos, em vão, porque a morte já nos havia consumido.

9

Morte à traidora!

*Quem chegará primeiro à comandante.
o grupo de extermínio da guerrilha
ou as forças de segurança?*

— Olá, irmãzinha, como vai?
— Como sempre, Beatriz, e você?
— Como sempre. Ele ligou?
— Ele liga sempre.
— Onde ele está agora?
— A última vez que ligou estava em Ayacucho.
— Ayacucho? Quando foi isso?
— Há dois dias.
— Espero que esteja bem.
— Eu também. Não o conheço, mas a voz dele transmite confiança.
— Pode me fazer um favor, irmãzinha?
— Claro.
— Quando ele ligar novamente, diga que quero vê-lo.

— Finalmente!
— Em Cusco, quero vê-lo em Cusco.
— Ótima escolha, irmãzinha.
— Diga-lhe que, assim que chegar, ligue para informar o hotel em que está hospedado.
— Está bem.
— Diga-lhe também que se apresse. Quero vê-lo o quanto antes.

NÃO HAVIA MAIS o que fazer em Ayacucho. Os que tinham que ser entrevistados foram entrevistados e a estada na cidade proporcionara os elementos necessários à ambientação da reportagem. Faltava, porém, para enriquecer o trabalho, descrever a rotina de um destacamento guerrilheiro em ação e entrevistar seu líder e integrantes. Faltava também ouvir os camponeses da região conflagrada. Humberto tentara, mas a barreira levantada pelos militares entre ele e os guerrilheiros e os camponeses havia se revelado intransponível.

Não havia mais o que fazer ali. Partiria, sim, partiria, mas para onde?

— O coronel Paredes, por favor, é possível falar com o coronel Paredes?

Humberto estava diante do portão do quartel do Comando Político-Militar. O soldado mandou que esperasse, ele esperou e, 52 minutos depois sob um sol implacável, o militar abriu a portinhola da guarita:

— O coronel Paredes não poderá atendê-lo. Está muito ocupado. Pede que o senhor telefone no final da tarde, se quiser.

Não havia, de fato, o que fazer ali, a não ser tentar o contato derradeiro com o oficial. Partiria, mas para onde?

— Olá, como vai, Maria del Carmen, tudo bem?
— Tudo bem, Humberto, e você?
— Tudo bem.
— Esperava sua ligação
— Esperava... por quê? Você nunca me recepcionou desta forma.
— Porque tenho um recado para você, um recado que tenho certeza irá deixá-lo feliz. Beatriz quer vê-lo, e logo.

— Alô. O coronel Paredes, por favor.
— Um momento. Pode repetir seu nome?
— Humberto, Humberto Morabito, jornalista.
— Um momento.

— Ela quer me ver? Verdade?
— Ela quer te ver, acredite.

— Pois não, o que quer?
— Em primeiro lugar, coronel, agradecê-lo por ter intervindo por mim esta manhã.
— E em segundo lugar?

— Onde e quando ela quer me ver?
— Em Cusco. E o quanto antes.

— Os meus filmes, coronel, o senhor poderia devolvê-los?

— Irei a Cusco o mais rapidamente possível. Já terminei o que tinha que fazer aqui.

— Os filmes não te pertencem mais. Agora são de propriedade do Estado peruano.

— Ótimo. Quando chegar a Cusco, ligue para informar o hotel em que estiver hospedado.

— Mas... por que isso, coronel?
— Salvei sua vida. Os filmes são seu pagamento por ela.

— Você tem alguma sugestão de hotel?

— Minha vida vale tão pouco assim, coronel?

— Infelizmente, não sei indicar nenhum hotel.

— Para mim, sua vida não vale nada. Para você, talvez um pouco mais que esses filmes.

— Está bem, ligarei assim que chegar.

— Obrigado por tudo, coronel. Como retribuir?
— Desapareça.

— Ligue. Estaremos esperando. Ela e eu.

FROILÁN DEIXOU A SEDE da Dicote e dirigiu-se à Distribuidora de Livros Atlântica, mas, ao alcançar o jirón Lampa após cruzar a Praça de Armas, decidiu: iria a um bar planejar a captura da camarada Rosa e, ao mesmo tempo, comemorar com Lucho, *in memoriam*, aquela descoberta. Seu amigo certamente aprovaria a decisão, estivesse onde estivesse, estimulou-se Froilán, que seguiu em frente até a avenida Amazonas, persignou-se ao passar pelos fundos do Convento de São Francisco — a lembrança de que centenas de esqueletos estavam guardadas naquele local causou-lhe um ligeiro calafrio e o incitou a rezar uma Ave-Maria —, dobrou à esquerda pela Abancay — e então se lembrou da flor amarela e verde que inspirou Chabuca Granda a gravar "José Antonio" —, cruzou a Ponte Ricardo Palma e, pronto, estava em Rímac, o local predileto para seus tragos.

Se no distrito de Lima ele já se sentia um anônimo entre os anônimos, em Rímac nem ele se reconhecia. "Duas doses de pisco, por favor", ordenou, e o garçom o atendeu; "mais duas", repetiu o pedido assim que o atendente depositou os cálices sobre a mesa — "senhor, por que duas doses de cada vez?", quis saber o outro, e Froilán: "Uma é para mim e outra para um amigo que partiu para todo o sempre, mas está ao meu lado neste momento, em espírito", e na quinta vez que levantou o braço para ordenar nova rodada instruiu o garçom a trazer apenas uma dose. "O que aconteceu, por que apenas uma desta vez?", perguntou o garçom. "Cansei de beber", respondeu Froilán, com a voz arrastada. "Cansei, mas meu amigo ainda não; então, manda mais uma, por favor; é para ele." Na sétima dose solitária, Froilán pediu a conta. "Meu amigo também não aguenta mais", justificou.

A formulação do plano para a captura da camarada Rosa ficaria para outra ocasião.

VAMOS SAIR DAQUI, a camarada Paulina disse. Não aguento mais este cheiro de óleo velho, a fumaça e os gritos desses estudantes de merda.

Não servem para nada, veja — e Paulina virou-se, apontando para os estudantes no interior da *cevichería* que acabara de deixar acompanhada de Martín: bebem, fumam, falam, gritam e comem como se não estivessem no centro de uma revolução. Alienados! Comportam-se como animais!

Os dois foram para a avenida Arequipa, mas logo retrocederam para Palma. O movimento na avenida era intenso.

Paulina estava irritada. O ruído dos carros a irritou ainda mais. Por isso recuou para a rua mais tranquila.

Vamos para minha casa, Martín insinuou.

Hoje não.

Passaram pela casa em que Martín alugava um quarto. Estava em silêncio.

Tem certeza que não quer entrar?, Martín provocou.

Camarada, o dever sempre deve se sobrepor ao prazer. Esta regra vale para todos os dias, especialmente hoje.

Paulina sequer olhou para a casa onde Martín lhe proporcionava o prazer que a revolução durante muito tempo impedira desfrutar.

Hoje é um dia especial para o camarada, Paulina continuou, rejeitando a tentativa de ter sua mão entrelaçada pela de Martín. O Comitê Central o incumbiu de uma missão, incumbência da qual sou a intermediária.

Um carro freou bruscamente, a porta se abriu e uma mulher colocou metade do corpo para fora, gritando para alguém em alguma das residências geminadas, construções que prevaleciam naquela rua, venha logo, venha logo, temos pressa.

Assustei, Martín disse, levando a mão esquerda à testa para imitar o ato de enxugar o suor. Não é conosco, felizmente,

Paulina confirmou, lançando um ligeiro olhar para a cena, e continuou: Não há mais dúvida de que a camarada Rosa é quem deixou o telefone para os *soplones* de Uchuraccay e é ela a Beatriz que liga para esse telefone para receber as mensagens em código do gringo. Ela capitulou, e quem capitula merece a sentença proferida pelo presidente Gonzalo, a mais drástica de todas porque a capitulação é o maior dos pecados que um membro do Sendero Luminoso pode cometer.

Sei disso, Martín assentiu. Ele a escutava atentamente, com expressão severa. Seus olhos de ira fulminavam a interlocutora.

Quem capitula tem de ser exterminado, é esta a determinação do nosso presidente.

Se tem de ser, será, Martín reforçou. Ele sorriu, fazia tempo que não sorria, e sorrindo perguntou: Posso me encarregar de executar a sentença?

Exatamente, camarada, esta é a missão para a qual o Comitê Central o designou. Gostaria de ser eu a responsável, mas tenho mais o que fazer.

Quando será?

O quanto antes. Recrutarei um grupo de Ayacucho com experiência em combate e julgamento popular.

A camarada pensa em alguém especificamente?

Sim, e ele parece ideal para a missão. É destemido. O camarada Davi e seus subordinados passarão despercebidos pelos controles militares e poderão se aproximar da camarada Rosa sem ser notados.

Excelente! Posso levar alguém de Lima, de confiança?

Fica a seu critério.

Certeza?

Absoluta.

A missão será um êxito, esteja certa disso, camarada.

Estou certa disso. Seus olhos, camarada Martín, brilham como nunca brilharam. Isto é um bom sinal. O sinal de que você está decidido a ir até o fim.

E estou.

Tenho certeza também que ficará ainda mais feliz ao saber que executar a camarada Rosa é apenas a primeira parte da missão.

Primeira parte?

AMANHECIA. FAZIA MENOS FRIO naquela manhã que nas anteriores. "Melhor assim", pensou Humberto, que vestia apenas a *chompa* de lhama comprada por alpaca na rodoviária de Lima. Ele procurou Arturo para levá-lo ao aeroporto, mas o porteiro do hotel não o localizara. No caminho para o aeroporto, o rádio do táxi — desta vez, ao contrário da chegada, quando se espremeu ao lado de outras pessoas, o único passageiro era ele — tocava uma guitarra solo. Humberto se interessou.

— É Raúl Zárate, informou o motorista.

— Como ele consegue isso? — o repórter referia-se à profusão de acordes que o músico extraía de seu instrumento de som metálico, áspero e doce ao mesmo tempo.

— É um mistério — respondeu o taxista, que, assim que a guitarra emudeceu, cantarolou a música que o instrumento entoara:

Adeus, povo de Ayacucho, perlaschallay,
Onde sofri tanto, perlaschallay,
Certas más vontades, perlaschallay,
Fazem com que me retire, perlaschallay.

— *Perlaschallay* — explicou o taxista — significa alguma coisa parecida com joia, preciosidade, amor, carinho, tudo o que pode ser relacionado a algo muito querido. As músicas quíchuas repetem o bordão ao fim da cada verso.

O avião decolou em meio à neblina. Às sete horas, pontualmente.

Adeus, povo de Ayacucho, perlaschallay,
Por mais longe que me encontre, perlaschallay,
Nunca poderei te esquecer, perlaschallay.

PAULINA E MARTÍN dobraram à esquerda, na Santa Luiza.

A segunda missão a que me referi, Paulina disse, é descobrir quem é o gringo, para quem trabalha e a que informações sobre nós ele teve acesso. Precisamos saber o que ele sabe de nós. Se a camarada Rosa transmitiu a ele tudo o que sabe, estamos seriamente ameaçados. Se não contou, não deverá ter tempo para contar. Em ambos os casos, precisamos dos dois, da camarada e do gringo, para confrontar suas informações.

Sim, camarada, farei o que o partido determina.

Aja com a máxima cautela. Nenhum dos dois pode desconfiar que estamos no encalço deles.

Certamente.

Ela pretende ir a Cusco. Pediu autorização, e concedi. Alegou que precisa manter contatos, mas o que ela pretende mesmo é se entrelaçar com o gringo, aquela vadia. Não poderia haver coincidência mais feliz: pegaremos os dois ao mesmo tempo! É em Cusco que vamos agir.

É em Cusco, Paulina arrematou, que o camarada vai agir em nome do Sendero Luminoso. Apresse-se, camarada Martín, não temos tempo a perder.

"MERDA!"

O soco do coronel Paredes sobre a mesa assustou a ordenança, fez tremer o copo d'água e esparramou ainda mais as fotos que acabara de abrir à sua frente.

Eram as fotos feitas por Humberto desde sua chegada ao Peru e confiscadas pelo tenente Chacal, o comandante *sinchi* que o interceptara a bordo do táxi conduzido por Arturo. Foram reveladas por ordem do coronel Paredes num laboratório de Ayacucho. Havia fotos de Lima, Huancavelica e Arequipa, e um dos filmes desta última cidade mostrava uma jovem — "que bela mulher!", exclamou Paredes — imersa num facho de luz que contrastava com a nudez da parede ao fundo. As de Ayacucho mostravam cenas da Praça de Armas, das mulheres-padeiro do Arco do Triunfo, do casario, das ruas estreitas, da fachada da Catedral e da Universidade San Cristóbal de Huamanga, dos comerciantes da rua Vinte e Oito de Julho, dos telhados... e das instalações do Comando Político-Militar, feitas do alto, do alto de algum lugar, que lugar era aquele, caralho? Fotos que mostravam os tanques, os veículos, todas as instalações do quartel.

"Esse filho de uma puta me enganou!", gritou o coronel Paredes. "Quem é esse filho da puta, afinal?"

"ESTÁ PRECISANDO DE MAIS LIVROS?", perguntou a voz do outro lado da linha. "Sim, sempre", respondeu o capitão Froilán, acatando imediatamente a mensagem contida naquela senha. Era convocado, e com urgência, ao quartel-general da Dicote pelo coronel Santibañez. A cabeça de Froilán ainda doía na tarde seguinte a mais um porre em Rímac — "droga, quando vou parar com estes excessos?" —, mas, dane-se a dor, ele teria que obedecer à ordem.

"O Comando Político-Militar mandou um emissário de Ayacucho para pedir nossa intervenção num assunto que consideram de extrema importância", disse o coronel, "e o incumbo deste trabalho. O emissário acaba de chegar. Foi enviado pelo coronel Miguel Paredes. É você quem tem acesso a nosso agente infiltrado no Sendero, e ele é o único que poderá esclarecer duas questões levantadas pelo comando: o jornalista Humberto Morabito é mesmo jornalista e é mesmo brasileiro e chama-se de fato Humberto Morabito? E a segunda questão é: quem é esta mulher fotografada por ele no Mosteiro de Santa Catalina?"

Froilán aproximou-se da foto indicada por seu superior, misturada a outras fotos. "É uma linda mulher", observou. "Posso?" E apanhou uma das fotos, examinando-a com atenção. "Este rosto me parece familiar... não parece familiar também ao senhor?" "Deixe-me ver", disse o coronel... "sim, me parece familiar, será que é quem eu estou pensando?" "Talvez, senhor. É o que estou pensando também."

O coronel Santibañez chamou a secretária: "Traga o prontuário de Maria Alejandra Peña Figueroa. E uma lupa também. Quer um café, uma água?", ofereceu a Froilán, que aceitou a segunda sugestão, um bálsamo para sua boca incandescente. "Bem gelada, se possível", orientou o capitão. "Olhe, os traços fisionômicos da mulher de ambas as fotos são muito semelhantes", falou o superior após comparar a foto feita por

Humberto com a enviada pela Universidade de Huamanga. Estendeu as fotos e a lupa a Froilán. "Eu apostaria tudo o que tenho, e isto é fácil porque não tenho nada, mas se tivesse muito apostaria do mesmo jeito, que as fotos são da mesma pessoa", comentou o agente.

"Vamos pedir que o laboratório providencie uma cópia das fotos", disse o superior. "Leve-as para que nosso homem no Sendero as examine."

PARABÉNS, DISSE MARTÍN A MANOEL. Você se saiu muito bem em sua primeira missão militar: conseguiu mais uma arma para o Sendero, bravo! E nem precisou usar a que te emprestei!

Camarada, continuou Martín, eu disse que esta seria uma ação preparatória e também disse que o camarada seria enviado a outra missão em seguida.

E assim será. Esta é a missão que selará definitivamente seu compromisso com o Sendero Luminoso, o glorioso Exército Guerrilheiro Popular.

E o compromisso que o camarada tem com o Sendero Luminoso é, acima de tudo, um compromisso de sangue. Literalmente.

Porque a luta armada pressupõe sangue; sem sangue não há luta, sem luta não há guerra, e a guerra que desfechamos contra a velha ordem não é humana nem desumana, porque nenhuma guerra é humana ou não.

A guerra ou é justa ou injusta e, no nosso caso, ela é cristalinamente justa porque seu objetivo é exterminar a opressão histórica que fez do povo peruano prisioneiro de seu destino, destino de abandono, tristeza, dor, pobreza, arbitrariedades de toda ordem, destino que somente nós, do Sendero Luminoso, somos capazes de alterar.

A luta, camarada, está apenas iniciando, temos um longo caminho pela frente, um rio de sangue nos separa da vitória, a vitória final contra o imperialismo, e não podemos permitir que nada, nada, absolutamente nada ou ninguém se interponha à vitória. Portanto, tudo o que constituir um obstáculo deve ser removido.

Sua próxima missão, camarada, a missão que o unirá definitivamente a nós do Exército Guerrilheiro Popular, ao presidente Gonzalo, ao futuro do Peru, é tirar do caminho um obstáculo que ameaça nossa sobrevivência e, portanto, a sobrevivência de nosso projeto e, assim, o futuro do povo peruano, dos autênticos peruanos.

Nada mais ameaçador do que a traição, nada mais abjeto que um traidor. Eis sua missão, camarada: tirar o traidor do caminho que nos conduzirá ao futuro.

Os olhos de Martín despejaram sobre Manoel uma torrente de ódio.

A arma que o camarada acaba de confiscar de um agente do Estado corrupto é a arma que usará para cumprir sua missão.

MANOEL EMBARCOU NO TÁXI estacionado no Parque 27 de Novembro. "Boa tarde, capitão." "Boa tarde, Manoel. Examine essas fotos, por favor. Comece por essa pequena e antiga, quem ela faz lembrar?", perguntou Froilán enquanto dirigia o carro em direção à via expressa, o Passeio da República.

"Ela se parece com a camarada Rosa, mas não tenho certeza, a foto está ruim." "E esta outra foto?", Froilán entregou a Manoel a foto feita no Mosteiro de Santa Catalina. "É a camarada Rosa, tenho certeza", disse Manoel. "Olhe novamente, olhe quantas vezes quiser, olhe até que não tenha mais dúvida." Manoel obedeceu. "Sim, capitão, é ela." "Agora olhe novamente para a foto pequena", instruiu Froilán. "De fato, capitão, é a mesma pessoa. É a camarada Rosa." "Você tem alguma ideia de como essa foto, a mais recente, pode ter chegado a um jornalista estrangeiro?" "Não faço ideia, senhor." "Você já ouviu falar de um tal de Humberto, jornalista? Humberto Morabito é o nome dele ou o nome com que se faz passar e também se faz passar por estrangeiro ou é estrangeiro de fato. Brasileiro, mais precisamente." "Nunca ouvi, não, capitão." "Pois é com ele que estava a foto recente da camarada Rosa." "Nunca ouvi falar dele, capitão." "Você terá que descobrir quem é ele." "Tentarei, capitão." "Ah, a propósito: já descobriu qual a grande missão que Martín está reservando a você?" "Sim, capitão. Minha missão é matar um traidor." "Um traidor? Quem é o traidor?"

SUA MISSÃO, CAMARADA MANOEL, a missão que definitivamente marcará seu compromisso com o Sendero Luminoso, com o presidente Gonzalo, com a revolução peruana, que é a primeira etapa da revolução mundial, será exterminar o traidor, e este traidor é uma mulher: a camarada Rosa!

A camarada Rosa?

Sim, a camarada Rosa. Ou você se esqueceu da conversa anterior, em que falei da gravidade do crime da traição?

Não, camarada, não me esqueci. Mas como a camarada Rosa nos traiu?

Cometeu a mais grave das traições: capitulou no terreno ideológico e prático. Opõe-se frontalmente às determinações do presidente Gonzalo e aliou-se aos inimigos, internos e externos, com os quais mantém contatos que comprometem a sobrevivência da revolução. Antes de eliminar a camarada Rosa, precisamos saber o que ela informou a nossos inimigos.

Então, vamos capturá-la primeiro?

Exatamente. Ela e o filho da puta do gringo, que é o agente estrangeiro que mantém contato com ela. Os outros inimigos com os quais ela se relaciona, os inimigos internos, que são os camponeses reacionários de Uchuraccay, e sabe-se lá mais de onde, esses os nossos soldados estão se encarregando de destruir.

Gringo, quem é o gringo?

Alguém que se diz chamar Humberto.

"O senhor tem *Peru pré-incaico*, de José Antonio del Busto?"

O capitão Froilán desligou o telefone e partiu ao encontro de Manoel.

Como chegaremos ao gringo? Manoel perguntou a Martín.

Ela nos levará a ele.

— Alô. Maria del Carmen?

"Quer dizer que o Sendero procura um gringo que mantém contato com a camarada Rosa?"

"Exatamente, capitão Froilán. E o nome dele é Humberto."
"Puta merda!"

— Sim, aqui é Maria del Carmen.

E como ela nos levará a ele, camarada Martín?
Ela está marcando um encontro com o gringo. Pegaremos os dois juntos.

— Tudo bem, Maria del Carmen?

"O encontro, onde será o encontro, Manoel?"

Em Cusco, camarada Manoel. É para lá que vamos, você, eu e um comando de combatentes selecionados pela bravura demonstrada no campo de batalha.

— Tudo bem, Humberto, e você, como está?

"E quando será isso, Manoel?"

— Bem, estou bem. Acabei de chegar em Cusco.

O quanto antes, camarada. Prepare sua mala.

— Já está hospedado?

"O quanto antes, capitão. Ele mandou que preparasse a mala."

— Sim, anote o nome do hotel e o telefone.

E leve também o revólver, Martín disse. O revólver que confiscou do policial em frente ao Colón.

— Pode dizer, Humberto. Não posso anotar o nome nem o telefone do hotel, mas guardarei na memória. Como das outras vezes. E como das outras vezes, não falharei.

Aqui está, camarada Manoel, vamos, pegue o revólver, o revólver com o qual você matará a traidora e seu cúmplice, o gringo.

10

Machu Picchu e as 11 badaladas de Maria Angola

O reencontro na cidadela misteriosa dos incas sob o olhar do condor. E o que aguardava Beatriz e Humberto em Cusco

O trem abriu caminho na treva, ziguezagueou estrepitosamente até as nuvens, que os primeiros raios de sol tingiam com delicadeza, e então iniciou a descida rumo ao Urubamba, no ponto de fusão dos Andes com a Amazônia. Humberto se encolheu para se proteger do frio, alimentado por uma janela entreaberta que nenhum passageiro, por mais que tentasse, por mais força que expusesse, conseguia fechar.

A neblina se dissipou pouco antes de o trem chegar onde termina o Vale Sagrado dos Incas, que se estende de Písac a Ollantaytambo e concentra as terras mais férteis de todo o império incaico, o maior império já estabelecido no continente americano e que se estendeu do Chile à Colômbia. O milho produzido nesse vale é considerado o melhor do mundo e uma de suas variedades — são mais de duzentas —

impressiona pelas grandes dimensões de seus grãos e outra, pela cor arroxeada. A batata, outra especialidade do vale, apresenta cem variedades. Pelo menos.

O rio Urubamba, a alma do vale, inicia sua trajetória a partir do degelo da cordilheira do Vilcanota, ao sul de Cusco. Inicialmente, assume o nome da formação que lhe dá vida, torna-se Urubamba ao passar pela cidade homônima do Vale Sagrado e, ao se encontrar com o Tambo, que deriva do Apurímac, converte-se em Ucayali. Se irrigar o vale já não bastasse, o Vilcanota-Urubamba-Ucayali é a origem do rio Amazonas. Portanto, é também a alma da Amazônia.

O trem encontra o Urubamba em Ollantaytambo, onde o rio se aprofunda e se estreita e suas corredeiras se convertem num desafio mortal. Humberto acompanhava a turbulência da correnteza e lamentava não poder ouvir o seu bramido, abafado pelo ruído do trem. O cânion singrado pelo rio, denominado Torontoy na região de Ollantaytambo, expõe as paredes íngremes e irregulares de montanhas de formas tão impressionantes que fizeram Humberto se lembrar da definição de um cientista para aquela paisagem: "apocalíptica". A Amazônia, que cobre 37% do território peruano, faz ali a sua apresentação triunfal. O clima amazônico se manifesta com toda a sua inclemência durante o dia — à noite, o frio se mantém andino. Casacos, gorros, luvas vão sendo despidos pelos viajantes à medida que o trem se aproxima do Urubamba. O calor se tornará abrasador quando a maioria dos viajantes da linha Cusco-Quillabamba chegar a seu destino — Machu Picchu, a até hoje misteriosa cidadela incaica que se equilibra na encosta íngreme de uma montanha, a "montanha velha", daí seu nome em quíchua, e cuja origem e finalidade são motivo de controvérsia para arqueólogos e historiadores.

Era o local que Beatriz escolhera para se encontrar com Humberto. "Templo do Sol, Machu Picchu, amanhã, dez horas. Vá no primeiro trem", dizia a mensagem ditada por ela ao recepcionista do hotel em que Humberto se hospedou, em Cusco. "Machu Picchu, por que Machu Picchu?", intrigava-se Humberto, mas rever Beatriz, a mulher que o havia encantado em Arequipa no início de sua estada no Peru, merecia aquela viagem. Merecia qualquer viagem.

Merecia também o pretexto, que Marcos Wilson, o editor de Humberto, considerou oportuno, de uma reportagem sobre a situação dos camponeses de Cusco após a reforma agrária. O local era estratégico porque ali, 17 anos antes da insurreição do Sendero Luminoso, o trotskista Hugo Blanco, líder da Federação Camponesa, comandou um levante armado contra o governo central, restrito à região de Cusco e rapidamente sufocado. Hugo Blanco foi preso, exilado, preso novamente e, por fim, tornou-se deputado. Nas ruas de Cusco, ele se distinguia pelo terno claro e pelo chapéu-panamá. E pela barba eterna, que, aos seus 49 anos, começava a ser salpicada pela cor que predomina no cume das montanhas altas, o branco da neve também eterna.

O fracasso de Pampa de Anta,
"menina dos olhos" de Alvarado

Em 24 de junho, a reforma agrária idealizada pelo general Juan Velasco Alvarado completará 14 anos de sua promulgação. Os camponeses talvez nem se lembrem dela quando, em respeito à tradição que a truculência dos espanhóis e a paciência dos jesuítas não conseguiram extirpar, promoverem nesse dia a principal comemoração andina, o Inti Raymi, *a Festa do Sol, a maior divindade cultuada pelos incas. O deus Sol será homenageado, assim foi no passado, assim será por muito tempo, mesmo que a produção agrícola, em acentuado declínio nos últimos anos, tenha sido trágica neste: colheuse apenas 10% do previsto, porque primeiro a seca, depois a geada arrasaram suas plantações.*

Jorge Robles, tesoureiro da Central de Empresas Camponesas da Pampa de Anta, cidade vizinha a Cusco, resume o drama que atinge os camponeses desta região do sul do Peru: "Nossa cooperativa foi liquidada". Considerada a "menina dos olhos" de Velasco, a cooperativa compreendia uma área de 36 mil hectares, na qual trabalhavam ou dela dependiam de 40 mil a 50 mil pessoas. Pampa de Anta sofreu sob o regime implacável de seus antigos proprietários, rebelou-se contra eles, e foi uma das primeiras fazendas expropriadas pelo regime militar.

Sobre a antiga fazenda fundou-se a Cooperativa Agrária de Produção da Pampa de Anta. Os conflitos, que se esperava fossem neutralizados definitivamente com esta nova forma de propriedade, estariam, na realidade, sendo apenas alimentados. Antes, a maioria dos conflitos originava-se da ambição dos fazendeiros que "engoliam" uma após outra as pequenas propriedades vizinhas. Depois, com a instalação da cooperativa, foram as propriedades vizinhas que passaram a "engolir" as terras, cada vez mais abandonadas, da cooperativa, que, além disso, tinha outros problemas a resolver.

Esses problemas eram talvez mais graves: a resistência de seus sócios em trabalhar nos locais e cultivos onde e para os quais eram escalados, a falta de equipamento para atender às necessidades de plantio e colheita, o pouco dinheiro obtido com a comercialização de seus produtos. E, ainda, as rixas constantes entre seus administradores e os sócios, estes últimos com poder de participação cada vez menor, rixas que desembocaram numa luta aberta, durante a qual não faltou o uso de armas, quando se descobriu que os administradores engordavam suas contas particulares com o dinheiro desviado da venda dos produtos.

Em todo o estado de Cusco chegaram a existir 56 cooperativas — todas administradas por funcionários do governo, bem remunerados, que, para satisfazer a folha de pagamentos, não pensavam duas vezes antes de recorrer à apropriação do dinheiro a que os associados tinham direito. Quando não havia dinheiro em caixa, os administradores apelavam aos empréstimos bancários. E esta foi uma das causas do galopante endividamento das cooperativas.

Em 1980, num ambiente de crescente tensão que fazia prever a eclosão de não mais um conflito, mas de uma guerra autêntica, o governo interveio. Pampa de Anta deixou de ser uma cooperativa — e transformou-se numa central de empresas camponesas. Na prática, o que significou essa mudança? Cada camponês passou a ter sua própria terra, mas as várias comunidades — 46 no total — comprometeram-se a prestar serviços à central. Em outros termos, cada comunidade congrega certo número de famílias, cada família tem sua porção de terra, por menor que seja, embora se dedique algum dia da semana ao trabalho rotativo das terras coletivas. Isto é, as comunidades, que não se adaptaram à estrutura criada por Velasco, retomaram a tradição incaica de dispor de um terreno em comum. Essa tradição, originária do ayllu, *a unidade social básica do império incaico, foi sofrendo transformações com o tempo, passando das* encomiendas *às* reparticiones, *formas de distribuição da terra, até chegar ao estágio atual, já existente em quase toda a* Sierra *antes da reforma agrária.*

"Os camponeses viam as cooperativas como algo que expressava o interesse de todos e de ninguém ao mesmo tempo", observa o economista Gerardo Lobon, do Centro Bartolomé de Las Casas, de Cusco. E acrescenta: "Criadas as cooperativas, não foi preciso mais que três anos para que os conflitos recomeçassem."

A reforma agrária, na opinião do engenheiro agrônomo Américo Cáceres, diretor da XX Região Agrária de Cusco, "foi uma conquista sob o ponto de vista social, mas provocou o retrocesso econômico". "É verdade", concorda o tesoureiro de Pampa de Anta, Jorge Robles, apontando para o conjunto de salas de tijolos sem reboque logo abaixo dos depósitos da central. "Hoje temos nossa escola bem ali, com 18 salas e ensino secundário completo. Agora nossos filhos podem estudar, o que não era permitido no tempo dos haciendados *(fazendeiros)."*

Dezenas de turistas embarcaram em Águas Calientes. Eram, na maioria, hóspedes da estação termal e estavam adaptados ao clima, por isso não vestiam tantos agasalhos quanto os passageiros vindos de Cusco. Mulheres e crianças assediavam os passageiros para que comprassem frutas, sucos e bolachas e roupas e peças de artesanato. Gritavam e corriam, corriam e gritavam, num ritual dramático que se repetia todas as vezes que o trem se detinha ali, ali e nas demais estações, compondo um cenário social condizente com a geografia que o cientista descrevera como apocalíptica.

Ao desembarcar na estação de Machu Picchu Humberto pôde, finalmente, escutar o Urubamba. "Quem se atreveria a desafiar essas correntezas?", pensou. Ônibus transportam, num ziguezague alucinante, os turistas desde a estação até a entrada de Machu Picchu, situada a 600 metros acima do rio. Lá, Humberto finalmente se livrou dos agasalhos, que formavam um volume incômodo, deixando-os num armário. Suas mãos estavam livres para fotografar uma das maravilhas do mundo e um dos mais impenetráveis segredos dos incas.

Dispensou os guias. Tinha pressa em encontrar Beatriz. Um mapa o orientaria até o Templo do Sol, mas localizá-lo e alcançá-lo em meio a dezenas de ruínas sem sinalização, dispostas entre os degraus que os idealizadores de Machu Picchu conceberam para tornar habitável aquela montanha, só foi possível depois de muitas consultas de Humberto aos turistas e ao custo de um esforço físico que ele não estava acostumado a desprender. O calor, a umidade, as dificuldades do terreno e a altitude do local — 2.500 metros — consomem rapidamente a energia de qualquer atleta. E isso decididamente Humberto não era.

— Você já viu o seu condor hoje?
— Não, ainda não.
— Para que vê-lo, se você é um deles?
— Um deles?
— Olhe para os lados, olhe para baixo. Veja Huayna Picchu, a "montanha nova", veja as outras montanhas que nos cercam, veja o Urubamba lá embaixo, contornando esta montanha, Machu Picchu, a "montanha velha"... você não se sente um condor, olhando tudo do alto, de muito alto, e tudo vendo como se estivesse a poucos centímetros de distância?

Beatriz surgira do alto do templo, alcançando Humberto pela porta trapezoidal voltada para as plataformas escalonadas da zona agrícola e abraçando-o com suavidade. Roçara seu rosto no de Humberto, mantendo durante alguns segundos seu corpo colado ao dele. Um calafrio percorrera o corpo do repórter e a emoção se manifestara em sua face, que corou ao toque da pele de Beatriz.

— Senti sua falta — disse ela.

— Eu também — completou Humberto.

Ela o soltou e Humberto a examinou. Beatriz usava um chapéu de lã marrom de abas largas, que havia jogado para trás ao se aproximar do jornalista, deixando-o pendurado em suas costas por um cordão, e botas de couro, também marrons. Vestia uma calça de sarja bege; a camisa branca tinha mangas compridas, arregaçadas até a altura do cotovelo. O sol, para o qual Beatriz estava voltada, ressaltava o verde de seus olhos.

— Você parece uma caçadora — brincou Humberto.

— E sou. Você é a minha caça!

Os dois riram. Humberto notou que suas mãos tremiam ligeiramente e estavam úmidas. A proximidade de Beatriz tornou ainda mais intensa a sensação de calor. O suor começou a brotar de sua testa.

— Por que aqui? — perguntou o repórter.

— A pergunta é inevitável. Escolhi este lugar porque é o mais belo e intrigante do Peru e também para completar nosso primeiro encontro, que foi num convento. Lá viviam as esposas de Cristo, aqui, as virgens do Inca. As primeiras estavam enclausuradas por muros e as que viviam aqui eram prisioneiras destas montanhas intransponíveis. Todas devotaram suas vidas a uma causa, que exigia delas a renúncia a suas vidas.

— A devoção a uma causa te fascina, não é, Beatriz?

— Tanto que me arrebatou — e ela imediatamente interrompeu: — E os seus sapatos azuis, o que fez deles?

— Qual a causa que te arrebatou, Beatriz?

— Falemos disso depois. Agora quero saber: onde estão aqueles lindos — e ela gargalhou — sapatos azuis?

— Doei a um vendedor ambulante em Lima.

— Que pena, ficavam lindos em você...

Humberto notou o deboche.

— Nunca mais os usei depois que você me ridicularizou.

— Bobo, eu não te ridicularizei. Apenas observei que aqueles sapatos te denunciavam como estrangeiro, pois os homens do nosso país não usam sapatos daquela cor.

— Está bem, mas me senti ridículo mesmo assim. Também em meu país sapatos azuis são raros.

— Você fica melhor de tênis, como agora — observou Beatriz.

— Obrigado. E você fica ótima de botas, a mulher de botas, a gata de botas!

— Sinto-me bem com elas. Há muito tempo não as calçava e julguei que Machu Picchu seria o pretexto ideal para voltar a usá-las. Vamos caminhar um pouco?

— Caminhar? Aqui não se caminha, se escala.

— Escalemos, pois.

Era um ótimo pretexto para Humberto pegar a mão de Beatriz. E ela não ofereceu resistência.

UM CARRO RECOLHEU O CAPITÃO FROILÁN no aeroporto Alejandro Velasco Astete, em Cusco. "Vamos ao quartel da Guarda Civil", explicou o motorista. As ruas de Cusco começavam a despertar. A névoa havia dissipado e algumas nuvens ralas pontilhavam o céu. "É bom que o senhor repouse um pouco, para se adaptar à altitude", disse o motorista, ao chegar ao quartel, indicando o dormitório, dotado de duas fileiras de camas. "Está bem", concordou Froilán. "Quando os outros chegarão?", quis saber o capitão. "A qualquer momento, senhor."

Froilán estava em Cusco para se juntar à patrulha que o Comando Militar de Ayacucho despacharia com a missão de prender a camarada Rosa e seu acompanhante, o gringo que se passava por Humberto. "Irei pessoalmente", avisara o coronel Miguel Paredes. E ele chegou a bordo de um dos dois helicópteros vindos de Ayacucho, interrompendo o sono de Froilán. Comandava a patrulha de *sinchis* que se encarregaria da missão. "Conversaremos enquanto comermos alguma coisa, o que acha, capitão?", perguntou a Froilán. O agente da Dicote ainda estava sonolento e respondeu bocejando "tudo bem, comandante", e o seguiu até o refeitório, onde os *sinchis* comiam em silêncio. "Estes são os nossos homens", disse o coronel, citando nominalmente cada um dos soldados. A relação foi precedida pela citação de Chacal, o tenente Chacal, o homem, explicou o coronel, que havia se encontrado com Humberto ou quem quer que ele fosse em duas ocasiões: no centro de Ayacucho, acertando-lhe um chute no estômago enquanto o gringo fazia fotos da patrulha, e além dos limites da cidade, quando o estrangeiro cometia flagrante violação das regras do estado de emergência. "Fui ingênuo ao acreditar nele", comentou Paredes, "mas agora ele não me engana mais, *soplón* filho de uma puta".

Froilán pediu um esclarecimento: "O que induzia o coronel a manifestar tanta certeza de que o estrangeiro era aliado dos guerrilheiros?" "Elementar", respondeu o comandante. "Ele se fez passar por jornalista, obteve informações que jamais entregaríamos não fosse a confiança que ele nos despertou, e despertou a confiança porque soube simular com perfeição o que dizia ser, tirou fotos de nossas instalações e equipamentos que não podia ter tirado, violou o cerco militar, e certamente fez isso porque tinha pressa em entregar os filmes e as informações aos *terrucos*. Se não bastasse isso, encontrou-se pelo menos uma vez com o professor Morote e, acima de tudo, é contato de uma das líderes do Sendero. Quer mais?"

Sim, Froilán queria. Queria dissipar uma última dúvida, a dúvida sobre o porquê de o Sendero ter determinado a captura do estrangeiro junto com a camarada Rosa se ele era um membro eficiente da organização, como acabara de dizer o comandante. "É para nos iludir, nos despistar e, assim, preservá-lo. Precisam dele, e o usaram como isca para atrair a dissidente." "Mas, senhor", insistiu Froilán, "as informações que temos não são exatamente essas: meu agente, ou melhor, nosso agente, informa que o gringo também deve ser eliminado." "Capitão, capitão..." — e o coronel Paredes fez um longo silêncio enquanto cofiava o bigode — "...vamos deixar de ser ingênuos. Definitivamente! É o teatro que armaram para proteger o gringo em caso de estarem sendo espionados."

"Está bem", disse Froilán, curvando-se ao parecer do comandante, pois não havia alternativa. O interrogatório a que o estrangeiro seria submetido dissiparia todas as dúvidas sobre sua identidade e sobre o motivo de sua presença no Peru, e a esse interrogatório, assim como ao da camarada Rosa, ele estaria presente. Foi a condição que impusera para participar da patrulha, condição aceita pelo Comando de Ayacucho, do qual o coronel Paredes era o segundo na hierarquia. O coronel havia concordado com a condição, pois somente Froilán, por meio de seu agente infiltrado no Sendero, poderia levá-lo ao gringo. Mas concordar e estar decidido a realmente cumprir o acordo nem sempre são intenções coincidentes, e Paredes não estava preocupado em ser ou deixar de ser leal ao capitão da Dicote.

"Quando o capitão fará contato com seu agente?", perguntou Paredes. "Na primeira oportunidade", respondeu Froilán. "Ele deixará um bilhete no altar da Linda, na Catedral."

MANOEL VIAJOU NO MESMO AVIÃO que Martín, mas em assento longe do dele, e separados chegaram à casa de apoio do Sendero nas proximidades da estação Wanchaq, onde os aguardavam, recobertos de poeira, Davi e os outros cinco combatentes do Exército Guerrilheiro Popular da província de Victor Fajardo, que haviam acabado de chegar da extenuante viagem em ônibus de Ayacucho a Cusco, com escala em Abancay, a desolada.

Portar o revólver que Martín julgava ter sido roubado de um guarda civil por Manoel não constituiu problema: não havia controle algum nos aeroportos.

A casa de apoio, localizada na rua Maria de los Santos, que receberia outras duas denominações à medida que avançasse ladeira acima rumo à Praça de Armas, era um velho sobrado colonial de paredes caiadas, com o típico pátio interno, retangular, ornado com plantas tropicais trazidas pela administradora, Celestina, ex-empregada das fazendas de café e cacau de Quillabamba.

Os quartos, no segundo andar, abriam-se internamente para uma sacada que dava para o pátio, como também se voltavam para ele a sala de estar, o escritório, o refeitório e a cozinha, localizados no térreo. O átrio conduzia ao pátio, que tinha piso de tijolos e era decorado com alguns bancos de madeira e um chafariz inoperante havia décadas. Uma pesada e alta porta de madeira de duas folhas e postigo abafava o ruído da rua, pavimentada com pedras de formato irregular.

Celestina tinha 71 anos, trinta unidades a menos que seu peso. Falava pouco e sorria muito. Sorria porque dizia estar sempre feliz, acontecesse o que acontecesse, e sorria também para exibir seus muitos dentes de ouro, talvez a maior dentição áurea de todo o estado de Cusco, quiçá dos Andes, presente de seu padrinho numa das fazendas em que trabalhara e com quem, no apogeu de sua juventude e beleza, tivera um filho que permanecia em Quillabamba e era produtor de mamão.

Seu pagamento era a comida e o pouso e alguns sóis doados pelos frequentadores do local, que se apresentavam como professores e estudantes, vindos de todo o país, com periodicidade e em quantidade imprevisíveis.

O Residencial das Américas, identificado por uma pequena placa de madeira fixada ao lado da porta principal, não constava de nenhum guia turístico de Cusco e só admitia hóspedes quando eles se apresentassem a Celestina sem perguntar nada; apenas chegavam, pediam licença e iam se acomodando.

A camarada Rosa se hospedava com frequência lá e havia conquistado a simpatia de Celestina pela atenção que lhe dispensava, pela suavidade com que a tratava e, mais que a generosa gratificação que lhe deixava ao partir, preparando-lhe um picante de porco.

O melhor picante de porco que existe entre o céu e a terra, Celestina dizia a Rosa, a quem tratava por Rosinha, minha Rosinha.

Tirem logo a poeira de seus corpos e comam algo, Martín ordenou, ao encontrar-se com os ayacuchanos na pequena sala de estar. E, então, poderemos conversar, completou.

Podemos descansar antes?, Davi perguntou. Viajamos a noite toda.

Vocês são o quê, serranos autênticos ou maricas do litoral?

Serranos, senhor, mas estamos cansados mesmo assim.

Vocês descansarão. Mas somente depois que concluírem a missão que os trouxe aqui.

Qual a nossa missão, senhor?

Eu já disse e não repetirei, moleque: banhem-se, alimentem-se e então conversaremos.

A aspereza de Martín em relação ao menino de corpo mirrado chamou a atenção de Celestina, que já se adiantara e estava preparando o desjejum dos novos hóspedes: ovos mexidos, pão crocante e pamonhas doces que ela cozinhara na véspera. Estavam suculentas e perfumadas, e ela as esquentava numa panela com água.

Os ayacuchanos retiraram-se. Celestina não se conteve e perguntou a Martín, quando ele passava pela cozinha: Senhor Martín, é Martín seu nome, não é?, quem é este garoto?

É filho de um amigo, professor como eu.

E os outros, são jovens também, também são filhos de amigos do senhor?

Certamente, certamente.

A pouca idade dos membros do destacamento designado para a missão que Martín comandava o desapontara. Afinal, era aquele pirralho do Davi o guerrilheiro que a camarada Paulina havia elogiado em Lima por seu destemor e destreza?

São muito jovens, observou Manoel. De onde eles vêm?

Da frente de batalha. São excelentes combatentes, Martín respondeu, disfarçando seu sentimento.

Davi, com 12 anos, era o mais jovem de todos. Seus companheiros tinham entre 15 e 16 anos.

Manoel disse: Podemos confiar neles?

Eles merecem a confiança do Comitê Central, que os designou, Martín respondeu.

Celestina entrou na sala, onde Martín e Manoel conversavam em voz baixa. Disse: Posso servi-los antes dos garotos?

Martín: Sim.

Por que não os esperamos?, observou Manoel.

Porque estou com fome, camarada, muita fome.

Celestina os chamou à cozinha e os serviu. As pamonhas estavam fumegantes.

Celestina ouviu Manoel questionar Martín sobre a dúvida que ele havia lançado sobre a virilidade dos litorâneos — ele era de Tumbes, portanto litorâneo.

Não me leve a mal, companheiro, foi apenas uma manifestação carinhosa em relação a vocês, maricas do litoral!

Manoel percebeu que seu superior zombava dele. Relevaria, portanto, a ofensa.

Os jovens ayacuchanos sentaram-se à mesa quando Martín e Manoel já haviam terminado o desjejum. Estavam perfumados, os cabelos fixados com gel. A sofreguidão com que se serviram irritou Martín, que os censurou: Tenham calma, companheiros, tenham calma. Há comida para todos.

Companheiros? Não eram filhos dos amigos do senhor Martín? Celestina estranhou, mas reteve para si o desconforto.

A senhora nos dê licença, que precisamos conversar, Martín ordenou a Celestina.

Sim, senhor.

Ela se retirou. Mas não conteve a curiosidade. Era a primeira vez que hospedava um grupo de jovens como aqueles ayacuchanos. Seus hóspedes costumavam ter acima de vinte anos.

Era também a primeira vez que a mandavam deixar a cozinha, seu local de trabalho. Os lanches eram servidos lá, sobre a longa mesa de madeira; o refeitório era exclusivo para almoço e jantar.

Camaradas, Martín disse aos ayacuchanos, os senhores estão aqui para aprisionar uma traidora e seu cúmplice, um gringo filho de uma grande puta.

Davi se queixou: Viemos somente para isso?

Somente para isso? O senhor não está compreendendo o alcance de sua missão, camarada Davi. Prender a traidora e seu cúmplice é preservar a revolução.

Se o senhor está dizendo...

Estou dizendo o que tem que ser dito. E vou dizer mais: vamos prender a traidora e seu cúmplice e os traremos a esta casa. A traidora nos dirá o que disse para o gringo e o que o gringo disse para ela e o gringo o que ela disse para ele e o que ele disse para ela.

Se o senhor está dizendo...

Estou dizendo o que tem que ser dito. Depois que eles disserem tudo o que queremos ouvir, ou mesmo que não digam nada do que queremos ouvir, não precisaremos mais deles.

Davi falou, mastigando a pamonha: Se o senhor está dizendo...

Você realmente está entendendo o que estou dizendo? Martín o interpelou.

Senhor, e Davi retirou com os dedos um fiapo da massa de milho que se prendera a seus lábios, farei o que a revolução me mandar.

Muito bem, Martín disse.

E a revolução só me manda matar.

Está bem, se é isto que você quer ouvir, camarada Davi, ouvirá agora. Depois que prendermos a traidora e o gringo espião, vamos tirar deles todas as informações que pudermos tirar. E depois os mataremos. Os mataremos porque a revolução não pode conviver com um câncer que consome seu organismo e compromete sua vida.

Celestina acompanhava toda a conversa com o ouvido colado ao postigo por onde era passada a comida da cozinha para o refeitório, e soube que aqueles jovens, um deles ainda garoto, e aquele homem esquisito, de olhar lento e furioso e de apenas uma mão, e outro de Lima, que quase não falava, iam prender, interrogar e matar.

O nome da traidora, Martín disse aos ayacuchanos, que o olhavam com olhar embaçado, e não era por causa da missão que os aguardava e sim devido ao sono, o nome da traidora é Rosa.

Os jovens não esboçaram nenhuma reação.

Camarada Rosa, Martín insistiu. E ela está em Cusco, ou aqui chegará a qualquer momento, e é aqui que a submeteremos à justiça revolucionária, Martín acrescentou.

Celestina estremeceu: a Rosa que seria assassinada era Rosa, a sua Rosinha?

— PARE E VIRE-SE — disse Beatriz a Humberto, pouco depois de deixarem o Templo do Sol. — Aqui é o melhor local para a visualização do templo. Veja a rocha sobre a qual ele foi construído, e ali, logo abaixo dele, o Túmulo Real, o pequeno altar e algumas das 16 fontes de água que abastecem Machu Picchu.

— É um conjunto impressionante, como tudo aqui.

— É o que restou dele, e mesmo assim continua belo. O templo era todo revestido de ouro.

— Sinta o vento, sinta o sol — disse Humberto.

— E também as nuvens — completou Beatriz, apontando para os pequenos flocos que se formavam poucos metros acima deles. — Quase posso tocá-las.

— Se der um salto, tocará nelas — exagerou o jornalista.

Uma formação mais consistente envolvia Huayna Picchu, mas o cume da montanha o perfurava, reinando sobre a nuvem.

Então, o condor surgiu em seu voo majestoso, impulsionado pelas correntes de ar. O pássaro, que viajava retilineamente, interrompeu o curso sobre Machu Picchu, iniciando longas e suaves curvas em reverência à cidadela, local que dificilmente visita por estar além de seu território.

— É o segundo condor que vejo. O primeiro foi em Arequipa, e você também estava lá — disse Humberto.

— Talvez eu tenha chegado aqui nas asas dele...

Observaram a ave até que ela retomasse seu itinerário, desaparecendo no infinito.

— Chamei-o aqui — disse Beatriz — para que você tivesse contato com uma das manifestações mais enigmáticas de nosso passado. Você não partiria do Peru sem vir a Machu Picchu, não é mesmo?

— Era o que previa a segunda escala do roteiro original da minha viagem, que os fatos alteraram radicalmente.

— E como tem sido sua estada no Peru, proveitosa?

— Sem dúvida, embora o que tenha me mantido e esteja me mantendo aqui seja a violência.

— Só a violência? — Beatriz puxou Humberto pelas mãos. Aparentava desapontamento. Aguardava que Humberto a incluísse entre os motivos de sua permanência no Peru. O repórter percebeu a razão de sua intervenção.

— Se não fosse por você, provavelmente eu já teria partido — ponderou.

— Vamos caminhar mais um pouco, estamos apenas no começo — convidou Beatriz, recuperando o frescor de seu sorriso.

— Aonde vamos?

— Seguiremos a trilha principal até pouco além da Praça dos Templos. Lá está a Pirâmide do Intihuatana — e ela apontou para o lado oriental da montanha, erguendo ligeiramente o nariz. — É um dos locais mais significativos da cidadela.

A Praça dos Templos repousa sobre uma plataforma ampla que reúne várias edificações destinadas aos santuários considerados maiores — os menores, dedicados a deuses menos expressivos, como o condor, ficavam um pouco abaixo —, e do que restou sobressai o das Três Janelas com uma enigmática inscrição talhada numa de suas pedras de grandes dimensões. Logo depois, pendurado na encosta, um pequeno mirante em forma semicircular se abre para uma vertente íngreme que se projeta impiedosamente sobre o Urubamba, depois de ele ter contornado Huayna Picchu e a face oriental de Machu Picchu a caminho de seu destino final, a milhares de quilômetros — o Oceano Atlântico.

— Como foi possível construir esses degraus empedrados num terreno tão impiedoso? — perguntou Humberto.

— Como foi possível construir tudo isso é ainda um mistério. Este era um lugar de contemplação, de realização de rituais, de dedicação à Natureza. Aqui, onde estamos, era a zona urbana; de onde você entrou e até o Templo do Sol, a agrícola. Você observou como naquela parte são largas as plataformas em forma de degrau? Essas que estamos olhando agora são mais estreitas porque a inclinação é muito acentuada e não permitiu alargá-las.

Sobre a plataforma superior da Pirâmide de Intihuatana tem-se uma das visões mais amplas de todo o santuário de Machu Picchu e o local é um excelente ponto de observação da Praça Maior, onde se presume fossem realizadas as cerimônias públicas. E era justamente ali, onde estavam, observou Beatriz, que, ao mesmo tempo que se revela, a sabedoria dos incas se mostra ainda mais exuberante. Era uma plataforma cerimonial, acrescentou, e também um ponto de observação científica.

— Veja — e ela indicava uma grande pedra. — É a Intihuatana, a pedra em que os incas "amarravam o Sol".

Sobre essa pedra, de dois metros de diâmetro e quase o mesmo de altura, com pequenos níveis separados por decímetros uns dos outros, eleva-se uma espécie de torre de quatro ângulos, cada um deles indicando um dos pontos cardeais.

Humberto ofereceu água a Beatriz.

— Veio em bom momento — agradeceu.

O sol era abrasador. Os filetes de nuvens não formavam sequer uma sombra decente e, exceto por uma das construções, todas as demais não possuíam teto. Os arqueólogos preferiram deixá-las como foram encontradas — o tempo devorou os telhados de palha —, para preservar a originalidade do local. A casa com a cobertura recomposta ilustrava como eram as residências dos moradores de Machu Picchu.

— Só vamos encontrar sombra ali, na junção com Huayna Picchu — indicou Beatriz, limpando o suor do rosto.

— Desculpe, mas a visita à outra montanha ficará para uma outra ocasião.

— Haverá outra, jura?

— Não posso jurar nem garantir, mas farei o possível para voltar e, quando voltar, irei direto a ela.

— Desculpe decepcioná-lo, mas, confira você mesmo, não há atalho. Você terá que passar por onde estamos quando for a Huayna Picchu.

— Melhor assim, então lembrarei de você.

— Por que diz isso? — interpelou-o Beatriz. — Você não prevê voltar aqui comigo?

A observação desconcertou Humberto, que procurou disfarçar o embaraço imitando Beatriz e levando o lenço à testa.

— Desculpe, não quis dizer isso. Disse que vou me lembrar de você, deste nosso encontro.

— Está bem, aceito a desculpa.

O desconforto serviu de pretexto para Humberto apressar a saída do local, lindo, incomparável, uma das maravilhas do mundo, sem dúvida, porém ele se sentia a ponto de derreter sob aquele sol implacável.

— Podemos voltar? — sugeriu a Beatriz.

— Devemos.

Embarcaram no ônibus que conduz à estação de trem. Os ziguezagues vertiginosos teriam de ser vencidos novamente, agora em declive. Um menino quebrou a tensão dos passageiros descendo a montanha em linha reta por uma picada na mata. Ele cruzou várias vezes com o ônibus, gritando todas as vezes que o alcançava, e foi gratificado pelos turistas por sua façanha quando o veículo alcançou a estação. O menino aparentava estar extenuado. "Eles fazem lembrar os *chasquis*, os mensageiros incas, famosos por sua velocidade e destreza em vencer as montanhas", explicou o guia de um grupo de alemães.

— Pode ser — disse Beatriz a Humberto, aproximando-se para que seu comentário fosse ouvido apenas por ele. — Mas podemos ter certeza de que o menino que está aqui na estação é o mesmo que iniciou a descida, ou vários meninos se revezaram, dando a impressão de serem um só?

Beatriz retirou sua bagagem do armário da estação.

— De onde você está vindo? — perguntou Humberto.

— Não me lembro, mas vim nas asas de um condor.

— E as botas, você sempre as calça quando viaja?

— Não, só desta vez. Queria impressioná-lo, e acho que consegui...

O trem partiu. Beatriz recostou a cabeça no ombro de Humberto, que, assim como ela, sentia a sonolência que o cansaço, o calor e, por fim, o relaxamento tornavam inevitável.

— Onde você se hospedará em Cusco? — perguntou Humberto.

— Tem alguma sugestão?

— O quarto que aluguei possui duas camas: uma de casal, outra de solteiro. Foi o melhor que pude conseguir, viajando sem fazer reserva.

— Pensarei. Temos tempo.

COMO AGIREMOS?, perguntou o camarada Manoel ao camarada Martín.

Assim que soubermos em que hotel o gringo está hospedado, traçaremos o plano, Martín respondeu.

Não sabemos ainda?, Manoel interpelou.

Saberemos agora: vou telefonar. Quer me acompanhar?

Com prazer.

Saíram e logo alcançaram a avenida El Sol. A rua, uma das principais de Cusco, apresentava pouco movimento. Era hora do almoço e fazia muito calor. Sempre fazia calor naquele horário naquela época do ano, calor que, assim como em todo os Andes, seria abruptamente vencido pelo frio, pelo frio intenso, quando a noite confiscasse o sol.

Usaram o primeiro telefone público que encontraram. Funciona!, Manoel exclamou, comentando que se estivessem em Lima teriam que peregrinar muitos quilômetros até encontrar um telefone fiel à missão que justificava sua existência.

Paulina, camarada Paulina?, Martín perguntou. Sim, esperarei... Paulina? Camarada Paulina...

Quem atendeu, Manoel notou, tinha pressa. Muita pressa.

Sim, vou anotar, Martín disse.

E anotou.

Obrigado, camarada Paulina, até breve, despediu-se.

Martín: Temos o endereço. Vamos ao hotel do gringo fazer o reconhecimento inicial.

Consultaram a lista telefônica e foram.

Estamos hospedados na rua atrás do hotel, caralho!, Martín observou. Poderíamos ter escolhido lugar melhor?

Era um hotel de dois andares e de fachada modesta, na avenida El Sol, a menos de uma quadra da Praça de Armas.

Ou o gringo não tem dinheiro ou não quer demonstrar que tem, Manoel observou.

Martín tomou distância para observar melhor o prédio, depois se aproximou da entrada para visualizar a recepção; por fim entrou, sinalizando para Manoel permanecer onde estava, falou qualquer coisa ao recepcionista e voltou. Disse: A diária custa vinte dólares, que gringo sovina!

Martín voltou à casa de apoio. Iria planejar a emboscada. Concedeu a Manoel licença para visitar a Praça de Armas e tudo o que pudesse num período de duas horas, que era o tempo de que precisava para concluir o plano. Antecipou: o que teria que ser feito seria feito à noite.

A PRAÇA DE ARMAS ARDIA AO SOL. Alguns vendedores de artesanato e um menino engraxate se expunham ao risco de ser calcinados em troca do dinheiro de algum turista extraviado que se arriscasse a cruzá-la naquele momento. Foi quando o capitão Froilán e o tenente Chacal desembarcaram do táxi que os recolhera no quartel. Locomover-se num veículo militar poderia comprometer a missão, considerara o coronel Paredes, porque Froilán contava com a possibilidade de encontrar-se com Manoel.

A companhia de Chacal serviria não apenas para dar proteção a Froilán, mas também para que o comandante *sinchi* visualizasse o agente que a Dicote havia infiltrado no Sendero e, assim, o poupasse em eventual confronto com o destacamento guerrilheiro. Manoel faria o possível, mas somente se estivesse desacompanhado, do contrário se exporia demais e poderia se comprometer junto a seus companheiros da guerrilha, para circular no período da manhã, enquanto durasse sua estada em Cusco, pela Praça de Armas, a pretexto de conhecê-la e às construções históricas que a circundam e, assim, encontrar-se com Froilán. O encontro, considerado uma eventualidade, fora combinado como medida preventiva para o caso de não chegar às mãos de Froilán o bilhete que Manoel deixaria na Catedral indicando o hotel que hospedava o gringo e o momento em que o comando do Sendero pretendia capturá-lo.

O bilhete estava onde Manoel havia combinado deixá-lo. E estava entre as muitas velas acesas pelos devotos em homenagem à Virgem Imaculada, a Linda, e outros bilhetes, felizmente para Froilán eram poucos, com pedidos de graças e agradecimentos. Foi fácil distingui-lo dos demais pela economia de palavras e por conter o nome de um hotel e a palavra "noite", a indicação vaga de quando o Sendero pretendia agir. Froilán se dirigira com tanta ansiedade ao altar da Linda que somente depois de conferir o bilhete prestou atenção no interior do templo, composto por três naves austeras e escuras, porque as janelas são de dimensões pequenas, e são assim para manter o santuário na penumbra, atenuada por claraboias, e permitir o máximo de recolhimento. As colunas que dividem as naves são pesadas e rústicas e todo o conjunto foi erigido com enormes pedras oriundas da fortaleza incaica de Sacsayhuamán.

O altar em prata refletia a luz dos vitrais e das velas, aparentando estar em movimento constante. O ambiente recendia a parafina e a incenso, que impregnavam paredes, colunas, altares e imagens. O silêncio era soberano. As paredes e o piso de pedra proporcionavam uma temperatura amena, o que, associado à penumbra, tornava avassalador o contraste com o calor e a luminosidade externos. Froilán sentiu-se em outro mundo, o mundo com o qual mantinha contato somente nas raras ocasiões em que visitava, mais para desconectar-se das inquietações terrenas do que para rezar, a Catedral de Lima, vizinha à sede da Distribuidora de Livros Atlântica.

O capitão sentiu a visão ofuscada ao transpor o pórtico da igreja. O átrio, edificado em nível superior ao da rua, como deveriam ser os átrios de todas as catedrais do mundo ibérico, permite uma ampla visão da Praça de Armas. Talvez seja a única Praça de Armas de toda a América que possua duas igrejas, pensou Froilán enquanto admirava, à sua esquerda, a fachada esguia e entalhada da igreja da Companhia de Jesus, também erigida com pedras, porém em dimensões menores que as da Catedral. À sua frente e à direita e em parte do lado esquerdo estendem-se os portais, com os arcos em pedra e, no primeiro andar, balcões de madeira abertos — contrastando com os que predominam em Lima, que são fechados.

A praça é dividida por passarelas que formam sucessivos "xis" e seus canteiros de flores são cuidados com esmero. No alto do mastro tremulava preguiçosamente a *Unancha* com as sete cores do arco-íris dispostas linearmente. Era a bandeira do Tawantisuyo, o império incaico, fincada no centro da praça que um dia foi o centro desse império.

Chacal o aguardava no átrio e tinha a testa ensopada de suor e a camisa começando a grudar em seu corpo. "Por que não entrou?", Froilán perguntou, e Chacal: "Não me sinto bem em ambientes fechados, por isso escolhi a vida de soldado. Se me colocarem para trabalhar num quartel, peço baixa!"

"Não está com fome?", Froilán atiçou o companheiro. "Sim", respondeu o *sinchi*, "e só tenho fome quando não estou fazendo nada; quando estou ocupado, o que acontece quase sempre, não sinto necessidade de comer." "Então, vamos comer alguma coisa: ali, o que você acha?", sugeriu Froilán, indicando um restaurante com um grande balcão logo à entrada, "não lhe parece bom?". "É bom", respondeu Chacal, "mas fiquemos no balcão, voltados para a rua, para não perder Manoel caso ele passe por nós." Tomaram uma, duas; na terceira limonada gelada Manoel passou. "Olhe, é ele", indicou Froilán. "Que sorte a nossa!", comentou o tenente. Manoel olhou acidentalmente em direção ao restaurante e avistou Froilán. Deteve-se alguns segundos para decidir o que fazer e, decidido, dirigiu-se ao restaurante. "Sorte, e coloque sorte nisso", repetiu o *sinchi*. Manoel passou por Froilán e Chacal, piscando para o primeiro, e foi até o fundo do balcão. Pediu limonada também, tomou, pagou e saiu, piscando novamente para o capitão, que colocara sobre o balcão o bilhete deixado na igreja para que o agente infiltrado se certificasse de que a mensagem fora recebida.

"Agiremos antes que eles", disse o coronel Paredes ao receber Froilán e Chacal. "Como não sabemos se a terrorista e o gringo estarão juntos nem o horário em que ele estará no hotel, mandaremos imediatamente uma equipe de vigilância para lá." "Sim", concordou Froilán, imitado por Chacal. "Se estiverem juntos", continuou o coronel, "melhor; do contrário, agiremos em duas frentes. Dê-me o mapa de Cusco", ordenou, abrindo-o sobre a mesa de reuniões do quartel assim que a ordenança o atendeu. "Aqui", e apontou para a Praça do Regozijo, a duzentos metros do hotel em que Humberto se hospedava, "é aqui que estacionaremos nossas viaturas. Estaremos perto e não chamaremos a atenção."

SERÁ À NOITE, ou melhor, durante a madrugada. Se estiverem juntos, melhor, se não estiverem, agiremos em dois grupos e os uniremos depois aqui, nesta casa, Martín falou.

E emendou: Camarada Manoel, além de mim, você é o único que conhece a camarada Rosa e, portanto, é quem fará a vigilância no hotel do gringo para saber se ela está ou não com ele e, se não estiver, para que ele o leve a ela, porque eles vão se encontrar, a qualquer momento e em algum lugar.

Falou mais, falou camarada Davi, vá com o camarada Manoel. Você será um ótimo disfarce para esta primeira etapa de nossa missão. E fixe bem a fisionomia dos dois crápulas. Poderá ser muito útil depois, em seu devido tempo e lugar.

Sim, senhor, os dois disseram e seguiram para as imediações do hotel.

Um bar, um pouco mais abaixo, permitia a observação perfeita do entra e sai do hotel.

Cerveja?, perguntou o garçom assim que Manoel e Davi recostaram no balcão.

Refrigerante, Manoel respondeu.

Prefiro cerveja, Davi falou.

De jeito nenhum, Manoel reprovou.

Davi franziu o cenho e lançou um olhar de ira sobre Manoel.

Manoel notou o desapontamento do pequeno companheiro e atenuou: Agora, não. Mais tarde, talvez.

Enquanto esperava e nada acontecia, Manoel pensou no destino que aguardava a camarada Rosa caso ela caísse primeiro nas mãos do comando guerrilheiro do que nas da patrulha militar.

A sentença de morte dela já estava decidida pela organização.

A única chance de sobrevivência dela e do gringo era tornarem-se prisioneiros dos militares.

Ou os militares fariam com ela e o gringo o mesmo que haviam feito um ano antes com os prisioneiros do Sendero internados no Hospital Geral de Ayacucho após a fuga da prisão local de mais de trezentos guerrilheiros de uma só vez?

Dos cinco senderistas internados, três foram executados e dois sobreviveram — um porque se fingiu de morto e outro graças à intervenção dos funcionários do hospital.

Aquele era um dos casos de conhecimento público das mortes atribuídas às forças de segurança, tratadas como "execuções extrajudiciais". Diante da dúvida, o mais sensato, pensou Manoel, era impedir de todas as formas que Rosa e o gringo se tornassem prisioneiros do Sendero. Uma vez em poder dos militares, ele se empenharia pessoalmente para tornar pública a prisão, mesmo que isso lhe custasse a revelação de sua dupla identidade. Assim, decidiu o que já vinha decidindo desde que deixara Lima. Decidiu que, se preciso, e em última instância, mataria os senderistas para preservar a vida de Rosa e do gringo. Caralho, pensou, por que não pedi mais munição ao capitão Froilán?

O tambor de seu revólver comportava cinco balas. E esta era toda a sua munição. Se fosse preciso recorrer a este gesto extremo, lhe faltaria um projétil para neutralizar todo o grupo de extermínio e outro para completar o serviço, tirando de combate Martín — e sua vida estaria por um fio.

BEATRIZ CONCORDOU. Hospedar-se-ia, por que não?, pelo menos naquela noite, no quarto de Humberto, mas dormiriam em camas separadas.

— Estou cansada, não tenho disposição para procurar um hotel — justificou.

Chegaram ao anoitecer em Cusco, que expressa em sua arquitetura uma das mais eloquentes simbioses de duas culturas, do conquistado e conquistador: a parte de baixo de numerosas construções conserva as paredes levantadas em pedra pelos incas e a parte superior foi edificada em taipa ou alvenaria pelos espanhóis, que as adaptaram, assim, ao seu estilo e necessidades. Uma última réstia de luz incidia sobre as ruínas da fortaleza de Sacsayhuamán, fazendo-as pairar sobre Cusco. A noite tornava a cidade ainda mais instigante. As ruas estreitas, as praças, a Catedral, a Companhia de Jesus, as outras igrejas, especialmente o convento de São Domingos, edificado sobre o mais importante de todos os templos do império inca, o Koricancha, dedicado ao culto do deus Sol — todo o passado glorioso de Cusco ressurgia com mais vigor à noite, que tornava ainda mais profundos e envolventes os seus mistérios.

O tenente Chacal reconheceu Humberto e comunicou por rádio ao coronel Paredes sua chegada ao hotel. "Está acompanhado de uma mulher", informou.

"Só pode ser ela", vibrou o coronel. "É ela", confirmou o capitão Froilán.

Vá, Manoel disse a Davi. Avise Martín que o gringo chegou e está acompanhado da camarada Rosa.

Por que eu?, Davi interpelou.

Alguém tem que ficar aqui, e sou eu, Manoel retrucou.

Ótimo, melhor que estejam juntos, Martín comemorou, ao ser informado por Davi. Economizaremos esforço.

Quando iremos matá-los?, Davi perguntou.

Calma, Martín respondeu. Primeiro vamos arrancar deles tudo o que for possível. Vamos agarrá-los quando estiverem dormindo, de madrugada.

"Agiremos de madrugada", determinou o coronel Paredes a Froilán e aos demais agentes reunidos à sua volta no quartel da Guarda Civil. "Mas ficaremos de prontidão para qualquer eventualidade." "Sim, senhor", concordou Froilán.

— Sim, senhora, concordou Humberto. — Se a senhora prefere assim, assim será — e se retirou do quarto, deixando Beatriz a sós para se banhar. — Mulheres!

Chegou a vez de Humberto. Beatriz se retirou. Enquanto ele se banhava, ela percorreu os corredores do hotel para reconhecê-lo. Aproveitando-se da distração do porteiro, apropriou-se da chave da despensa situada no final do corredor do andar em que estava o quarto que compartilhava com o jornalista.

— O que quer comer? — perguntou ao reencontrar Humberto na portaria do hotel.

— Você conhece a comida peruana, então, por favor, tome a iniciativa.

— Comecemos por um bom restaurante. Posso indicar um?

— Você é minha guia, minha vida está em suas mãos.

— Que tal uma *picantería*? Há uma excelente na Praça do Regozijo. E fica bem perto daqui.

— Excelente.

Saíram do hotel, tomaram a direção da Praça de Armas, dobraram à esquerda e, cinquenta metros depois, à direita.

— É aqui — disse Beatriz. — Não disse que era perto?

Entraram.

O tenente Chacal e o capitão Froilán seguiram o casal, protegidos pela noite. Alguns metros atrás deles vinha Manoel. Estava acompanhado de Davi, que voltara da casa de apoio trazendo a informação de que Martín e dois ayacuchanos haviam saído para providenciar um veículo para transportar o casal.

Providenciar... Manoel ironizou. Eles vão roubar!

O som agudo das guitarras de Wilfredo Quintana y Goyo Núñez del Prado era balanceado pela doçura do acordeão de Jorge Núñez del Prado. A música de Los Campesinos invadia a rua e misturava-se ao ar fresco e úmido da noite. Tocavam *Ojos Feticheros* (Olhos Feiticeiros) quando Beatriz e Humberto se sentaram.

— É um *huayno* tradicional — explicou Beatriz. — Uma música típica dos Andes, apropriada para dançar.

— É melodiosa, mas triste — observou o repórter.

— Todas as músicas dos Andes, por mais alegres que sejam, são sempre melancólicas.

O local era amplo, de elegância sóbria e iluminado com moderação. A luz de luminárias no formato de tochas incidia sobre Los Campesinos, ressaltando suas silhuetas na penumbra que os envolvia. O espaço vazio a um canto do salão, num nível levemente inferior, receberia mais tarde os comensais que quisessem dançar. Beatriz provocou Humberto apontando para o local.

— É um desafio? — perguntou Humberto.

— Um convite para depois do jantar.

— Aceito, mas aviso: sou péssimo dançarino.

— Não se preocupe: é só rodar, rodar e rodar.

Beatriz escolheu um prato de *tamales* e outro de *pepián* de coelho.

— Sobreviverei? — provocou Humberto.

— E terá ainda a sobrevida que não estava prevista em sua agenda original. — Beatriz sorria. — O primeiro prato é uma massa de milho recheada com carne moída e cozida ao vapor envolta numa folha de bananeira. O segundo é um inocente coelho temperado com ervas e empanado.

— E para beber?

— Uma cerveja cairá muito bem. E a cerveja cusquenha é excelente.

Conversaram, comeram e quando Beatriz se levantou para dançar, Humberto justificou-se:

— Prefiro decepcioná-la como estou, sentado, que tentando dançar algo que não sei.

Beatriz foi sozinha à pista de dança, depois de ouvir de Humberto que ele não se incomodaria em ser deixado à mesa.

Alguns casais dançavam o *huayno*. Enquanto Beatriz rodopiava suavemente seguindo o ritmo da música, com os braços levantados e a maior parte do tempo com os olhos fechados, Humberto a apreciava, percorria-a com o olhar, deliciava-se com a leveza e elegância de seus movimentos, com a perfeita harmonia de seu corpo.

— Humberto, uma curiosidade — disse Beatriz ao retornar à mesa —, lembra-se da semente de cedro que te dei em Arequipa? Ainda a conserva?

O jornalista afastou o corpo da mesa, levou a mão ao pequeno bolso do cós e retirou dele a semente, envolta por um papel, exibindo-a a Beatriz.

— Carrego-a sempre comigo e vou plantá-la assim que puder. Não sei onde nem quando, mas irei plantá-la em homenagem a você. A homenagem durará enquanto durar o cedro. Se não houver imprevisto, ele durará séculos, como todo cedro. E será também uma forma de te agradecer por ter salvado minha vida.

— Salvei sua vida? — Beatriz aproximou o rosto. Estava na iminência de rir, mas se conteve. — Conte-me, como foi isso?

Humberto a informou que deixou de ter o mesmo fim trágico que seus colegas em Uchuraccay porque se atrasara em Arequipa, e se atrasara por causa dela, e ela atribuiu a salvação de Humberto ao acaso, mas ele insistiu: não fosse por ela, ele já não existiria, e ela o contestou novamente. Por fim, chegaram a um acordo — saudariam a vida com mais uma garrafa de cerveja.

Saíram de mãos dadas. Alguns veículos militares estavam estacionados diante da praça. Beatriz os olhou com preocupação.

Aonde vão os pombinhos?, Davi perguntou a Manoel.

Haviam esperado a saída do casal sentados num banco da praça, indiferentes aos blindados, que pareciam esquecidos lá por uma patrulha indolente.

"Voltarão ao hotel?", perguntou o tenente Chacal ao capitão Froilán.

Os militares deixaram o bar onde, misturados aos turistas, vigiaram o restaurante em que Humberto e Beatriz se serviram. Froilán indicou Manoel a Chacal e ambos fixaram a fisionomia do menino que o acompanhava. Sabiam que faziam o mesmo que eles: seguiam o casal.

O casal dobrou à esquerda e passou direto pela avenida El Sol rumo à Praça de Armas.

— Sei que está cansado, também estou cansada, mas é só por alguns minutos. Desviaremos poucos metros — justificou Beatriz.

Sentaram-se num banco da Praça de Armas. Sons de todos os ritmos e estilos entrecruzavam-se, vindos de restaurantes e bares. Uma procissão de turistas ia e vinha, vinha e ia sob os portais e nas passarelas em "xis" da praça. A Catedral e a igreja da Companhia de Jesus brotavam do chão como jorros de luz.

— Só queria me sentar aqui um pouco para ouvir Maria Angola, que tocará em breve; confira comigo, são cinco para as dez, certo? — disse Beatriz, que explicou: — Maria Angola é como se chama o principal sino da Catedral; está lá, na torre da direita, veja. É o maior, mais pesado e solene de todos os sinos da América. Pesa seis toneladas, mede mais de dois metros de altura e seu som, o mais lindo que o homem já produziu em metal, é ouvido, límpido e cristalino, a trinta quilômetros daqui, em Anta.

— Um sino com nome, e nome de mulher?

— A tradição diz que é o resultado da fusão das joias e do ouro de uma mulher muito rica, que se chamava Maria Angola. Ela teve uma vida tumultuada que culminou com uma desilusão amorosa. Tornou-se freira e doou tudo o que possuía para que esse sino pudesse existir. Isso já faz mais de trezentos anos. Foi, se não me engano, em 1655.

Sentaram-se num banco voltado para a Catedral e ficaram em silêncio. Um homem velho se aproximou. Vestia poncho e tinha a cabeça coberta por um gorro de lã. Andava com a ajuda de um bastão, que bateu algumas vezes nos pés e no encosto do banco e também nas pernas de Humberto e Beatriz. Pediu licença. Sentou-se ao lado de Humberto e colocou no colo um *charango* de carcaça de tatu. Olhou para a frente, e olhava para o nada porque seus olhos nada viam.

— Lindo *charango* — disse Beatriz. Queria apenas ser simpática ao companheiro inesperado de banco.

— Estão ouvindo a música? — reagiu o velho.

— Sim, muitas músicas — respondeu Humberto.

— Refiro-me a uma música: a música de suas almas, que estão unidas agora e unidas ficarão eternamente, embora seus corpos logo se separem para sempre.

Beatriz e Humberto se entreolharam, surpresos.

— Quando a última das 11 badaladas silenciar, seus corpos se unirão, e quatro badaladas marcarão o início da separação eterna deles.

O velho levantou-se e se despediu com uma reverência. Então, Humberto se lembrou. Lembrou-se do homem velho e cego e que portava um *charango* montado sobre uma carcaça de tatu que encontrara na Praça de Armas de Arequipa e que profetizara sua mudança de finalidade no Peru e seu encontro com Beatriz.

— Não pode ser — balbuciou, repetindo a frase várias vezes enquanto procurava com o olhar o velho entre os frequentadores da praça. Não o viu mais.

— Não pode ser o quê? — interessou-se Beatriz.

Humberto estava atônito. Como explicar aqueles dois encontros misteriosos? Preferiu omitir-se.

Decidiram voltar ao hotel após as dez badaladas de Maria Angola. "O som do sino nos eleva a outra dimensão. Ele nos penetra, nos revolve, nos tira do plano material para nos conduzir a outro, seja o que for esse outro", comentou Beatriz. Mantinham as mãos entrelaçadas e caminhavam devagar. Antes de deixar a praça, Beatriz voltou-se para contemplá-la mais uma vez. Seus olhos umedeceram.

VAMOS PEGÁ-LOS ÀS QUATRO HORAS, Martín disse a Manoel, ordenando que ele e Davi voltassem à casa de apoio e descansassem. Ele e um dos ayacuchanos ficariam de guarda. Seu olho brilhava o brilho do ódio.

"SERÁ ÀS QUATRO HORAS, quando os pombinhos estiverem dormindo o sono dos amantes, que é o sono mais profundo que existe", disse Chacal a Froilán ao desligar o rádio. Acabara de receber a instrução do coronel Paredes. "Agora, sim, podemos retornar ao quartel", disse o *sinchi*, despedindo-se dos companheiros que chegavam para substituí-los na campana.

BEATRIZ E HUMBERTO DEITARAM-SE, cada um em uma cama. Ela escolheu a de solteiro, justificando que estava "acostumada assim", e pediu que o abajur ficasse aceso. "Cubra-o com uma camisa para atenuar a luminosidade", sugeriu. Conversaram amenidades, e o volume de suas vozes foi declinando até silenciar. Os 11 toques de Maria Angola interromperam a aproximação do sono e, quando o sino se calou, Beatriz acomodou-se ao lado de Humberto, envolvendo-o com sua nudez.

11

O cerco, a fuga, a revelação e...

A primeira parte da profecia se cumpre e tem início a perseguição alucinante pelo Vale Sagrado dos Incas

Maria Angola soou, e suas ondas invadiram o quarto de Beatriz e Humberto, expulsando o silêncio que embalava seus corpos exaustos. Beatriz se remexeu na cama e Humberto reagiu a seu movimento abraçando-a com mais vigor. Maria Angola soou pela segunda vez, e o coronel Miguel Paredes levantou o braço direito para ordenar que a patrulha entrasse em alerta máximo. Os motores dos veículos foram acionados quase ao mesmo tempo. Maria Angola soou pela terceira vez. O camarada Martín deu partida no furgão roubado para transportar o gringo e a traidora ao cativeiro, onde seriam interrogados antes de morrer. Estava com Manoel, Davi e os demais de Ayacucho. Maria Angola soou pela quarta vez e, então, somente então, todos os sinos de todas as igrejas de Cusco, que há séculos se submetiam reverenciosamente à majestade de seu som áureo, entraram em ação para também informar ao Céu, porque a Terra dormia, que eram quatro da madrugada.

O último toque ainda reboava no quarto quando os veículos da patrulha sob o comando do coronel Paredes frearam diante do hotel. As portas dos veículos abriram, as portas dos veículos fecharam. O som de coturnos, dezenas deles, pisando forte sobre as pedras centenárias ecoou pela avenida e invadiu as ruas adjacentes.

O alarido despertou Beatriz, que começara a ser arrebatada do sono profundo pelo sino da Catedral.

"Abra, abra", ordenou o coronel, esmurrando a porta do hotel.

Beatriz saltou da cama e, afoita, chegou à janela. Abriu lentamente uma das folhas da veneziana e viu o que mais temia ver.

— Vamos, Humberto, vamos — disse enquanto se vestia como podia.

O jornalista remexeu-se lentamente.

Quem são esses, caralho? Martín espantou-se ao ver os militares e deteve bruscamente o veículo. Acabara de entrar na avenida El Sol. Todos, exceto ele, foram arremessados para a frente.

— Vamos, vamos — repetiu Beatriz. O ar começava a lhe faltar.

Humberto abriu os olhos e Beatriz os notou entorpecidos.

—Vamos — insistiu —, não podemos ficar aqui, temos que sair agora, imediatamente.

"Abra a porta, é o Exército!"

Humberto soergueu-se, olhou para Beatriz e lhe dirigiu um gesto de incompreensão.

— Vista-se, por favor, temos que sair daqui. — E Beatriz atirou sobre Humberto a camisa que ele deixara sobre o abajur. — Vamos, imediatamente.

Martín manteve o veículo parado. Queria se certificar de que estava vendo o que estava vendo. São militares? São militares!

— Vestir-me para quê? O que está acontecendo? — perguntou Humberto, sentando-se, com os cabelos em desalinho, a boca amarga.

— Não posso explicar agora, contarei assim que puder. Por favor, apresse-se, venha, venha! — Beatriz falava com dificuldade. Ofegava. Atropelava as palavras.

"Se não abrir, vamos arrebentar a porta; abram!" O coronel Paredes fez sinal para dois guardas civis, os mais robustos da patrulha, se postarem diante da porta.

— Pegue apenas o que puder e venha! — Beatriz puxou Humberto pelas mãos em direção à porta.

— Meu passaporte, meus documentos!

Temos que recuar, Martín protestou.

O capitão Froilán percebeu o furgão parado a trinta metros da patrulha. Pensou "será o comando de extermínio?". Não tinha certeza e continuou em dúvida após o veículo dar ré, girar à esquerda e seguir em direção à Praça de Armas.

O que os milicos filhos de uma puta estão fazendo lá? Martín estava furioso. Seus olhos lampejavam.

— Pegue o que puder, mas saia já — exortou Beatriz, quase em súplica.

— O que está acontecendo? Terremoto? — insistiu Humberto.

A porta do hotel abriu num estrondo. O porteiro, que se dirigia a ela enquanto ordenava seus trajes, recuou instintivamente, protegendo o rosto com os braços diante da aproximação dos soldados, que lhe apontavam fuzis e metralhadoras. Seus cabelos estavam eriçados e jamais se saberá se porque o sono proibido os despenteara ou se devido ao susto.

— Terremoto, sim, é um terremoto! — Beatriz apropriou-se da dúvida de Humberto para vencer a resistência dele e o conduziu ao fim do corredor. Empunhava a chave surrupiada durante o banho de Humberto e com ela abriu a porta da despensa, trancando-a após a passagem de Humberto. Beatriz segurava suas botas e Humberto, os sapatos que calçara para jantar.

— Não temos tempo para nos arrumar, venha, venha por essa janela — indicou Beatriz, após alguns segundos em silêncio, o suficiente para normalizar a respiração.

"O quarto do gringo, Humberto, Humberto do quê mesmo?", interrompeu o coronel Paredes, dirigindo-se ao capitão Froilán, que satisfez sua dúvida: "Humberto Morabito." O porteiro ainda estava atordoado pelo susto. "Com licença", pediu, "vou consultar o livro de registros." "Dê-me aqui", e o coronel arrancou-lhe o livro das mãos, "vamos, onde está o quarto dele?".

Beatriz fechou as duas folhas da janela após a passagem de Humberto.

— Não há terremoto nenhum, o que está acontecendo? — Humberto elevou o tom de voz.

— Por favor, confie em mim, é o máximo e a única coisa que posso dizer neste momento.

— Você está fugindo de quem? — perguntou o repórter, equilibrando-se sobre o telhado colonial. Várias telhas partiram sob seu peso.

Vamos nos dispersar, assim vai ser mais difícil que nos encontrem, caso queiram nos deter, Martín falou, falou e desceu do carro, abandonando-o numa ladeira.

Continuou: E não podemos voltar à casa de apoio agora. Lá seremos alvos fáceis. Vamos nos reunir lá somente quando o dia estiver amanhecendo. Dispersem-se!, repetiu. Manoel, você vem comigo.

— Você está fugindo de quem? — repetiu Humberto, apertando o pulso de Beatriz.

— Estamos fugindo das forças de segurança!

— Mas eu não tenho motivo nenhum para fugir.

— Sim, tem. E o motivo sou eu.

Não foi preciso arrombar a porta do quarto de Humberto. Estava apenas encostada, o abajur aceso, a cama desarrumada, malas abertas, um passaporte caído ao pé da escrivaninha.

"Os filhos da puta fugiram!", protestou o coronel. "Procurem-nos, procurem-nos!" Froilán lhe entregou o passaporte de capa verde em nome de Humberto Morabito, cidadão brasileiro.

Humberto calçou os sapatos — havia se esquecido das meias — e saltou sobre a calçada. — Venha mais para cá, para este lado, é mais baixo — orientou.

Beatriz o atendeu e também saltou.

— Temos sorte, estamos na rua certa — disse ela. — Corra, temos um refúgio logo abaixo.

Estavam no alto da rua San Bernardo, que se converteria em Pardo e, por fim, em Maria de los Santos. Teriam de percorrer cinco quadras até alcançar a casa de apoio do Sendero.

"Entrem em todos os quartos", ordenou o coronel Paredes, "todos!".

O porteiro ainda tentou chegar a tempo com as chaves de reserva. Tarde demais. Todas as portas do primeiro andar do hotel haviam sido arrombadas.

"Aqui, senhor, as chaves do andar de cima", disse, exibindo o molho de chaves.

— Por que o motivo da fuga é você, Beatriz?

— Contarei assim que chegarmos. Está perto.

Os militares estavam lá para proteger a traidora e o gringo, para impedir que os justiçássemos. Se os militares estavam lá é porque sabiam da nossa operação, Martín falou a Manoel. Subiam a ladeira de San Blás. E se sabiam de nossa operação é porque fomos traídos.

— Minha menininha, minha menininha... — Celestina recepcionou Beatriz abraçando-a vigorosamente. Chorava e a apertava quanto mais chorava. — Estava te aguardando, rezando por você.

— Rezando, por quê?

— Por que querem te matar, Rosinha?

— Não se preocupe, Celestina, os homens do Exército já ficaram para trás. Não me encontrarão aqui.

— Exército? Os moços que estão hospedados aqui não são do Exército!

— Que moços estão hospedados aqui? — O rosto de Beatriz se contraiu.

— Martín, Manoel, que vieram de Lima, e outros, cujos nomes não guardei e são de Ayacucho. Disseram que vão matá-la, Rosinha. Disseram que você é uma traidora! O que está acontecendo, Rosinha?

"Dispersem-se", ordenou o coronel. "Aqueles terroristas de merda não podem escapar! Não vão escapar!"

— Martín... como é ele, Celestina?

— Muito sério. E não tem uma das mãos.

Beatriz empalideceu, olhou para o chão, olhou em seguida para Humberto.

— Perdoe-me, você não merece isso — disse, fixando firmemente o olhar em Humberto, e sua voz saiu com dificuldade, rastejante.

— Rosinha — interrompeu Celestina —, você não pode ficar aqui. Nem você nem seu companheiro. É o gringo, não é? Também querem pegá-lo.

— Rosinha, quem é Rosinha? — Humberto estava aturdido.

Os garotos de Ayacucho não podem ser os traidores, Martín disse. Não, não podem, disso tenho certeza. Se o traidor estiver entre nós, o traidor é você. Apontava para Manoel. E o traidor está entre nós.

Sua acusação é grave, camarada, Manoel falou a Martín. Deu à voz a maior firmeza possível, mas por dentro tremia. Fora desmascarado ou seu superior apenas suspeitava dele? Para evitar o mesmo fim destinado a Beatriz e ao gringo, teria de confundir Martín.

Dê-me sua arma, agora, Martín ordenou, apontando sua pistola para Manoel.

— Aqui está, menininha, anotei esses nomes na esperança de vê-la antes que eles a encontrassem — disse Celestina. — Desculpe a letra. São meus amigos, procure-os em meu nome. Talvez sejam os únicos que possam ajudá-la de agora em diante.

Davi voltava da estação Wanchaq depois da dispersão ordenada por Martín. Avistou a casa de apoio e percebeu que havia luzes acesas ali. Estranhou. Aproximou-se sorrateiramente. Apalpou o revólver que trazia à cintura, sob a camisa. Viajara sem o punhal, sua arma predileta, porque seu superior lhe dissera que era inapropriado para a missão.

Poderiam ser os soldados que estivessem lá, pensou. Não, não havia nenhum veículo à porta. E se não havia nenhum veículo, não havia soldados.

Passou diante da casa lentamente, deteve-se e retomou a caminhada. Andou mais um pouco, deteve-se mais uma vez, voltou. Passou novamente diante da casa. Ouviu vozes. Vozes femininas.

Decidiu: tinha que entrar. Entrou. Reconheceu a traidora e o gringo espião. Conversavam com Celestina. Sacou o revólver.

Celestina correu em sua direção. Gritava. Corria com os braços abertos.

Continuou correndo após receber o primeiro impacto.

Continuou correndo após receber o segundo impacto.

Desabou sobre o franzino ex-menino-pastor, agora menino-comandante e menino-assassino, ao receber o terceiro tiro.

Beatriz correu até ela e ajoelhou-se para ajudá-la, mas Celestina estava imóvel. Davi lutava para se desvencilhar do pesado corpo de sua nova vítima, que o sufocava contra o piso, e alcançar o revólver, arremessado longe pelo impacto. Beatriz e Davi trocaram um rápido olhar. A perplexidade e o ódio encontraram-se, e antes que Beatriz pudesse fazer algo além de tentar inutilmente reanimar Celestina, Humberto a puxou pelo braço. Saíram à rua, sem saber se subiam ou desciam, hesitaram, desceram, continuaram descendo, desceram mais ainda — "puta merda!", resmungava Humberto, "você tem muito a explicar!" — e então viram um motociclista estacionando. Era a primeira pessoa que avistavam na rua desde que deixaram o hotel.

— Com licença — aproximou-se Humberto —, não sei o que dizer. — Nervoso, falava em português em vez de espanhol. — Mas preciso de sua moto.

— Preciso, o que quer dizer preciso? — estranhou o homem.

— *Necesito!* — corrigiu-se Humberto. — *Necesito su moto!*

— E eu mais ainda — reagiu o homem.

— Tome — e Humberto lhe mostrou um maço de dólares retirado da bolsa que, por segurança, sempre levava atada à cintura, por dentro da calça. Naquele momento, devido à pressa, a carregava nas mãos. Ia explicar que era o pagamento pelo empréstimo, pois devolveria a moto assim que pudesse, se pudesse pagaria muito mais pelo empréstimo, mas não teve tempo: o homem olhou enojado para o dinheiro e repeliu a mão de Humberto com vigor. O homem estava no lugar errado, na hora errada e procedeu de maneira errada. Desabou ao soco desferido pelo repórter.

— Venha, menininha — ordenou Humberto a Beatriz. — Suba. Temos muito que conversar, Rosinha!

— Siga por ali — orientou Beatriz, acomodando-se no selim da moto. Tomaram uma rua que se abria em diagonal. — Vamos para o vale; é lá que nos esconderemos.

"PREPARE OS HELICÓPTEROS, mobilize todos que puder, volto para o quartel, câmbio." O coronel desligou o rádio, olhou para Froilán e disse "aqueles terroristas filhos da puta estão nos dando trabalho, mas vamos pegá-los, custe o que custar, e quando os pegarmos os despacharemos ainda com mais prazer para o inferno".

Voltou ao quartel e ordenou que as estradas fossem bloqueadas, os hotéis, pensões, tudo o que pudesse abrigar o casal de fugitivos, vasculhados, aeroporto, rodoviária e estação de trem submetidos a rigorosa vigilância. E ligou para o Comando Político-Militar de Ayacucho. Falou com seu superior, o general Clemente Noel y Moral: "Preciso de reforço, meu general, os pombinhos voaram antes que pudéssemos pôr as mãos neles. Preciso de tudo, tudo o que houver, e ainda assim será pouco." Desligou o telefone e embarcou. Os dois helicópteros vindos de Ayacucho na véspera decolaram.

MARTÍN E MANOEL chegaram à casa de apoio. Encontraram Celestina tombada no chão e com a boca para cima porque Davi a havia feito girar para livrar-se de seu corpo.

Davi relatou o ocorrido.

Se a traidora e o gringo fugiram é porque os militares também estão atrás deles, raciocinou Martín. Ou tudo não havia passado de uma farsa, uma tentativa desesperada para protegê-los e, assim, mantê-los na organização, a serviço deles?

Ainda vou decidir o que fazer com você, Martín disse a Manoel. E ordenou que Davi o mantivesse sob rigorosa vigilância.

Saiu em busca de um telefone público para informar à camarada Paulina que a captura da traidora e do gringo espião havia fracassado. E pedir apoio, o máximo apoio.

O quanto antes, falou para Paulina. Mande todos que puder, de Ayacucho e de Apurímac. Todos.

AS PRIMEIRAS LUZES DA MANHÃ formavam um halo sobre as colinas do entorno de Cusco. Beatriz olhou para trás. "Voltarei a ver Cusco novamente?", pensou. Temeu que não. Abraçava a cintura de Humberto, que lhe servia de anteparo ao vento que atiçava ainda mais o frio. Lembrou-se de quando o conheceu, da música que tocava no táxi que os levara da contemplação do Misti à Praça de Armas, em Arequipa.

> *Cuando te vuelva a encontrar*
> *que sea junio y garúe*
> *me acurrucaré a tu espalda*
> *bajo tu poncho de lino*

Sim, haviam se reencontrado, não era junho nem garoava, não montavam o cavalo *criollo* exaltado na melodia interpretada por Chabuca Granda, mas ela, Beatriz, aconchegava-se às costas de Humberto. E também faltava algo: onde estaria o poncho de linho?

Ambos estavam sem os agasalhos que o rigor do clima obrigava vestir naquele horário. Humberto sentia o corpo enrijecer e impôs à moto a velocidade que sua resistência ao frio permitia — mínima.

— Não posso ir mais rápido — desculpou-se.

Beatriz envolveu-o com mais força.

— Siga as placas. Pegue o caminho de Chinchero. Ele nos levará mais rapidamente a Urubamba — disse. Em Urubamba deveriam encontrar o primeiro contato indicado por Celestina.

Avistaram alguns vultos movimentando-se na planície. Os camponeses iniciavam a lida diária; alguns levavam seus animais para pastar. Os nevados Verônica e Chicón refletiam os primeiros raios de sol, que eram amarelos e rosados, e essa luminosidade eflúvia atingia as nuvens mais altas e se projetava sobre os rios que serpenteiam a profundeza dos vales. As encostas das montanhas, tomadas pelas plataformas agrícolas, continuavam imersas na escuridão.

Chegaram a Chinchero, onde Humberto interrompeu a viagem porque o frio e o vento faziam arder seu rosto. A luz, por fim, invadia todo o vale, embora tênue, e um arco-íris se formou sobre a cidade. "Se olhar para ele, tampe a boca", brincou Beatriz, referindo-se à crendice dos indígenas locais segundo a qual, desobedecendo-se a esta recomendação, o desafortunado ficará banguela. Viram as primeiras índias chegando ao mercado, o mercado de muros incaicos, onde exporiam seus produtos à volúpia dos turistas, e decidiram seguir em frente. Se tinham que chegar a Urubamba, iriam o quanto antes para lá porque estavam em vantagem sobre seus perseguidores, que não sabiam onde eles estavam nem aonde pretendiam chegar, mas certamente os procuravam ou iniciariam a busca em breve. Em Urubamba, prometeu Beatriz, ela explicaria tudo, tudo o que Humberto queria saber, tudo o que ele precisava saber e até o que não precisava.

O HELICÓPTERO em que estava o coronel Paredes e o capitão Froilán sobrevoou Cusco várias vezes sem que seus ocupantes vissem algo que se assemelhasse ao casal fugitivo. O mesmo acontecia com os ocupantes do segundo helicóptero. O trabalho ficava a cada momento mais difícil porque, despertados pelo ruído dos helicópteros, que voavam baixo, o mais baixo que podiam, os cusquenhos e turistas saíam às ruas, curiosos, ainda com suas roupas de dormir. Muitos acenavam para os militares, que não retribuíam.

O piloto do helicóptero em que estava o coronel foi informado pelo rádio que um homem tivera a motocicleta roubada por um casal, que fugiu em direção ao vale. O assaltante era estrangeiro, falou coisas que a vítima não entendeu.

"Temos combustível para quanto tempo?", quis saber o coronel. "Para mais duas horas", respondeu o piloto, e "o outro aparelho também". "Excelente", alegrou-se o coronel. "Vamos para o vale, seguindo a estrada principal. Mande o outro, onde está o tenente Chacal, seguir para Písac e Urubamba, onde nos aguardarão. Nós iremos primeiro a Chinchero."

HUMBERTO E BEATRIZ estavam na metade do caminho entre Chinchero e Urubamba, que se estendia por trinta quilômetros, quando avistaram a silhueta de um helicóptero. Vinha na contraluz. Esconderam-se sob uma árvore, e eram raras as árvores naquele trecho, e, quando o aparelho os sobrevoou, constataram que pertencia à Guarda Civil e era idêntico, garantiu Humberto, ao que o interceptara nas serras de Ayacucho.

— Estão à nossa procura, temos que esperar a noite para continuar a viagem — disse Humberto. Estavam próximos a uma casa solitária em meio a um milharal. — Vamos até lá.

Cobriram a motocicleta com palha de milho ao chegar. Alguns porcos se lambuzavam num pequeno chiqueiro. Não havia ninguém na casa de paredes de barro, chão de terra batida e telhado de zinco. Entraram. A casa dividia-se em duas partes: uma destinada à alimentação e ao convívio social — uma mesa, algumas cadeiras, um fogão a lenha, um armário e um banco de madeira recostado à parede compunham seu mobiliário —, outra ao repouso. No único dormitório, separado da área social por uma cortina, que se estendia de um lado a outro da casa, havia uma cama e um armário sem portas. O fogão ainda estava quente e uma panela repousava sobre ele. Beatriz a destampou. Havia comida, pouca, mas havia.

— E agora, me conte, por que estamos fugindo?

— Você queria entrevistar alguém do Sendero Luminoso, não? Pois bem, pergunte o que quiser — disse Beatriz. Tinha o olhar grave, o rosto enrijecido. Acabara de confirmar o que o pressentimento de Humberto acusava desde que fora retirado abruptamente do seu leito de amor.

Humberto sentou-se no banco de madeira. Conseguiu pronunciar apenas duas palavras:

— Puta merda!

AS SAÍDAS DE CUSCO para Puno e Arequipa, Quillabamba, Vale Sagrado, as saídas de Cusco para o mundo foram bloqueadas pelo Exército, Guarda Republicana, Guarda Civil, Polícia de Investigações. Os bloqueios se estenderam às pequenas cidades do vale. O coronel Paredes voltou à base e o outro helicóptero que participava da busca também. Reabasteceram e retomaram as buscas enquanto esperavam reforço.

VÃO, MARTÍN FALOU A DAVI e a outro de Ayacucho, vão a Pisac, investiguem e depois sigam para Urubamba. Lá nos encontraremos, na igreja Matriz, amanhã. Mas, antes, enterrem essa desgraçada nos fundos da casa. Apontava para o corpo de Celestina. E retirem sua dentição de ouro. Será mais útil à revolução do que àquele cadáver infiel.

Vão, Martín falou a outros dois de Ayacucho, vão a Chinchero, investiguem e depois vão a Urubamba, onde nos encontraremos amanhã, na Matriz.

Vão, Martín falou a Manoel e ao último ayacuchano, vão a Anta, andem por tudo, voltem antes que anoiteça e descrevam a situação.

Martín ficaria na casa, quartel-general da operação de extermínio.

Tinha de estar próximo a um telefone para se informar com a camarada Paulina sobre o reforço esperado. E cuidar da casa. A traidora e o gringo espião poderiam voltar

— MEU NOME É MARIA ALEJANDRA PEÑA FIGUEROA, nasci na província de Cangallo, Ayacucho — Beatriz interrompeu a apresentação ao notar que Humberto tremia de frio. Convidou-o a se sentar ao seu lado junto ao fogão. Foi atendida.

"Tenho 25 anos. Estudava Obstetrícia até aderir ao Sendero Luminoso, há três anos, onde sou tratada por camarada Rosa — ou comandante Rosa, o que dá no mesmo. Estudava na Universidade Nacional de Huamanga e não na Universidade Nacional de Tacna,[25] como falei em nosso primeiro encontro.

Viajo, viajo muito. Não dou assistência a parturientes carentes. Também menti sobre isso. Sou responsável pelo recrutamento de universitários para o Sendero Luminoso. Você, em suas reportagens, deve ter abordado a importância que os universitários têm para a guerrilha sem eles, o Sendero Luminoso não existiria, sem eles não pode ampliar seu raio de ação, hoje limitado aos Andes Centrais, mas que logo, muito em breve, deverá compreender todo o Peru.

---

[25]Essa instituição passou a se chamar, a partir de 1983, Universidade Nacional Jorge Basadre Grohmann.

Aderi ao Sendero Luminoso porque me apaixonei. Apaixonei-me peias ideias do professor Abimael Guzmán, que se reunia com seus alunos, com todos os da universidade, professores e servidores também, nos portais da Praça de Armas para expor sua indignação pelo abandono a que nós, peruanos autênticos e habitantes da Sierra Central, historicamente havíamos sido relegados. Estive com o professor várias vezes antes de aderir ao Sendero, antes mesmo de o Sendero iniciar a luta armada e seus membros submergirem na clandestinidade.

A indignação do professor era seguida de uma proposta maravilhosa: a prosperidade econômica em harmonia com a justiça social. Para isso, ele dizia, era preciso pegar em armas, e eu concordava com o professor, todos os que o ouvíamos, ou pelo menos a maioria de nós, concordávamos com ele. Sim, tínhamos que lutar, oferecer nossas vidas se necessário, porque jamais chegaríamos aonde queríamos chegar por meio de discursos ou mobilizações sociais.

A mudança a que nos propúnhamos era profunda, radical e urgente. O Sendero representava para mim não apenas uma promessa de futuro que nem o Estado nem a sociedade me ofereciam. Era também o instrumento para vingar meu passado.

Perdi minha mãe quando tinha 11 anos. Ela foi morta em Huanta em junho de 1969 pelos *sinchis* — passei a odiá-los desde então — porque, nascida naquela cidade, resolvera engrossar a manifestação contra o decreto do presidente Velasco Alvarado que instituía o pagamento de mensalidade aos alunos de escolas públicas reprovados no ano anterior. Mamãe era professora, lecionava em escolas rurais, participou dos protestos também em Huamanga, que é como preferimos chamar Ayacucho, e, como em Huanta as manifestações estavam mais radicalizadas e era sua terra natal, foi para lá. Os huantinos pertencem à etnia *iquichana* e têm a rebeldia no sangue. Mamãe não continha seus instintos e, por causa deles, muitas vezes se atritou com papai, que era *morochuco* — se esteve em Ayacucho certamente ouviu falar deles. Dos *iquichanos* e *morochucos*.

Os *morochucos* descendem dos espanhóis que se estabeleceram em Ayacucho após a revolta de Diego de Almagro contra o conquistador Francisco Pizarro. Almagro, que chegou ao Peru junto com Pizarro e se desentendeu com ele por causa da partilha do espólio incaico, perdeu a disputa, foi enforcado e decapitado numa praça de Cusco, e a seus seguidores somente restou o exílio. Os *morochucos* são valentes, tão ou mais que os *iquichanos*, com os quais mantêm uma rixa que, ao que tudo indica, será eterna.

A rivalidade começou sabe-se lá quando, talvez quando os *morochucos* chegaram onde hoje é a província de Cangallo, onde se estabeleceram. As planícies, muitas e imensas nessa região, eram ideais para suas cavalgadas. Não concebiam a vida sem seus cavalos. Os *iquichanos* já estavam há séculos onde estão e não gostaram nada da chegada daqueles estrangeiros de olhos azuis ou verdes, muitos de cabelos e barba loiros ou ruivos, porte avantajado. E briguentos. E a rivalidade foi aguçada por causa dos espanhóis: os *morochucos* lutaram pela expulsão deles, e não poderia ser de outra forma, e foram decisivos para a vitória de Sucre na batalha de Ayacucho. Os *iquichanos*, leais à Espanha, engrossaram o exército real e, apesar de vencidos, não se subjugaram facilmente à república: enfrentaram nove presidentes.

Pois bem, eu falava da rebelião de Huanta contra o general Velasco Alvarado. Os manifestantes foram cercados pelos *sinchis*, que agiram com truculência, levando muitos huantinos a recorrer às armas para expulsá-los. Os *sinchis* não tiveram piedade: mataram, num confronto em pleno centro da cidade, ao menos vinte pessoas, entre elas minha mãe, e feriram muitas outras, entre elas minha irmã gêmea, Maria del Carmen, Carmencita, com quem você falou muitas vezes ao telefone.

Papai morreu um ano depois de mamãe. Morreu lutando contra os *sinchis* — tenho ou não razão de odiá-los? —, que queriam arrancá-lo à força de sua fazenda, onde criava bois e carneiros nas planícies semiáridas, expropriada pelo governo de Velasco em seu programa de reforma agrária. A fazenda e dois imóveis em Huamanga eram tudo o que papai possuía. Nasci e cresci na fazenda e nela aprendi a cavalgar, que era o que mais gostava de fazer, além de me banhar na pequena represa que tínhamos ao lado de nossa casa. Papai levou Carmencita e eu várias vezes a Taintancayocc, e era uma viagem longa e cansativa, sempre a cavalo, para contemplarmos as *puyas*, uma espécie de cacto de caule grosso e cilíndrico coberto por uma carapaça de espinhos gigantes e de formas variadas. Era o maior bosque de *puyas* do mundo, ele dizia, e dizia que nos levava lá porque o local tinha muito a ensinar, e ensinava que a beleza não se encontra apenas nas coisas delicadas e harmônicas e viçosas, mas também na aridez, no grosseiro e inóspito. Dizia que a harmonia era a mescla dos dois extremos, e isto era a vida: a combinação de felicidade e tristeza, de opostos que se completam.

Mamãe foi alvejada nas costas quando fugia com Carmencita das balas dos *sinchis*. Papai foi executado com um tiro na cabeça diante da porta principal de nossa casa, construída em pedra, que ele usou como trincheira para enfrentar as tropas do general. Havia se rendido e, mesmo assim, o fizeram se ajoelhar e o executaram diante de todos os que lutaram ao seu lado. Eu o vi tombar. Os corpos de mamãe e papai foram sepultados sob o cedro várias vezes centenário ao lado do qual os antepassados de papai construíram a casa que habitávamos. A semente que te dei é desse cedro.

Passei a morar com minha tia Maria del Carmen e com Carmencita numa das casas que papai nos deixou em Huamanga. Ficamos lá até eu aderir à revolução. Violei um preceito sagrado do Sendero, o de jamais informar nossa militância revolucionária, comunicando minha decisão a elas. Titia chorou; Carmencita, que se isolara do mundo desde a morte de mamãe, disse: 'Se optei por morrer de inanição, por que você não pode morrer por excesso de ação?' Mudaram-se para Lima. Consideraram que lá estariam mais seguras, e de fato estão, mas em breve, muito em breve, a violência as alcançará. Alcançará todo o Peru.

O Sendero, como disse, despontou como a arma que eu poderia empunhar para vingar meu passado. O governo já não era mais o do general, mas o Estado, que me privara de meus pais, aleijara e cegara minha irmã e usurpara quase tudo o que tínhamos, continuava o mesmo. O presidente era Belaúnde, fora eleito, o Congresso voltara a funcionar, as instituições foram restabelecidas, mas aqui no Peru autêntico, que se estende por toda a serra e se prolonga à selva, aqui a tirania continuava e continua, e a tirania se expressava e se expressa por meio do desprezo do Estado a nós, a nossas necessidades e aspirações. Somente uma mudança radical possibilitaria que, enfim, após séculos de dominação, não só fôssemos atendidos como nos tornássemos os impulsionadores do progresso que nos negavam. Essa mudança somente se efetivaria se desencadeássemos uma guerra contra o Estado. E somente o Sendero Luminoso nos proporcionava os meios para desenvolver essa guerra, que seria longa e dolorosa, e vencer o Estado.

Era no que acreditava, no que muitos de nós, universitários, acreditávamos, e eu acreditei tanto que passei a pregar a luta armada onde estivesse, por onde andasse, e consegui atrair muitos para a revolução. Por isso chamei a atenção da direção do Comitê Central que, um ano depois de minha adesão ao Sendero, designou-me para coordenar o esforço de recrutamento de universitários. Disseram-me que eu me expressava bem, sabia argumentar e contra-argumentar e que minha beleza — foram eles que disseram isso — era uma aliada preciosa da causa revolucionária porque quebrava resistências.

Meu encanto com o Sendero desfez-se quando, em meados do ano passado, o presidente Gonzalo — é ele quem decide, e ninguém mais — ordenou que mudássemos o relacionamento com os camponeses da Serra Central. Mandou que os submetêssemos à violência para condicioná-los ao novo ordenamento social que ele, Gonzalo, garantia ter planejado com precisão e rigor. Esse ordenamento chocava-se com as tradições seculares dos moradores dos Andes, que, como era de se esperar, se rebelaram contra nós. Violamos, assim, a razão de ser de nossa causa — que era lutar pelos camponeses, jamais contra eles.

O que Gonzalo, que é o mesmo professor Abimael Guzmán que falava com doçura e olhava com suavidade para seus alunos de Huamanga, realmente queria com isso era desatar a violência generalizada, convulsionar o país, provocar um genocídio. Ele alegava razões estratégicas. Alegava que somente a violência generalizada minaria o Estado irreversivelmente e abriria o caminho para o avanço da revolução. Mas o culto que ele estabeleceu a si próprio, sua inflexibilidade e o radicalismo que passou a exigir de seus seguidores mostraram que a violência que ele estabeleceu não era apenas um recurso — era um fim em si mesmo. Deixamos de ser guerrilheiros para nos transformar num grupo de extermínio em massa.

Se um dia o Sendero vier a tomar o poder, e espero que isso jamais aconteça, certamente estabelecerá a violência como método de ação. Abimael Guzmán e Pol Pot, o genocida do Camboja, são almas gêmeas. Expus algumas vezes, nas reuniões de líderes e quadros, minha discordância em relação ao emprego da violência contra os camponeses. Argumentava que, além de contrariar frontalmente nosso objetivo, objetivo que justificava nossa adesão à luta armada, que, repito, era a defesa dos camponeses, isso poderia desatar uma torrente de violência sobre a qual perderíamos o controle e que, no fim do processo, nos venceria. O que está acontecendo nos Andes Centrais neste momento é apenas o início de um processo que não sei como irá terminar, mas sei que, quando terminar, milhares terão sido vítimas da violência generalizada.

Discordei também da decisão de realizar atentados de grandes dimensões nas cidades, porque considerava desleal e criminoso ferir e matar os civis, além de estarmos recorrendo ao terrorismo e não mais à guerra de guerrilhas, que foi o instrumento de ação decidido pelo partido quando optou pela luta armada. Mas tanto uma coisa quanto a outra — a violência "guerrilheira" contra os camponeses e a violência "terrorista" contra os moradores das cidades — refletem o autêntico "pensamento Gonzalo", que é a roupagem ideológica da violência pela violência.

Por que não abandonei o Sendero Luminoso? — você deve estar se perguntando. Decidi abandoná-lo após as primeiras mortes de camponeses na província de Huanta. Tentei evitar o início da conflagração, mas fracassei. Não o abandonei por não ter para onde ir e, mesmo que tivesse um destino, não teria como chegar a ele. Se desertasse, matariam minha família, que não se limita a Carmencita e à minha tia Maria del Carmen. E é o que acontecerá agora, que estou definitivamente condenada: se eu escapar deles, matarão o maior número que puderem de meus parentes. Se me entregasse ao governo, estaria igualmente condenando minha família e, ao mesmo tempo, decretando a sentença de morte de muitos amigos e amigas engajados na revolução e dos muitos que trouxe para a revolução. E também a minha sentença de morte, porque não sobreviveria fisicamente. As forças de segurança certamente me matariam após extrair tudo o que pudessem de mim. Isto é, se eu sobrevivesse à tortura.

Meus companheiros são cúmplices da violência? Sim, assim como eu, mas, também assim como eu, muitos deles podem estar se distanciando dela e, também como eu, não sabem o que fazer para detê-la. E não posso conversar sobre isso com eles porque, como eu, eles temem por suas vidas e pela vida de seus familiares e podem interpretar minha abordagem como uma sondagem idealizada pelo Comitê Central para testar suas convicções. Avancei nesse sentido o máximo que pude, instigando, sempre que possível, a dúvida em relação aos métodos determinados pelo presidente Gonzalo.

Talvez tenha me condenado por isso. Em alguns locais em que estive, senti estar sendo seguida, mas era algo difuso e não havia como determinar se quem me seguia, caso realmente me seguissem, era um companheiro ou um agente do Estado. E, pelo que aconteceu hoje, os dois estavam ao meu encalço. E também ao seu, a julgar pelo que disse Celestina, quando revelou que o destacamento comandado por Martín também procurava pelo gringo, e o gringo só pode ser você. O gringo é você.

Perdoe-me, Humberto, por envolvê-lo. A guerra é minha, o drama é meu. Sinceramente, não sabia qual seria o desfecho de meu envolvimento com o Sendero. Sabia que seria doloroso, mas não poderia prever a intensidade da dor. E ela é mais intensa porque envolve um inocente. Um inocente que provocou em mim, e este sentimento despontou diante do Misti, que é um vulcão adormecido, a erupção de um sentimento que eu nunca experimentara: o amor com a intensidade da paixão."

ELES FORAM CHEGANDO E CHEGANDO, isoladamente ou em grupo, e eram muitos. Lotaram a casa.

Amanhã cedo chegará o restante, Paulina avisou em seu último contato telefônico com Martín.

Ainda bem, Martín pensou. Se chegassem naquela noite, teria que alojá-los em hotéis e pensões. E iria expô-los às forças de segurança, ameaçando todo o esforço de capturar a traidora e o gringo espião.

Paulina avisara também que junto à fonte do pátio, do lado direito, os tijolos deveriam ser retirados. Abaixo deles havia dezenas de armas. Estavam lá para uma emergência como aquela.

Muitos dos que chegavam estavam desarmados. Viajaram desarmados porque temiam ser interceptados nos bloqueios que as forças de segurança estabeleceram ao redor de Cusco.

A precaução fora inútil: os bloqueios não se preocupavam com os que chegavam, apenas com os que saíam.

Manoel e o ayacuchano retornaram de Anta no final da tarde.

Não havia nada lá, Manoel informou. Informou também que a entrada de Anta estava bloqueada e que a Guarda Civil fizera incursões em várias casas, sem nada encontrar, pelo menos era o que deduzia porque, se tivesse encontrado algo, teria se retirado da cidade em vez de permanecer lá.

Manoel pediu para conversar com Martín. A sós. Foi atendido. A desconfiança de Martín o incomodava, disse. Não podia continuar sob a suspeita de ser um traidor. Queria seu revólver de volta. O revólver que roubou de um Guarda Civil no *hall* do Teatro Colón.

Martín respondeu que se dedicaria ao assunto depois. Agora tinha que se concentrar nos preparativos para a caçada à traidora e ao gringo espião.

Manoel pensou em fugir. Teria retardado a sentença de seu superior ou a calma que Martín manifestava em relação a ele era uma tática para que abaixasse a guarda e, assim, facilitasse sua execução? Temia ser morto a qualquer momento.

OS HELICÓPTEROS FIZERAM FILA para pousar. Eram muitos, "quantos exatamente?", exigiu saber o coronel Paredes. "Oito", informou o capitão Froilán, que fora ao campo de futebol transformado em pista de pouso ao lado do quartel contar as aeronaves. "Bom, muito bom", comentou o coronel, que instruiu os tripulantes a vasculhar cada metro quadrado de Cusco a Quillabamba, seguindo todos os caminhos e desvios possíveis. Quillabamba era a última parada do trem, o último ponto ligado por uma estrada decente antes que a Amazônia engolisse tudo e todos. Que partissem o quanto antes. As tropas terrestres chegariam no final da tarde, informara o Comando Político-Militar de Ayacucho. "Muito bom", disse o coronel. "Iniciaremos o patrulhamento à noite. Descansaremos somente depois de pegar os terroristas fugitivos. Concorda comigo, capitão Froilán?" "Plenamente", senhor.

— VOCÊ ESTÁ PROPORCIONANDO a maior reportagem de minha vida — disse Humberto, que ouvira a confissão de Beatriz sem interrompê-la. — Pena que talvez não tenha a oportunidade de escrevê-la. Estou tão condenado quanto você!

Humberto enxugou com seu lenço as lágrimas de Beatriz, ou Maria Alejandra ou Rosa, e então deu falta do passaporte. Como faria para deixar o país?, preocupou-se, curvando-se em seguida à observação de Beatriz, ou Maria Alejandra ou Rosa, de que de nada lhe valeria o passaporte se todas as possibilidades de utilizá-lo estavam bloqueadas. Não o deixariam sair legalmente do país.

— O que faremos, então? — perguntou.

— Os amigos de Celestina são nosso último recurso — disse Beatriz ou Maria Alejandra ou camarada Rosa.

Havia três rotas de fuga: a sudeste e a leste, em direção à Bolívia, e a nordeste, rumo à fronteira brasileira. A sudeste, o percurso mais fácil, teriam de vencer centenas de quilômetros pela puna até o lago Titicaca, mas a vegetação rala do caminho seria um excelente aliado de seus perseguidores. Poderiam alcançar a Bolívia também pelo estado de Madre de Dios, a leste, mas aí encontrariam o mesmo obstáculo que a nordeste — a selva amazônica. E, decididamente, não estavam aptos a enfrentá-la, ponderou Humberto.

— Os amigos de Celestina poderão nos ajudar, são os únicos que podem nos ajudar — reiterou Maria Alejandra. Ou Beatriz. Ou Rosa.

— Está bem, vamos a eles e então saberemos o que podem fazer por nós — disse Humberto, acrescentando: — A partir de agora, como devo chamá-la, Beatriz ou Maria Alejandra? Ou Rosa?

— Como quiser.

Humberto relutou e, enfim, decidiu:

— Te conheci como Beatriz e para mim Beatriz será sempre o seu nome — reagiu, sorrindo. — Maria Alejandra pertence ao seu passado e Rosa aos seus pesadelos.

Os moradores da casa chegaram. Estavam assustados porque pressentiram de longe a presença de intrusos. Era um casal jovem e a mulher carregava uma criança à moda andina, num embrulho de pano atado às costas. O homem erguia um facão, mas sem brandi-lo. Era apenas um aviso de que estava pronto para se defender, não para atacar. Humberto e Beatriz os recepcionaram na soleira da porta.

— Senhores, desculpem-nos — adiantou-se Beatriz. — Invadimos sua casa devido a uma situação de emergência, mas sairemos assim que escurecer, e já está para escurecer.

— E iremos gratificá-los por isso — acrescentou Humberto, mostrando uma nota de cem dólares.

— Que dinheiro é esse? — perguntou o homem, que se expressava satisfatoriamente em espanhol.

— Dólar.

— Dólar, quantos dólares?

— Cem dólares, veja.

— Quanto valem em sóis?

Humberto fez a conversão.

— É muito dinheiro — comentou o homem. — Não precisam nos dar tanto.

— É que também comemos o que havia sobre o fogão.

— Mesmo assim, é muito dinheiro.

Beatriz levou o dinheiro ao homem, que abaixou o facão. A mulher estava alguns passos atrás dele.

— Menino ou menina? — perguntou Beatriz, referindo-se à criança.

— Menino — respondeu a mulher, sorrindo.

— Venham — falou o homem, após entrar na casa — venham beber. Tenho uma *aqha* muito boa!

— Ele está nos oferecendo *chicha* — explicou Beatriz.

Beberam um copo cada um. Não podiam beber mais, desculpou-se Humberto diante da insistência do camponês, porque sairiam em seguida e viajariam de motocicleta. O homem quis saber onde estava o veículo e, depois que Humberto apontou o local em que o escondia, comentou que era por causa deles, então, que os helicópteros haviam inundado o vale aquele dia. Se estivessem a caminho de Urubamba, aconselhou o homem, deveriam ir por Maras, o que aumentaria o percurso, mas certamente haveria menos controle policial do que pela estrada principal. Maras, indicou, estava a apenas alguns quilômetros. Deveriam pegar o primeiro desvio à esquerda, *ichuq*, esquerda, não se esqueçam. E só podem estar indo a Urubamba, disse o homem, porque, se estavam fugindo da polícia, Cusco, no outro extremo, deveria ser excluído do roteiro.

Acabara de escurecer. Beatriz e Humberto agradeceram, despediram-se, retiraram a palha de milho que cobria a motocicleta e partiram.

— Precisamos ligar urgentemente para Carmencita — recomendou Humberto. — Ela tem que deixar a casa o quanto antes.

— Ligarei para titia Maria del Carmen. Ela levará Carmencita a um lugar seguro.

Tomaram o primeiro desvio que encontraram à esquerda. Era uma estrada empedrada, obrigando Humberto a diminuir a velocidade para não derrapar. Avistaram ao longe as poucas luzes de Maras, que ficava numa planície e havia muito tempo fora esquecida por todos, talvez até pelos que a habitavam. A cidade vivia da extração de sal e era ignorada desde que a nobreza inca a abandonara, depois de habitá-la algum tempo, em sua rota de fuga dos conquistadores, uma das etapas de seu processo de extermínio. O único telefone público disponível estava no armazém vizinho da igrejinha de uma única torre de pedra, do lado direito da fachada. A praça estava deserta e mal iluminada. Os nevados reluziam ao longe, iluminados pela lua, emoldurando a noite que encobria o vale. Telefonaram e partiram, e tão logo partiram tiveram de se ocultar de um helicóptero — era o oitavo que Humberto contava desde a manhã — sob a ramagem generosa de uma árvore.

Humberto desligou o farol da motocicleta ao se aproximar de Urubamba, cujas luzes cintilavam como se fossem milhares de vaga-lumes, que um dia fora ainda mais insignificante que Maras, porém a localização ao lado do rio homônimo e a fertilidade de suas terras a catapultaram do abandono à prosperidade. Ao se aproximar da ponte sobre o rio, Humberto constatou que agira corretamente apagando as luzes. Havia veículos estacionados junto a ela, e eram de uma patrulha militar.

— Sabe nadar? — perguntou Beatriz.

Abandonaram a motocicleta, cobrindo-a com folhas e pedras para retardar sua descoberta pelos militares, e seguiram a pé para o rio, ocultando-se entre a vegetação.

— Além de tudo — desabafou o jornalista —, transformei-me em ladrão de motocicleta!

O rio era estreito e de correnteza muito forte. Beatriz sugeriu margeá-lo. Mais acima a água corria com menos força, pelo menos era o que imaginava, e foi o que constataram, porque o leito se alargava, duzentos metros após a ponte vigiada pelos militares, sob a qual passaram ocultos pelo barranco. A força da água os carregou dezenas de metros abaixo.

— Se ao menos pudéssemos nos enxugar... — lamentou Humberto ao deixar o rio.

O corpo molhado aumentava a sensação de frio. E fazia muito frio. Estavam na antessala da Amazônia, mas a noite continuava andina.

MANOEL DECIDIU. Não iria desertar. Teria que seguir adiante, obedecer ao destino, cumprir sua missão, que era permitir às forças de segurança capturar a camarada Rosa e seu cúmplice. Tentaria reconquistar a confiança de Martín.

Não havia nada que comprovasse sua traição, apenas indícios, e indícios superficiais. Pediu para ir aquela noite mesmo em busca da traidora e do gringo espião. Martín discordou. Disse que Manoel iria na manhã seguinte com ele e os outros que estavam para chegar. Naquela noite, metade dos que haviam chegado se dividiria em grupos e partiria para o vale, pampa de Anta e Quillabamba.

O destino era Quillabamba, tinha que ser Quillabamba porque Celestina viera de lá — era o que diziam os documentos encontrados entre seus pertencentes — e fora para lá que ela enviara os dois, a traidora e o gringo, porque lá eles teriam proteção de amigos e parentes de Celestina, Manoel falou.

A quantidade de veículos furtados aquela noite alarmou os cusquenhos. Doze. Transportariam os integrantes do esquadrão de extermínio do Sendero. No dia seguinte, mais oito veículos desapareceriam.

"OS HELICÓPTEROS continuarão o trabalho à noite", determinou o coronel Paredes, que dividiu em comboios a tropa vinda de Ayacucho no final da tarde. "Rastreiem tudo, não deixem uma casa sequer para trás." Definiu a região que cada um deveria percorrer e revolver. Um destacamento foi enviado a Quillabamba, onde deveria fixar posição e controlar os acessos à cidade. "Nada deverá ser deixado de lado, nada", orientou. O tenente Chacal foi enviado com uma das patrulhas. Iria antes que o coronel, que ainda tinha muitas ordens a dar, e o esperaria em Urubamba.

— ONDE VOCÊS CRUZARAM, a água corre com delicadeza — disse Alejandro, o primeiro contato indicado por Celestina. — Daqui para a frente, se o inferno fosse de água, vocês seriam apresentados a ele.

Morava em uma casa de taipa, teto de zinco, dois cômodos, iluminada por um candeeiro, próxima ao rio. Beatriz e Humberto aqueceram-se junto ao fogão a lenha. Achar Alejandro não fora difícil. Perguntaram, ao alcançar o primeiro casario à margem do rio, por Alejandro, o "mirlo", apelido inspirado no pequeno pássaro que mergulha no Urubamba para extrair dele seu alimento. Alejandro mergulhava em busca do ouro que há séculos estava esgotado. Sobrevivia com as poucas e pequenas pepitas que o Urubamba lhe concedia por piedade.

Não havia outra rota de fuga, a não ser pelo rio, disse Alejandro. Bloqueios foram estabelecidos em todas as saídas da cidade, helicópteros a sobrevoavam desde a manhã, e ruas, hotéis, bares estavam sob forte vigilância. Não, não era possível ir além — e o destino era Quillabamba, não era? — a não ser pelo rio.

— Meu barco provavelmente não irá aguentar, mas é a única coisa que posso oferecer.

— Vamos partir ao amanhecer — sugeriu Humberto.

— E assim serão descobertos com facilidade! Terão que partir agora, para o vosso bem — retrucou Alejandro.

— Mas... como navegar no escuro?

— Irei com vocês.

— Conhece bem o rio?

— Ele nos levará até onde pudermos suportá-lo.

E a voragem os tragou instantes depois de iniciarem a navegação: a virulência da água os atirou contra as pedras, que os expeliu para o centro do turbilhão, que os devolveu às pedras, que mais uma vez os rejeitou, e assim prosseguiram, detendo-se uma, duas vezes para se ocultarem dos holofotes dos helicópteros que faziam voos rasantes, voltando a se debater com a fúria do rio sobre o qual a lua se desfazia em milhões de cristais, até que o bote inflável não mais pôde resistir aos golpes, aos solavancos, à pressão dos choques com as pedras e foi murchando, murchando. A voragem, enfim, os venceu, e quando os venceu haviam deixado Ollantaytambo, onde a água corria ainda com mais força, vinte quilômetros atrás. Resistiram quarenta quilômetros àquele rio indômito! Saíram da água para seguir viagem margeando o Urubamba, enroscando em cipós e desviando com frequência de pedras de tamanho descomunal — algumas pareciam arrojadas do céu, pois tinham sido serradas com precisão e estavam isoladas na vegetação densa —, e andavam o mais rápido que podiam para ganhar tempo em relação a seus perseguidores e atenuar o frio.

Descansaram um pouco antes do amanhecer e foram despertados, ainda nas primeiras luzes do dia, que chegaram a eles filtradas pela ramagem, pelo trissar de beija-flores de todos os tamanhos e cores que recorriam a seu balé acrobático para se alimentar da seiva abundante na mata tropical. O verde da vegetação era ornamentado pela multiplicidade das flores de todas as formas, densidades e cores, com predomínio do amarelo, que rastejavam, subiam pelos troncos das árvores como parasitas e triunfavam nas copas, das quais pendiam em tranças infinitas. O frêmito do rio era ensurdecedor. Borboletas surgiam, num desfile sem fim, do interior da selva para conhecer de perto os intrusos e encantá-los com seu voo gracioso e com a elegância de suas formas, cores e desenhos geométricos. O pato das correntezas, ao perceber que estava sendo observado — e eram três os observadores, o que o animou ainda mais —, tornou ainda mais ágeis seus malabarismos para enfrentar a fúria das águas. Nadava contra a correnteza bravia e, numa aparente violação das forças da Natureza, a vencia e se impunha a ela.

Sobre o barranco arrastava-se a ferrovia, que, até o seu final, acompanharia o curso do Urubamba. Andaram até uma curva fechada do rio, que obrigaria o trem a diminuir a velocidade. Esperariam, protegidos pela selva, a primeira composição que se dirigisse a Quillabamba. Estavam extenuados.

UMA MOTO FOI ENCONTRADA próximo ao Urubamba e estava oculta sob pedras e palha. Seus ocupantes deviam ter cruzado o rio e estavam escondidos na cidade ou seguiram em sua fuga, deduziu o coronel Paredes, que embarcou no helicóptero com o capitão Froilán assim que o sol despontou por trás das colinas de Cusco. Os dois haviam passado a noite em claro. "Os fugitivos não podem recuar, coronel", disse Froilán, "porque todos os caminhos estão bloqueados. Não podem ficar em Urubamba, porque lá serão facilmente descobertos. É uma cidade pequena, a vasculharemos em poucas horas. Então, ou já seguiram ou seguirão adiante: e o ponto final desse itinerário é Quillabamba, e tentarão alcançá-la pelo rio ou pela ferrovia."

"Mas por que lá?", perguntou o coronel. "Por falta de opção, sem dúvida", raciocinou o capitão, "mas também pode ser que tenham alguém com cuja cumplicidade podem contar. E lá há muitas fazendas capazes de alojá-los, e estarão perto da selva, um ótimo refúgio."

O coronel ordenou que a tropa enviada a Quillabamba fosse reforçada e que as patrulhas percorressem com mais frequência a inóspita estrada a partir de Ollantaytambo. "Temo perdê-los", desabafou o coronel. "Sinto que a cada minuto ficamos mais longe deles." "Não, coronel", instigou-o Froilán, "não podemos permitir que isto aconteça."

O SOL JÁ ESTAVA ALTO quando Martín deixou Cusco no último comboio. Os demais integrantes do comando de extermínio haviam chegado, enfim.

Viajou ao lado de Manoel, que continuava sob a vigilância do ayacuchano que o acompanhara na véspera a Anta.

Rumaram para Urubamba, onde encontraram Davi e os demais em frente à Matriz, e souberam por eles, que souberam por testemunhas, que um casal havia procurado na noite anterior pelo garimpeiro Alejandro, o "mirlo", que morava às margens do rio e tinha um bote inflável.

Não estão mais aqui. Estão a caminho de Quillabamba!, Martín disse. Não se arriscariam a ir pela estrada, porque seriam encontrados facilmente, então vão pela ferrovia ou pelo rio, deduziu.

OS FUGITIVOS DESISTIRAM da ideia de abordar o trem em movimento, aproveitando-se da baixa velocidade forçada pela curva fechada, ao lado da qual estavam postados. A abordagem nessas circunstâncias poderia levá-los ao colo dos policiais, que certamente estariam no trem, à espreita. Deveriam entrar sem chamar a atenção, misturando-se aos passageiros, simulando ser turistas — não eram muitos naquela época do ano, mas sempre os havia —, raciocinou Humberto. Beatriz e Alejandro concordaram. Caminhariam até a próxima estação, Água Calientes, que não estava longe; poderiam alcançá-la em duas horas, estimou Alejandro. Águas Calientes atrai turistas de todo o mundo o ano todo por causa da qualidade de suas águas termais e por sua localização estratégica, vizinha a Machu Picchu. A estação ferroviária, comentou Alejandro, é a que mais recolhe e despeja passageiros no trajeto Cusco-Machu Picchu. É a última escala antes de se chegar à cidadela inca.

Havia mais vendedoras do que turistas na estação, e os turistas passavam de cem, constataram os fugitivos ao se aproximar sem serem notados, saindo lentamente da mata. As vendedoras vestiam seus trajes típicos — chapéu, manta e saia volumosa e pregueada — e muitas estavam acompanhadas de seus filhos, alguns ainda bebês, acomodados às suas costas. Circulavam entre os turistas, que também circulavam entre elas, curiosos diante da variedade de produtos que expunham — comida, roupa e artesanato. Os retábulos, as cerâmicas e as catedrais esculpidas em pedra, todos de Ayacucho, rivalizavam, em quantidade de peças e espaço de exposição, com os tapetes e ponchos e mantas e chapéus de Huaraz.

Alcançaram a estação, um após o outro. Alejandro foi o primeiro e, depois de circular entre os viajantes e vendedoras, comprou três bilhetes com o dinheiro cedido por Humberto, o segundo a se aproximar. Comprou passagens para Machu Picchu, não para Quillabamba, pois isso poderia denunciá-los. Deixaria para comprar os bilhetes para o destino final na estação seguinte, se as circunstâncias permitissem. Beatriz foi direto a uma vendedora de xales. Comprou um, comprou também um chapéu de lã, e os vestiu, encantando Humberto com sua aparência nativa. O policiamento do local era feito por um único guarda republicano, que, pela displicência de comportamento — distraía-se conversando com as *cholas* e manuseando seus produtos —, demonstrava estar num plantão de rotina.

A descontração do policial terminou com a chegada do trem, que abafou o Urubamba: uma dezena de soldados e guardas civis desceu com a composição ainda em movimento, sem esperar que ela emparelhasse com a estação. O guarda estranhou tamanha quantidade de policiais e militares em seu local de trabalho e, desfazendo-se do biscoito confiscado de uma das vendedoras, os abordou, preocupado. Não, não havia notado nada diferente, ninguém entre os passageiros, muito menos entre as vendedoras, tinha aspecto de terrorista, e os turistas que estavam na iminência de embarcar também não, informou o policial a seus colegas.

À chegada dos soldados, Beatriz, Humberto e Alejandro caminharam lentamente, Beatriz com as mãos entrelaçadas, ora à frente, ora às costas, entre as vendedoras e os turistas, que se espalhavam ao longo da estação e ao lado dela, onde o comércio era mais intenso, e se infiltraram na mata. Permaneceram próximos uns dos outros, acompanhando atentamente o movimento na estação. Podiam assistir a tudo, mas quem estivesse na estação não podia vê-los por causa da vegetação, que encobria os três. Os militares exigiram que os passageiros mostrassem seus documentos — "estaríamos liquidados se ainda estivéssemos lá", pensou Humberto — e, quando a plataforma se esvaziou de passageiros, voltaram a embarcar, deixando um soldado para reforçar a vigilância do local. O último policial a deixar a plataforma voltou do guichê de passagens e disse algo a seu superior, acompanhando a informação com meneios de cabeça, indicando negação. Não, ninguém havia comprado bilhetes para Quillabamba, somente para Machu Picchu, e foram muitos os compradores, como acontecia todos os dias, informara o vendedor. Alejandro agira bem.

O trem partiu. O Urubamba voltou a impor seu rugido.

— Por pouco! — suspirou Beatriz.

— Não podemos voltar à estação — disse Alejandro —, senão chamaremos a atenção dos policiais.

— Está bem, mas quando chega o próximo trem? — perguntou Humberto.

— Iremos no cargueiro. A vigilância será menor. O primeiro deve passar em uma hora, no máximo — informou Alejandro.

Pressentiram a chegada do cargueiro, que levava de tudo a Quillabamba e de lá trazia cacau, café, chá e frutas, pela vibração do solo, que tremeu mais que à passagem do trem anterior. Afastaram-se do esconderijo para ganhar a máxima distância possível dos policiais. Mesmo que não parasse, comentou Alejandro, a composição diminuiria a velocidade, permitindo abordá-la. O maquinista facilitou o trabalho, detendo-se na estação para se refrescar, trocar algumas palavras com os policiais, comprar biscoitos e bombardear as *cholas* com galanteios, não respeitando nem as que carregavam os filhos às costas. Os fugitivos alojaram-se sob o assoalho de um dos vagões na retaguarda da composição, dependurando-se nos estribos de suporte.

— Além de terrorista e ladrão de motocicleta, agora serei clandestino num trem de carga — brincou Humberto.

Chegaram a Quillabamba, a cidade onde o verão é eterno, no início da tarde, quando o sol começava a derreter os telhados do casario e as pedras das ruas. Esgueiraram entre composições estacionadas no pátio e entraram num vagão de carga, onde, por conselho de Alejandro, aguardariam a noite para procurar Celestino, o outro contato indicado por Celestina, que Alejandro conhecia e sabia onde morava. Enquanto permaneceram no esconderijo, ouviram helicópteros sobrevoando a estação.

Humberto e Alejandro riram, e muito, quando notaram que estavam cobertos pela fuligem que o trem em movimento depositara em seus corpos.

— Pobre Beatriz — comentou Humberto —, não teve a oportunidade de usar o xale nem o chapéu que comprou em Águas Calientes.

Beatriz, que se despojara desses acessórios para poder se instalar nos estribos, respondeu com um ligeiro sorriso, e Humberto se deu conta de que, desde que se confessara guerrilheira arrependida, falara apenas o essencial.

O CORONEL PAREDES supervisionou os pontos de bloqueio em Urubamba e designou o tenente Chacal para fazer o mesmo em Ollantaytambo. A rodovia para Quillabamba descia aos três mil metros acima do nível do mar desde sua origem, Cusco, para chegar naquele ponto aos 1.500 e, a partir dali, não mais asfaltada, somente empedrada, voltar a subir e atingir 4.300 em Abra Málaga e, mais uma vez, descer e continuar descendo, rodopiando e esquivando-se de abismos alucinantes, até seu destino, aos mil metros de altitude. Patrulhas percorreriam a rodovia, não importava quão inóspita fosse, até segunda ordem, determinou o coronel, e Chacal seria o intermediário dessa ordem junto aos guardas civis e soldados destacados para Ollantaytambo. O achado de partes de um bote inflável sobre uma pedra e numa das margens do Urubamba e a informação, colhida por uma agente da Polícia de Investigações, de que um garimpeiro fora procurado na véspera por um casal com as roupas encharcadas dissolveram no coronel Paredes qualquer dúvida sobre o destino de Beatriz e Humberto. "Você está com a razão", disse ao capitão Froilán, com quem embarcou para Quillabamba. "Se não for possível pegá-los antes, é lá que os agarraremos", previu Paredes.

MARTÍN TRANSMITIU, através da camarada Paulina, a ordem para que uma dupla permanecesse em cada cidade percorrida e o restante dos combatentes — e havia mulheres entre eles — se deslocasse para Quillabamba. Os que estavam em Anta deveriam ir para lá também.

Paulina se encarregara de servir de contato entre Martín e os membros do comando de extermínio do Sendero espalhados pelo Vale Sagrado.

Telefonariam sempre para ela sempre que precisassem de instruções e para informá-la de seus movimentos.

Não havia como se comunicar com Martín, que, desde Cusco, dependia de um telefone público para dar e receber coordenadas.

Dois grupos patrulhariam a estrada, a partir de Ollantaytambo, com os veículos roubados na cidade imperial.

Os outros veículos seriam abandonados para não denunciar a localização dos guerrilheiros às forças de segurança.

Quem não fosse escalado para a vigilância das cidades e da rodovia, Martín ordenara, que embarcasse no primeiro trem para Quillabamba para reforçar o destacamento de vanguarda enviado para lá.

Era a forma mais rápida e segura de alcançá-la.

Davi comemorou. Nunca havia andado de trem.

Poria a cabeça para fora sem que a poeira entupisse suas narinas e o cegasse, o que aconteceu quando tentou isso ao andar de ônibus pela primeira vez e se repetiu na segunda, e desde então abandonara esse impulso.

Poderia, com a cabeça fora do trem, sentir o cheiro da floresta, doce e agreste, que ainda estava impregnado em sua alma apesar de ter abandonado as selvas de Ayacucho aos oito anos de idade, deixando para trás a melhor fase de sua vida e que ocupara dois terços de sua curta existência.

OS FUGITIVOS cruzaram com uma patrulha militar quando estavam a caminho da casa de Celestino, mas como andavam separadamente e a pouca luminosidade ocultava a sujeira de seus corpos, que, se percebida pelos militares, poderia levantar suspeita sobre eles, passaram inadvertidamente.

Celestino os recebeu à porta, descalço e com o torso nu. Era alto e forte. Tinha cinquenta anos e nenhum cabelo branco. Se era da parte de Celestina, que entrassem, por favor, faria tudo o que quisessem, porque jamais deixaria de atender aos amigos de sua mãezinha. Ficou impassível ao ser informado que Celestina estava morta, acomodou os visitantes no sofá, pediu licença — "fiquem à vontade, já volto" — e desapareceu pelo corredor. Quando voltou, alguns minutos depois, o choro ficara estampado em seu rosto.

Sua casa, de paredes brancas e telhas de argila, era ampla e rústica, porém confortável. Os cômodos tinham ventilador de teto. Celestino vivia só desde que a mulher o trocara por um técnico da multinacional que estudava o potencial das jazidas de gás e petróleo de Camisea. Não tinha filhos.

— Em que posso servi-los, amigos? — ofereceu-se, enquanto se recompunha da má notícia.

Beatriz tomou a dianteira, explicou que estavam fugindo ao mesmo tempo do Exército e de toda a polícia e do Sendero Luminoso. Revelou quem era, apresentou Humberto e, mais uma vez, pediu-lhe desculpas por tê-lo envolvido numa guerra que não era dele, e concluiu perguntando a Celestino se, apesar disso, estaria disposto a conduzi-los a um lugar seguro, fora do alcance de seus perseguidores.

— Se mamãe mandou-os aqui, irei atendê-los no que precisarem; assim, a estarei atendendo também.

Indicou-lhes o banheiro e separou roupas limpas para Humberto e Alejandro. As roupas da esposa ingrata serviriam, enfim, para alguma coisa.

— Escolha o que quiser, menina — disse a Beatriz, apresentando-a ao guarda-roupa da ex-esposa. — Porque já passou da hora de eu queimar tudo o que restou daquela ingrata.

Banharam-se e se serviram, em porções generosas porque a fome era avassaladora, de *chaque de plátano*, uma revigorante sopa de carne, legumes e banana.

Serviram-se até que não havia mais nada na caçarola.

— Parabéns — disse Celestino. — Fizeram bem alimentando-se bastante. Despediram-se de Alejandro, que passaria a noite lá e voltaria para casa no primeiro trem. Beatriz e Humberto embarcaram na caçamba da caminhonete Dodge de Celestino, que os cobriu com a fonte de seu sustento — mamões gigantes e suculentos que cultivava num sítio a poucos quilômetros da cidade e que comprara com o suor do seu trabalho nas fazendas de café de seu padrinho, o pai que jamais o reconhecera como filho.

Passaram pelos controles militares sem dificuldade. O soldado de um posto policial pediu um mamão, e Celestino lhe ofereceu quantos quisesse. O homem, que conhecia Celestino porque também residia em Quillabamba, contentou-se com dois, entregando o segundo ao companheiro, que o aceitou. Chegaram ao sítio de Celestino em meia hora.

— Já volto — disse o anfitrião, convocando, com um assovio grave e intercalado de trinados, o capataz para auxiliá-lo.

Quando voltou trazia um asno cangalhado, bastões, que distribuiu a Beatriz e Humberto, retendo um para si, e dois revólveres.

Colocou uma arma na cintura e ofereceu a outra a Beatriz, que a recusou.

— A senhorita não é da guerrilha? — estranhou Celestino.

— Só lutei com ideias.

Depois de exclamar "estranho!", Celestino estendeu a arma a Humberto, que titubeou, mas a aceitou.

— O burro está levando comida e água, os bastões são para nos apoiarmos durante o trajeto e os revólveres, para dar um fim em quem se meter conosco. — Entregou uma lanterna a Humberto, outra a Beatriz, e iniciou a marcha. — Não preciso de luz, meus olhos preferem o escuro. Vamos, passem o repelente. Não imaginam o que os espera.

— Para onde vamos? — perguntou Humberto.
— Pedir socorro aos *machiguengas*. Eles nos protegerão.

O SONO tornava-se a cada instante mais irresistível, e o coronel Paredes convocou o capitão Froilán para acompanhá-lo a uma inspeção aos postos de controle de Quillabamba, onde haviam chegado no meio da tarde. Uma parte dos soldados e policiais dormia, entre eles estava o tenente Chacal, acomodados como puderam no quartel da Guarda Civil; a outra permaneceria de plantão até o meio da madrugada, quando, então, seria rendida pelos que haviam se recolhido.

"Creio que por hoje não há mais o que fazer", comentou Froilán, buscando, com isso, o pretexto para ser dispensado de continuar em alerta. Assim como o coronel Paredes, não pregara os olhos durante duas noites — na primeira, preparando-se para emboscar a guerrilheira e o gringo e, na segunda, orientando por rádio as patrulhas que percorriam o Vale Sagrado em busca dos fugitivos. "Também estou cansado e, assim que terminarmos a inspeção, dormiremos algumas horas", disse o coronel.

Nos dois primeiros postos que percorreram, os soldados informaram não ter notado nenhuma movimentação que despertasse suspeita. "Alguém deixou a cidade?", perguntou o coronel, e os soldados responderam negativamente. No terceiro posto, na saída para Camisea, o soldado disse não ter notado nada de anormal. Se alguém deixara a cidade? Sim, apenas o senhor Celestino, que ele conhecia bem e era um homem de bem, e Celestino seguira em direção a seu sítio.

"Que veículo utilizava?", perguntou Paredes. "A caminhonete de sempre", respondeu o soldado. "Com quem estava?" "Ninguém". "O que transportava?" "Mamões." "Mamões?"

"Ele planta mamões em seu sítio, e são ótimos." "Mas se cultiva mamões em seu sítio, por que os estaria transportando de sua casa para lá, a esta hora da noite?"

Passava das dez. Paredes ordenou que o soldado fosse com ele até a casa de Celestino, que dizia conhecer. Precisavam esclarecer aquela dúvida. Partiram queimando os pneus.

A QUANTIDADE DE MILITARES em Quillabamba aconselhou Martín a ordenar a seus subordinados que se expusessem o mínimo possível, para não chamar a atenção do inimigo. A mobilização do Exército, dos *sinchis* e da Guarda Republicana, interpretou Martín, era a prova contundente da importância da traidora e do gringo no esforço da contrainsurgência: os militares encenavam persegui-los para proteger a retaguarda deles.

Os membros do comando ampliado de extermínio estavam dispersos em hotéis e pensões nas proximidades da Praça de Armas, onde dois ficariam sempre de plantão, para receber e transmitir ordens e instruções. Martín estaria nas imediações, circulando. Dizia não sentir sono.

O calor, intenso e úmido, incentivava os moradores a saírem às ruas. Tomavam sorvetes e sucos e conversavam nas calçadas. Muitos bares serviam licor de café.

Os guerrilheiros mais jovens, entre eles Davi, ficariam o mais próximo possível dos postos de controle militar para detectar qualquer anormalidade.

Ironicamente, seriam os militares, a partir daquele ponto, os orientadores do comando de extermínio, zombou Martín.

Os guerrilheiros destacados para vigiar os postos de controle fingiriam brincar ou conversar ou namorar e, assim, não atrairiam suspeitas sobre suas reais intenções. Outros percorreriam as ruas, sempre em duplas, como turistas normais fariam numa cidade desconhecida.

Você não pode falhar, Paulina falou a Martín no telefonema do início da noite.

Não falharei, ele respondeu.

A direção não admite a hipótese de que você falhe, ela completou.

Martín tinha o rosto enrijecido quando desligou o telefone, Manoel notou.

Manoel estava ao lado dele e ao seu estava, como sempre estivera desde Cusco, seu demônio da guarda, o ayacuchano escalado para vigiá-lo sem trégua.

Os olhos de Martín, sempre dominados pelo brilho da cólera, tornaram-se opacos desde aquele telefonema até que um de seus comandados se aproximou correndo e lhe informou, falando em seu ouvido, que um veículo havia retirado um policial de um posto de controle e partido em alta velocidade.

Martín mandou que Manoel trouxesse o furgão, remanescente do comboio furtado em Cusco e que havia integrado a patrulha que rastreou a rodovia desde Ollantaytambo, e fosse com ele e outros ayacuchanos — era útil carregar crianças naquele momento — percorrer a cidade. Davi se apresentou. O menino que havia dado a informação a Martín também iria. Iriam oito no total.

Poderiam descobrir por que os militares saíram às pressas do posto policial.

— CAMINHAREMOS O QUANTO PUDERMOS e só descansaremos quando realmente não aguentarmos mais — disse Celestino. — Precisamos abrir a máxima vantagem possível sobre os seus perseguidores, que agora são meus também.

À medida que penetravam na mata, sentiam a temperatura declinar, e quanto mais avançavam, mais intenso era o som produzido por aves e insetos e animais noturnos, mais ruidosos que os diurnos. Ouviam sons longos e graves, curtos e sibilantes na forma de assobios, coaxos, gorgeios, cacarejos, trinados, arrulhos, guinchos e grasnidos, soluços e esturros e zinidos, na mais perfeita das sinfonias espontâneas, que só silenciava para se curvar à imponência ameaçadora do rugido de alguma fera, mesmo que captado a grande distância, mesmo que nos instantes finais de sua breve existência.

O facho da lanterna empunhada por Humberto trazia à presença deles formas e volumes que aparentavam estar em contínuo movimento. Caminhavam por uma picada e só eventualmente Celestino desbastava a folhagem que se antepunha ao avanço dos fugitivos para o coração da selva. A quase integridade da trilha, explicou ele, indicava que era utilizada com frequência, e quem mais a utilizava eram arqueólogos vindos dos quatros cantos do globo em busca das mitológicas cidades perdidas dos incas.

— Mitológicas, não — corrigiu-o Beatriz —, são cidades reais, e há dezenas, talvez centenas delas que ainda não foram descobertas. O segredo que as envolve é que criou o mito, mas o mito é baseado na realidade, e a realidade é esta: os incas, ao serem expulsos de Cusco pelos espanhóis, infiltraram-se na selva, nesta selva em que estamos, edificaram cidades e, a partir delas, promoveram ataques às tropas e instalações dos conquistadores.

A ramagem de repente se abriu e os três viram as luzes de uma Quillabamba adormecida. Haviam subido, e muito, e a inclinação da trilha sinalizava que teriam que subir ainda mais. A folhagem voltou a se fechar, densa.

— Dou a mão à palmatória — reconheceu Celestino, e os intervalos cada vez mais frequentes em sua fala revelavam o esforço que a subida exigia de seu corpo. — Sabemos que essas cidades existiram, mas há muita fantasia em torno delas.

— A fantasia não deve se impor à realidade nem a realidade deixar-se subjugar pela fantasia. — Beatriz o corrigiu novamente. — Hiran Bingham descobriu Machu Picchu em 1911, portanto 379 anos depois da chegada de Pizarro ao Peru. Quanto tempo ainda será preciso esperar para que todas as cidades incas ocultas na selva sejam descobertas e catalogadas é uma pergunta que nem os especialistas são capazes de responder. Portanto...

— Desligue a lanterna — pediu Celestino a Humberto, capitulando definitivamente à argumentação de Beatriz. — E observem.

Quando seus olhos começaram a se acostumar à escuridão, centenas de vaga-lumes despontaram das trevas.

"QUAL O SEU NOME? De onde veio? O que está fazendo aqui?", perguntava e repetia o coronel Paredes.

O carro que o coronel utilizava, estacionado diante da casa de Celestino, foi identificado pelo informante senderista que acompanhava Martín.

"Alejandro", respondeu Alejandro, tentando se sentar na cama e sendo contido pelo coturno do coronel pousado em seu peito. O soldado que acompanhava o oficial se ajoelhou ao seu lado e apontava o revólver para a cabeça do garimpeiro. Froilán assistia, postado junto à parede.

Tem certeza que é aquele carro?, Martín insistiu.

"Agora que respondeu a primeira pergunta" — e Alejandro não tinha certeza se estava acordado ou dormindo —, "responda a segunda, depois a terceira, e todas as demais", gritou o coronel, aumentando a pressão do coturno sobre o tórax de Celestino.

"Sou de Urubamba" — e a voz de Alejandro saiu com dificuldade, arranhando a laringe, e então ele teve certeza de que estava acordado — "e vim visitar um amigo."

Ficaremos aqui. Davi, aproxime-se o máximo que puder e tente ouvir o que se passa lá dentro, Martín ordenou.

Manoel estacionou o carro a uma distância prudente da casa de Celestino. Apagou os faróis.

"Que amigo?"

"Um amigo." E o coronel pressionou ainda mais o peito de Alejandro. O soldado engatilhou o revólver. "Celestino, um velho amigo."

"Onde ele está?"

Davi atravessou a cerca viva e seguiu, primeiro agachado, depois rastejando, em direção à luz e às vozes que vinham da casa de Celestino.

"Não sabe aonde ele foi? Então me diga: com quem você veio? Sozinho, é? Então você usa três mudas de roupa ao mesmo tempo, incluindo calcinha e sutiã? Encontramos a roupa no banheiro."

O soldado encostou o cano do revólver no olho esquerdo de Alejandro enquanto o coronel Paredes tirava o coturno de seu peito para depositá-lo sem dó em seus testículos.

"Para onde Celestino levou a guerrilheira e seu cúmplice estrangeiro?"

Davi rastejou, depois se agachou e, após vencer a cerca viva, correu até o carro em que estava Martín.

Vamos segui-los. Eles nos levarão à traidora e ao gringo, Martín disse, após ouvir o curto, porém decisivo, relato de Davi.

Alejandro respondeu silabicamente, com grande esforço: "A seu sítio. Não sei onde fica." Só então o coronel liberou os testículos de Alejandro e perguntou ao soldado se ele saberia conduzi-los à propriedade de Celestino. "Sim? Ótimo, vamos. Já!" E convocou por rádio duas patrulhas para acompanhá-los. O local de encontro seria no último posto policial, na saída para Camisea, onde Alejandro seria deixado para ser transferido ao quartel da Guarda Civil para explicar seu envolvimento com os dois fugitivos.

Arrancaram em alta velocidade.

Manoel ligou a ignição e seguiu o carro do coronel Paredes e continuou seguindo-o até que o veículo do militar, acompanhado de outros dois, entrou no sítio de Celestino. A casa-grande ficava a poucos metros da porteira. O capataz morava num casebre ao lado e foi despertado pela chegada ruidosa dos militares, que exasperou todos os cães da propriedade e das propriedades vizinhas, numa sequência infinita de latidos, selva adentro e montanha acima.

"O patrão partiu com dois desconhecidos. Não disse aonde ia", informou o capataz, acrescentando, diante da insistência do coronel, que Celestino havia carregado um burro com mantimentos e estava armado.

O menino Davi, oculto na folhagem, ouvia atentamente.

"O que há por perto?", perguntou Paredes.

"Fazendas de café, mate e frutas", respondeu o capataz, "que ficam naquela direção, mas eles não foram para lá" — e apontou para a esquerda e em seguida para o lado oposto —, "foram para lá."

"E o que há naquela direção?"

A timidez da lua permitia que o céu pontilhasse de estrelas. Na direção apontada pelo capataz avistava-se uma cortina espessa, impenetrável à pouca luminosidade daquela noite.

"A selva."

"Acorde Chacal", ordenou o coronel pelo rádio, e em poucos minutos o *sinchi* retornou o contato. Não era possível fazer nada, teriam que esperar a aurora, informou o tenente, que, antes de ser destacado para o combate aos guerrilheiros de Ayacucho, servira na inóspita San Antonio de Sonomoro, na Selva Central. Os labirintos da Amazônia eram, para ele, mais que um desafio instigante: uma diversão, mas naquela noite ele não estava disposto a se entreter com eles. Tinha sono, muito sono. Como Paredes e Froilán, passara duas noites em claro.

Os militares voltaram à cidade. "Descansaremos um pouco", disse Paredes a Froilán, "porque amanhã, e o amanhã já é hoje, o dia será longo e glorioso." Levaram o capataz e sua mulher para evitar que eles procurassem o patrão e dessem com as línguas nos dentes, o que certamente faria Celestino alterar a rota de fuga.

É possível alguma orientação na selva numa noite como esta?, Martín perguntou assim que os soldados deixaram o sítio de Celestino. Davi respondeu que sim.

Entraram na casa vazia do capataz. A lamparina estava acesa e bem abastecida de querosene. Teriam luz por várias horas.

Martín ordenou que um dos guerrilheiros, o único que sabia dirigir, retornasse à cidade e orientasse os demais a esperar que ele, Martín, voltasse da selva, não importando quanto tempo durasse sua ausência.

E que informasse Paulina do que estava acontecendo. Ditou o número do telefone. Que não o esquecesse. E que lhe passasse o revólver, pois ele havia entregado sua pistola a um dos membros do comando de extermínio que chegara a Cusco desarmado. O emissário de sua ordem não precisaria da arma. Martín, sim. E a usaria com a esquerda, a mão ruim, a que lhe restara. A ocasião merecia.

Davi agachou-se e aproximou o candeeiro das pegadas. Constatou, apalpando os sulcos na terra: eram pegadas de um burro e de três pessoas. A mais superficial e menor era da mulher. Não saberia especificar a quem pertenciam as demais — uma maior que a outra, fixadas no solo com intensidades diferentes — porque conhecia, e de relance, apenas um dos homens que perseguiam.

As pegadas conduziam à orla da selva e prosseguiam por uma trilha aberta na ramagem.

São nossos!, Martín comemorou, acariciando a coronha do revólver que repousava em sua cintura. Desta vez chegaremos à caça antes que os filhos da puta dos militares.

O BURRICO RELINCHOU TRÊS VEZES, despertando os fugitivos. Relinchou, coiceou o ar e agitou o rabo.

— Ele sempre age assim ao amanhecer. Talvez pense que é um galo, o galo peruano, que dança enquanto canta — comentou Celestino. Enrolava a manta sobre a qual descansara durante uma hora.

Beatriz e Humberto imitaram Celestino, que lhes passou o cantil e um pacote de biscoitos — "refestelem-se, jovens", disse — e anunciou que logo começariam a descer, mas que não exultassem porque, assim que terminassem a descida — e lá os esperava um rio —, voltariam a subir, e depois que subissem desceriam novamente — e outro rio os aguardava — e subiriam de novo e desceriam mais uma vez até alcançar outro rio. Fariam isso tantas vezes quantas fossem necessárias para chegar à planície, e quando desembarcassem na planície teriam deixado definitivamente os Andes. Estariam enfronhados na profundeza da Amazônia, onde, segundo Celestino, "nem a mais poderosa legião de demônios será capaz de nos encontrar".

O dia chegou onde estavam os fugitivos muito depois que em outros lugares, porque a copa das árvores relutou em permitir a passagem da luz, e quando lhe cedeu caminho se abriu apenas para uma parte dela. Alcançaram uma trilha empedrada — "há dezenas desses caminhos por aqui", explicou Celestino, e Beatriz completou dizendo que, além de construir cidades na selva, os incas fugitivos as interligaram por uma complexa rede viária, aplicando os conhecimentos adquiridos na construção do *Cápac Ñan*, o Grande Caminho. Esse caminho, de 23 mil quilômetros — limitando-se ao que havia sido catalogado — e traçado sobre um dos terrenos mais abruptos do mundo, unia e dotava de um sistema de transporte, administrativo e de comunicações as quatro divisões básicas do Tawantisuyo, o império incaico — o Antisuyo, Contisuyo, Chinchaisuyo e o Collasuyo.

— Estamos no Paititi, o último refúgio dos incas, onde eles lutaram, a partir de Vilcabamba, a Velha, durante quarenta anos contra os conquistadores — explicou Beatriz. — Foi a partir daqui que Tupac Amaru, o último soberano inca, fustigou os espanhóis, e aqui ele foi capturado.

OS HELICÓPTEROS DESPEJARAM OS SOLDADOS no sítio de Celestino quando as primeiras luzes da manhã se infiltravam nas montanhas. O tenente Chacal remexeu com o punhal os sulcos na terra que encontrou próximos à casa de Celestino, os seguiu por um trecho e voltou, informando ao coronel Paredes e ao capitão Froilán que havia muitas pegadas, as mais numerosas eram as mais recentes, e todas se dirigiam à selva. Pediu ao coronel que ordenasse aos pilotos investigar se havia clareiras na direção das pegadas e ordenou que os *sinchis* sob o seu comando o seguissem.

"O senhor irá nos acompanhar?", perguntou ao coronel. "Evidentemente."

Chegaram à borda da mata, e as pegadas continuavam lá, frescas. Chacal as cutucou novamente com o punhal, distanciou-se para visualizar todo o conjunto e garantiu: "Os fugitivos levam um asno e estão sendo seguidos, a um intervalo de poucas horas, por sete pessoas. Algumas são crianças."

A SELVA SE ABRIU, e no horizonte surgiu uma trilha contornando a encosta da montanha e desafiando um precipício vertiginoso que se projetava sobre um rio, que, visto da altura em que estavam, se assemelhava a um fio de água, silencioso e inofensivo. O burrico empacou, exigindo de Celestino o recurso a mil artimanhas, entre elas a de mostrar os dentes e mover as orelhas, que só frutificaram quando, finalmente, ele ofereceu uma espiga de milho ao animal, que agradeceu relinchando três vezes.

— E lá se foi parte do nosso almoço — protestou o guia.

No meio da trilha suspensa, uma nuvem os envolveu, embaçando os óculos de Humberto.

— Melhor assim — disse o jornalista —, pois já não vejo o fundo desse precipício apavorante.

Mal vencido o desafio, defrontaram-se com outro: a trilha se inclinava abruptamente, sinuosa, úmida, resvaladiça. Não havia mais o piso de pedra, e não poderia ser de outra forma senão os animais de carga não se manteriam em pé. O burrico empacou novamente, e novamente Celestino o convenceu a prosseguir brandindo uma espiga de milho, que o animal devorou com casca e sabugo, relinchando três vezes para comemorar a ceia. A folhagem, agora mais áspera e densa, exigia constantes intervenções do facão de Celestino. As roupas dos fugitivos receberam os primeiros cortes. A trilha singrava uma vegetação afiada como lâmina de punhal.

PASSARAM POR AQUI há pouco tempo, Davi informou, apresentando a Martín os restos do milho verde deixados cair pelo asno.

Os olhos de Martín voltaram a emitir o brilho do ódio.

Camarada Manoel, vá na frente, Martín ordenou.

Diante deles, a trilha se esgueirava sobre o precipício.

Sim, camarada.

Não haviam feito nenhuma parada para repouso desde que entraram na mata. A distância que os separava dos fugitivos diminuía, Martín calculou.

O RIO ERA ESTREITO E CALMO. Beatriz e Humberto revigoraram os corpos em suas águas enquanto Celestino mitigava a voracidade do animal com o restante das espigas de milho. O burrico agradecia com três relinchos a cada espiga ingerida. Relinchava e abanava a cauda e coiceava o ar.

— Não haveria tempo para assar as espigas — justificou Celestino, que também se atirou ao rio.

Partiram assim que o animal se deu por alimentado. Teriam que subir a montanha por uma trilha com a mesma inclinação da que haviam descido para chegar ao rio. As roupas molhadas tolhiam seus movimentos e exigiam mais esforço para galgarem a encosta da montanha. Sentiam frio e não tinham o sol, oculto pela copa das árvores, como aliado para aquecer seus corpos.

O PILOTO DE UM DOS HELICÓPTEROS informou ao coronel Paredes ter avistado uma clareira na selva, e nela havia alguns casebres. Deu as coordenadas, que o coronel repassou ao tenente Chacal, que concluiu: "Pode estar na rota dos fugitivos; pode não estar. É impossível prever."

O coronel Paredes convocou Froilán e alguns soldados para irem com ele de helicóptero até a clareira. Esperariam lá algum tempo. Poderiam surpreender os fugitivos. Chacal continuaria com sua tropa seguindo a trilha. Manteriam contato por rádio. Ele e Froilán, sem o preparo físico que a selva combinada com a montanha exigia, pouparia seus esqueletos.

O helicóptero pousou numa praça de cinquenta metros de comprimento por cinquenta de largura revestida com pedras. A praça um dia tivera suas extremidades protegidas por torreões, dos quais restavam apenas pedaços de seus muros, recobertos por musgo. Estavam 3.600 metros acima do nível do mar, informou o piloto, e quatro casas, cobertas com folhas de palmeira, eram as únicas habitadas entre dezenas de construções em ruínas. Todas as construções eram de pedra. Um pequeno campo ao lado do sítio arqueológico permitia o plantio de alimentos para os moradores, que se refugiaram em suas casas à aproximação do helicóptero e só as deixaram depois que o coronel Paredes os informou, assim que o helicóptero levantou voo e desapareceu, que estavam em missão de paz, que não queriam nada com eles, que ficariam ali somente até a chegada dos companheiros que vinham pelo mato numa missão de treinamento.

Os camponeses fizeram que acreditaram porque sabiam que nenhum militar viria até aquela terra de ninguém apenas para treinar. Se estavam ali, tinham um objetivo, e não era nada bom, e isso era o que o condor lhes havia indicado. Ofereceram comida e água aos visitantes, sendo correspondidos no segundo item, que os militares levaram em odres para as ruínas dos torreões, onde ficaram à espreita dos fugitivos.

"Se alguém chegar, não digam que estamos aqui", recomendou o coronel Paredes, "faz parte do treinamento." "Continuem fazendo o que sempre fizeram."

BEATRIZ PEDIU para interromperem a caminhada. Estava extenuada, as pernas já não obedeciam e sua cabeça girava. Faltava-lhe ar, faltava ar também a Humberto e a Celestino, pois se aproximavam do topo de mais uma montanha, e muita energia fora consumida ao longo do trajeto inclemente. Haviam deixando para trás o ar úmido e abafado e quente dos primeiros estágios da escalada; estavam agora imersos numa atmosfera rarefeita e fria.

Começou a chover, e chovia torrencialmente, e a tempestade elétrica abalava a selva como o estrondo simultâneo de mil canhões. Celestino cortou alguns galhos e improvisou uma choça, sob a qual se abrigaram.

— Humberto, você parou de fumar? — perguntou Beatriz.

— Não fumo desde que deixamos o hotel em Cusco. Não tive tempo de pegar os cigarros.

— Sente falta?

— Não sobrou tempo para isso.

— Pelo menos algo de bom minha companhia trouxe a você.

Beatriz não sorriu, como era seu hábito, após o comentário. Sua fisionomia estava contraída, e Humberto notou sua tensão. Enxergavam com dificuldade. A chuva escurecia ainda mais a selva.

— Em que está pensando? — perguntou o jornalista. O recolhimento de Beatriz o interessou.

— Lembrei-me de um comentário de meu pai. Ele dizia que deveríamos nos comportar todos os dias como se fosse o último dia de nossa existência porque um dia esse dia seria realmente o último.

— E por que você está se lembrando disso agora?

— Lembro-me disso todos os dias, mas hoje a lembrança veio acompanhada, talvez seja por causa do cansaço, da chuva e das circunstâncias, de um sentimento estranho, que não sei identificar.

— Você está com medo?

— Desde o primeiro momento, quando despertei e avistei os militares na porta do hotel, mas agora é diferente: estou entorpecida.

Celestino não se atreveu a intrometer-se na conversa. Fechou os olhos, aparentando cochilar.

— Sabe qual foi a última vez que meu pai repetiu o conselho? — retomou Beatriz.

Humberto meneou a cabeça.

— Na manhã do dia em que as tropas sitiaram nossa casa. Aquele foi realmente seu último dia.

MERDA, VAMOS NOS ENCHARCAR, Martín protestou.

Sua roupa, como a dos demais, estava esgarçada devido ao atrito com a folhagem de bordas cortantes.

O braço direito de Manoel latejava. Um espinho encravara-se nele.

Arranque com o dente, Davi aconselhou.

Manoel seguiu o conselho, livrou-se do corpo estranho, mas o sangue veio em borbulhas.

Vamos descansar um pouco, a chuva é forte, Martín ordenou.

E Davi: Senhor, se pararmos, não diminuiremos a distância do nosso objetivo.

Tem razão, Martín concordou. Andaremos mais meia hora. Se continuar chovendo, pararemos. Do contrário, iremos adiante.

CELESTINO SINALIZOU para Beatriz e Humberto se deterem. Haviam retomado a marcha quando o dilúvio cessou — "na Amazônia a chuva chega sem se anunciar e vai embora sem se despedir", comentara o guia — e se aproximavam do cume da montanha.

O jorro de luz que vencia a vegetação e os alcançava revelava a existência de uma clareira. Sim, era uma clareira, certificou-se Celestino, que levou o indicador ao nariz, e, não bastasse a eloquência do gesto, disse "silêncio", repetindo o gesto e a ordem ao asno.

Celestino avançou alguns metros até chegar ao limite da mata, analisou a clareira, oculto por uma árvore, recuou e disse a Beatriz e a Humberto e também ao burro que tudo estava calmo, havia alguns casebres e nada mais. Saíram da mata, lentamente. Olharam para os lados e para cima e notaram um arco-íris se dissipando sobre suas cabeças.

Ali, eles estão ali, Davi disse, apontando para as silhuetas dos fugitivos ressaltadas pela luz que invadia a trilha.

É uma clareira, vamos, rápido, Martín ordenou.

Os fugitivos caminhavam em direção ao centro da aldeia, dominado pela praça incaica. Visualizaram os moradores, que acenavam para eles. Sinalizavam algo, mas o quê? Ouviram as mulheres e os homens chamando as crianças para entrar nas casas. Os moradores pareciam nervosos. Celestino, Beatriz e Humberto deduziram que sua chegada os havia assustado — deveria ser um acontecimento raro a presença de estranhos naquele local.

O coronel Paredes acenou para a tropa, oculta nas ruínas recobertas de musgo e que um dia serviram de torreão, para que esperasse a ordem de agir.

O momento da captura, enfim, havia chegado, comemorou Froilán.

O asno relinchou três vezes, coiceou o ar, agitou o rabo. E empacou ao lado de um monólito que se destacava entre os arbustos que antecediam a praça.

— Não tenho mais milho para suborná-lo — lamentou Celestino, forçando o cabresto.

Em vão. O muar estava decidido a não ceder, e não cedeu.

O arco-íris se desfez.

O céu se acinzentou bruscamente, despejando uma garoa fina.

Estavam próximos da praça empedrada.

Ouviram passos vindos da retaguarda.

Um menino caminhava na direção deles e assoviava. Tinha a roupa cortada em várias partes. Apressou o passo, depois correu.

Os fugitivos pararam, esperando a aproximação do menino — Beatriz e Humberto não reconheceram o assassino de Celestina —, e notaram outros meninos e adolescentes saindo do local de onde o primeiro menino surgira.

Também corriam na direção deles.

Celestino ia dizer "corram" quando Davi sacou o revólver e disparou.

Beatriz gritou.

Humberto ouviu disparos às suas costas.

Os militares irrompiam de seus esconderijos atirando no comando de extermínio que vinha da mata atirando em Celestino, Beatriz e Humberto e também nos militares.

Humberto disparou na direção dos guerrilheiros.

Um deles caiu.

Manoel se lançou sobre a vítima, despojou-a do revólver e atirou em Davi, que se preparava para o segundo tiro.

O menino-pastor-comandante-assassino foi alvejado nas costas e tombou, em silêncio.

Manoel levantou-se em seguida e em seguida foi devolvido ao solo, abatido por Martín.

Um tiro atingiu a perna esquerda de Humberto e o derrubou.

Ele viu Beatriz estendida ao seu lado. Estava com a mão direita sobre o abdome. Sangrava e gemia.

— Celestino, ela está ferida — gritou, e seu grito foi abafado pelo baque produzido pelo corpo do guia. O sangue jorrava das têmporas de Celestino.

Os militares recuaram, procurando a proteção dos velhos torreões.

O comando guerrilheiro embrenhou-se na mata.

Humberto levantou-se e puxou o asno, impávido durante o tiroteio. O animal o atendeu prontamente, talvez pressentindo que era melhor acatar a solicitação de se mover do que ficar estagnado em meio ao fogo cruzado, que poderia reiniciar a qualquer momento.

Humberto amparou Beatriz, que caminhava com dificuldade, arrastando a perna direita, insensível a seu comando.

Alcançaram o povoado em ruínas quando o confronto entre os militares e os guerrilheiros recomeçou.

Humberto deu falta do revólver — ficara onde ele havia caído e lá ficaria, porque, se voltasse para apanhá-lo, morreria.

Uma mulher, com uma criança no colo, aproximou-se do casal e indicou uma fresta na mata.

— Sigam por ali e virem à direita na primeira bifurcação — disse, e correu para sua casa, que havia deixado pelos fundos.

Os corpos de Davi e Manoel estavam inermes sobre a relva e o de um soldado jazia sobre a laje de pedra.

"É o nosso homem, aquele é o nosso homem", apontou Froilán, que precisou ser contido pelo *sinchi* ao seu lado em seu impulso de correr na direção de Manoel, desafiando as balas despejadas pelos guerrilheiros.

Soldados e guerrilheiros atiravam, mas não ousavam abandonar suas posições, até que o coronel Paredes, depois de se comunicar por rádio com o tenente Chacal, ordenou "vamos ao encalço desses bandidos primeiro e depois da comandante e do gringo *soplón*, que estão feridos".

Vamos esperar que eles venham, assim os pegaremos um a um, Martín falou, após ordenar novo recuo. Seus olhos estavam vermelhos de ódio.

Sim, aquele filho de uma puta do camarada Manoel era um agente infiltrado, como ele desconfiara. Por que não o havia matado antes? Teria poupado a vida de um guerrilheiro de verdade, o menino Davi, que tombou como herói da revolução e no cumprimento do dever.

Dispersem-se, vamos surpreender os militares de merda, ordenou.

E todos submergiram na mata.

O capitão Froilán deteve-se ao lado do corpo de Manoel e certificou-se de que estava morto. Fechou os olhos do companheiro, juntou suas mãos sobre o peito, sobre o qual fez o sinal da cruz, e incorporou-se à patrulha que se infiltrava na selva.

Os militares foram recepcionados por tiros que vinham de todos os lados, sem lhes dar a chance de identificar de onde partiam.

Responderam atirando a esmo. Atiraram até que perceberam que o adversário havia suspendido o tiroteio.

O tenente Chacal informou pelo rádio que estava posicionado na retaguarda dos guerrilheiros, a poucos metros deles. Que os fizesse recuar, portanto, que lhes daria as merecidas boas-vindas.

Uma saraivada de balas se seguiu à informação do tenente Chacal.

Os militares tinham metralhadoras e fuzis e os guerrilheiros, apenas pistolas. Não poderiam oferecer resistência por muito tempo, por mais munição que tivessem, e o novo silêncio que se seguiu ao segundo embate na mata era um indício, observou o coronel Paredes, de que a munição deles estava escasseando.

A movimentação da folhagem mostrava que recuavam.

Estamos fodidos, Martín falou. Vamos correr, nossa munição está acabando.

Correram. Correram na direção de Chacal, que cumpriu a promessa de recepcioná-los com honras militares.

Os corpos dos guerrilheiros formaram uma fila descendente.

Martín, que fechava a coluna, agonizava quando os militares se aproximaram dele. Havia recebido vários impactos e seu corpo se contorcia numa poça de sangue. Sua mão esquerda esforçava-se para alcançar o revólver caído ao seu lado.

"O que vamos fazer com este?", perguntou Chacal ao coronel Paredes, chutando a arma que o agonizante tentava retomar. "Ele não resistirá muito tempo."

Froilán o reconheceu. Era o guerrilheiro de uma mão só de que tanto falara Manoel, e era o mesmo — ele tinha certeza, pois assistira à execução — que havia desfechado o tiro fatal em seu agente.

"Posso?", perguntou ao coronel. Foi autorizado. Aproximou-se do guerrilheiro, apontou o fuzil, colocou sua testa no centro da mira... recolheu a arma. "Pouparei munição. A selva se encarregará de consumi-lo."

HUMBERTO RETIROU A CANGALHA do burro para acomodar Beatriz, retendo apenas o cantil, a lanterna e o facão com o qual Celestino desbastara a trilha que o conduziu à morte. Beatriz se queixava da dor e sangrava muito. A perna de Humberto também sangrava e também doía. Começou a chover.

— Ótimo — disse Humberto —, a chuva limpará o rastro de sangue que estamos deixando.

Beatriz não respondeu.

Chegaram à bifurcação, e, quando o jornalista cortava galhos para fechar o acesso à trilha que deveriam seguir para, com isso, enviar seus captores para bem longe de seu destino, a mulher, a mesma que lhes havia indicado o caminho, surgiu da folhagem. Estava sem a criança.

— Vim porque sei que precisam de ajuda.

Pediu para examinar Beatriz e ajudou Humberto a descê-la do burro. A camisa de Beatriz estava encharcada de sangue, que brotava num fluxo contínuo do orifício feito pela bala disparada por Davi. A mulher pediu para ver também o ferimento de Humberto.

— Ela não pode ficar assim — disse. — O senhor pode esperar mais um pouco, não é grave.

Disse que voltaria logo e desapareceu na mata. E voltou em seguida com um punhado de ervas e folhas. Pediu água, *nia*, e Humberto lhe estendeu o cantil, no qual ela mergulhou as ervas e folhas, picadas. Introduziu parte das ervas no ferimento e o cobriu com o restante. Cortou uma folha larga e grossa e envolveu o abdome de Beatriz com ela, fixando-a com cipós finos. Deixou Beatriz estendida no chão enquanto atendia Humberto. Repetiu o procedimento. O ferimento de Humberto era logo acima do joelho.

— Por que a senhora está nos ajudando? — perguntou Humberto.

— Quando um condor pousa em nossa aldeia — disse a mulher, num espanhol truncado —, está anunciando que alguém precisa de ajuda. Foi o que aconteceu esta manhã, depois de muitos anos sem que avistássemos um, porque aqui só passam, quando passam, condores extraviados. Quando os militares chegaram após o condor partir, e eles também não vinham aqui havia muitos anos, pressentimos que algo de grave estava na iminência de acontecer. Bastou vocês surgirem na mata para sabermos que eram vocês a quem teríamos de ajudar, porque, se os militares queriam capturá-los, é porque vocês são pessoas de bem. Rejeitamos os militares, rejeitamos tudo e todos os que querem nos dominar, por isso vivemos isolados, e não interferimos no tiroteio porque não temos armas.

A túnica que a mulher usava destoava de toda a indumentária que Humberto vira em sua peregrinação pelo Peru. Chegava-lhe quase aos pés e era lisa e deixava o colo e os braços de fora. Perguntou por que ela se vestia daquela forma.

— Sou *machiguenga* e nos vestimos assim.

A mulher ajudou Humberto a recolocar Beatriz no burro.

— Procure ficar ereta o máximo possível para não pressionar o ferimento — recomendou, repetindo que a partir daquele ponto desceriam, e desceriam muito, mas o declive seria suave e que, quando chegassem a uma planície e ouvissem o estrondo infinito do rio, estariam a salvo. Seu povo lhes daria assistência e conforto. Teriam chegado a Megantoni, o santuário *machiguenga*.

A mulher se despediu alegando que tinha que voltar para cuidar dos filhos e do marido, que deveria estar preocupado porque saíra sem avisá-lo. Humberto vedou o quanto pôde o acesso à trilha com a folhagem que havia cortado e reiniciou a marcha.

A chuva cessou quando a noite se apossou da floresta, convocando os pirilampos para o festival de luzes e os animais e as aves para mais uma sessão sinfônica. Os mosquitos também vieram, e então Humberto se deu conta de que, entre os utensílios de que se despojara, estava o repelente. Não havia o que fazer a não ser entregar o corpo à voracidade dos insetos.

Beatriz apoiava-se no pescoço do animal para diminuir o esforço que a montaria exigia dela. Sentia frio e um cansaço como nunca antes. O jornalista a estimulava a resistir e a consolava, dizendo que logo a dor passaria e o frio também, mas sabia que, se não alcançasse rapidamente a aldeia indicada pela índia, Beatriz não sobreviveria. O ferimento na perna de Humberto doía, dificultando-lhe os movimentos, mas não o impedia de prosseguir.

— Humberto — disse Beatriz —, estou morrendo, meu querido Humberto.

O jornalista ia à frente, iluminando o caminho com a lanterna e puxando o burrico pelo cabresto. Ao ouvir Beatriz, voltou-se para ela. Ela estava aprumada e tinha o corpo coberto pela luminescência dos vaga-lumes.

— Não, minha querida, você não está morrendo. Você logo estará boa.

— Estou morrendo, Humberto, e estou morrendo porque me rebelei contra o ódio e o ódio está me punindo com a morte. — Esforçava-se para falar, e por mais que se esforçasse sua voz emergia sussurrante.

— Não, minha querida, você não está morrendo.

— Estou morrendo, Humberto, e também posso estar te conduzindo à morte, como a ela apresentei Celestina e Celestino e não sei quantos mais.

— Por favor, Beatriz, não se esforce, você precisa poupar energia até que cheguemos à aldeia.

— Não chegarei viva à aldeia, Humberto. Sinto a morte muito próxima.

— Por favor, Beatriz, não diga isso. Reaja!

— Estou fazendo o possível, mas nada posso além de me despedir de você, que é o mesmo que me despedir da vida.

Humberto acelerou o passo e o burrico o imitou. Temia que o animal empacasse, pois não dispunha de nada, nem de milho nem das artimanhas de Celestino, para convencê-lo a andar caso resolvesse se imobilizar como uma estátua. Teria que se apressar, mas não muito, para não incitar o animal à rebeldia. Beatriz continuava imersa na fosforescência.

— Todos têm um motivo para viver. O que justificou minha existência? — disse Beatriz, que voltou a se curvar sobre o pescoço do animal. Sua voz era quase inaudível. — Minha vida foi bruscamente interrompida pelo ódio, que foi a razão da morte de meus pais e da paralisia e da cegueira de minha irmã, e quando decidi lutar contra os responsáveis pelo ódio que provocou aquela tragédia, descobri que estava a serviço do mesmo ódio, que mudara apenas de roupagem. E foi quando descobri também o amor, mas então era tarde demais... o ódio já havia me condenado.

— Não, Beatriz, o ódio não irá te vencer, e muito menos a morte. Logo chegaremos à aldeia...

— Por favor, Humberto — e um acesso de tosse interrompeu a fala de Beatriz —, por favor, não se iluda e não tente me iludir. — Voltou a ter um acesso de tosse. — Lembra-se do que lhe disse em nosso primeiro encontro?

— Sim, lembro-me.

— Do que disse sobre a fatalidade a que podem estar sujeitas duas vidas que se cruzam?

— Sim, você disse isso quando nos conhecemos, no Convento de Santa Catalina.

— Foi lá que nossas vidas se cruzaram, se entrelaçaram, e a minha asfixiou a sua e agora a ameaça.

— Você não ameaça a minha vida, você a completa. Se minha vida acabasse agora, teria valido a pena por você, e nada mais — consolou-a Humberto. — E mais: se sua vida acabasse agora, o que não acontecerá, ela teria valido a pena por você ter se devotado a uma causa, uma causa em benefício de seu país.

— Minha vida está acabando, e ela valeu pelo amor que recebi e dei na infância e que reencontrei agora, vindo de você, a quem a morte impede que me entregue. Minha adesão à guerrilha foi um erro, que custou minha vida, assim como a de muitos.

— Não foi você quem errou, Beatriz, foram seus líderes. Não foi você quem traiu a revolução: os traidores da revolução são eles!

Beatriz voltou a endireitar o corpo, sempre envolto pelos vaga-lumes.

— Tire-me daqui, por favor, Humberto. Não posso prosseguir. Desça-me.

— Está bem, vamos fazer uma pausa.

Humberto cortou algumas folhas e forrou o solo para deitar Beatriz sobre elas. Beatriz tremia; sentia muito frio.

— Beije-me, Humberto.

Ele a beijou nos lábios e ela o abraçou. Humberto permaneceu ao seu lado, e os vaga-lumes também, até sentir que a temperatura dela havia subido, então a convocou para remontar o burrico e prosseguir a viagem. Ela assentiu, mas não conseguiu se levantar, exigindo de Humberto um grande esforço para recolocá-la no animal.

Humberto pressentiu que estava amanhecendo quando o burrico relinchou três vezes, como fazia todos os dias, acreditando-se um galináceo cantador. Desta vez, não esperneou, não agitou o rabo, não coiceou o ar. Os vaga-lumes recolheram-se à sombra da folhagem e, mal haviam se afastado, o cortejo de Beatriz foi assumido por borboletas e beija-flores. Ao longe, um ruído constante induziu Humberto a acreditar tratar-se de uma queda d'água, cujo som, mais dominante quanto mais avançava em sua direção, o convenceu de que estava certo.

Estava certo. Era o ponto de despedida do Urubamba — o Urubamba, sempre ele! — dos Andes Orientais, quando, em seu curso inexorável para o Amazonas e de lá para o Atlântico, o rio, após romper e dividir em duas a cordilheira de Ausangate, desaba sobre a planície numa onda infinita de estrépitos, formando um cânion de águas revoltas. Havia alcançado o Pongo de Maenique, coração e alma de Megantoni, o santuário dos índios *machiguengas*, residência de Tasorinchi, o grande deus.

— Veja, Beatriz, chegamos!

Ela não respondeu.

— Beatriz... — e então Humberto notou que ela estava imóvel, amparada pelo pescoço do asno. — Beatriz, Beatriz!

— Ele tocou em seu corpo e o corpo de Beatriz não reagiu.

— Beatriz, Beatriz!

Baixou-a do animal e a estendeu sobre o tapete de musgo que se formara sobre uma pedra e diante de uma queda d'água. Ela estava fria e Humberto mal sentia sua respiração.

— Beatriz, Beatriz...

Humberto olhou para o céu, azul como o mar, transparente como o cristal, buscando um milagre, e o que encontrou foram dezenas de condores planando, a baixa altitude. Circulavam sobre o corpo agonizante de Beatriz.

— Beatriz, Beatriz...

Então ela entreabriu os olhos, moveu os lábios; queria falar, e sua voz foi encoberta pelo ruído das águas em fúria. Humberto curvou-se até seus lábios.

— Humberto... — e os olhos de Beatriz se abriram totalmente, refulgindo o brilho da esmeralda — Hum-ber-to ... — pronunciou o nome do repórter silabicamente, num esforço supremo — ...obrigada por ter me amado.

Sua cabeça pendeu para o lado. Os beija-flores e as borboletas interromperam o voo e o crocitar dos condores silenciou o Urubamba e se difundiu pela floresta, silenciando também os animais, as aves, até o meganto, o ruidoso papagaio de cabeça azul e corpo verde que inspirou o nome do santuário. Uma chuva difusa e luminosa caiu sobre o cânion, e vinha de um céu sem nuvens.

Humberto desabou sobre o corpo inerte de Beatriz e chorou. Chorou até perder a consciência.

A PATRULHA DO CORONEL PAREDES foi resgatada três dias depois, no topo da mesma montanha em que emboscou a guerrilheira e o gringo espião. Os soldados haviam partido ao encalço de Beatriz e Humberto assim que deram cabo do grupo de extermínio do Sendero, seguindo a trilha indicada pelos machiguengas do povoado, sempre em frente, sempre em frente, sem jamais tomar qualquer desvio, muito menos à direita, caso houvesse, e depois de uma caminhada extenuante por declives e aclives à beira de precipícios que pareciam não ter fim, voltaram ao ponto de partida.

"Perdemos esta batalha", reconheceu Paredes ao se reunir com seus subordinados no quartel da Guarda Civil de Cusco, "mas a guerra continua, e a venceremos." Despediu-se do capitão Froilán e voltou para Ayacucho acompanhado do tenente Chacal, que se desculpou por fazê-los se perder na floresta, atribuindo esse fracasso ao terreno íngreme. Estava acostumado à selva da planície, não à da montanha, justificou-se. Paredes e Chacal retomariam o combate ao Sendero Luminoso nos Andes Centrais.

O capitão Froilán seguiu imediatamente para Rímac ao desembarcar em Lima. Beberia por ele, Lucho, Manoel — cujo corpo foi levado à capital num saco plástico preto — e os cincos valentes de Huancayo, todos caídos combatendo a guerrilha no *front* da espionagem. Levou três dias para se recuperar do pileque e, então, pediu baixa da Polícia de Investigações. Seria vendedor de livros e abriria filiais da Distribuidora Atlântica em todo o país.

HUMBERTO DESPERTOU AO SOM DE TAMBORES e embalado por um aroma doce e penetrante exalado pela queima de ervas. Demorou a perceber que estava numa oca, iluminada por archotes, cujo centro era ocupado pelo cacique, que falava e falava e continuaria falando até o fim dos tempos se lhe fosse permitido, e falava a crianças e jovens e velhos, e falava há tanto tempo, e sem parar, que muitos de seus ouvintes estavam mumificados sem que ele percebesse.

— Sente-se melhor? — perguntou um indígena de torso nu e com um enfeite de pena na testa semelhante a uma tiara, oferecendo-lhe uma cabaça com água. — Beba, isto lhe fará bem — acrescentou, ajudando Humberto a sentar-se sobre a esteira onde, informou o índio, dormira três dias e duas noites. — Sua febre passou e seu ferimento está cicatrizando.

Humberto levou a mão à perna ferida e a encontrou envolta em folhas e cipós. Vestia uma túnica de algodão, que lhe chegava até as canelas e tinha listras verticais, em duas cores. O índio lhe ofereceu um bastão, convidando-o a acompanhá-lo. Deixaram a oca, e a aragem da noite preencheu os pulmões de Humberto.

Era uma aldeia de muitas cabanas de palha, várias delas abertas nos lados, que circundavam um terreiro onde crianças nuas, de ambos os sexos, divertiam-se com uma bola de futebol. Fogueiras iluminavam a aldeia e ao lado das cabanas caldeirões ardiam ao fogo. Havia também braseiros ao lado delas. Ao alcançar o terreiro, e o índio amparava Humberto porque o bastão não era suficiente para mantê-lo em pé, várias jovens rodearam o estrangeiro, sorridentes, saltitantes, curiosas. Usavam túnicas ou tinham o torso nu, assim como os homens, assim como todos na aldeia, que podiam ou estar vestidos ou seminus.

— O senhor ainda está muito fraco — disse o índio —, precisa descansar e se alimentar antes de partir. Vai partir, não vai, ou pretende ficar conosco? No segundo caso, teremos muito prazer em acolhê-lo.

— Onde estou?

— O senhor está numa aldeia *machiguenga* no Pongo de Maenique, o centro do universo.

— Qual o seu nome?

— Mashico. E o seu?

Humberto respondeu e o informou de sua origem e do motivo de sua viagem ao Peru.

— A mulher que o acompanhava, quem era?

— A mulher da minha vida. Onde a enterraram?

— No mesmo local em que o senhor se despediu dela. Tasorinchi certamente tinha muita afeição por ela porque levou sua alma onde a vida e a morte se encontram, e se a conduziu até aquele lugar antes de arrebatar a sua alma é porque a queria junto a ele e queria que todos soubessem que ela está ao seu lado.

Os tambores silenciaram e o ar fresco e úmido da floresta passou a ser embalado pelo som confortante da flauta de pã.

— Olhe para o alto, senhor — disse o índio. Apontava para a abóbada celeste, cintilante de estrelas. — A mulher de sua vida agora é uma delas. Talvez seja aquela, grande, pulsante, ali; siga a direção do meu dedo. Aquela estrela não estava lá antes de sua chegada.

Humberto não distinguiu a estrela indicada, mas meneou a cabeça em sinal de assentimento. Queria apenas ser gentil.

— Senhor — disse Mashico —, nós, *machiguengas*, somos filhos do grande deus Tasorinchi, que nos criou a partir das árvores, soprando-as e, assim, dando-nos a vida. Por isso, senhor, cantamos

> *Kobeni, Kobeni, Narotari,*
> *obambaroataka, narotari,*
> *niavagitacharina, okasanka,*
> *gitetapakira kobeni.*

Isto quer dizer, senhor:

> *O que seria de nós*
> *Se não existisse a natureza,*
> *Morreríamos,*
> *Não existiríamos.*

Fizeram silêncio, enfim rompido por Mashico:
— Quem foi o *kugapakori*? — Referia-se ao responsável pelo ferimento que custou a vida de Beatriz.
— O Sendero Luminoso.
— Por que a mataram?
— Porque ela era um deles e se rebelou.
— O senhor também é um deles?
— Não.
— O Sendero promete a vida e entrega a morte — comentou Mashico. — Seus homens estão por toda parte e aproximam-se de nós, cada dia mais. Já chegaram ao territó-

rio dos nossos primos, os *asháninkas*. Vêm até nós porque fogem dos militares, e quanto mais os militares os perseguirem, mais tempo ficarão entre nós, mais avançarão sobre nosso território. Não os queremos.

— Como sabem do Sendero?

— Senhor, vendemos nossos produtos do Porto de Ivochete a Cusco e, além do mais, temos rádio. E sabemos ler e escrever.

— Desculpe.

— Não se desculpe. Venha, vamos comer algo.

Uma jovem com os seios à mostra serviu Humberto e o anfitrião. Comeram mandioca cozida e peixe envolto em folha de bananeira assado em brasa.

— Delicioso, delicioso — repetiu Humberto várias vezes, lambendo a ponta dos dedos, utilizados como talher.

— A comida e tudo o que temos aqui são uma dádiva de nossos deuses — disse Mashico.

Comeram e voltaram à oca, Humberto sempre amparado pelo anfitrião.

— Não se preocupe com ele — disse Mashico. O cacique contador de histórias gesticulava e revolvia os olhos como se estivesse avistando uma legião de espíritos. — Ele não percebeu nem perceberá sua presença. Tente descansar, o senhor ainda está fraco.

Humberto adormeceu ao som da flauta de pã, que abafava a fala do cacique, e despertou no dia seguinte com a oca tomada por megantos, que a percorriam como se estivessem em sua própria casa. E estavam. O único que não notou a presença ruidosa das aves foi o cacique contador de histórias, que continuava em seu posto, falando e falando, rodeado pelos súditos condenados a ouvi-lo mesmo depois de mortos. A luz do dia permitiu que Humberto notasse uma enorme mancha no rosto do falador.

— Um dia o descobrirão e escreverão sobre ele — profetizou Mashico.[26]

O anfitrião devolveu a Humberto a roupa e o dinheiro, recusando-se a aceitar a gratificação oferecida pelo hóspede. A semente de cedro presenteada por Beatriz continuava no pequeno bolso da calça. Humberto aconchegou-a na palma da mão e partiu com o anfitrião para o local em que repousava o corpo de Beatriz. A jovem que os servira na véspera os acompanhou, revezando-se com Mashico no amparo a Humberto, e seus seios continuavam nus e eram formosos.

Antes que o anfitrião apontasse a sepultura, Humberto a avistou, e só podia ser lá, porque beija-flores e borboletas revoavam sobre o montículo de pedras.

— Tem sido assim desde que a sepultamos — disse o anfitrião —, e à noite o local é invadido por pirilampos.

Humberto se ajoelhou e fez algo que há muito não fazia: rezou, e enquanto rezava os beija-flores e as borboletas envolveram seu corpo, o de Mashico e da jovem de seios desnudos.

Cavou com a ponta do bastão ao lado da sepultura, depositando a semente de cedro no sulco que abrira. Suas lágrimas caíram sobre a pequena cova, que ele cobriu apalpando cuidadosamente a terra.

Voltou à oca, amparado pelo anfitrião e pela jovem e, no quinto dia de permanência entre os *machiguengas*, despertou resoluto: sentia-se bem, podia ficar de pé apenas com a ajuda do bastão.

---

[26] O cacique é o protagonista do romance *O falador*, de Mario Vargas Llosa.

— Aonde vai, senhor? — questionou o anfitrião ao avistá-lo deixando a cabana com uma agilidade que não demonstrara antes.

— Parto.

Mashico o conduziu ao centro da aldeia — o cacique continuava a narrar suas histórias fabulosas — e acenou para dois jovens, que, ao se aproximarem, receberam instruções. Os jovens saíram correndo e correndo voltaram. Portavam cestas de palha que continham frutas, mandioca e milho cozidos e carnes e peixes defumados. Embarcaram com Humberto e Mashico numa canoa esculpida no tronco de uma árvore e partiram, rio abaixo. A jovem de torso nu permaneceu junto ao rio até o barco desaparecer no horizonte.

Navegaram dois dias e duas noites e comeram os peixes que pescaram e os animais que caçaram.

— Os mantimentos são para a etapa seguinte da sua viagem, quando estiver só — explicara o anfitrião.

Na manhã do terceiro dia abandonaram a canoa e se embrenharam na selva. Caminharam enquanto a luz permitiu, e quando a luz reapareceu alcançaram a margem de um rio caudaloso, porém calmo. Os dois jovens cortaram troncos de palmito e os ataram com cipós, dando vida a uma jangada, sobre a qual fixaram as cestas de palha e os frutos das árvores abatidas.

— Este é o Manu e também é nosso rio — disse Mashico, despedindo-se de Humberto com uma reverência, interrompida pelo repórter, que o abraçou antes que o anfitrião concluísse o gesto. — Ele o levará para casa.

12

A dimensão do genocídio e o milagre

*O trágico balanço de vinte anos de violência
e a maravilha produzida por um
cedro no Pongo de Maenique*

A prisão, em setembro de 1992, de Abimael Guzmán Reynoso, o presidente Gonzalo, surpreendido num bairro de classe média em Lima, onde morava em companhia de Elena Iparraguirre, a camarada Miriam, foi um golpe mortal no Sendero Luminoso. Centenas de guerrilheiros depuseram as armas nos meses seguintes, aderindo ao programa de reinserção social proposto pelo governo. Alguns líderes ainda resistiram — o principal deles foi Oscar Ramírez Durand, o comandante Feliciano, número três da organização, que não se curvou à decisão de Gonzalo, anunciada da prisão, de cessar a luta armada. Mas ao Sendero não restava outro destino que silenciar suas armas, que, aos poucos, do Huallaga aos Andes — a guerrilha chegou a operar em praticamente todo o território peruano —, foram se calando. Feliciano lutaria ainda sete anos. Capitulou em julho de 1999 ao tentar fugir de um cerco militar coordenado pelo próprio presidente da República, Alberto Fujimori. Estava a bordo de um ônibus intermunicipal próximo a Huancayo. Desde então, o Sendero se reduziu a poucos focos isolados que insistem na conquista do poder pela força, tendo no tráfico de cocaína o grande — senão único — incentivo dessa utopia.

No auge da violência desatada pelo Sendero e agravada com a repressão das forças de segurança, surgiu uma nova organização guerrilheira, o Movimento Revolucionário Tupac Amaru. Fez um percurso contrário ao do Sendero: de Lima, onde estabeleceu a primeira célula, estendeu-se aos Andes. Sua ação mais espetacular, e que decidiu o seu fim logo depois, foi a ocupação da embaixada do Japão em Lima, de dezembro de 1996 a abril do ano seguinte, com centenas de reféns. Os 14 integrantes do comando guerrilheiro foram mortos e os reféns, libertados.

A eleição de Alejandro Toledo, em 2000, marcou o retorno à democracia, suspensa oito anos antes em consequência do "autogolpe" promovido por Fujimori, instrumento com o qual afastara do caminho o Congresso e o Judiciário para governar apoiado nas Forças Armadas. Fujimori terminou seu governo de forma melancólica: fugiu para o Japão, acossado por uma avalanche de denúncias de corrupção. Um dos primeiros atos de Toledo foi a criação da Comissão da Verdade e Reconciliação, que, após três anos de trabalho, concluiu o levantamento das vítimas e consequências da "guerra popular" deflagrada pelo Sendero.

O relatório foi entregue em 27 de agosto de 2003 a Toledo, que guardou reverencioso silêncio sobre seu conteúdo para permitir que, no dia seguinte, a comissão apresentasse suas conclusões a toda a nação. A cidade escolhida para a divulgação do teor do documento foi Ayacucho. O relatório é assinado pelos 11 coordenadores do trabalho e pelo observador indicado pela Igreja Católica. O tenente-general Luiz Arias Braziani, da Força Aérea, apresentou ressalvas, mas também o assinou.

Salomón Lerner Febres, reitor da Pontifícia Universidade Católica do Peru, presidiu a comissão. A ele coube apresentar o documento, cerimônia aberta com uma mensagem aos moradores de Ayacucho, evocando o costume quíchua da reciprocidade. Os primeiros depoimentos sobre o período da violência foram colhidos em Ayacucho; era lá, portanto, que o relatório deveria ser apresentado ao povo peruano, justificou Lerner.

A apresentação foi acompanhada pela imprensa peruana e internacional. Humberto Morabito estava lá. Como na viagem anterior, o avião lhe dera a impressão de encolher as asas para não raspar nas montanhas ao se aproximar do aeroporto, que não apresentava o aparato bélico de antes. Os *slogans* revolucionários pintados nos muros estavam cobertos por cartazes eleitorais e as perfurações de balas nas paredes haviam sido retocadas: Ayacucho, o "rincão dos mortos", perdera a condição de cidade sitiada pela guerrilha e ocupada pelos militares. Por mais que insistisse, Humberto não obteve informações sobre o taxista Arturo, coadjuvante de sua frustrada tentativa de entrevistar os líderes da guerrilha, violando a proibição de não sair da cidade. O professor Efrain Morote havia falecido dois anos antes. Seus dois filhos senderistas, Osman e Ostaff, estavam presos — e incomunicáveis, como todo terrorista aprisionado. E eram centenas os senderistas presos.

*Guerra provocada pelo Sendero
matou mais que a da independência*

AYACUCHO, Peru — (...) As investigações e os depoimentos colhidos pelos membros da comissão comprovaram a morte ou o "desaparecimento" — silogismo de corpo não encontrado, e muitos foram os corpos dinamitados ou arrojados das montanhas ou lançados em rios para servir de alimento aos peixes — de 23.969 pessoas. Esse número, aterrador em si mesmo e superior ao total de baixas ocorridas durante a guerra pela independência em relação à Espanha, não convenceu a comissão, que, diante das dificuldades em colher informações seguras, aplicou, na tentativa de chegar o mais próximo possível de um número que pudesse expressar a extensão do genocídio, a metodologia denominada "Estimativa de Múltiplos Sistemas", tanto reconhecida quanto questionada internacionalmente.

A comissão conclui, a partir dessa projeção, que, desde a primeira ação do Sendero Luminoso, no longínquo maio de 1980, quando roubou e queimou as urnas em Chuschi, até que suas armas silenciassem, 69.280 peruanos perderam a vida ou "desapareceram" em consequência da guerra de guerrilhas. Guerrilha que, no final da primeira década de ação do Sendero, havia se convertido em terrorismo generalizado, segundo a comissão. A comissão também responsabiliza o Estado por parte dessas mortes e "desaparecimentos".

A leitura do documento emocionou e indignou a população — muitos choraram ao ouvir as primeiras palavras do reitor Lerner — e provocou protestos de vários setores, entre eles as Forças Armadas, apontadas como coautoras da violência, e de representantes de partidos políticos, acusados de negligência em relação aos abusos praticados pelos dois lados em conflito — a guerrilha e o Estado peruano.

O relatório emociona e choca pela dureza de seus termos já no prefácio. "A história do Peru registra mais de um período difícil, penoso, de autêntica prostração nacional. Mas, seguramente, nenhum deles merece estar marcado tão enfaticamente com o selo da vergonha e da desonra como o fragmento de história que estamos obrigados a contar nestas páginas. As duas décadas finais do século XX são (...) uma marca de horror e de desonra para o Estado e a sociedade peruanos." O relatório, advertem os signatários, não se limita a apontar apenas os responsáveis pelo genocídio, mas expõe "um duplo escândalo: o do assassinato, desaparecimento e tortura em massa e o da indolência, inépcia e indiferenças dos que puderam impedir esta catástrofe humanitária e não o fizeram".

O número de vítimas dá, por si só, a dimensão da tragédia, mas, para a comissão, é apenas uma de suas manifestações. "Pouco explica esse número ou qualquer outro sobre as assimetrias, as responsabilidades e os métodos de horror vividos pela população peruana", afirma, "e pouco nos ilustra também a experiência do sofrimento que se abateu sobre as vítimas para não abandoná-las jamais." Essa tragédia, analisa o documento, constitui "uma obra de seres humanos padecida por seres humanos", e suas maiores vítimas, em gênero, número e grau, foram os camponeses dos Andes, "histórica-

mente ignorados pelo Estado e pela sociedade urbana". Três entre quatro vítimas eram daquela região.

O documento revela o sentimento de indignação que predominou entre os membros da comissão durante seu trabalho. "Dezessete mil testemunhos dados voluntariamente (...) nos permitiram reconstruir (...) a história dessas vítimas. Exaspera encontrar nesses testemunhos, uma e outra vez, o insulto racial, o agravo verbal a pessoas humildes, como um abominável estribilho que precede o golpe, a violação sexual, o sequestro do filho ou da filha, o disparo à queima-roupa por parte de algum agente das Forças Armadas ou da polícia. Indigna, igualmente, ouvir dos dirigentes das organizações subversivas explicações estratégicas sobre por que era oportuno, em certo momento da guerra, aniquilar esta ou aquela comunidade camponesa."

O principal autor do genocídio, o Sendero, responsabilizado por 53,68% das mortes e "desaparecimentos", é acusado do "aniquilamento de coletividades ou arrasamento de certas aldeias", ações previstas em sua "estratégia". Estratégia que compreendia também "o cativeiro de populações indefesas, o maltrato sistemático, o assassinato como forma de dar exemplos e infundir o temor" como "metodologia do horror" que servia a um objetivo — "o poder — considerado superior ao ser humano". "O triunfo da razão estratégica, a vontade de destruição acima de todo direito elementar das pessoas", acusa o relatório, "foram a sentença de morte para milhares de cidadãos do Peru. Esta vontade a encontramos enraizada na doutrina do Sendero."

À violência desatada pelo Sendero somou-se outra, segundo a comissão: a do Estado. "Frente a um desafio tão desme-

dido, era dever do Estado e de seus agentes defender a população — seu fim supremo — com as armas da lei", mas, "em certos períodos e lugares, as Forças Armadas incorreram na prática sistemática ou generalizada de violações dos direitos humanos", caracterizando "delitos de lesa-humanidade" e "infrações ao direito internacional humanitário." Ressalvando que seus membros se sentiam envergonhados de dizer, "mas é a verdade e temos a obrigação de fazê-la conhecer", a comissão afirma que, "durante anos, as forças da ordem esqueceram que essa ordem tem como fim supremo as pessoas e adotaram uma estratégica de atropelo generalizado dos direitos dos peruanos, incluindo o direito à vida". O "padrão de violações dos direitos humanos" seguido pela polícia e Forças Armadas durante o conflito comportou "execuções extrajudiciais, desaparecimentos, torturas, massacres, violência sexual contra as mulheres (...)"

A comissão investe também contra a "classe política que governou ou teve alguma cota de poder oficial naqueles anos", que, na avaliação dos autores do documento, "tem grandes explicações a dar", pois a "indiferença, a passividade ou a simples inépcia dos que então ocuparam os mais altos cargos públicos" agravaram ainda mais o sofrimento da nação.

O documento divide-se em dez tomos e seis anexos e possui milhares de páginas. Expõe os "atores, fatos e vítimas", analisa os períodos da violência, sua gênese, fases e características regionais, apresenta 23 histórias "representativas da violência", enumera "crimes e violações aos direitos humanos", dividindo-os em nove temas, relaciona 73 casos analisados pela comissão, entre eles o de Uchuraccay e Lucanamarca, e historia e analisa os "fatores que tornaram possível a violên-

cia". No relatório sobre o massacre de Lucanamarca, a comissão afirma que, ao decidir punir os camponeses com a morte, o Sendero abriu "uma caixa de Pandora que depois não pôde controlar".

Esses temas compõem as duas primeiras partes do relatório. A terceira aborda "as sequelas da violência" — "psicossociais, econômicas e sociopolíticas" —, com um apêndice aterrador sobre "o processo de exumação de covas", que relata a angústia dos familiares ao manipular "desesperadamente" essas covas em busca dos restos de seus entes queridos. A quarta e última parte contém as "recomendações para um compromisso nacional pela reconciliação", partindo do pressuposto de que "combater o esquecimento é uma forma poderosa de fazer justiça".

UM DOS PRIMEIROS JORNALISTAS a consultar os volumes com a relação de mortos — 21.825 — e "desaparecidos" — 2.144 — foi Humberto, que voltava ao Peru pela primeira vez desde seu encontro com Beatriz, a violência e a morte. Tinha os cabelos parcialmente grisalhos e se apoiava levemente em uma bengala. Sua viagem de volta ao Brasil, auxiliada pelos *machiguengas*, que o conduziram ao rio Manu, que o conduziu ao Madre de Dios, culminou com sua chegada ao estado do Acre. Um seringueiro levou-o a um povoado, onde recebeu assistência médica. Transferido para a capital regional, Rio Branco, tomou um avião para São Paulo.

O nome de Maria Alejandra Peña Figueroa não constava de nenhuma das duas relações. Para o Estado peruano, Maria Alejandra, a camarada Rosa, não morreu nem "desapareceu" durante o processo de violência desatado pelo Sendero

Luminoso. Diante do Estado e da história peruanos, Maria Alejandra, a camarada Rosa, não existiu.

Para Humberto, Maria Alejandra, a camarada Rosa, Beatriz, a mulher que previu, com a visão do condor, a catástrofe que se aproximava de seu país e de seu povo e se imolou na tentativa de evitá-la, a linda mulher de olhos verdes que conheceu sob uma cascata de luz no convento de Santa Catalina, em Arequipa, pela qual se apaixonou numa noite de lua cheia diante do vulcão Misti, com quem se reencontrou na indecifrável Machu Picchu, que amou após as 11 badaladas de Maria Angola na eterna capital inca, e que perdeu, sob o estrondo e o esplendor do Pongo de Maenique, após uma extenuante fuga pelo Vale Sagrado, rio Urubamba e montanhas de Quillabamba, Maria Alejandra, a camarada Rosa, Beatriz, a sua Beatriz, era e continuaria sendo o momento culminante de sua vida.

Éramos de Uchuraccay. Não tínhamos o direito de viver

A incompreensão, as desconfianças, as ameaças e a morte continuaram nos perseguindo em todos os locais em que nos refugiamos. Éramos de Uchuraccay, e os de Uchuraccay não tínhamos mais o direito de viver, assim julgavam nossos vizinhos nas *barriadas* de Lima, nas periferias das cidades da Serra e até nos agrupamentos de refugiados criados em torno das guarnições militares, e criados para dar proteção aos que fugiam da guerra, mas nós, os de Uchuraccay, não tínhamos proteção nestes locais de proteção. Não podíamos mais, se quiséssemos continuar vivos, apesar de mortos, dizer que éramos de Uchuraccay. Éramos de qualquer parte, quando nos perguntavam, menos de Uchuraccay. Uchuraccay, onde fica Uchuraccay?, perguntávamos quando nos perguntavam. Uchuraccay havia se transformado, talvez para sempre, no povoado maldito, o mais maldito povoado do Peru, o mais maldito povoado do Novo Testamento, assim como Sodoma e Gomorra foram do Velho, mas sofremos e sofríamos e sofreríamos mais do que os de Sodoma e Gomorra porque eles foram consumidos de uma só vez pelo fogo divino e nós, nós não, nós fomos, estávamos e seríamos consumidos aos poucos, impiedosamente, pelos *tuta puriqkuna* do Sendero Luminoso, pelos vizinhos, pelos que deveriam nos proteger e em vez disso nos atacavam, por todos, sobretudo por nossas consciências que, de todos os algozes, é o que mais nos fazia e nos faz sofrer.

Meu primeiro destino após abandonar Uchuraccay foi Lima, onde voltei a vender *anticucho*. Aluguei o ponto com a condição, imposta pelo senhorio, de comprar o par de sapatos azuis que ele disse jamais ter usado e que fora presente de um gringo esquisito. Veja, senhor, são os sapatos que uso agora, ainda estão novos porque os calço pela primeira vez e os calço porque, assim como os mortos, e morto estou, já não me importa o que pensem de mim. Desisti logo daquele ponto porque o local em que servia minha iguaria, na Praça 2 de Maio, era frequentado por um bando de assaltantes que, para confundir suas vítimas, cuspia em suas orelhas quando elas comiam o que eu havia preparado. Então, aceitei o convite para ser porteiro de um sobradinho no jirón Lampa, me disseram que o porteiro anterior, um chinês de cavanhaque, fugira com um frequentador da sauna do primeiro andar, sauna dos homens que recusavam as mulheres, e nesse sobrado havia alguns escritórios, um deles o de uma distribuidora de livros, mas nunca vi nenhum livro lá.

Agora vivo, embora morto, aqui, senhor, e aqui estou por insistência de meus antigos vizinhos, que me localizaram no jirón Lampa por uma casualidade, porque um deles, Patrício, também estava refugiado em Lima e parou diante do sobrado para perguntar ao porteiro, e o porteiro era este que vos fala, onde ficavam a igreja e o mosteiro e as catacumbas de São Francisco, e ficavam logo ali adiante, à direita, e me falou que iria lá na esperança de encontrar, entre centenas de esqueletos seculares, os restos de seus familiares que o Sendero, os militares e os *rondeiros* mataram em Uchuraccay, e expliquei a ele que aquele ossário não incluía as vítimas do presente, só as do passado. Ele, então, desistiu da visita macabra, e desistindo me falou que os uchuraccaynos sobreviventes estavam voltando, mesmo que estivessem mortos, e então, depois de pensar muito e pensar já que estou morto continuarei morto onde morri, eu também voltei, e já havia passado dez anos desde que eu, o último a abandonar Uchuraccay, a havia abandonado e, assim como os demais, voltei e não tive coragem de entrar em Uchuraccay, a velha.

O governo já não era mais o de Belaúnde, mas de Fujimori, que não era chinês como acreditávamos, e sim japonês,[27] e, entre Belaúnde e ele, Alan Garcia governara cinco anos, veja senhor, como anoto tudo. Fujimori construiu novas casas para nós, em alvenaria e telhado de duas águas, todas iguais, todas

---

[27] O apelido de Alberto Fujimori é "el chino", o chinês.

voltadas para o precipício e de costas para a velha Uchuraccay ou do que restou dela. Não mudamos o nome Uchuraccay porque, decidiu Elias Ccente, o conterrâneo que organizou nosso retorno, Uchuraccay é nome para não ser esquecido porque simboliza, e simbolizará para sempre, a violência que imperou entre nós e em todo o Peru. Uchuraccay, a velha, morreu. E não morreu só, com ela desapareceram dezenas de povoados em toda a Serra Central, morreram milhares de pessoas, e somente em Ayacucho 156 mil pessoas tiveram que deixar suas casas, quatrocentas mil em todo o Peru. Aqui, na Uchuraccay nova, está o presente, e deste presente fazem parte somente os jovens que nasceram em Uchuraccay, a velha, e *puchuqllaña kaninu*, a sobra do que ficou, isto é, algumas mulheres e alguns velhos, entre eles a viúva Rufina, que foi a pessoa mais rica entre nós, tinha tantos animais que não conseguia contá-los, e hoje vive ali, naquela casinha, refém de nossa caridade. Os que éramos adultos quando a violência irrompeu na velha Uchuraccay fomos mortos pelos guerrilheiros *terrucos* de merda, pelos militares assassinos ou por nossos vizinhos *rondeiros*, e os que aqui estamos, estamos mortos, apesar de vivos, ou vivos apesar de mortos, tanto faz. Aqui na Uchuraccay nova também está o futuro, e dele somente nos resta esperar que não traga a violência, o sofrimento, a dor, a incompreensão que nos matou a todos. Ali embaixo, senhor, ali está o passado, *sasachukuy tiempo*, os anos de violência que queremos sepultar e esquecer para sempre e que nos acompanharão para sempre, pois o passado nos matou e matou aqueles que acreditam estar vivos e começou a nos matar quando aqui chegaram Martín e seus cupinchas e deflagraram a guerra que teve como primeira vítima meu padrinho Alejandro Huamán, que sua alma descanse em paz, cujo corpo, antes de ser sepultado pela primeira vez, não sei se já disse, se não disse, digo, e se disse, digo de novo, ficou exposto oito dias, quatro horas e 32 minutos e nunca pôde descansar em paz porque se dissolveu de tanto ser devolvido à luz do sol e da lua toda vez que era enterrado por sua família, que secou de tanto chorar sua morte e tão seca ficou que também morreu.

E AQUI ESTÁ, senhor jornalista brasileiro, fique tranquilo que nunca mais matamos nenhum jornalista, para encerrar esta conversa que tenho de encerrar porque, ao lembrar do *anticucho* que preparava em Lima, senti meu estômago em estado de rebeldia, e ele ainda se manifesta sem se dar conta de que morri, para encerrar a conversa vou mostrar. Veja. É o papelzinho que meu padrinho me entregou pouco antes de receber o tiro fatal, o bilhete que escondia numa das mãos e me passou quando me chamou junto dele antes de se ajoelhar e iniciar o Pai-Nosso que o tiro em sua testa não permitiu que concluísse. Está amarelado, e o conservo como uma relíquia de meu padrinho, que sua alma descanse em paz, que nada mais deixou a não ser a lembrança dele e este papelzinho, veja, senhor, aqui está o número do telefone em Lima que nos indicou a comandante do Sendero, a que nos visitou a cavalo e nos fez pensar que era um *morochuco* e era uma *morochuca*, e foi ela mesma quem anotou o número para o qual teríamos que ligar quando quiséssemos falar com ela, e nunca ligamos. Anote o telefone, senhor. Anote também o nome da pessoa a quem deveríamos deixar o recado, Maria del Carmen, este é o nome dela. E anote como se dizia chamar a comandante com quem deveríamos ter falado e nunca falamos. O nome dela é este aqui embaixo. Que letra bonita a dela, não? Beatriz. Este é o nome dela.

Veja, senhor, o que aconteceu com eles, veja

O monomotor *Bonanza*, que Humberto tomou após concluir a reportagem sobre o relatório da Comissão da Verdade e Reconciliação e a entrevista, em Uchuraccay, com Telésforo Galvez Gavilán, testemunha do massacre dos oito jornalistas, pousou no campo da multinacional inglesa que explora gás no maior reservatório peruano, Camisea, em pleno santuário Megantoni. Um barco o conduziu à aldeia vizinha ao Pongo de Maenique, exigindo do piloto perícia para desviar dos *tonkinis*, os remoinhos que poderiam levá-los tanto para *inkimi*, o céu, como para *gamaironi*, o inferno. Mashico, que não acusava o avanço da idade, o recepcionou, e seu abraço duraria a eternidade não fosse a ansiedade de Humberto em visitar a sepultura de Beatriz.

Passaram pela oca do cacique, e ele continuava tal como Humberto o vira pela última vez. Tinha apenas múmias ao seu redor, e eram em quantidade maior de quando o jornalista se hospedara na aldeia, e falava e falava e falava sem dar o menor sinal de se importar de ter tido o mesmo fim que seus ouvintes.

Mashico acompanhou Humberto, e os dois foram seguidos, a uma distância respeitosa, por muitos jovens, adolescentes e crianças, silenciosos durante o trajeto.

Ao se aproximarem da sepultura, abriram caminho com cuidado entre beija-flores e borboletas. A semente que Beatriz dera a Humberto e que ele plantara junto a seu corpo convertera-se num cedro esbelto e frondoso. Os megantos faziam ninhos em seus galhos e, disse Mashico, desde que Beatriz fora enterrada naquele local, os vaga-lumes, as borboletas e os colibris jamais o abandonaram, e todos os dias, sem exceção, os condores, antes raros, passaram a visitar o Pongo. Humberto avistou um, depois outro e mais um e outro, e todos planavam e planavam e continuariam planando, com suas asas imensas e elegantes, até envelhecerem, quando, então com as forças esgotadas, cumpririam o ritual de imolação, arrojando-se ao solo a toda velocidade.

Mashico acenou para os jovens. Que se aproximassem.

— Suas mães tocaram nesta árvore quando estavam grávidas deles — disse Mashico, acariciando o cedro. — E veja, senhor, o que aconteceu com eles, veja.

As crianças, os jovens e os adolescentes aproximaram-se de Humberto. Alinharam-se e sorriram. Tinham os olhos verdes.

REFERÊNCIAS

— O relato do personagem Telésforo Galvez Gavilán e a descrição do massacre de Lucanamarca, episódio do qual participa outro personagem, o camarada Davi, são baseados no relatório final da Comissão da Verdade e Reconciliação, disponível no endereço eletrônico www.cverdad.org.pe. O autor apresenta-os com liberdade narrativa e mistura personagens reais — entre eles os jornalistas massacrados — com fictícios, como Galvez e Davi.

— As teses do Sendero Luminoso e os fatos atribuídos a ele foram amplamente divulgados pela imprensa peruana e internacional e também são expostos no relatório da Comissão da Verdade e Reconciliação.

A descrição do Pongo de Maenique inspira-se em reportagem de Nilton Torres, publicada por *La República* em 20 de dezembro de 2005.

— Os textos em forma de reportagem, grafados em itálico (exceto o do último capítulo), são adaptados de *O Estado de S. Paulo*, dos anos de 1984 e 1985. O autor é o mesmo deste livro.

ROTEIRO

Estas são as cidades em que ocorrem os principais acontecimentos de Fuga dos Andes:

AREQUIPA — Onde Humberto conhece Beatriz, que surge sob um facho de luz no Mosteiro de Santa Catalina. Os dois se apaixonam diante do Misti, numa noite de lua cheia, ao som de uma *quena* solitária.

AYACUCHO — Localidade dos Andes Centrais em que nasce o grupo guerrilheiro Sendero Luminoso, que se expande a partir da Universidade de San Pedro de Huamanga. É lá que Humberto entrevista, numa madrugada silenciosa e durante o toque de recolher, o coronel Miguel Paredes. É a partir da cidade que ele tenta contatar um comando guerrilheiro e é interceptado pelos *sinchis*. O estado de Ayacucho protagoniza os principais acontecimentos do livro — o massacre dos jornalistas em Uchuraccay e dos moradores de Lucanamarca. Deste último participa o comandante Davi, o ex-menino-pastor Dionísio.

CUSCO — Beatriz e Humberto se amam e são surpreendidos pelas tropas comandadas pelo coronel Paredes. Começa a fuga dos dois, que são perseguidos tanto pelas forças de segurança quanto pelo grupo de extermínio liderado pelo camarada Martín.

HUANCAVELICA — Protagoniza a primeira cena do livro: Humberto conhece o trágico destino dos colegas que acompanharia a Uchuraccay, não fosse o encontro com Beatriz, para investigar a morte de guerrilheiros, pelas quais o governo responsabilizara os camponeses.

HUANCAYO — Sete universitários colaboradores da polícia secreta infiltram-se no Sendero durante uma "greve armada".

LIMA — Sede da Distribuidora de Livros Atlântica, disfarce da divisão da política secreta — Dicote — encarregada de descobrir a identidade do coordenador da seção de recrutamento de universitários do Sendero. Na capital peruana ocorrem também os encontros dos camaradas Paulina e Martín e é decidida a execução do traidor da guerrilha. Nessa cidade, Humberto é roubado enquanto come um *anticucho*.

MACHU PICCHU — Na antiga e misteriosa cidadela incaica, Beatriz e Humberto reencontram-se após terem se conhecido em Arequipa.

QUILLABAMBA — Cidade de clima tropical do estado de Cusco. Humberto e Beatriz encontram-se com Celestino, que os conduzirá ao povo *machiguenga*, na selva amazônica.

URUBAMBA — Local em que os fugitivos, ajudados pelo garimpeiro Alejandro, iniciam o percurso sobre a correnteza bravia do rio Urubamba num bote inflável.

ROTEIRO DE HUMBERTO

Humberto Morabito inicia sua aventura no Peru em Arequipa, depois de uma escala técnica em Lima. Volta à capital, de avião, segue de ônibus a Huancavelica, retorna a Lima, também de ônibus, vai a Ayacucho (avião), volta a Lima (avião) e em seguida vai a Cusco (avião), onde, ao lado de Beatriz, inicia a fuga para o interior da Amazônia.

ROTA DE FUGA

CUSCO — Tem início a fuga. Na primeira etapa, Humberto e Beatriz usam uma motocicleta.

CHINCHERO — Chegam ao amanhecer e em seguida se refugiam na casa de um camponês, onde passam o dia.

MARAS — É noite. Telefonam para avisar a família de Beatriz que fuja de Lima.

URUBAMBA — Encontram-se com Alejandro, o "mirlo". Continuam a fuga pelo rio, depois pela mata até alcançar a estação ferroviária de Águas Calientes.

ÁGUA CALIENTES — Escondem-se sob o assoalho de um trem de carga, que usam para chegar a Quillabamba.

QUILLABAMBA — São ajudados por Celestino, que os introduz na selva.

PONGO DE MAENIQUE — Santuário dos índios *machiguengas*, que conduzem Humberto ao rio Manu, que o conduz ao Acre. Protagoniza a última cena do livro, 20 anos depois.

MAPAS

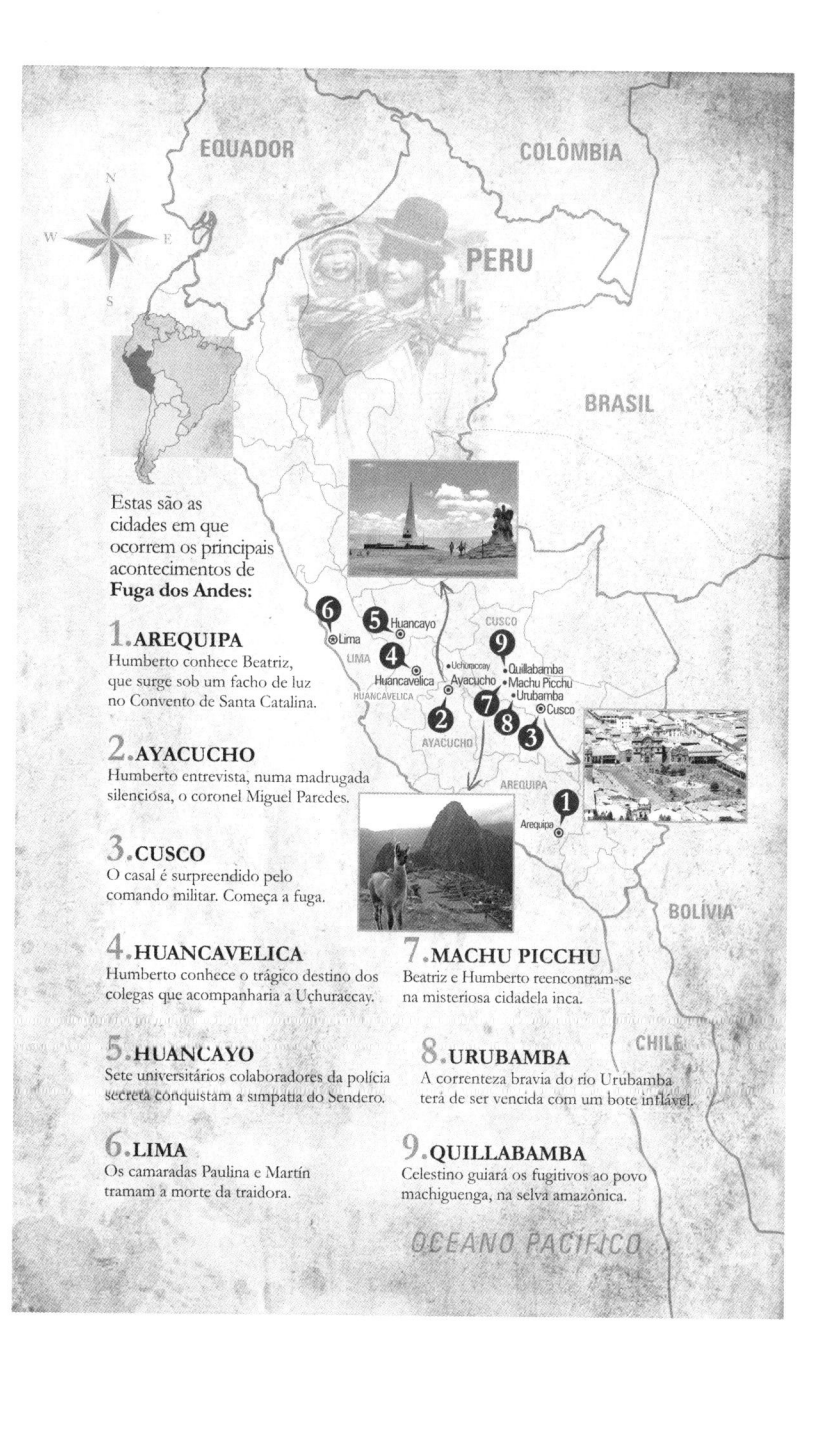

Estas são as cidades em que ocorrem os principais acontecimentos de **Fuga dos Andes**:

1. AREQUIPA
Humberto conhece Beatriz, que surge sob um facho de luz no Convento de Santa Catalina.

2. AYACUCHO
Humberto entrevista, numa madrugada silenciosa, o coronel Miguel Paredes.

3. CUSCO
O casal é surpreendido pelo comando militar. Começa a fuga.

4. HUANCAVELICA
Humberto conhece o trágico destino dos colegas que acompanharia a Uchuraccay.

5. HUANCAYO
Sete universitários colaboradores da polícia secreta conquistam a simpatia do Sendero.

6. LIMA
Os camaradas Paulina e Martín tramam a morte da traidora.

7. MACHU PICCHU
Beatriz e Humberto reencontram-se na misteriosa cidadela inca.

8. URUBAMBA
A correnteza bravia do rio Urubamba terá de ser vencida com um bote inflável.

9. QUILLABAMBA
Celestino guiará os fugitivos ao povo machiguenga, na selva amazônica.

ROTEIRO DE HUMBERTO

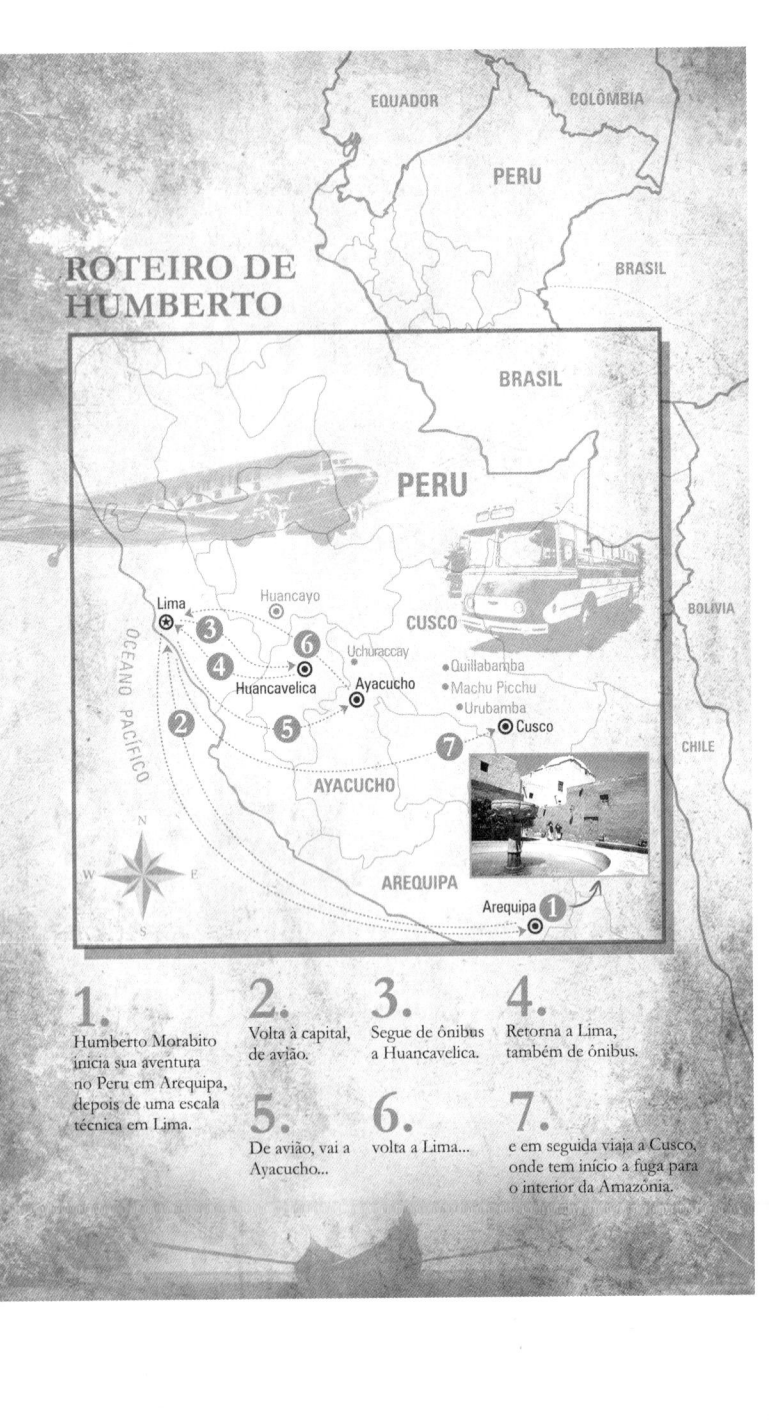

1. Humberto Morabito inicia sua aventura no Peru em Arequipa, depois de uma escala técnica em Lima.

2. Volta à capital, de avião.

3. Segue de ônibus a Huancavelica.

4. Retorna a Lima, também de ônibus.

5. De avião, vai a Ayacucho...

6. volta a Lima...

7. e em seguida viaja a Cusco, onde tem início a fuga para o interior da Amazônia.

ROTA DE FUGA

1. CUSCO
O casal é surpreendido pelas forças de segurança e foge. O comando de extermínio do Sendero também o persegue. Na primeira etapa, o casal usa uma motocicleta.

2. CHINCHERO
Chegam ao amanhecer e em seguida se refugiam na casa de um camponês. Passam o dia.

3. MARAS
É noite. Telefonam para orientar Carmencita e sua tia a abandonarem Lima.

4. URUBAMBA
O casal encontra Alejandro, o "mirlo", e continua a fuga pelo rio, depois pela mata, até alcançar a estação ferroviária de Águas Calientes.

5. ÁGUAS CALIENTES
Escondem-se sob o assoalho de um trem de carga, que os levará a Quillabamba.

6. QUILLABAMBA
Celestino introduz o casal na selva.

7. PONGO DE MAENIQUE
Santuário dos índios machiguengas, que conduzem Humberto ao rio Manu, que o conduz ao Acre. Protagoniza a última cena do livro, 20 anos depois.

Este livro foi composto na tipologia Classical Garamond BT, em corpo 11/16, e impresso em papel off-white 80g/m² no Sistema Cameron da Divisão Gráfica da Distribuidora Record.